[서사문화총서 2]
재일조선인 자기서사의 문화지리 II

* 이 저서는 2014년 정부(교육부)의 재원으로 한국연구재단의 지원을 받아 수행된 연구임
  (NRF-2014S1A5A2A03066250)
* 이 저서는 동국대학교 교내연구지원사업의 지원에 의해 발간되었음(S-2017-G0041-00091)

재일조선인 자기서사의 문화지리 Ⅱ

박광현 · 오태영 편저

역락

벌써 20년이 훨씬 지난 일이다. 내일이면 일본으로 유학 떠날 아들을 불러놓고 "너 가거든 '조총련' 조심해라"는 무뚝뚝한 아버지의 한 마디. '우리'가 만들어낸 불온한 대상. 이는 단순히 내 아버지만의 생각은 아니었다. 따라서 그들에 대한 물음은 다름 아닌 바로 '우리'에 대한 물음이기도 하다.

재일조선인/한국인, 그들은 '우리'의 안과 밖에 존재해온 타자이다. 당시 내 아버지에게는 '조총련'으로 대표되었지만 그들은 교포, 동포, 재일조선인, 자이니치, 재일한국인, 재일한인, 재일코리언 등등, 이제껏 많은 이름으로 불려왔다. 그들 스스로가 자신들을 어떻게 부르고 있는지, 오히려 그것은 중요하지 않았다. 그럼에도 그들은 끊임없이 세계를 향해 스스로를 드러내며 이야기해왔다.

이 책의 목적은 기본적으로 그들의 목소리, 즉 그들의 자기 이야기에 눈을 돌리고 귀를 기울이는 데 있다. 그것은 너무도 다양한 방식의 글쓰기를 통해 이야기되어왔음은 물론, 문학작품, 구술기록, 영화, 연극, 미술 등 온갖 매체를 통해 표현되어왔다. 그것은 해방 이후 국민국가의 경계 바깥으로 버려진 국민, 즉 기민(棄民)의 처지에 놓인 채 살아온 오랜 삶의 이야기였다. 또한 어느 재일 작가가 자신의 가족사를 그린 소설의 제목을 '백 년 동안의 나그네'라고 했던 것처럼 그 어떤 장소에 구애됨이 없이 떠도는 부평초 같은 삶들의 이야기였다. 이향(離鄕)의 시간을 살다가 다시금 조국으로의 귀환을 시도하는 그 이야기는 끝내 조국이라는 목적지에 닿지 못한 채 자자손손 끊이지 않고 있다. 이미 조국이 식민지로부터 해방된 지 70여 년이 지난 지금도, 피식민자의 경험과 기억을 전승하며 또 그것을 변형시켜가며 거듭 새로운 경험과 기억을 만들어내고 있다.

　제국-식민지 체제가 무너지고 새로운 질서가 만들어지는 가운데 '과거'처럼 남겨진 피식민자. 이미 이향에 묻힌 1세로부터 2세, 3세, 지금은 4세까지 이어져온 그들의 역사는 이제 일본에 정주(定住)하며 조국과 과거 식민 본국 사이에서 살아온 기록들이다. 조선적(朝鮮籍) 혹은 한국적(韓國籍)이 새겨진 외국인등록증 소지자, 더러는 귀화한 일본국적자, 하지만 그 어느 누구도 그런 역사로부터 자유롭지 못하다.

　일본 열도의 각지에 흩어져 있는 크고 작은 조선인촌(村). 오사카(大阪)의 이카이노(猪飼野)와 같은 전통적 집주지나 도쿄(東京)의 신오쿠보(新大久保)와 같은 신흥 코리언타운이 지금은 한국인/조선인 집주지로 대표되지만, 시모노세키(下關)부터 홋카이도(北海道)까지 지역별로 대소규모의 다양한 형태의 조선인/한국인 집주지가 존재했다. 그 대개는 일본 내 차별부락과 지근거리에 존재했던 섬과 같은 곳이었으며 점차 희미한 기억만 남기고 사라져갔다.

　일본 내 작은 조선인촌들은 빈집처럼 텅 비어갔다. 하지만 그 흔적이랄까 '똥굴'이라 불리는 작은 마을이 있다. 부관(釜關)페리의 선착지인 시모노세키의 한 구석의 '똥굴', 오랜 옛날(?) 그들이 돼지를 사육하며 그 오물을 실개천으로 흘려보냈다 해서 그렇게 불렸단다. 악취(?)로 기억되는 '작은 조국', 거기에는 조선적과 한국적의 그들이 아직도 뒤섞여 분단의 '일상'을 살아가고 있다. 그 마을의 한 가운데에는 '우리학교'라고 불리는 조선인 학교가 있다. 그렇게 분단의 '일상'은 자자손손 이어지고 있다.

　일본 열도 내에서 그들은 새로이 장소를 만들며 또 빼앗기기를 거듭

하며 살아가고 있다. 그러면서 그들은 도시의 익명성에 숨기도 하고, 아예 조국으로 떠나기도 했다. 그만큼 그들에게 자기동일화(identify) 과정에서 일본이라는 국가와 장소의 영향은 절대적이라 할 수 있다. 2세나 3세의 자기 서사 속에 많이 나타나는 에피소드이기는 한데, 일본인 학교를 다니며 사용하던 일본 명(名)의 거죽을 벗고 자기의 본명을 찾는 커밍아웃은 그들의 서사관습의 하나처럼 반복된다. 이는 마치 '조선인(한국인) 되기'의 통과의례와 같으나 필생의 거사처럼도 의미심장하다.

> 내가 나인 것 / 그대가 그대인 것 / 그 구속으로부터 도망칠 장소는 / 언제나 옷깃 스치는 타인 마을의 / 군집 속에 있었다. / 사람의 훈기에 거친 숨소리 / 서로 뒤섞이고 서로 다투며 / 쉼 없이 걸어온 것이 / 바로 어제 일인 듯한 / 느낌이 없지도 않은 / 재일(在日), 이었다.(종추월(宗秋月)의 시, 「이름(名前)」 중에서)

'나'에서 '재일'로의 귀결, 그들의 자기 서사는 정형성으로부터 벗어나기 힘들다. 그러면서도 '우리학교' 럭비 팀의 고군분투를 그린 다큐멘터리 <60만 번째의 트라이(try)>라는 제목처럼, 60만 아니 그 이상의 이야기로 존재한다. 이렇게 거듭 반복적이면서도 차이를 보이는 개별적 이야기가 일본이라는 국민국가의 '군집' 속에 존재해온 것이다. 그 '군집' 속에서 벗어나 '나'를 드러내고 말하는 것 자체가 저항이었던 것이다.

2018년, 오늘. 일본 열도 안에서 헤이트 스피치(hate speech) 즉 혐오의 언어가 조선인을 향하고 있다. 외마디밖에 할 수 없는 조선어/한국어, 조선인/한국인으로서의 그 어떤 중얼거림, 심지어 상상력과 몸짓까지, 그들의 자기표현은 다름 아닌 일본이라는 국민국가에 대한 도전이면서 또한 그 내부에서 일어나는 파열 그 자체이자 문화적 실천일 수밖에 없

다. 이 책에서 화두로 삼고 있는 재일조선인/한국인의 자기 목소리는
바로 그런 것이다.

이 책은 일차적으로 2014년부터 3년 동안 한국연구재단으로부터 지
원을 받아 <재일조선인 자기서사의 문화지리>라는 연구과제를 수행하
며 수차례에 걸쳐 개최했던 학술대회의 결과물이다. 더불어 이렇게 결
과물을 하나로 묶어내는 데는 동국대학교 교내 연구과제인 <재일조선
인 기억의 역사와 기념의 정치> 지원에 힘입은 바 크다. 재일조선인/한
국인을 주제로 한 연구는 특히 민족과 세대와 같은 거대담론으로부터
자유로울 수 없겠지만, 연구팀은 그 거대담론에 포섭되고 모순되는 그
들의 소소한 이야기 그리고 중얼거림처럼 들리는 이야기에 더욱 주목
했다. 그 동안 학술대회에서의 발표뿐 아니라 그 옥고를 흔쾌히 내준
필자 모두에게 감사의 마음을 전한다.

2018년 8월
필자들을 대표하여
박광현

●차례●

제1부 재일조선인의 자기 기획과 (탈)장소화

제2부 재일조선인의 공간 재편과 지리적 상상

제1부

재일조선인의 자기 기획과 (탈)장소화

제1장

귀국사업과 '니가타'
─재일조선인의 문학지리─

박 광 현

1. 들어가며-'니가타' 이야기의 시작

　가와바타 야스나리(川端康成)의 소설『설국』은 이렇게 시작한다. "국경
의 긴 터널을 빠져 나오자, 설국이었다." 죠에쓰(上越)선에 몸을 실은 주
인공 시마무라(島村)가 군마(群馬)현 쪽에서 시미즈(清水)터널을 빠져나오
는 기차 안에서 목도한 설경이다. 역사적으로 에쓰고(越後)라고 불렸던
니가타(新潟)는 '설국'이라 표상되었다. 또한 지리적으로는 근대화 과정
에서 낙후된 '안쪽(우라, 裏)일본'으로 심상화된 지역이기도 하다.1)『설국』
에서 도쿄 지식인이 전근대적 질서와 낙후, 그리고 자연성과 원시성을

---

1) '우라일본(裏日本)'이란 사전적인 의미에서 보면 본슈(本州)의, 일본해(동해)에 임면한 일대
　의 땅. 겨울 항설량이 많다. 메이지 이후 근대화가 앞선 '오모테(表)일본'에 대해 사용되기
　시작한 언어이다. 구체적으로는 호쿠리쿠(北陸)와 산인(山陰) 지역을 총칭하는 개념이다.
　이 '우라일본'이라는 용어는 지리학자인 야즈 마사나가(矢津昌永)의『中學日本地誌』(1895)
　에서 사용된 것으로 알려져 있다.(古まや忠夫,『裏日本-近代日本を問いなおす-』, 岩波書店,
　1997, 6쪽.)

몽환적으로 경험했던 세계가 바로 니가타였다. 그런 니가타현이 조선에 알려지기 시작한 것은 1922년에 일어난 '니가타현 조선인 학살사건'으로 인해서였다.[2] 그 사건 속 조선인들은 『설국』의 시마무라처럼 1922년에 착공하여 1931년에 완공된 전장 9,702미터의 시미즈터널을 지나지 않았다. 군마현의 다카사키(高崎)에서 우스이토게(碓氷峠)[3]를 넘어 나가노(長野)와 나오에쓰(直江津)를 경유하는 신에쓰(信越)본선을 이용하여 그곳으로 들어갔을 것이다. 물론 이 학살 당시 조선인들이 그런 지리적 이동을 실제로 인지했을 리 없다. 그저 '설국'의 첩첩산중으로 끌려갔던 기억만이 있었을 것이다. 이 대학살의 참상은 1922년 8월~9월에 당시 미디어를 통해 집중 보도되었다.[4] 식민지시기 재일조선인과의 그런 역사적 관계를 맺은 니가타가 일본의 패전 이후 다시금 한국인들 사이에서 중요한 심상지리의 하나로 떠오르기 시작한 것은 재일본조선인총연합회(이하, 총련)에 의해 주도된 '귀국사업' 때이다.

1945년 8월 일본의 패전과 함께 재일조선인들은 1946년 초까지 일본의 동서남북 각지의 항구, 즉 시모노세키(下關), 센자키(仙崎), 하카타(博多), 사세보(佐世保), 마이즈루(舞鶴), 하카타(函館), 우라가(浦賀), 미이케(三池), 우스노우라(臼の浦), 모지(門司), 荻境(?),[5] 유노쓰(溫泉津), 후시키(伏木), 나나오(七

---

2) 일본에서는 주로 '신노가와(信濃川)조선인학살사건'이라 불린다. 신에쓰(信越)전력주식회사가 신노가와의 지류인 나카쓰가와(中津川)에서 수력발전소를 건설하는 도중에 이 공사를 담당한 오쿠라구미(大倉組)의 관리자들이 가혹한 노동환경과 저임금에 견디다 못해 도망치려는 조선인 수십 명을 학살한 사건이다. 학살된 조선인의 시신이 신노가와를 따라 떠내려온 것을 주민이 발견하면서 보도되기 시작했다.

3) 일본의 관동지역과 중부지역의 경계. 이 고개의 나가노(長野)현에 내린 비는 동해로, 군마현에 내린 비는 태평양으로 흐른다고 한다.

4) 식민지 조선에서도 르포 보도되었다. 「新潟의 殺人境 穴藤踏査記(1)/(2)」(『동아일보』, 1922. 8.23./24.) 염상섭의 「新潟縣事件에 鑑하여 移出勞動者에 對한 應急策上/下」(『東明』, 1922. 9.3./10.) 등.

5) 원문에는 '荻境'이라고 되어 있으나, 아무도 도호쿠(東北)지역으로 강제동원에 끌려 가 탄

尾), 니가타(新潟), 오타루(小樽), 무로란(室蘭) 등으로 몰려가 귀국길에 나섰다. 그들은 "완전히 무궤도의 상태"6)로 아래의 그림처럼 조국 방향의 서쪽 (동해 방면) 항구로 향했다. 그리고 온갖 수단을 동원해 귀환의 배편을 찾아냈다.

[그림 1] 일본 패전 직후의 귀환으로 이용된 항구7)

그림처럼 일본의 서해안을 따라 남에서 북까지 일렬로 출항지가 늘어서 있다. 그런 귀국 행렬이 일단락된 1946년 2월에 연합군의 지령에 따라 조사한 귀국 희망자는 전체 647,006명 중 514,060명(그 중 수형자

광 등에서 노역에 시달리던 사람들이 이동해간 宮城현에 있는 오기하마(荻浜)항구의 오기가 아닌가 싶다. 만약 그렇다면 이 항구는 舞鶴와 더불어 태평양을 향해 있는 항구 중 하나이다.

6) 金英達·高柳俊男 編, 『北朝鮮歸國事業關係資料集』, 新幹社, 1995, 12쪽. 이런 방법에 의한 귀환자 수는 정부가 수배한 배에 의한 계획 송환으로 약 94만 명, 정규 루트 이외의 방법으로 송환된 수는 약 40만 명이었다.

7) 앞에서 제시한 지명, 즉 下關, 仙崎, 博多, 佐世保, 舞鶴, 函館, 浦賀, 三池, 臼の浦, 門司, 荻境(?), 溫泉津, 伏木, 七尾, 新潟, 小樽, 室蘭 순으로 그림에 표시했다. 단, 불분명한 荻境(?)를 제외했다.

3,373명)이었다. 그러나 일본 후생성의 조사에 따르면 1946년의 귀국자는 82,900명으로 16%에 그쳤고 그 출발항은 아래와 같다.

<표 1> 1946년 귀국자 수(일본 후생성 조사)[8]

출발항	博多(규슈)	仙崎(야마구치)	函館(홋카이도)	佐世保(나가사키)	舞鶴(교토)	합계
인구	69,107	9,917	205	286	3,385	82,900

애초 패전 직후의 귀국 행렬 당시에는 전국적으로 흩어져 귀국선을 구하던 이들이 1946년 이후 일정한, '통제'된 귀국 루트가 마련되었던 것이다.[9] 그 귀국 희망자 중에는 북조선으로의 귀국 희망자가 9,701명 (그 중 수형자 289명)이나 있었음에도 실제 실현되지 못했는데,[10] 만약 그 것이 실현되었다면 아마도 니가타항이 그 출항지로 유력했을 것이다. 왜냐하면 1938년 이후 '일본해'(동해) 항로의 확충 정비를 꾀했던 일본은 '도쿄-니가타-나진-신경(新京)' 항로와 더불어 '오사카-쓰루가시(敦賀)-나 진-신경' 항로를 만들었다. 전자는 이민 수송, 후자는 화물 수송에 주로 이용할 계획이 수립되었고, 그 계획에 따라 '일본해(동해)의 호수화'라는 원대한 기획의 차원에서 1940년에 해운국책회사 일본해 해운주식회사 가 그 영업을 개시한 바 있기 때문이다.[11]

---

8) 金英達·高柳俊男 編, 앞의 책, 13쪽.

9) 이회성의 『백년 동안의 나그네』(김석희 옮김, 프레스빌, 1995)에서 박봉석 일행이 사할린 에서 탈출한 후 귀환하는 과정에서 시모노세키에 대한 심상지리를 확인할 수 있다. 그들 일행은 사흘간의 강제송환 열차로 시모노세키에 도착했을 때, 유근재는 "우리가 처음 밟 은 일본 땅이 바로 이 시모노세키였어. 그렇다면 고국으로 돌아가는 길도 이곳에서 떠나 는 게 사리에 맞는 일이지."(상, 315)라는 오랜 나그네 길의 시발점에 다시금 돌아와서는 그 감상을 한탄조로 내뱉는다. 그들뿐만 아니라 재일조선인들에게 시모노세키는 일본 전 역으로 흩어져간 '관문'이었다. 따라서 사할린까지 흘러들어가는 과정 중 이 장소만큼 기 억 속에 각인된 곳도 없을 것이다.

10) 1947년 3월과 6월에야 비로소 각각 233명과 118명이 북쪽으로 귀환할 수 있었다. 그것도 사세보(佐世保)에서 흥남으로 귀국했던 것이다.(金英達·高柳俊男 編, 앞의 책, 14쪽.)

이런 역사의 경험이 있기에 1959년 12월에 북조선으로 떠난 제1차 '귀국선'이 니가타항을 출발해 청진으로 향할 수 있었을 것이다. 이 사업은 재일조선인의 일본 열도에 대한 심상지리에 큰 변화를 초래했을 뿐만 아니라, 조국에 대한 심상적인 거리감에도 큰 변화를 초래했다.

〈표 2〉 일본의 현별 총인구(1949년 현재)[12]

현	인구	현	인구	현	인구	현	인구
오사카	105,260	기후	12,726	이바라기	5,559	돗도리	2,830
효고	61,019	미에	10,914	미야지마	5,100	도야마	2,429
교토	44,993	치바	10,462	사이타마	4,583	아키타	2,008
아이치	38,995	오이타	10,574	구마모토	4,830	야마가타	1,912
동경	38,050	시즈오카	8,247	미야자키	4,023	고치	1,894
후쿠오카	36,363	나가사키	8,471	이시카와	3,945	가가와	1,726
야마구치	29,422	홋카이도	7,689	**니가타**	**3,929**	가고시마	1,618
가나가와	28,696	와카야마	7,276	군마	3,698	아오모리	1,468
시마네	26,224	나가노	6,355	야마나시	3,504	도쿠시마	883
오카야마	19,852	후쿠이	6,309	에히메	3,235	사가	392
히로시마	19,244	후쿠시마	6,072	도치기	3,026		
사가	13,887	나라	5,856	이와테	2,931	합계	611,758

11) 「일본해 해운회사 11일부터 遂개업」, 동아일보, 1940.2.7. "동경, 니가타, 나진, 新京을 연결하는 日滿間 최단 루트로 대망의 해운국책회사 일본해 해운주식회사는 작년 미창립총회를 종하고 드디어 來 11일 기원의 佳節을 기하야 영업을 개시하기로 되었는데 현재 裏日本, 북조선 間에 취항중인 구일본해기선회사회선 月山丸, 滿洲丸, 사이베리아丸, 氣比丸은 항빈의 5척 외에 4월 준공예정인 白山丸을 가해서 6척이 객선으로 취항하고 이에 조선측 출자의 금강산환, 舊일본해 기선출자의 北鮮丸, 大連기선출자의 4척의 6척이 純화물선으로 취항 黑潮를 蹴하면서 일본해의 호수화에 驀進키로 되었다."

12) 「민단서 조사한 재일동포」, 『동아일보』, 1949.2.15. "동경에서 柳在明특파원 14일발=합동/재일본한국거류민단중앙총본부 사회부민생과 사회부 민생과에서는 작년 12월말 현재의 재류동포 현별(縣別) 거주수를 조사중이었는데 이즈음 그 조사가 완료되어 발표된 바에 의하면 총인구 611,759명으로 그 중 남자 청년이 과반수에 달한다 하며 여자는 총수의 5분지 1이라 한다."

위의 <표 2>에서처럼 1949년 현재 일본의 현별 재일조선인의 총인구를 살펴보면, 지금과는 현저한 차이를 보인다. 적어도 이 인구분포는 당시 재일조선인의 일본에 대한 지리적 심상이 지역별로 어떤 비중을 차지하고 있는가와 관련된 것이라 여겨진다. 그 특징을 보자면, 오사카, 효고, 교토로 대표되는 간사이(關西)지역의 인구 비중이 월등하다는 점이다. 오사카 105,260명, 효고 61,019명, 교토 44,993명인 데 비해 도쿄의 경우는 38,050명에 그쳐 지금과는 큰 차이가 난다. 2013년 현재를 기준으로 한 통계에 따르면, 오사카가 118,396명이고, 도쿄가 98,966명으로 그 차이가 크게 줄어들었다.[13] 이는 일본의 '전후' 경제 성장에 따른 인구 이동의 결과와도 무관치 않을 것으로 예측된다. 도쿄를 제외한 간토(關東)지역은 가나가와현의 28,696명과 치바현의 10,462명 정도의 지역이 눈에 띌 뿐이다. 아이현과 기후, 미에 등 중부 지방도 적지 않은 인구가 거주했지만, 심상지리상의 비중은 그다지 크지 않은 것으로 보인다. 그에 비해 후쿠오카, 야마구치, 시마네 등 '현해탄'을 사이에 두고 한반도에 인접한 폭넓은 지역에 걸쳐 인구가 더 집중되어 있다. 그때까지는 조국으로 향하는 심상적 출구는 시모노세키 등이 있는 남쪽 지방에 있었다. 시모노세키는 대개의 재일조선인이 일본으로 들어온 입구이기도 했다. 설령 밀항선의 귀착지라 해도 대개는 시모노세키를 비롯한 규슈(九州) 일대였다.[14] 위의 <표 2>처럼 시모노세키가 있는 야마구치현의 인구가 3만 명에 채 이르지 않음에도 불구하고 그들에게 시모노세키는 심상지리적인 측면에서 보면 더 큰 비중을 차지하는 이유도 그 때문이다.

한편, 46개의 도부현(都府縣) 중 31번째에 해당하는 인구수 3,929명에

13) 在留外國人統計(旧登錄外國人統計)在留外國人統計月次 2013年 12月.
14) 金英達·高柳俊男 編, 앞의 책, 13~14쪽.

불과한 니가타가 중요한 심상지리로 부각되기 시작한 것은 앞서 말했듯이 1959년 12월 첫 귀국선이 출항을 준비하는 순간부터였다. 매월 3~5차씩 총 85차에 걸쳐 1959년에 2,942명, 1960년에 4만 9,039명, 1961년에 2만 2,801명이 귀국했는데, 귀국자 이외에 매회차 거의 2만 명 정도의 환송 인파가 니가타로 몰려들었다고 한다.15) 일본의 미디어도 그 순간순간들을 연일 크게 보도했다. 일본이 아직 남과 북 어디와도 국교를 맺지 않았던 시점에 니가타항이 조국으로의 귀환이 가능한, 출발의 장소였기에 재일조선인에게 식민지주의의 탈출구로도 인식되었다.

시인 허남기는 당시 이런 시를 남기고 있다.

> 우리 조선인에게 / 일본의 지명은 / 기묘한 울림이 있다
> 오사카는 코크스 줍는 넝마주이라는 / 쓰레기 줍기에 날을 새는 / 쓰디쓴 땀과 눈물의 거리이며
> 도쿄는 센초와 / 추만엔·고짓센16)이라는 / 말할 수 없는 모멸과 폭악의 도시이며(중략)
> 시모노세키는 여기에 상륙한 조선인은
> 그날부터 소가 되어야 하는 / 돼지가 되어야 한다는 것을 / 듣기 싫을 정도 깨닫게 하는 거리라는 식으로
> 우리 조선인의 기억에는 / 일본의 지도는 차갑게 일그러져 / 몸도 얼리는 듯한 참혹한 곳뿐이다 /
> 하지만 여기 니가타는 다르다 / 이 항구만은 한겨울에 와도 마음속까지 우리를 따뜻하게 해준다(중략)
> 이 항구만은 / 우리가 읽었던 수많은 / 기쁨과 꿈을 바꿔주었다17)

---

15) 귀국선 환송을 위해 일본인 10,158명/조선인 9,479명 합계 19,637명이 몰려왔다고 한다. 小島晴則, 『幻の祖國に旅立った人々-北朝鮮歸國事業の記録』, 高木書房, 2014, 34쪽. 이 책은 「니가타협력회뉴스(新潟協力會ニュウス)」를 묶은 자료집인데, 이하에서는 「뉴스」로 표기하고 발행일과 쪽수를 밝히겠다.

16) '센쵸ウ, チュウマエン·コチッセン'이라 표기된 이 말은 1923년 관동대지진 당시, 자경단 등이 일본어의 탁음 발음을 제대로 못하는 조선인을 식별하기 위해 단어.

하지만 그에 그치지 않고, 니가타는 총련과 민단(재일한국인거류민단) 사이의 갈등으로 인해 조국 분단의 상징적 장소로 인식되기도 했다. 항공로가 그다지 활발하게 이용되지 않던 그 시기에 후쿠오카나 시모노세키로부터 남으로, 그리고 니가타로부터 북으로 이동하는 항로에 의한 상상력은 1940년 제국일본이 상상했던 '일본해(동해)의 호수화'의 기획은 아니지만 일본열도와 남북의 한반도를 에워싸고 도는 '순환적' 상상력을 발휘할 수 있는 계기가 되었던 것인지 모른다.(위의 시처럼 당시 귀국사업을 이끌었던 총련 사람들에게 이미 시모노세키는 귀환지로서의 이미지가 누락되어 있었다. 이렇게 단절과 분단을 느꼈을 재일조선인에게 남으로, 북으로 이동할 수 있는 길을 만들어짐으로써 일본사회는 그렇게 상상할 수 있었음을 의미한다.) 하지만 니가타를 떠나는 귀국자들에게는 다시 돌아올 수 없는 길이었기에 니가타는 일본에 남은 가족과의 이산의 삶이 새롭게 시작되는 장소이기도 했던 것이다.

이 귀국사업이 1959년 이후 몇 해 동안은 재일조선인 사회에서 국교 정상화를 위한 한일회담과 함께 가장 큰 이슈 중 하나였기 때문에, 김달수, 허남기, 김석범, 김시종, 이회성 등 그들의 문학에서도 니가타-귀국사업도 자주 소재가 되었다. 이 글에서는 우선 '니가타현 재일조선인 귀국협력회'(이하, 협력회)라는 단체에서 당시 발행한 「뉴스」를 살펴볼 것이다. 귀국사업의 현장으로서 니가타의 모습을 생생하게 전하는 이 「뉴스」는 당시 발행에 직접 참여한 고지마 하루노리(小島晴則)가 소장한 것을 모아 자료집으로 간행한 것이다. 그리고 '귀국사업'이 한창 진행 중이던 때 재일조선인 문학 속에서 '니가타'라는 장소가 어떻게 표상되었는지를 살펴보겠다.

---

17) 許南麒, 「新潟」, 「뉴스」(1960.4.11.), 31쪽.

2. 조국에의 '반도(半道)', 니가타-「뉴스」를 중심으로

「뉴스」는 1960년 2월에 창립한 것을 계기로 3월 11일자로 창간호를 발행했다. 이 자료집에는 귀국사업 개시 5주년 기념호가 마지막으로 편집되어 있다. 귀국사업이 가장 활발하게 진행되던 시기인 2년간은 순보(旬報)의 형태로 발간되다가, 1962년부터 월보(月報)의 형태를 취하다가 그해 중반부터는 귀국자의 수가 현저히 감소하기 시작하면서 비정기적으로 발간했다.[18]

「뉴스」에서 전하는 귀국사업은 일본적십자 주도 하에 지방정부, 제정당 및 사회단체 등이 참여하고 있다. 일본 정부의 모습은 감춰져 있으며, 특히 당시 자민당과 사회당 등 좌우 제파가 공동으로 협력하는 가운데, '일조(日朝)협회'를 비롯한 민간 차원의 조선인과 일본인의 협력과 친선이 두드러져 보인다. '출항지'로서 니가타만의 특수성 때문에 협력회가 창립되었고, 이 협력회는 「뉴스」의 발행뿐만 아니라, 그를 통한 귀국자 환송 행사 및 그 홍보, 모금, 교류사업, 니가타 지방정부와 의회의 협조를 이끌어내는 활동 등을 전개했다. 그 활동은 4면으로 발행한 「뉴스」를 통해 보도되었다. 따라서 「뉴스」에는 귀국사업을 지원하는 각종 단체장들의 인사말, 좌담회, 인터뷰, 강연 초록, 시와 서간, '(협력회)사무국 순보' 등 다양한 콘텐츠로 구성되어 있다.

그 콘텐츠들이 담고 있는 메시지는 대개 '협력', '친선', '우호', '평화', '행복', '미래' 등으로 정리할 수 있다. 「뉴스」가 기본적으로 일본인 협력자의 시선에서 귀국자들을 환송하는 분위기를 담고 있던 매체라는 전제가 있기는 하지만, 그러한 키워드들은 일본과 국교가 없는 '조국'으

---

18)「最近歸國者が減っているとゆうが」,「뉴스」(1961.2.11.), 154쪽.

로 떠나는, 돌아올 기약 없는 항해를 준비하는 이들의 '불안'과 '걱정'이
그 이면에 존재하기에 더욱 부각된 것이 아닌가 싶다.

> (전략)——잘 가요 / 몸 건강히 가세요 / ——여러분도 빨리 / 돌아오
> 세요 / 보내는 사람과 떠나는 사람의 / 가슴 터질 듯 나누는 절규는 / 더
> 불어 조국을 받들고 / 미래를 믿는 자만이 지닌 / 아름다운 노랫소리라네
> 배가 떠나네 / 테이프가 끊어지네 / 그러나 우리들의 인연은 / 굳게
> 바다를 사이에 두고 / 이어져 있네[19](강조점-인용자)

창간호에 실린 허남기의 시처럼, 헤어지는 현실의 아픔은 미래의 희
망으로 극복한다. 또 귀국선이 떠나는 장면을 바라보는 화자는 니가타-
청진, 일본-조선 사이의 뱃길을 '인연'이라는 말로 심상지리화하고 있
지만, 자신은 니가타항 곧 일본에 남을 것을 전제로 하고 있다. 또 귀국
하는 이들이 언제 다시 되돌아올지 모르면서 '미래'에 대한 믿음만으로
불안을 감추는 귀국의 서사를 구축하고 있는 것이다. 따라서 화자가 귀
국선을 타지 않은 한, 그 '인연'은 또 다른 이산을 의미하는 아이러니가
함의되어 있다.

한편, 「뉴스」는 창간호부터 허남기의 시처럼 남은 자들의 심상만이
아니라, 이미 떠난 자들의 이야기나 북조선에 관한 소식을 자주 게재하
고 있다. 창간호에는 「조선을 방문하고」라는 교도(共同)통신 기자 무라
오카 히로토(村岡博人)의 강연록이 실렸는데, 그것은 당시 재일조선인 작
가들의 작품에서는 볼 수 없는 「뉴스」의 상상력이 발휘된 기획 중 하나
라 할 수 있다. 북조선에서의 귀국 모습을 취재하기 위해 아사히, 요미
우리, 마이니치 등 방북 취재단과 함께 1959년 12월 19일에 비행기로 출

---

19) 許南麒, 「船出」, 「뉴스」(1960.3.1.), 18쪽.

국해 홍콩과 베이징을 경유하여 평양으로 들어간 그는 배로라면 니가타-청진을 36시간에 갈 수 있는 길을 5일간에 걸쳐 입북한 경로를 말한다. 여기서 비수교국인 북조선과 일본 사이의 실제 물리적 거리의 문제가 아니라 니가타-청진 사이의 실제 거리보다 그 사이를 오가는 귀국선, 즉 귀국사업으로 인해 단축된 거리감의 이미지라고 할 수 있다. 이는 곧 '니가타'를 관문으로 떠난 귀국자 소식을 통해 북조선의 소식을 전하며 그 거리감을 단축할 가능성을 내포한다.[20] 이렇듯 「뉴스」는 귀국자 방문 및 취재차 다녀온 언론인, 정치인의 말을 통해 북조선의 소식을 전하는 데 그치지 않고 귀국자들의 편지 등을 적극적으로 게재하고 있다.

「뉴스」의 발행 주체가 '니가타현 재일조선인귀국협력회'인 만큼 그 활동의 범위가 니가타에 한정된 측면도 있는데 그러다보니 당연한 이야기지만, 니가타현 내 귀국사업의 지원 활동에 관한 정보가 주요 기사로서 차지하는 비중이 크다. 특히 니가타현 내의 귀국자에 관한 소식과 통계를 적극적으로 소개한 점도 그 때문일 것이다. 제24호에는 "현(縣) 내 이미 368명이 귀국" 제목의 기사로 곧 출항할 제45차 귀국선으로는 71명이 귀국할 예정임을 알리고 있다.[21] 그뿐만 아니라, 니가타 출신 귀국예정자의 소감 등을 특별히 소개하기도 한다.

「뉴스」는 니가타를 "일선친선의 도시 니가타"라는 캐치프레이즈로 내걸고 니가타 내 그 표상의 장소와 행사를 자주 소개한다. 그 중 대표

---

20) 「뉴스」의 창간호에는 무라오카의 강연록 이외에도 서평을 통해 寺尾五郎의 『三十八度線の北』가 소개되어 있다. "니가타-청진으로 지금 매주 귀국선이 오갈 때 '북조선은 어떤 나라인가요' 하는 질문을 받으면 두 말할 것도 없이 나는 우선 이 책을 권하고 싶다."(「뉴스」(1960.3.1.), 18쪽)

21) 「뉴스」, 123쪽.

적인 장소가 일본적십자센터에서 니가타항으로 향할 때 지나는 '버드나무거리(ボトナム通り)'이다. 이 거리의 이름은 원래 '도코센(東港線)'이었으나, 니가타는 예부터 '버드나무의 도시(柳の都)'라고 불리던 곳이라는 점과, 귀국자들이 350그루의 버드나무를 보낸 것을 계기로 귀국사업의 상징적 장소로서 친선의 의미를 담아 조성된 이 거리는, "(귀국의) 버드나무거리"로 바뀌었다.

제2호에는 정백운(鄭白雲)의 시 「버드나무거리에 부쳐(ボトナム通りによせて)」가 실렸다. 거기에는 "아 니가타여 / 버드나무거리여 / 매주 오가는 귀국선이여 / 우리들은 여기 버드나무거리에 심어졌다 / (중략) / 청진―니가타 / 니가타―청진 / 이 하나가 되어"22)(19쪽)라는 구절이 나온다. 귀국자들은 오히려 니가타의 버드나무가 되어 남겨진 것이다. 그로부터 '일조친선'의 심벌로서 버드나무회나 버드나무축제(祭り)가 생긴 것이다.

그 외에도 제13차 귀국선으로 귀국하는 니가타시 거주의 일곱 세대가 귀국에 앞서 시민에 감사의 뜻을 전하기 위해 니가타 시내의 하쿠산(白山)공원 내에 매화나무를 기념식수하거나, "朴則義군, 百合子씨 일가가 보내준 일・조 우호의 심벌"(「뉴스」, 189쪽)로서 은행나무를 식수하는 등 다수의 기념물을 그들은 남기고 떠난다. 허남기의 시에 최동옥이 곡을 붙인 「버드나무거리의 아침」이라는 노래도 무형기념물 중 하나라고 하겠다.23)

그러면서 니가타는 단순한 출항지나 관문으로서의 의미 이상의, "조

---

22) 鄭白雲, 「ボトナム通りによせて」, 「뉴스」(1960.3.1.), 19쪽.
23) "버드나무거리에 야나기(역주:버드나무의 일본어)가 자라는구나 / 바다에서 산들산들 불어오는 / 초록의 바람이여 / 니이가타 정신 가교를 건너 일조(日朝) 우호의 / 싹이 돋는구나".(「뉴스」(1961.2.11.), 156쪽)

국으로의 반도(半道)"(「뉴스」, 156쪽) 즉 이미 반은 조국이 되어버린다. 당시 니가타는 조선을 상상하는 장소가 되었던 것이다. "──지금 도쿄 하늘은 우유빛이지만 / 니가타의 하늘은 그보다 푸르고 / 일본해(동해-인용자)의 하늘은 한층 푸르고 / 그리고 청진의 하늘은 짙푸를 것임에 틀림없다"[24]며 시나가와(品川)에서 나카가미 히데코(中神秀子)가 니가타로 떠나는 귀국자 중 일본인 처를 환송하며 읊은 시처럼, 시나가와-니가타-동해(일본해)-청진으로 이어지는 심상지리는 시나가와 같은 일본의 어느 곳에서나 니가타를 상상하는 것이 곧 북조선을 상상하는 것으로 이어진다. 그것이 의미하는 바는 당시 (북)조선=귀국을 상상하는 전국적인 네트워크의 수렴지가 니가타였으며, 국교가 없는 상황에서 니가타는 조일(朝日) 간의 친선과 우호를 넘어 '반(半)'은 (북)조선으로 심상화했던 것이라는 점이다.

3. 불길한 위도=분단, 그리고 재일(2세)의 리얼리티
-『長篇詩集 新潟』를 중심으로

앞서 니가타에서 발행한 「뉴스」의 분석을 통해 한국에서 이른바 '북송'이라 일컫는 '귀국사업'의 개시와 함께 '니가타'가 재일조선인에게 조국으로 가는 '반도(半道)'에 있었음을 살펴보았다. 「뉴스」가 규모면에서 볼 때 일본의 전체 미디어에 어느 정도까지 영향을 미쳤는지는 회의적이지만, 적어도 「뉴스」는 일본 내 '귀국사업'의 분위기를 온전히 담아내

---

24) 中神秀子, 「品川で」, 「뉴스」, 219쪽.

려 했던 것은 분명하다. 그런 가운데 비중의 차이는 있지만 전국적으로
분포해 있던 60만 여명의 재일조선인 중에서 10만 명 이상의 귀국 희망
자들이 니가타로 향하는 민족 이동이 일어나는 상황에서 가장 강렬하
게 니가타를 상상한 문인은 역시 김시종(金時鐘)일지 모른다.

　1970년 간행된 시집 『장편시집 니가타(長篇詩集 新潟)』(이하, 『니가타』)25)
의 성립 시기에 관한 견해는 연구자에 따라 분분하다. 김시종도 1959년
에 완성했다고 하거나 1960년에 완성했다고 하는 등 인터뷰나 증언 등
에서의 성립 시기에 관한 발언이 일관되지 않은 데서 비롯되었다.26) 아
사미 요코(淺見洋子)는 그간의 연구 결과와 증언을 바탕으로 1959년 구상
하기 시작하여 1960년에 그 초고를 마쳐 1963년에는 이미 거의 원고가
완성 단계였다고 제시하고 있다.27) 하지만 분명한 것은 김시종의 사후
진술 모두가 1959년 이후 '니가타'라는 장소 표상의 강렬함에서 비롯된
것이라는 사실이다. 다시 말해 같은 시기에 '니가타'는 단순히 일본의
일개 도시가 아니라 재일조선인들에게 '조국'이란 무엇인가 하는 물음
을 던지는 표상 장소로 부상하기 시작한데서 기인한 것이라는 사실이
다. 그것은 다름 아닌 조국으로의 귀환을 결정해야 한다는 사실에 직면
하여, 그렇다면 '나는 누구인가'라는 정체성의 고민에 부딪힐 수밖에 없
었던 상황 하에서의 '니가타'인 것이다.

　김시종의 회고에 따르면, 1958년 이후 1965년까지 그는 총련 산하 조

---

25) 이 글의 인용은 다음의 텍스트에 따르며, 본문에 쪽수를 표시한다. 김시종, 『김시종 장편
　　시집 니이가타』, 곽형덕 옮김, 글누림, 2014.
26) 淺見洋子의 조사 항목 중에서만 보더라도, "1959년 완성한 것이지만 그것을 시집으로 낼
　　수 없었다"(「『在日』を生きる」, 『環』, 2002. 秋)고 하거나, "귀국이란 무엇일까를 테마로 한
　　시다. 이 시는 이미 60년에 완성하였던 것이지만, 어디에도 발표하지 않은 채 10년간 가
　　지고 다녔다"고 했다.(小熊英二・姜尚中, 「朝鮮現代史を生きる詩人」, 『在日一世の記憶』,
　　集英社, 2008, 573쪽)
27) 淺見洋子, 「金時鐘『長篇詩集 新潟』註釋 試」, 123쪽.

선작가동맹으로부터 숱한 비판을 받았다. "양배추 밭의 두더지"라는 비
판까지 받았던 그는 거의 10년 동안 표현 활동도 할 수 없었고 일본의
문화인과 만나는 것조차도 금지 당했다.[28] 그 와중에 『일본풍토기Ⅱ』
의 출판 중단으로 이어진 조직의 거센 비판은 『니가타』의 간행 역시
불가능한 상태로 만든 듯하다.[29]

　김시종의 증언대로라면 그는 장편시 『니가타』를 그 시기에 쓰고, 그
후 약 10년을 세상에 발표하지 못한 채 그것을 품에 품고 있었다. 그리
고 『니가타』가 공간된 이후는 그가 이미 총련과 결별한 상황이었고, 그
리고 이 시의 창작과 관련해 증언하던 시기는 "우리들 재일은 국가라는
것에 한을 품어도 좋은 존재"[30]라고 생각하던 시기이다. 이러한 점에서
『니가타』에는 집필 시기, 출판 시기, 증언하기 시작한 시기 등 이 세 가
지 시간의 차이가 존재한다는 아사미의 지적은 이 작품을 읽어내는 데
있어 중요한 관점이다.[31] 그렇다면 그런 맥락 속에서 『니가타』 속 '니
가타'이 어떻게 표상되었는지를 읽어내 보기로 하자.

　이 시가 식민지시기의 민족적 기억, 분단과 냉전의 기억, 재일(在日)의
기억 등 집합적인 복수의 기억들과 김시종 개인의 기억이 얽히는 이 시
의 시적 서사 안에서 '니가타'라는 기호는 그 둘 사이를 매개하는 역할
을 한다. 이 『니가타』는 두 가지의 서사가 병행하기 때문에 복잡성을

28) 小熊英二·姜尙中, 위의 책, 572쪽~573쪽.
29) 細見和之, 『디아스포라를 사는 시인 김시종』, 동선희 옮김, 어문학사, 2013, 103쪽. 한덕수
위원장이 중심이 된 민전(재일조선통일민주전선)에서 총련으로 조직이 바뀌면서 노선도
변하였다. 이에 반대하는 세력에게는 반(反)공화국(조선인민민주주의공화국)이라는 낙인
을 찍었다. 당시 사전 검열을 강요하는 총련의 시책에 반대한 문학인들이 '반공화국'의
인물로 취급되었다. 우리에게 잘 알려진 김달수, 김석범 등과 같이 일본문단에서 활약한
많은 작가들이 이 당시 김시종과 비슷한 처지에 놓여 있었다.
30) 小熊英二·姜尙中, 앞의 책, 575쪽.
31) 淺見洋子, 「金時鐘『長篇詩集 新潟』 註釋の試み」, 『論潮』 創刊號, 論潮の會, 2008, 119쪽.

지닌다. 그 복잡성이 시를 더욱 난해하게 만든다.

그럼 먼저 이 서사시의 구조를 보자. 'I 간기(雁木)의 노래', 'II 해명 (海鳴) 속을', 'III 위도가 보인다' 등 모두 3부로 구성되어 있다. 각각의 부는 다시 4개의 파트로 나눠 있다. 이 시집의 모티브는 북조선으로의 실제 귀국이 아니라, 일본에 살면서 고국을 분단하는 38도선을 넘는다 는 것이다. 이때 니가타가 귀국선의 출항지이자 한반도의 정치적 분단 선인 북위 38도선을 지난다는 것과 깊은 관련이 있다.[32] 호소미(細見)의 지적처럼, 그렇기 때문에 『니가타』에는 니가타에 관한 지리지(地理誌)와 문화사적 정보가 방대하게 담겨 있을 뿐만 아니라 그 객관적 정보와 작 가의 상상력이 방대한 스케일로 연결된다.[33]

니가타 앞 바다에 정박해 있는 클리리온호와 토폴리스크호[34] 너머 멀리는 바로 분단 조국이 있다. 그 배를 타고 1959년에는 2,942명, 1960 년에는 4만 9,039명, 1961년에는 2만 2,801명이 귀국했다. 니가타에는 그 처럼 바다를 건널 사람과 그렇지 않을 사람이 함께 있었다. 그 남은 자 들처럼 '재일'을 살아가는 현재의 삶은 항상 과거 식민지의 기억으로부 터 자유롭지 못하다. 뿐만 아니라, 분단 조국에도 자유롭지 못하다.

민족의 집합적인 복수의 기억들과 김시종 개인의 기억이 얽힌 채 '길' 위에서 진행되는 여행=이동 서사로 진행되고 있다. 그 '길'이란 이 렇다. "눈에 비치는 / 길을 / 길이라고 결정해서는 안 된다. / 아무도 모 른 채 / 사람들이 내디딘 / 일대를 / 길이라 / 불러서는 안 된다. / 바다

---

32) 細見和之, 앞의 책, 107쪽~108쪽 참조.
33) 細見和之, 위의 책, 같은 쪽.
34) 당시 귀국사업 기간 동안 니가타-청진을 오가는 사용된 구소련의 배. 이는 북조선과 일 본이 미수교국으로서 적십자로 대표되는 민간 차원의 인도적 사업에서 이뤄진 것임을 상 징적으로 보여주려는 의도가 있었던 이유로, 구소련의 배가 사용되었다.

에 놓인 / 다리를 / 상상하자. / 지저(地底)를 관통한 / 갱도를 / 생각하자. / 의사(意思)와 의사가 / 맞물려 / 천체마저도 잇는 / 로켓 / 마하 공간에 / 길을 / 올리자. / 인간의 존경과 / 지혜의 화(和)가 / 빈틈없이 짜 넣어진 / 역사에만 / 우리들의 길을 / 열어두자. / 그곳을 통과하지 않으면 안 된다."(21~22쪽) 그런 '길' 위에서 전개되는 지렁이-거머리-누에 번데기-벙어리매미로 '변태(metamorphoses)'하는 과정에서 생겨나는 정체성에 대한 물음이 병행하는 서사인 것이다.

그 중 니가타가 구체적으로 등장하는 것은 Ⅰ과 Ⅲ이다. 프롤로그에서부터 화자는 "깎아지른 듯이 치솟은 위도의 기슭이여 / 내 증거의 닻을 당겨라!"라고 외친다. 그리고 화자는 니가타가 "이외로 알려지지 않은" 곳이라며 그곳을 향해 떠나고 있다. Ⅰ부에서는 그 목적지를 향하는 길 위에서 바로 과거 식민지와 미군통치의 역사, 일본으로의 밀항, 한국전쟁 당시 이카이노쿠(猪飼野區) 생활, 스이타(吹田)사건, 황국소년시절의 기억을 노래하다가 드디어 1959년, 1960년의 겨울 니가타에 도착한다.

한편 Ⅲ부에서는 니가타항에서 귀국선을 기다리는 장면으로 서두를 연다. 하지만 함성과 환희가 없는 어두웠던 과거가 짓누르는 무게만이 있는 듯한 느낌의 장면이다. 그래서 '현해탄'을 넘어 일본에 의해 징용되어온 과거의 회고로부터 "어슴푸레한 / 어둠을 / 끌어올려 / 맞대어 치솟는 위도를 / 넘어오는 배가 있도다. / 포자를 품은 / 땅의 향기에 휘감겨 / 초대받은 적 없는 / 종처럼 살아온 나날들이 / 흘수선에 거품과 함께 진다."(132쪽)라고 귀국의 의미를 노래하지만 그것은 환희나 함성과는 거리가 멀다. 그 어두운 과거를 극복하는 귀국의 꿈을 꾸며 "종처럼 살아온 나날들"을 잊으려 니가타항에 선 화자는 다시금 조국의 풍경, 식민지-한국전쟁을 극복한 조국의 풍경과 김일성·공화국을 연상(?)
하며 귀국선을 맞이한다. 그들은 "배와 만나기 위해 / 산을 넘어서까지
온 / 사랑이다."(130쪽)

외국인등록증 없이 살아온 '나'는 '나'를 밝힌다. "출생지는 북선(北鮮)
이고 / 자란 곳은 남선(南鮮)이다."(148쪽) 이는 잘 알려진 것처럼 김시종
의 자전적 기술이다. "한국은 싫고 / 조선이 좋다."(같은 쪽)는 의미는 조
선이라는 기호의 역사성, 즉 식민지민으로서의 삶과 그 '연장'으로서의
'재일'이라는 삶을 지탱하는 것이다. 당시 한일 양국의 국교정상화를 위
한 회담으로 대표되는 '한국'과 '공화국'으로의 귀국사업으로 대표되는
'조선' 사이의 양자택일을 강요받는 젊은 '재일'의 리얼리티를 보여주는
대목이다. 그러나 '나'는 아직 "순도 있는 공화국 공민이 되어 있지 않
다."(149쪽, 강조점-인용자) 그래서 니가타에서 귀국하지 않고 남는다.

4·3항쟁 때 제주도를 떠난 '나'의 도망 생활은 '지렁이'로 변태하여
일본에서도 이어져왔다. 특히, '38도선' 위에 존재하는 니가타의 귀국센
터에서 짐 검사를 끝내고 귀국의사를 확인하는 과정에서 "자신은 누구
일까"를 집요하게 되묻는다. "순도 있는 공화국 공민"이 아닌 '나'는 누
구일까. "어차피 가지 않을 거라고" 하는 화자인 '나'는 그러면서도 자
신이 "북의 직계다!"라고 외친다.

하지만 고향의 조부는 "내 손자라면 산으로 갔어. / 총을 쥐고 말이
지……"(160~161쪽)라며 차갑게 나를 부정한다. '나'의 육신마저 "내 생
성의 투쟁을 모른다!" 이런 자책에 니가타에서 임신한 아내만을 귀국시
키는 남자의 이야기가 필요했는지 모른다. 남자는 "두 사람은 헤어지는
것이 아니"며, "내가 남는 것은 허물 벗은 껍데기이기 때문"이라며 곧
태어날 아이를 "더럽혀지지 않은 / 처녀지"로 보내려 한다. 그렇게 '나'

는 누구인가를 끝없이 되묻는 종국에 "나를 빠져나간 / 모든 것이 떠나"(178쪽)면서 '분신극'의 종결35)이 이뤄진다.

그리고 "유사(有史) 이전 / 단층이 / 북위 38도라면 / 그 경도의 바로 위에 / 서 있는 / 귀국센터야말로 / 내 / 원점이다!"(76쪽)라는 시적 화자의 선언처럼, '나'의 삶의 아프리오리적인 '재일성(在日性)' 그 자체가 분단이라는 것이다. 이것이 바로 이 시 안의 '니가타'인 것이다.

하지만 이러한 분단은 단순히 한국과 '공화국' 사이를 절단하는 경계선만을 의미하지 않는다. 왜냐하면 "숙명의 위도를 / 나는 / 이 나라에서 넘는"(33쪽) 상상력과 '이 나라'=일본에 남아야 하는 리얼리티가 공존하기 때문이다. 여기서 '이 나라'라는 장소가 중요한 의미를 지닌다. 그곳은 분단된 조국과는 다른, "이 땅을 모르"긴 해도 "인간 부활은 / 이뤄지지 않으면 안 되는"(32쪽) 장소이다. 따라서 "물고기 떼처럼 / 위도를 넘는 / 배"(123쪽)를 타고, 귀국하는 것이 곧 희망만을 주는 것은 아니다. "소년의 기억에 / 출항은 / 언제나 / 불길한 것"(95~96쪽)이라는 기억을 되살리는 곳이기도 하다.36) 그래서 "남루한 / 니가타시(市)" 위도의 자연성과는 다른, 그 "불길한 위도"(178쪽)로 되어버린 역사로 변해 버린 장소이다.

---

35) 細見和之, 위의 책, 157쪽.

36) 앞서 지적했듯이, 'Ⅱ 해명(海鳴) 속을'에서는 니가타가 등장하지 않는다. 하지만 Ⅱ의 서사에서는 일본에 의한 징용, 우키시마마루(浮島丸)사건, 4·3사건, 5·10남한단독선거, (우키시마마루사건, 4·3사건,) 한국전쟁, 우키시마마루의 인양으로 이어지는 가운데, '해명'이라는 제목처럼 Ⅱ는 비참한 역사를 안고 있는 바다의 울음을 노래한다. 시의 화자는 니가타의 바다를 바라보며, 4·3사건에 살육되어 바다로 버려진 시체들 때문에 "인육의 먹잇감에 익숙한 물고기"가 서식하는 제주도의 바다, 그리고 아오모리(青森)의 오미나토(大湊)항에서 부산으로 향하던 우키시마마루가 침몰하여 600명 가까이 사망한 마이즈루(舞鶴)의 앞 바다 등 민족의 비극이 어린 바다를 연상한다. 그리고 마지막에는 마치 우키시마마루의 원혼들을 달래는 진혼굿과 같은 장면을 그려낸다. 이것이 바로 출항의 불길한 기억인 것이다.

1960년 니가타에서의 귀국은 일본에서의 기억을 불식하는 것이 아니라, 그 기억을 다시금 짊어지는 형태일 수밖에 없다.[37] 그것은 과거 식민지와 미군통치의 역사, 일본으로의 밀항, 한국전쟁 당시 이카이노쿠(猪飼野區) 생활, 스이타(吹田)사건, 황국소년시절 등의 "무시무시한 용량의 기억"(110쪽)을 상기시킨다. 따라서 '니가타'라는 기호는 일본과 조국, 조국과 재일, 재일과 일본, 분단조국과 나, 식민지의 기억과 재일 등 다양한 관계성을 규정하는 역할을 하고 있는 것이다. 시적 화자는 '니가타'를 떠나는 이들에게 "이 사람들이야말로 / 길 / 이라는 것을 / 미리부터 / 가지고 있던 사람들"로 여기면서 남겨진 자의 노래를 부르고 있는 것이다. 그럼으로써 시적 화자를 통해 '분단의 심상'을 더욱 강렬히 각인시키고 있는 것이다. 조국이 심상적으로 가까워졌지만. 그것이 오히려 젊은 세대에게는 재일조선인 삶의 아이러니 같은 리얼리티를 강하게 느끼게 만드는 계기였던 것이다. 귀국사업이 공론화되는 시점, 1958년에 김시종은 그 사실을 이렇게 적고 있다.

> 조국이 둘로 나뉘어 있다는 고통도 물론이지만, 바다 건너에 존재하는 조국이 너무도 애쓰지 않고 우리들 재일동포와 결합되는 상태, 엄밀하게 말하자면 믿어버려지는 상태가 '불안'인 것이다. 그 회의(懷疑) 없음, 마치 백치적인 건강함이다. 적어도 '유민'이라는 골짜기에서 나고 자란 우리들 젊은 세대, '조국'은 부모를 매개로 만지작거릴 수밖에 없고, 그 '색'도 '냄새'도 '울림'도 시들은 먼지투성이의 '부모'를 통해서 느낄 수밖에 없는 습성을 지니고 말았던 우리들에게 이렇게 골짜기 세대를 그대로 지나쳐 '조국'과 결합되어버려서는 우리들은 언제까지나 바다 이편의 조국의 사생아일 수밖에 없을 것이다.[38]

---

37) 細見和之, 앞의 책, 122쪽.

38) 金時鐘, 「第二世文學論─若き朝鮮詩人の痛み」, 『現代詩』, 新日本文學會, 1958. 6.(尹健次, 『「在

4. 서사의 종결, '니가타' 그리고 남겨진 자의 이야기

소설가 김달수가 귀국사업 즉 일명 '북송'사업에 활동한 정황은 그가 남긴 여러 에세이를 통해 나타나 있을 뿐만 아니라, 귀국하는 조선인들을 환송하기 위해 여러 차례 니가타를 방문한 것으로도 알려져 있다.[39] 또한 1959년 12월에 제1차 귀국선이 니가타에서 출항한 이후에는 북조선으로 귀국하는 인물들이 등장하는 단편을 발표하기도 했다. 그런데 흥미로운 것은 그 이전까지의 작품들에서는 일본에서 남한으로 귀국하는 인물들이 주로 등장한다는 점이다.[40] 그것도 '밀항'의 방식을 취하고 있다. 이렇듯 귀국지가 1959년 이후 남한에서 북조선으로 변할 뿐만 아니라, 그 경로에 있어서도 밀항이라는 비합법적인 행위에서 귀국지 선정의 자유를 획득하고 합법적으로 변화한다.

단편 「일본에 남긴 등록증」에는 한국전쟁의 정전과 동시에 일본으로 밀항해 와 위조한 외국인등록증으로 살아가다, 제1차 혹은 제2차 귀국선으로 귀국을 결심하는 오성길이라는 인물이 등장한다. 그런데 이 단편의 마지막에 흥미로운 '나'의 진술이 등장한다. "당분간 이 일본에서는 더 이상 그를 만날 일이 없다.—그래서 나는 이 이야기를 쓴 것이다."[41] '나'라는 기록자가 오성길이라는 인물의 삶을 기록해야만 하는 이유는 더 이상 그를 '나'='재일'의 생활공간에서 만날 수 없기 때문이다. 그는 며칠 후면 니가타항을 통해 귀국한다. 그 이후면 더 이상 서사화될 수 없

日」の精神史2』, 岩波書店, 2015, 92쪽 재인용)
39) 金達壽, 「手記 歸國船を見送って」, 『讀賣新聞』(1959.12.15.) 등이 있다.
40) 박광현, 「김달수의 자전적 글쓰기의 정치-'귀국사업'과 '한일회담'을 사이에 두고-」, 『역사문제연구』 34호, 2015. 10. 참조.
41) 金達壽, 「日本にのこす登録証」(『金達壽小說全集』 2권, 筑摩書房, 1980), 274쪽.

는 존재라는 사실을 의미하는 것이다. 또 1962년에는 「고독한 그들」을 발표하는 데 거기에서도 귀국선을 타는 인물 정태웅이 등장한다. 그는 모든 희망을 잃고 가난과 차별 속에서 살아야만 했기에 귀국선에 오른다. 그 작품에서도 마지막에 "지금은 이미 다언(多言)을 필요치 않는다. 그래서 나는 이 기록을 쓴 것이다."42) 여기서 '나'는 「일본에 남긴 등록증」에서의 '나'와 동일한 존재이며, '기록' 또한 더 이상 서사화될 수 없는 존재에 대한 것임을 의미한다. 그 외 같은 해 발표된 단편 「중산도」는 조국(북조선)으로의 귀환에 앞서, 한 노인(張萬石)이 40년 전 관동대지진 때의 조선인 대학살에서 홀로 살아남은 자의 죄책감으로 대학살의 현장을 다시금 찾는 이야기다. 이 단편 속 대학살이 자행된 과거 시간-장소로의 방문은 편도만이 허락된 영구 귀국에 앞서 진행된 제의(祭儀)와 같은 것이다. 이렇듯 니가타를 향하기에 앞서 이뤄진 제의는 과거 설움을 묻고 떠나기 위한 것이며, 그 너머는 그러한 모순이 존재하지 않는 가상을 전제로 한 것이다.

이렇듯, 서사의 중단, 설움의 극복, 모순의 종결을 맞이하는 시작 장소가 바로 니가타인 것이다.

다음으로 김달수의 『밀항자』를 보자. 이 작품은 니가타의 의미가 더욱 상징적인데, 서장을 포함해 모두 일곱 개의 장으로 구성된 장편소설이다. 한국전쟁 후 남한의 잔류 빨치산 출신의 두 인물, 즉 임영준과 서병식이 북조선으로 넘어가기 위해 일본으로 밀항하며 시작한다. 서장에서 그들은 밀항을 통해 규수(九州)의 어느 한 해변에 도착했지만 그 직후 일본 당국에 체포되고 만다. 그리고 2장과 4장은 체포 후 조사 중에 탈출한 임영준이 일본에서 사업에 성공한 고향 친구의 도움으로 대학

---

42) 金達壽, 「孤獨な彼ら」(『金達壽小說全集』 2권, 筑摩書房, 1980), 383쪽.

에 다니며 살아가는 삶을 그리고 있다. 그 친구가 브로커를 통해 거액을 들여 구해준 한국 국적의 외국인등록증으로 이동의 자유를 얻지만, 한편 '한국' 국적이라는 레테르는 그를 콤플렉스에 시달리게 만들었다. 한편, 3장과 5장은 서병식이 "제국적 이동이 국민국가로 수축되는 과정에서 형성된 일본 출입국관리정책의 산물"[43]인 오무라(大村)수용소에서 '귀국지 선정의 자유' 투쟁을 펼치는 삶을 그리고 있다. 소설 속의 시간은 대략 1955년 밀항 후 1959년까지 약 4년간의 일본 생활이다. 결국 기나긴 투쟁 끝에 '귀국지 선정의 자유'를 획득한 서병식이 북으로 떠나는데, 임영준이 니가타항에서 그를 배웅하며 소설은 끝난다.

하늘은 변함없이 흐렸다 맑았다 하다가 때때로 눈이 흩날리기도 했는데 임영준은 왠지 거기를 꽉 메운 사람들 사이를 피하듯 물러나 홀로 그 후방에서 전방으로 늘어서 있는 귀국자를 물끄러미 바라보고 있었다. 선체(船體)에는 커다란 조선문자가 씌어진 붉은 현수막이 걸려 있었다. 거기에는 '조선민주주의인민공화국만세!'라고 적혀 있었다.
'아, 저 배가 마침내 이 일본에 있는 동포와 조국을 이어주게 된 것인가'하고 생각하자, 임영준도 또한 감개무량이 아닐 수 없었다. '행복 있으라' 하며 그는 생각했다.<중략>
그때 부두에 꽉 들어찬 사람들 사이로 우렁찬 환호성이 들려왔다. 귀국자들의 승선이 시작된 듯했다.
이 이야기는 여기에서 끝이 난다. 하지만 한 가지 말해 두어야 할 것은 남조선에서는 얼마 안 있어 이승만이 쫓겨나고 그에 따른 격랑이 다시금 시작되었던 것은 이듬해 1960년 4월의 일이었다.[44](강조점-인용자)

43) 玄武岩, 「密航·大村収容所·済州島-大阪と済州島をむすぶ「密航」のネットワーク」, 『現代思想』, 青土社, 2007.6, 158쪽. 이 오무라수용소에는 밀항자 외도 일본에서 형기를 마친 한국인 범법자, 법무성에서 강제송환을 명령받은 한국인 또는 '북선계', 일본 각지에서 강제적으로 잡혀온 재일조선인 등이 함께 감금되어 있었다.(朴順兆, 『韓国·日本·大村収容所』, JDC, 1982 참조)
44) 金達壽, 『密航者』(『金達壽小說全集』 5권, 筑摩書房, 1980), 322쪽~323쪽.

인용문은 사실상 이 소설의 에필로그에 해당하는 6장의 대단원이다. 니가타항에 정박해 있는 귀국선, 클리리온호와 토폴리스크호 두 척의 배에 승선하는 귀국자들을 향한 환호성이 들리는 장면이다. 먼발치에서 그 장면을 목도하는 임영준은 일본에 남아 다시금 남쪽으로의 밀항을 결심하지만, 그 역시 정치적 지향은 북쪽에 있다. 조선(민주주의인민공화국)적십자와 일본적십자 사이의 인도주의 협약에 따른 합법적 귀국과 향후 결행할 불법적 밀항에 의한 귀국, 즉 소설 속에서 '조국(남)→일본→조국(북)'과 '조국(남)→일본→조국(남?)'이라는 두 주인공의 이동 경로는 차이를 보이지만, 두 경로 사이의 합치점은 사회주의 조국 통일에 있다. 둘 사이에는 지향 장소의 불일치에도 불구하고 이념의 합치를 우선시하고, 그 결의를 집중시키는 장소가 바로 니가타인 것이다.

그런데 문제는 여기에 있다. 서병식을 비롯한 귀국자들의 서사는 승선과 동시에 종결되고, 이제 남은 것은 '남겨진 자' 혹은 밀항자로서 임영준과 같은 인물만이 그의 소설에서 서사의 대상이 된다는 것이다. 서사가 종결된 상태에서 격랑 속에 빠져든 남한 사회, 그곳으로의 밀항을 결심하는 인물들의 삶이 이 소설의 끝에 덧붙여져 있는 것이다.

이 대목에서 김달수에게 니가타는 무엇이었는가 하는 문제를 언급하지 않을 수 없다. 그에게 니가타는 떠나는 사람들만이 있을 뿐 그들의 삶이 어떻게 이어지는지에 대한 의문이 존재하지 않는다. 이 소설에서처럼 서사의 단절을 의미하는 것이다. 더불어 떠나는 그들이 다시 돌아오지 못한다는 사실에 대해 의문을 품지 않는다. '저 배가 마침내 이 일본에 있는 동포와 조국을 이어'준다고 하지만, 그 길은 편도에 불과할 뿐이다. 이는 오직 북으로만 향하는 귀국선에 탑승한 귀국자들이 의문을 품을 기회마저도 제공하지 않는 까닭이기도 하다. 김달수는 등장인물들을 통해 '북조선'이 모순과 갈등이 존재하지 않는 장소로 그려내고 있다.45) 그런 북으로의 출항지인 니가타는 '재일(조선인)'이라는 모순의 해결 지점인 것이다. 그것이 가능한 이유는 이념의 맹목적성 때문이다.

서사는 종결되고 모순이나 갈등은 존재하지 않으며, 개인으로서의 '나'를 되물을 기회마저 봉쇄하는 국면을 김달수는 니가타를 통해서 그려내려 했던 것이다. 그것이 의도된 것이든 그렇지 않든지 간에 1959년부터 1963년 사이의 김달수에게 니가타는 분명 그런 곳이었다. 소설가가 소설을 창작함에 있어 모순과 갈등을 상상하지 못하는 상황은 아마도 '절필'의 상태일 것이다. 그래서 임영준을 니가타에 남기고 또 그가 남한으로의 밀항을 시도할 것을 예견하는 설정은 이 소설의 구상에서 부득이한 것일 수밖에 없다. 그리고 이승만이 쫓겨난 1960년 4월 이후의 '남한'에 대한 여지가 소설의 대미를 장식한 것이라 하겠다.

또한 김학영의 「착미(錯迷)」(1973)에서도 '니가타'는 의미심장하다. 이 소설은 남한 출신의 유학생이자 대학 동기였던 정용신이라는 인물에게서 오랜만에 만나자는 편지를 '나'가 받고부터 이야기는 시작된다. 귀국 후 학업을 포기하고 통일운동에 뛰어든 정용신에 의해 민족문제가 소설의 전면에 드러나는 듯하다가, 오히려 서사는 '나'의 회고를 통해 불우한 가정사를 중심으로 전개된다. 그 중 하나가 두 여동생 아키코(明子)와 노리코(紀子)가 귀국선을 탄 사건이었다.46) 재일조선인 2세 소설에

---

45) "(전략) 우리는 남에서는 쫓겨난 것이지만, 북으로 가면 거의 모든 것이 준비되어 있습니다. 그렇다면 우리들은 주어진 기관의 지도자에 의해 각자의 희망과 자질에 맞게 어딘가에 배치되겠죠. 그것은 아직 어디가 될지 모르지만 아무튼 우리들은 거기에서 단지 열심히 일하기만 하면 되는 겁니다. (중략) 바라는 바 모든 것을 관철할 수 있겠죠. 사람에 따라서는 어떨지 모르겠습니다만, 그것이 우리들이 바라던 자유에의 길이니까요."(위의 책, 313쪽. 강조점–인용자)

46) 실제 김학영의 여동생 3명은 1966년까지 북조선으로 귀국했다. 그때 "억지로 여동생을 막지 못해" 회한을 품고 있다고 1970년대에 고백한 바 있다.(李順愛, 『二世の起源と「戰後思

자주 등장하는 아버지의 폭력에 시달리는 가정의 전형이라고 할만한 '나'의 가정의 불우는 두 여동생으로 하여금 "가령 북조선에서의 생활에 그 어떤 불안이 기다린다 해도 그것은 지금의 숨 막히는 생활"[47]보다 나을 것이라며 귀국을 결심하게 만든다. 두 여동생 중 아키코가 먼저 귀국선에 오르는데, 주변에서는 "애국심의 일념으로 귀국하는 것"이라고들 해석하지만, 사실 자신의 불우한 가정으로부터 벗어나기 위한 선택이었다.

정용신의 갑작스런 등장으로 비롯된 통일운동과 관련한 정치 서사가 '나'의 개인사나 가정사로 전치되는 틀 속에서 최근 9년 사이의 '최대 사건'으로서 두 여동생의 귀국 장면이 회고된다. 그 또한 애국심으로 치장되지만 불우한 가정으로부터 벗어나기 위한 극히 사변적인 결정으로 치환시키는 방식이 아주 흥미롭다. 이 소설에서는 당시 니가타항의 광경이 비교적 세세하게 묘사되고 있는데, 그 결정적인 장면에서도 그런 방식은 그대로 재현되고 있기도 하다.

> 지역의 S동맹의 청년들에 의한 악단이 계속해서 애국가를 연주하고 거기에 맞춰 배 위의 사람과 육지의 사람 모두가 하나가 되어 노래한다. 악단의 연주가 그곳을 흥분의 도가니로 몰아넣고 점점 노랫소리도 커져 간다라는 생각이 들자 배 위의 누군가가 뭔가를 떨쳐내듯 목청껏 만세를 부른다. 그러자 그 소리를 따라 거기에 모인 2천여 명 정도가 일제히 만세를 제창한다. 그 만세 소리가 거대한 음파(晋波)가 되어 넓은 니가타항의 구석구석까지 울려퍼진다. 이별을 애석해 하며 계속 서로 나누는 온갖 절규. 악단의 요란스런 관악기와 타악기의 선율. 합창. 북조선측과 일본측의 양 적십자 대표에 의한 귀환 절차가 해안의 한 쪽에서 조

想」」, 平凡社, 2000, 95쪽.)
47) 金鶴泳, 「錯迷」, 『<在日>文學全集 金鶴泳』, 磯貝治泳・黑古一夫 編, 265쪽.(이하, 「錯迷」)

용히 이뤄지고 있는 것에 아랑곳하지 않고 귀국자들과 배웅하는 이들에
의한 정신없을 정도의 광열(狂熱)적인 소동이 끝없이 이어지고, 휘몰아
치고, 소용돌이친다.48)

귀국선 클리리온호가 출항하기 직전의 절정, 애국가, 만세소리, 절규,
선율, 합창 등 온갖 소리로 뒤덮인 니가타의 광경이다. 이 절정의 귀결
점은 곧 국가이다. 그 어떤 개개의 소리도 집어삼키는 국가의 소리만이
가득하다. 그 자리에 존재하는 모든 개인들의 사연이나 불우를 감춘 채
조국이나 귀국사업이라는 환희/열광의 서사만이 가득한 것이다.

하지만 김학영은 그 '광열적인 소동' 속에서 아키코의 표정을 클로즈
업시킨다. 일본학교를 다니며 요시모토(吉本)라는 성으로 살아온 아키코,
그녀에게 조선이라는 국가란 소여된 것이 아니라 사후적으로 체득할 수
밖에 없는 것이다. 그곳은 '신생의 땅'이자 '미지의 토지'일 뿐이다. 그곳
으로 떠나면서 그녀는 겁먹은 표정을 감추지 못한다. 그리고 이 소설에
서 가장 인상적인 장면이 그려진다. 귀국선 갑판 위와 육지 사이를 교차
하며 오가는 무수한 소리 중에 "오카상(어머니를 뜻하는 일본어)"이라 부르
는 아키코의 절규 장면이 그것이다. 아키코는 귀국을 결정한 후 조선어
와 조선의 역사지리 등을 학습하면서 갑자기 성격이 밝은 자기를 만들
어갔다. 그러면서 그녀는 '어머니'나 '오빠'라는 호칭을 사용했다. 다케다
세이지(竹田靑嗣)가 지적했듯이 그것은 "서사화된 호칭"49)이었던 것이다.
그런 조선인으로 거듭나기 위한 국가에의 훈육도 이미 소여된 말과 습
속을 지울 수 없었던 것이다. 다케다는 이 장면을 가리켜 "'재일'의 '불
우의 의식'에 있어서의 일종의 원풍경"50)이라 했다. 배가 멀어짐에 따라

---

48) 金鶴泳, 「錯迷」, 270쪽.
49) 竹田靑嗣, 『<在日>という根據』, 國文社, 1983, 181쪽.

아키코의 '동요'는 점점 심해지며 '반(半)광란'의 모습으로 변해갔다.

이렇게 해서 그녀의 귀국은 서사 바깥으로 그녀가 사라짐을 의미하지만, 남겨진 자들에게는 새로운 삶을 남긴다. '나'의 안에 꼭꼭 숨어 지내던 '나'는 "내가 조선인으로서 살아가기 위해서는 나는 더욱 '조선'을 몸으로 느끼지 않으면 안 될 것"[51]임을 자각한다.

--잘 가요 / 몸 건강히 가세요 / 당신들은 떠났어도 / 우리들의 가슴
에는 / 당신이 남겨둔 / 커다란 감개가 살아 있어요[52]

떠난 이들이 서사 바깥으로 사라짐으로써 이제 니가타는 남은 자들이 품은 '감개'만의 장소로 변한다. 「착미」의 '나'도 9년 전의 회상에서 현실로 돌아온다. 현실에서 북으로 떠난 두 누이의 이야기는 다시금 서사화되는 일이 없다. 이렇듯 이 소설도 김달수의 많은 소설들에서와 마찬가지로 '니가타'는 거기서 떠난 이들의 서사를 종결하는 장소로서 기능을 한다. 그리고 정치운동가로 변모한 남한에서 온 정용신으로부터 조국의 평화와 통일을 위한 서명지를 건네받는다. 이처럼 '니가타'로 인한 서사의 종결과 남은 이들의 '감개'가 '남'으로 연결되어지고 있는 것이다. 앞서 김달수와 마찬가지로, 김학영에게는 더 나아가 '니가타'가

---

50) 竹田青嗣, 위의 책, 같은 쪽.
51) 金鶴泳, 「錯迷」, 284쪽.
52) 許南麒, 「船出」, 『뉴스』(1960.3.1.), 18쪽. 일본의 대중서사물 안에서도 귀국사업은 자주 등장했다. 특히 가와구치(川口)의 공장지대를 배경으로 한 성장 영화 「큐폴라가 있는 거기(キューポラのある街)」에서는 조선인과 일본인 소년소녀의 우정을 다룬 장면이 나온다. 영화의 결말 부분에서 조선인 남매는 일본인 어머니와 헤어져 아버지를 따라 귀국을 위한 니가타행 열차에 오른다. 하지만 이산의 두려움에 남동생이 가와구치로 되돌아온다. 결국 남동생도 니가타행 열차를 다시 타고 떠나는 장면으로 영화는 막을 내린다. 결과적으로 보면, 이 영화 속에서 귀국사업을 통해 조선인이 모두 사라지지만 그것으로 끝나는 것이 아니라 귀국이 이산을 낳은 상징적 장면이 아닐 수 없다. 이는 일본 대중서사가 무의식적으로 담아낸 귀국사업의 진실이라 할 수 있다.

분단 조국의 현실을 체득하는 장소인 동시에 재일조선인에게서 새롭게 '분단가족'의 역사를 만들어내는 장소로 확장되고 있는 특징을 보여주고 있는 것이다.

5. 결론을 대신하여

1971년 5월에 만경봉호가 취역(就役)했다. 그로써 소련 국적의 선박을 대신해 '공화국' 국적의 선박이 귀국사업에 사용되었다. 뿐만 아니라 만경봉호는 가족방문과 조선학교의 수학여행 등에까지 활용되었다.[53] 명실 공히 그것은 일본과 국교가 없는 상황에서 조국 영토의 시작이었다.

하지만 2006년 7월 북조선의 미사일 발사 실험이 있은 이후 일본 정부는 만경봉호에 대한 입항금지 조치를 내렸다. 또한 같은 해 10월 지하핵실험 이후에는 북조선의 모든 선박에 대해 입항 금지 조치가 내려졌다. 그후로 만경봉호는 니가타에 입항한 바 없다. 그로 인해 북과 일본 사이의 유일한 인적 교류의 통로가 완전히 막혔다. 그리고 2002년 김정일과 고이즈미(小泉)의 '평양선언'에서 니가타 출신의 중학생 요코타 메구미(橫田めぐみ) 등을 납치한 사실이 시인된 이후에는 니가타가 일본인 납치와 반북(反北)의 상징적 장소로 인식되었다.

1960·70년대의 니가타-귀국사업은 결국 남은 자들을 만들 수밖에 없었다. 그 시대를 살았던 많은 재일조선인의 기억 속에 니가타는 남다를 수밖에 없다. 하지만 점차 니가타는 망각하고 싶은 장소로 변해갔다.

---

53) 1992년에는 김일성의 80세 생일을 기념해 만경봉호92가 진수했다. 그후 니가타-원산 사이를 운행하며 북조선과 일본 사이의 인적 왕래를 가능하게 되었다.

특히 총련에 몸담았던 인물들에게는 더욱 그렇다. 그런데 최근 그들의 회고 속에 니가타는 그런 비중에 비해 거의 다뤄지지 않은 경우가 많다. 최근 테사 모리스 스즈키가 출간한 저서에서 귀국사업이 일본정부와 일본적십자의 주도로 시작되었고, 경제적 부담과 정치적 위험이 컸던 그들을 '추방'한 것이라고 논증한 바 있다.[54] 그런 이유로 당시 귀국사업에 직간접적으로 관여했을 책임에서 자유로울 수 없는 것으로 인한 주저함이리라. 2000년대 이후 기억의 프로젝트라고 할만한 『재일 1세의 기억(在日一世の記憶)』에서 52명의 기억=구술을 정리한 것 중에도 당시 귀국사업은 그다지 회고되지 않았다. 오사카 조선학교에 근무했던 1세가 "누구도 이렇게 이산이 될 줄 생각지도 않았다"[55]는 말이나, 부친과 두 여동생을 북으로 보낸 활동가가 "귀국사업은 역사 중에 필연적으로 행해진 것으로 내가 하지 않았더라도 누군가가 했을 것"이라며 "귀국해서 지금 북에서 고생하는 사람들을 생각하면 복잡한 기분이 든다"[56]고 회고하는 정도일 뿐이다.

김찬정의 경우는 그 결과 북조선에 가족을 솔선해 보낸 총련의 간부들이 볼모가 되었고, 그로 인해 총련도 재일의 자주적인 권리옹호단체에서 북조선의 말단기관으로 변모했다는 비난까지 하고 있다.[57] 그 비난의 원인에 대한 진위를 떠나 북조선으로 가족을 보낸 사람들은 분명하게 지칭하지 못하는 '그곳'에 대해 '침묵'해야 했던 것은 사실이다.

몇 년 전, 한국에서도 화제가 된 양영희의 다큐멘터리 <디어 평양>이 '그곳'의 이야기를 전하였기에 일본에서 더욱 큰 화제를 불러일으켰

---

54) テッサ・モーリス-スズキ, 『北朝鮮へのエクソダス』, 田代泰子 譯, 朝日新聞社, 2007.
55) 小熊英二・姜尚中, 앞의 책, 630쪽.
56) 小熊英二・姜尚中, 위의 책, 741쪽.
57) 金贊汀, 『在日, 激動の百年』, 朝日新聞社, 2004, 161쪽.

다. '만경봉호'에 몸을 실고 니가타에서 북의 가족을 만나러 떠나는 양영희 가족사의 장면들은 어쩌면 반세기에 가깝게 묻어 두었던 서사를 다시금 꺼내는 작업의 결과였다.58) 말하자면, 그것은 오래 전에 종결된 서사의 복원인 동시에 재일과 조국 사이에서 일어난 엄청난 사건을 둘러싼 기억을 소생시키는 작업이었다고 할 수 있다.

---

58) 2000년대 들어서는 북한의 실상과 관련한 책들 중에서 귀국사업 때 건너갔다 탈북한 '일본인처(齊藤博子)'의 수기인『北朝鮮に嫁いで四十年』(草思社, 2010)나 가족을 귀국사업 때 북조선으로 보낸 金元祚라는 가명의 인물이 방문기를 기록한『凍土の共和國』(亞紀書房, 2008) 등의 서적이 눈에 띠게 많이 발간되기 시작했다. 최근 한국에서도 이성아의 소설『가마우지는 왜 바다를 건넜을까』(나무옆의자, 2014)는 귀국사업으로 북으로 떠났던 이들의 삶을 그린 아주 이례적인 작품이라고 할 수 있다.

제2장

'국제공동체' 도시 대오사카와 내적 외부자
—'오사카 조선인'의 문화 정체성을 넘어서—

전 성 곤

1. 서론

주지하다시피 그동안 재일조선인[1]의 이주와 정체성에 대한 연구는 많이 이루어져왔다. 그렇지만 이 글에서는 '누가 누구를 서술하는가/했는가'라는 물음을 통해, 누가/서술자가 갖는 '타자' 인식의 완성 과정/논

---

[1] 재일조선인의 도일(渡日)의 역사를 고대로부터 뉴커머에 이르는 시기까지를 검토한 이창익의 원고를 참고했다. 시대적 역사성에 따라 '자이니치', '재일한국 조선인', '재일 한국인 조선인', '재일조선 한국인', '재일 한국인', '재일 조선인', '재일 코리안', '재일 한인(韓人)', '캉코쿠진(韓國人)', '죠센진(朝鮮人)', '센징(鮮人)', '반도인(半島人)', '다이상코쿠진(第三國人)', '가이진(外人)'이라고 부르기도 하는데, 그것은 사용자자 처한 상황이나 입장에 따라 각기 다르다고 지적했다. 본 논고에서는 '재일조선인'이라는 호칭을 사용한다. 그것은 1920년대 이주한 재일조선인의 서사를 대상으로 하고 있으며, 자료에 자주 등장하는 호칭이어서, 이를 사용하기도 한다. 그리고 오사카에 거주하는 재일조선인을 재판조선인(在阪)조선인이라고 호칭하기도 하는데, 필자는 이를 풀어서 오사카 조선인이라고 호칭한다. 그러나 참고 저서나 인용 저서에서 만약 다른 용어를 사용했다면, 그 부분은 그것은 그대로 사용했다. 이창익, 「재일한국인 개념의 일고찰-渡日의 역사성과 호칭을 통해」, 『大邱史學』第114輯, 대구사학회, 2014, 13쪽.

리를 밝혀내고자 한다. 특히 이 '오사카 조선인(재판<在阪>조선인)'2)에 대한 서술이3) '민족'과 '문화정체성' 문제와 연결된다고 보기 때문이다.

현재까지도 중시되는 재일조선인, 오사카 조선인에 대한 시선에는 '민족' 개념이 전제되기도 한다. 이는 민족 개념이 본질적인 것이라고 여기는 시선 속에서 잉태된 것이다. 그 전제된 인식론적 조건에 의해 오사카 조선인은 한반도에 루트를 갖지만 민족의 주변인으로 여겨진다. 또한 일본 내에서도 바깥인/외부인이라고 간주된다.

반면 민족은 '만들어진 개념'이라고 간주하는 시선은, 이들이 민족/민족내셔널리즘과는 거리를 두는 것처럼 보여, 재일조선인 후손들이 민족 개념을 상실하고 있는 것으로 다루어지고, 해석되기도 한다.

이 두 시각은, 표면상으로는 상반된 것처럼 보이지만, 공통적으로 민족 개념을 '선험적/본질적인 것으로' 상정하면서, 민족의 계승인가 혹은 비판의 대상인가라는 방향으로 대립 혹은 왕복 운동하는 것이라고 여겨진다. 이러한 방향성을 극복하기 위해서는, 그 민족이라는 개념이 어

---

2) 본 글에서는 일본어 표현인 '재판(在阪)조선인'을 오사카 조선인이라고 풀어서 사용했다.
3) 재일조선인에 대한 연구는 많은데, 오사카 조선인에 대한 연구 본 논고와 연관이 있다고 보는 이주, 노동자 문제를 다룬 주요 논고들만 제시하기로 한다. 전기호, 『일제시대 재일한국인 노동자계급의 상태와 투쟁』, 지식산업사, 2003. ; 姜在彦, 『「在日」からの視座』, 新幹社, 1996. ; 岩村登志夫, 『在日朝鮮人と日本勞働者階級』, 校倉書房, 1972. ; 朴慶植, 『在日朝鮮人運動史』, 三一書房, 1979. ; 金贊汀, 『異邦人は君ヶ代丸に乘って─朝鮮人街猪飼野の形成史』, 岩波書店, 1985. ; 佐々木信彰, 「1920年代における在阪朝鮮人の勞働=生活過程」, 『大正/大阪/スラム』新評論, 1996. ; 秋庭裕, 「大阪における濟州道出身について-1920─30年代を中心に」, 『戰時下日本社會における民族問題の硏究』, 民族問題硏究會, 1986. ; 水野直樹, 「在日韓國・朝鮮人の歷史(2)」, 『足もとの國際化』, 海風社, 1993. ; 梶村秀樹, 「日本資本主義と在日朝鮮人」, 『國際勞働移動と外國人勞働者』, 同文館, 1994. ; 小山仁示, 「大阪と在住朝鮮人」, 『戰爭・差別・公害』, 解放出版者, 1995. ; 壓谷怜子・中山徹, 『高齢在日韓國・朝鮮人─大阪における「在日」の生活構造と高齡福祉の課題』, お茶の水書房, 1997. ; 原尻英樹, 『日本定住コリアンの日常と生活─文化人類學的アプローチ』, 明石書店, 1997. ; 西成田豊, 『在日朝鮮人の「世界」と「帝國」國家』, 東京大學出版會, 1997. 金贊汀, 『在日コリアン百年史』, 三五館, 1997. ; 山本有造, 『日本植民地経濟史研究』, 名古屋大學出版社, 1992.

떠한 의미를 가졌고, 그것이 어떻게 문화 정체성과 만나게 되는지 근원적인 물음으로 되돌아가서 고찰해 볼 필요성이 생기는 것이다. 즉, 계승이든 비판이든 그 근원에 민족 개념이 전제되는 논리가 어떻게 발생했고, 그것이 누구에 의해 서술되면서 출발했는가를 되짚어보고, 이에 부착된 '민족/문화정체성' 자체를 극복하기 위한 시도가 이루어져야 한다고 본다. 이를 통해 오사카 조선인에 대한 표상이 갖는 '누군가의' 일방적 시선을 넘고, 동시에 문화정체성 메타포를 넘을 수 있는 계기를 찾았으면 하는 것이다.

이를 위해, 이 글에서는 오사카 시(市)가 대도시로 발전하는 논리와 오사카 조선인의 이주 문제를 연계하여 전사(tracing)해 보고자 한다. 특히 대오사카의 출현 과정에서 나타난 노동력의 이주 즉 인구 이동이라는 커다란 사회적 문제 발생이라는 리스크를 끌어안게 되었을 때, 그것을 해결하기 위해 등장시킨 도시사회개량과 도시계획, 도시사회정책론이 어떠한 배경 속에서 이루어졌고, 오사카 조선인이 이주와 정착 그리고 성층(stratification)화가 어떻게 연동되었는지를 살펴보고자 한다. 이를 통해 결국 어떻게 민족 표상으로 이어졌는지를 알 수 있을 것이다.

즉 이 시기에는 오사카 조선인에 대한 사회 조사가 이루어지고, 대오사카의 균제적 발달론이라는 유기체론이 대두되었다. 이때 대오사카 행정기획 및 실무자가 야마구치 다다시(山口正)였는데, 이 야마구치 다다시의 '사회학적 디스플린'에 의한 '인식/시선'이 근거가 되어, 사회조사사업으로서 오사카 조선인에 대한 조사를 실시하게 되었다. 그 이론적 근거로서 사회병리학적 관점에 근거하여 실무적인 조사사업이 이루어지고, 그 조사 사업에 의해 사회병 환자가 빈곤층과 하급 노동자라는 범주화가 이루어지고 있었다.

이것은 처음부터 배제의 대상으로 폭력적 대상이 설정되었던 것이
아니라, 대도시 형성과 국가 발전의 유기체를 구상하는 과정에서 배제
의 대상이 되는 개인이나 집단을 창출해낸다는 논리와 만나게 된다. 이
러한 배제론의 근본적 시선이 갖는 '차이는 그때그때 새롭게 발견'[4]된
다는 것처럼, 처음부터 이질적 대상으로서 배제가 이루어진 것이 아니
라, 그 당시의 사회적 상황이나 조건에 의해 지배자와 행정관에 의해
'이질적인 자'로 계층화되어 나타났는데, 그것을 결정한 인식은 당시 사
회적 인식에 의한 작위성이었다는 것이다. 대도시 오사카의 탄생 과정
에서 도시화 문제, 즉 노동자, 하층민, 사회병 개념의 탄생이 오사카 조
선인의 이미지와 맞물려가고 있었던 것이다.

그리고 이것은 일본이 국가의 근대화 과정에서 식민지 지배의 수탈
과 국민국가를 형성해가는 과정에서 출현한 대도시의 문제였다. 즉, 오
사카 거주 노동자와 하층민에 집중되고, 특히 빈곤을 둘러싼 담론이 이
민자의 성격, 불량 주택 밀집 지역 주민의 특성으로 간주되면서 배제의
대상으로 차별화되어갔다.[5] 특히 이민자나 빈곤자들은 사회적 반감을
갖는 특징이 존재한다고 규정했고, 이들을 부랑자 논리로 연결시켰다.
이것이 바로 사회병을 유발하는 자들로, 이 사회병의 근원지는 밀집 주
거 지역이라고 상정했다. 그래서 이들 주거 지역은, 위험지역으로서 감
찰해야 한다고 보았다. 즉, 감찰의 대상이기도 하면서, 지역 배제 이데
올로기를 생산해내고 있었던 것이다. 이러한 논리적 배경 속에서 오사
카 조선인에 대한 사회 조사사업, 그리고 이들이 사회병 보유자라고 표

---

4) 赤坂憲雄, 『排除の現象學』, 洋泉社, 1987, 75쪽.
5) 도노무라 마사루, 신형원 김인덕역, 『재일조선인 사회의 역사학적 연구』, 논형, 2010. ; 허
   병식, 「보이지 않는 장소로서의 이카이노와 재일조선인 문화지리의 트랜스내셔널」, 『동악
   어문학』 제67집, 동악어문학회, 2016, 123~152쪽.

상되었던 것이다. 동시에 이러한 오사카 조선인은 식민지 조선의 민족적 특성으로 일본 내에 소개되었다. 즉 조선인은 선천적으로 근면성이 결여되어 있고, 사회적 범죄가 많으며, 위생이 불량한 민족으로 표상되었다. 결국 일본이 식민지 조선에서 실시하는 조선인 문화 향상 사업이 진행되듯이 일본 내부로 유입된 오사카 조선인들에게도 교화와 정신적 훈육을 실시해야 한다고 논리로 수렴되었다. 결론적으로 도시의 전체적 발전, 즉 전체주의적 사고방식에 근거하여 사회병으로 간주된 오사카 조선인을 훈육하고, 융화시켜야 할 대상으로 서사했다는 점이다. 그것은 오사카 조선인과 조선인을 동시에 일본의 내부로 포섭하고자 하는 제국주의 도시 창출 이데올로기에서 파생한 폭력적 서사였음이 드러날 것이다.

2. 오사카 조선인은 누구인가?-대오사카 국제도시와 조선인

1) 오사카 조선인의 이주와 근대 국제도시의 탄생

오사카 조선인은 일본의 식민지 지배정책이 갖는 문제로서, 농촌경계의 파탄에 의해 이주가 불가피해진다는 논리로부터 시작된다.6) 특히 식민지 지배가 농촌경제 문제를 일으킨 것처럼, 결국은 경제상으로 발생하는 사회 발전 과정의 일환에서 나타난 문제이기도 하다. 강재언의 지적처럼, 특히 일본의 식민지 지배로 인한 농촌경제의 파탄은 일본에 토지조사사업으로 시작되었다. 조선에서는 일본이나 타 선진 자본주의국

---

6) 姜在彦, 『日本による朝鮮支配の40年』, 朝日文庫, 1995, 224~226쪽. ; 杉原達, 『越境する民―近代大阪の朝鮮人史研究』, 新幹社, 1998, 90쪽.

가와 같은 근대 산업이 발전되어 있지 않았다. 즉 제2차 산업과 제3차 산업이 발전하지 않은 상태였기 때문에 과잉인구를 흡수할 수 없었다. 그렇기 때문에 일본에 이주하게 되는 상황이 생겨났다.[7] 그리고 오사카 조선인의 경우는 제주도와 오사카를 연결하는 항로의 개설에 의해 이주를 한층 더 증가시켰다.[8] 이러한 논리는 결국 식민지 지배에 의한 경제파탄이 가져온 경제상의 이유와 교통 노선의 등장이 그 원인이었음을 알 수 있게 해준다. 이와 동시에 그러한 경제상의 파탄과 항로의 연결은 동시에 오사카라는 대도시의 발전 상황과 맞물리고 있었다는 점과 연결하여 살펴보아야 한다.

오사카는 이미 세계도시론 창출이라는 인식을 근거에 두고, 국제도시로서 도시의 세계화를 시도하고 있었다.[9] 즉 식민지 종주국인 일본 내에서는 이미 경제구조에 의해 사회재편이 일어나고 있었고, 당시 오사카는 아시아의 상공업과 경제나 문화적 중추로서 성장했다. 바로 일본의 상공업의 중심지, 면방직업의 거점으로 성장했던 것이다.[10] 오사카 조선인의 이주는, 대도시의 인구 집적이 촉진되면서 발생하는 대도시의 도시화와 연결되고 있었던 것이다. 특히 이러한 인구의 급격한 증가 원인이 일본 내에서도 농촌인구의 도시유입에서 찾을 수 있다. 그렇기 때문에 대도시에 이주한 인구 밀집은 새롭게 주민구성의 문제를 낳았고, 경제적 사회적 문제를 낳게 되었다. 인구문제는 가장 중대한 문제 중 하나이다. 전국, 시부, 오사카시의 비교 도시 인구 증가 오사카의 비약

7) 姜在彦, 『日本による朝鮮支配の40年』, 朝日文庫, 1995, 224~226쪽.
8) 岩村登志夫, 『在日朝鮮人と日本勞働者階級』, 校倉書房, 1972, 9쪽.
9) 田村敬志, 『「世界都市」東京の構造轉換』, 東京大學出版會, 1996, 5~8쪽.
10) 高權三, 『大阪と半島人』, 東光商會書籍部, 1938, 5쪽.; 成田孝三, 「世界都市におけるエスニッ
    クマイノリティへの視点—東京・大阪の『在日』をめぐって」, 『経濟地理年報』 vol.41 no4, 1995,
    28~49쪽.

적인 증가가 일어나 5년간 16%가 증가한다.11)

일본 내 주민의 이동이 이루어지던 시기에 맞추어 재일조선인 노동자 계급은 1914년 제1차 세계대전의 시기에 거의 형성된다. 그렇기 때문에 재일조선인 문제가 노동자 문제로서 인구 이주와 연결시키는 이유가 바로 이것에 있다. 제1차 세계대전이 일본 독점자본주의를 발전시켰고, 노동시장에 대한 수요를 비약적으로 확대시켰다는 점은 일본자본주의가 갖는 특징인데, 이러한 일본자본주의는 특유의 국내 노동시장 돈벌이 노동자로 유지되는 형태 즉 노동 불안정성에 있었고, 동시에 그 노동력을 식민지 지배 시장에 의존하는 외부노동자 의존도가 높았다는 점이다.12) 그렇기 때문에 오사카 조선인 이주는, 오사카의 도시적 사회문제의 등장이라는 논리와 맞닿고 있다는 시각에서 재검토해야 하는 인식의 전환이 병행되어야 하는 이유가 여기에 존재한다.

특히 도시에 이주하는 인구이동과 오사카 시 특별제도 지역문제나 행정 조직의 문제라는 총체적 자본주의 국가의 발전 문제였던 것이다. 그에 동반된 저임금 노동력의 수용 의존 증대라는 시대적 인식13)이 만들어낸 오사카 조선인의 전형(典型)이 이와 동시대적인 흐름 속에서 형성된 것이라는 점이다. 이는 일본 근대국가의 도시 만들기와 연동된다. 오사카의 대도시 형성과정과 연결된다는 의미이다. 특히 조선의 식민지 지배와 함께 동시적으로 도시정책 수행의 행정적 특징이 존재했다는 점이다. 즉 인공적 도시공간의 발생하고 조선 식민지 지배기 일본 근대

---

11) 大阪市社會部勞働課, 『本市住民に關する一研究 社會部報告』第193号, 大石堂活版部, 1934, 1쪽.
12) 岩村登志夫, 『在日朝鮮人と日本勞働者階級』, 校倉書房, 10~11쪽.
13) 梶村秀樹, 「日本資本主義と在日朝鮮人」, 『國際勞働移動と外國人勞働者』, 同文館, 1984, 296 ~299쪽.;田村紀之, 「植民地期「內地」在住朝鮮人人口」, 『經濟と經濟學』52号, 東京都立大學 經濟學會, 1983, 19~49쪽.

국가의 특질로서 나타난 농촌문제로 보는 관점과 함께 사회구성체의 변용으로서 오사카 조선인 도항 거주자가 생긴다는 논리이다. 즉, 동아시아 규모에서 노동력의 이주가 발생했다는 시점과 그것이 일본에서 근대적 도시 만들기 과정에서 생겨난 노동자 차별 인식의 정착이 이루어졌다는 점을 간과해서는 안 된다는 것이다. 특히 오사카는 이러한 차별 인식을 결정해 버린 역사적 공간이었다.[14]

다시 말해서 오사카는 근대 상공업 발전이 이루어지면서, 동경 시가 시역(市域)을 확장하는 1932년 전까지는 오사카 시는 일본 내의 공업도시로서 최대 지역이었다. 경제력과 도시계획에 의한 오사카의 도시화가 이루어진다. 도시교통 주택지 확보, 도시 분산, 오사카 시는 1925년에는 동경 시를 능가하는 대도시로 성장했다.[15] 바로 이러한 시기에 발생한 가장 큰 문제가 인구 급증으로 질병, 범죄, 주택난, 슬럼화 문제, 공해문제라는 도시문제의 현재화였다.[16] 특히 도시민중의 생활 곤란이 증가한다. 일본 내에서 오사카는 이 문제에 대해 대응하는 하나의 대표적 근원지였다.[17] 대도시 오사카의 탄생과 연동하면서 이주한 조선인은 오사카 조선인으로 이주/정주를 반복하게 된 것이다.

2) 대오사카의 탄생과 오사카 조선인의 위상

오사카 시는 1889년 4월 1일 시제(市制) 및 정촌제(町村制) 시행에 의해 탄생했다. 근세적 도시에서 근대 자본주의적 도시로 걸어가던 시기였

---

14) 芝村篤樹, 『日本近代都市の形成―1920・30年代の大阪』, 松籟社, 1998, 28쪽.
15) 大阪市 編, 『明治大正大阪市史』第2卷, 日本評論社, 1935, 64~69쪽.; 高梨光司, 『都市計畵解說附關係諸法規』, 大阪日日新聞社, 1922, 86~102쪽.; 田中淸志, 『大阪の都市計畵』, 日下和樂路屋, 1925, 184~188쪽.; 大阪市 編, 『大阪市域擴張史:十周年記念』, 大阪市, 1935, 14~21쪽.
16) 藤田弘夫, 『都市と文明の比較社會學―環境・リスク・公共性』, 東京大學出版會, 2003, 16쪽.
17) 芝村篤樹, 『日本近代都市の形成―1920・30年代の大阪』, 松籟社, 1998, 64쪽.

다. 이러한 근대적 도시현상은 청일전쟁과 러일전쟁 이후 일본 내에서 상공업이 발달하고, 그와 연동하면서 인구집중의 격화로 인해 촉진되었는데, 그 과정에서 도시 발전의 모순이 현현하고 생기하게 되었다.[18] 특히 오사카는 시정촌(市町村)의 발족 이래 전임시장이 생기기 시작한 것은 1898년 10월 이후의 일이었고, 오사카 시에도 시정을 담당하게 된다. 다시 말해서 당시 사회 구조에 의해 사회재편이 일어났다는 점이다. 오사카 시는 1879년 4월 히가시나리(東成), 니시나리(西成) 두 개의 군(郡) 중 8개의 촌(村)을 편입하는 제1차 시역(市域) 확장,[19] 이후 1925년 4월 히가시나리(東成), 니시나리(西成) 두 개의 군에 속한 44개의 정촌(町村)을 편입하게 된다.[20]

이를 통해 오사카 시는 일본 제일의 도시로 성장해갔다. 새로운 시 행정 권력의 중심 도시로 변모하는 새로운 국가 행정 정치의 중심으로 변용되어간 것이다. 이러한 변용에 대한 연구를 보면, 특히 이 시기의 특징을, 국가가 행정조직의 개편을 통해 지역사회를 부현(府縣)과 시정촌으로 새롭게 재편해가는 과정이 지배를 위한 단계적 계열 구조의 일환이었다고 보는 관점이 존재한다. 그러한 측면에서 오사카 시에 대한 연구 또한 행정가의 역할에 대해 주목하기도 했다. 그것은 도시정책의 일환으로서 행정가들의 인식에 의해 도시를 새롭게 형성한다는 측면에 초점을 두어 그것이 일본의 도시를 '주체적' 입장에서 건설하려고 했다고 보는 연구가 나타나기도 했다.[21] 그러나 한편으로는 그렇게 주체적

18) 木村壽, 「大阪市社會部長山口正について」, 『歷史研究』 18號, 大阪教育大學歷史學研究室, 1980, 275~276쪽.

19) 島田克彦, 「近代大阪における市街地周辺部の開發と社會変動」, 『都市文化研究』 Vol.16, 大阪市立大學大學院文學研究科, 2014, 94쪽.

20) 北崎豊二, 「昭和の大阪と在朝朝鮮人」, 『経濟史研究』 13, 大阪經濟大學, 2010, 4쪽. ; 大阪市料調査會編, 「大大阪の建設」, 『「大大阪」の面影』, 大阪市史料調査會, 2015, 1쪽.

으로 보이는 도시 행정에 대한 행정관의 관여는 오히려 국민과 주민의 통합을 꾀하는 논리이기도 하면서, 그 속에 배제의 논리가 작용하고 있었던 것이다.[22]

이러한 지적 즉 행정가의 논리가 주체적 도시 건설인가 아니면 행정관의 관여는 결국 주민에서 국민 통합의 과정에서 생겨난 배제가 어떻게 작동했는가를 동시에 볼 필요가 있을 것이다. 이를 위해 특히 주목할 만한 것은, 오사카 시가 병합한 히가시나리와 니시나리의 인구증가율이 대한 문제이다. 히가시나리의 이쿠노무라(生野村, 현재의 이쿠노구<生野區>)가 81.2%, 쓰루하시정(鶴橋町, 히가시나리구, 이쿠노쿠, 덴노 지구)가 80.7%로서 인구가 급격하게 증가하는 현상이 일어난 점이다. 특히 1925년을 특정해서 보면, 니시나리에 인구도 증가하면서 신설 공장이 늘어났다. 땅값이나 노동력 입수 등 입지상의 호조건과 함께 공장이 진출하고, 노동자의 거주지와 상업지가 형성된 것이다. 농촌이었던 오사카 주변 지역이 급속하게 시가지로 변모해갔다. 이러한 발전을 이루던 1925년 히가시나리와 니시나리는 오사카 시에 편입된 것이었다.[23]

이때 중요한 논리로 등장한 것이 경제력과 도시계획에 의한 오사카의 도시화 사업의 진행이었다. 도시교통 주택지 확보, 도시 분산 주택지 형성, 토지구획 정리사업의 진행에 의한 도시계획법 제도화 등등이 이루어지고, 구체적으로 행정구역 내의 토지를 개인과 교환하거나 분합하는 방식으로 정리해가면서 택지로 구획해 나갔던 것이다. 1927년에 이

21) 芝村篤樹, 『日本近代都市の成立-1920・30年代の大阪』, 松籟社, 1998, 1~332쪽. ; ジェフリー E 헤인즈, 『主体としての都市—關一と近代大阪の再構築』, 勁草書房, 2007, 1~442쪽. ; 玉井金五, 『防貧の創造—近代社會政策論研究』, 啓文社, 1992, 1~375쪽.

22) 小路田泰直, 『日本近代都市史研究序說』, 柏書房, 1991, 1~319쪽.

23) 大阪市編, 『明治大正大阪市史』 第2卷, 日本評論社, 1935, 62쪽.

르러서는 토지 정리 조성 및 토지구획 정리에 의한 제도화 및 측량 설계 공사 감독이 진행되었다. 특히 오사카 시 토지 구획정리협회의 설립으로 이어지고 대오사카 건립이 1931년 이후에는 시민의식의 형성도 꽤 하고 있었던 것이다.[24)]

이러한 도시 발전 계획이 진행 과정은 사실 니시나리 군과 히가시나리 군에서 아주 높은 60-80%의 인구증가율을 기록한 1920년 전반기는 바로 염가 숙박업 지역으로 니시나리의 이마미야정(今宮町) 부근의 형성과도 관련을 갖는다. 이곳은 대량의 빈곤 인구를 흡인하는 유력한 조건이 되었던 것이다. 지역의 성격을 결정하는 것은 아니지만, 북부에서는 신요도가와(新淀川)가 생겨 연안부에 토지이용이 활발해 졌다. 공장 입지와 지역개발을 추진하게 되었다. 바로 이러한 특징에 의해 염가 숙박업소 지역의 인구 증가가 이루어진 것이다. 이러한 도시의 인구 증가와 밀집에 의해 주택 문제를 비롯한 생활기반, 도시 환경 문제 즉 도시 전체의 악화 문제로서 간주되어가고, 행정적인 관여의 논리가 생겨난다.[25)]

이에 대해서는 이미 오사카의 도시사 연구[26)]가 있는데, 이를 참조해 보면, 이마미야정과 쓰루하시정(鶴橋町)에 인구밀도가 높아지는 논리를 잘 알 수 있다. 이미 1925년 이전, 그러니까 오사카가 대오사카로 확장되어가는 과정 속에서 도시 하층민이 증가하는 현상으로 나타났고, 사회적 빈부의 격차에 대한 문제로서 등장하는 것과 맥락을 함께 하고 있

24) 芝村篤樹, 『日本近代都市の形成―1920・30年代の大阪』, 松籟社, 1998, 116~119.
25) 島田克彦, 「近代大阪における市街地周辺部の開發と社會變動」, 『都市文化研究』 Vol.16, 大阪市立大學大學院文學研究科, 2014, 96쪽.; 飯田直樹, 「近代大阪の地域支配と社會構造―近代都市の總體的把握をめざして」, 『部落問題研究』第194号, 部落問題研究所, 2010, 2~29쪽.
26) 大石嘉一郎・金澤史男, 『近代日本都市史研究』, 日本經濟評論社, 2003, 1~720쪽.; 塚田孝編, 『大阪における都市の發展と構造』, 出川出版社, 2004, 1~379쪽.; 小田康德, 『近代大阪の工業化と都市形成』, 明石書店, 2011, 1~288쪽.; 佐賀朝, 『近代大阪の都市社會構造』, 日本經濟評論社, 2007, 1~416쪽.; 原田敬一, 『日本近代都市史研究』, 思文閣出版, 1997, 1~352쪽.

었다. 그 과정에서 도시 사회정책이라는 새로운 도시사업 정책이 나타나고, 그것을 위한 도시 사회조사 사업이라는 것이 전개된 것이다.

그러나 이들 조사에는 도시 사회 행정 자체의 사회문제 인식이 반영되는 것이며 도시 사회조사의 모습 자체가 그러한 의미에서 의미를 갖고 있었다. 오사카시 사회부 조사나 그 사상적 배경은 도시정책이 탄생하던 시기와 연동되고 이는 도시계획과 주택정책27)에 집중하게 되었으며, 이러한 문제를 해결하기 위해 대오사카는 행정관에 의해 인공적인 모습으로 정비되어갔고, 이른바 행정 구조 재편과 실시에 의한 구조적 지배의 논리를 내포하는 근대적 질서 개념에 의해 배치가 이루어진 것이다. 특히 빈곤이나 이주자들은 특정지역으로 밀집되게 되고, 그것에 대한 사회조사가 이루어지면서, 근대적 도시 사업의 일환으로서 표상되어갔던 것이다. 그 과정에서 개인은 전체 특히 문자화되고 수치화되는 '하나의 통합' 논리 속에 매몰되어져갔고, 그 사회 구조 배치 질서 속에 가두어갔던 것이다.28)

3. 대오사카 건설과 야마구치 다다시(山口正)

오사카의 도시사업의 전개를 살펴보기 위해 빼 놓을 수 없는 것이 시장의 정책 사상이기도 할 것이다. 오사카 시의 발전에 있어 가장 중요한 인물로 꼽히는 것이 세키 하지메(關一)29)이다. 세키 하지메가 특히 조

---

27) 福岡峻治, 「近代日本の都市政策の形成と都市行政の諸問題」, 『總合都市研究』 第50号, 1993, 81쪽.
28) ヴァルター・ベンヤミン 著, 今村仁司・三島憲一 譯, 『パサージュ論Ⅴ-ブルジョワジーの夢』, 岩波書店, 1995, 122~123쪽.

역(助役)으로 취임한 이후 1914년이 오사카 시는 공업기지로서 경제발전
의 계기가 되고, 인접 시정촌을 편입시키면서 오사카 시를 확대시키던
시기였고, 도로, 주택 상하수도 등의 기본적인 도시시설의 문제가 분출
하던 시기였다. 이러한 시기에 세키 하지메는 자신의 부국론과 사회정
책론을 도시경영과 결합시키는 노력을 전개했다.30)

특히 일본의 정치, 경제 사회 구조를 서구와 동등한 근대화가 요구하
던 시대였고, 그것은 전제적인 정치제도와 과혹한 착취, 수탈체제라는
당시 일본의 전근대적 도시 극복 이론이기도 했다.31) 그러한 의미에서
세키 하지메가 도시 사회정책을 구상한 리더였다는 의미에서 세키 하
지메에 대한 연구도 중요하지만, 그것을 세부적으로 현실화시키는 실무
를 담당한 것이 사회부장 야마구치 다다시(山口正)였기 때문에, 이 야마
구치 다다시의 사상과 실천은 더 중요한 의미를 갖고 있어, 역시 이 야

---

29) 關一, 『都市政策の理論と實際』, 三省堂, 1936, 1~474쪽. ; 大阪市史編纂所 編, 「關一「大阪特
   別市制案に就いて」」『「大大阪」の面影』, 大阪市史料調査會, 2015, 35~40쪽.(「大大阪」 제3권
   제1호를 게재함). ; ジェフリー E.ヘインズ, 『主体としての都市―關一と近代大阪の再構
   築』, 勁草書房, 2007, 1~442쪽. ; 大山勝男, 『「大大阪」時代を築いた男』, 公人の友社, 2016,
   1~308쪽. ; 芝村篤樹, 『關一―都市思想のパイオニア』, 松籟社, 1989, 1~244쪽.

30) 崔宣珠, 「근대도시 오사카를 만든 세키 하지메」, 『국토』 통권 177호, 국토연구원, 1996, 7
   6~83쪽. ; 박진한, 「1920·30년대 일본의 도시계획론과 도시계획사업:'오사카(大阪)'와
   '세키 하지메(關一)'를 중심으로」, 『인천학연구』 Vol.14, 인천대학교 인천학연구원, 2011,
   159~191쪽. ; 김나영, 현재열, 「제국 테크노크라트의 도시사상:오사카시장 세키 하지메(關
   一: 1873- 1935)의 도시 및 도시계획관」, 『동북아문화연구』 Vol.45, 동북아시아문화학회,
   2015, 405~423쪽. ; 현재열, 김나영, 「제국 일본 도시계획가들의 도시사상」, 『도시연구』
   No.16, 도시사학회, 2016, 135~167쪽.

31) 芝村篤樹, 『日本近代都市の成立―1920·30年代の大阪』, 松籟社, 1998, 255~256쪽. 물론 이
   러한 시점은 세키 하지메가 산업자본주의 단계에 상공업도시를 독점자본 요청에 객관적
   으로 대응하는 방식으로 이루어진 것이라고 평가받는다. 사회정책실시에 대해서도 노동
   력 소모를 방지하고 계급적 모순을 완화하기 위해 정책전환을 실시하는 등 지배계급의
   정책에 합치하는 측면을 가졌다고 보는 점으로 일치한다. 기본적으로 지배계급의 지지를
   얻었다는 점도 있지만, 그 도시정책의 틀을 넘으려는 부분이 상반되게 존재했다고 보기
   도 한다.

마구치 다다시의 논리도 살펴보아야 할 것이다.[32]

야마구치 다다시에 의한 도시 구상론에 의해 오사카가 대오사카로 발전해가면서 노동 이주자의 문제, 즉 주거문제 생활환경 문제가 등장, 이것은 도시화하면서 범죄, 등에 대한 시선이 존재했고 이를 위한 사회 조사가 실시되고 있었다. 그러한 생활 거주의 논리는 오사카 시가 공적인 보고서, 즉 오사카시의 사회부가 근대적 조사 사업으로 실시하는 도시사회보고서와의 관련이다. 사회조사사업으로 실시한 조사에서는 노동자, 빈곤자, 실업자에 관한 조사보고서가 등장하고, 토목공사 현장에서 일하는 노동자로서의 오사카 조선인이 기록되고 있었다.[33] 근대 도시의 발전 기획 즉, 도시 사회정책 일환으로서 근대적인 사회보험, 고용보장, 주택제공, 교육보장, 기회 균등, 소득재분배가 요구되고 있었다.[34] 이를 해결하기 위해 일본은 서구적 모델을 수용하면서, 도시화 인구의 이동이 현실 문제를 해결하고자 했던 것이다. 바로 이러한 측면에서 도시 사회구조적 측면과 연결하여 노동자 문제로서 어떻게 오사카 조선인이 사회적 문제로 부상하고, 그에 대한 인식이 차별 논리를 내부적으로 어떻게 잠식시키는지를 살펴보아야 할 것이다. 이를 실천한 중심인물이 바로 야마구치 다다시였던 것이다.

야마구치 다다시는 1915년 교토제국대학을 졸업하고 1919년 5월 오사카 시 주사(主事), 조사계 주임이 되었다. 1920년 4월에 조사계는 노동조사과로 바뀌었고, 그 과장에 보직된다. 1921년 4월 노동조사과는 사회과

---

32) 玉井金五, 「日本資本主義と＜都市＞社會政策」, 『大正・大阪・スラム』, 新評論, 1987, 292쪽. ; 木村壽, 「近代社會事業史硏究序說 山口正の生涯」, 『國史學硏究』 3, 龍谷大學, 1977, 49~55쪽. ; 一番ケ瀬康子, 「生江孝之著『社會事業綱要』と山口正著『社會事業硏究』」, 『社會福祉硏究』 第8号, 鐵道弘濟會社會福祉部, 1971, 98~101쪽.

33) 金贊汀, 『異邦人は君ケ代丸に乗って』, 岩波新書, 1986, 62쪽.

34) 中村牧子, 『人の移動と近代化―「日本社會」を讀み換える』, 有信堂, 1999, 1~206쪽.

로 합병되어 사회부에서 근무하게 된다. 특히 오사카 시의 사회사업행
정을 각부에 걸쳐 정비, 발전시키는 중심인물이었다. 1925년 4월에 1935
년 5월까지 사회부장직을 맡게 된다. 야마구치는 전직이 노동조사과장
이었고, 특히 1920년 사회부 발족 이후 약 10년간 사회부장을 담당하면
서, 오사카시의 사회사업 확립기에 가장 중요한 지위에 있었다.[35]

특히 교토대학에서 사회학을 배운 야마구치, 사회정책의 실천, 실무
가로서 오사카 시 대도시 특유의 문제에 직면했고, 사회문제를 둘러싼
이론적 논리도 제시하고, 실천적인 면에서 사회문제의 해결을 시도하고
있었다. 특히 도시문제론, 사회학적 지식을 베이스로 하여 사회정책론,
실무가로서 독자적 어프로치를 통해 사회문제 이해나 사회병 개념의
제기로 결실을 맺어갔다.[36]

야마구치 다다시가 인지한 도시문제론을 보자면, 야마구치는 인구의
도시 집중은 시대적 변화의 '현상'이라고 간주했다. 특히 이러한 현상은
서구 문명국의 현저한 특징 중 하나로서, 일본도 그러한 과정을 겪는 것
이라고 보아, 일본에서 발생하는 문제도 세계 도시 발전 과정의 하나로
보았다. 특히 야마구치 다다시는 도시의 성장에는 사회문제가 발생하게
되는데, 그 중에서 피할 수 없는 문제가 빈곤의 문제였고, 그 빈곤을 해
결하는 방법의 하나가 사회사업이라고 보았다. 야마구치 다다시는 그렇
기 때문에 먼저 빈곤이 갖는 특징과 빈곤 문제 발생 원인에 대한 입장을
제시했다. 야마구치 다다시는 빈곤이 발생하는 것은 도시 경제 발전 과
정에서 생기는 피할 수 없는 문제인데, 그것이 사회학 상 하나의 정형(定

---

35) 玉井金五, 「日本資本主義と＜都市＞社會政策」, 『大正・大阪・スラム』, 新評論, 1987, 255~
272쪽.
36) 玉井金五・杉田榮穂, 「日本における「社會病理」概念の展開と社會政策―山口正と磯村英一をめ
ぐって」, 『經濟學雜誌』 第114卷 第3号, 大阪市立大學經濟學會, 2013, 5~6쪽.

型)성을 갖는다고 보고, 이 정형성에 의해 빈민 구제 즉 사회사업을 실현
해야 한다고 보았다.

> 경제적 파탄에서 개인을 구빈 시설에 의해 구하지 않는다고 하면 빈
> 곤의 사회적 영향을 크게 세 가지의 정형으로 구별한다. ①빈곤자는 하
> 급의 집단에 몸을 두던가 소시민은 노동자가 되던가, ②사회적 생활에
> 서 소극적인 것이 되어 비사교적인 변인(變人)될지도 모른다. ③빈곤자
> 는 사회에 대해 해를 가할지 모른다. 이 중 첫 번째의 정형만이 순수의
> 빈곤의 영향이다. 다른 두 가지 것은 빈곤자의 선천적 성질이 빈곤에 의
> 해 다소 자극된다는 것 이외에 크게 의미를 갖지 않는다. 이후 두 개의
> 것을 우리들은 사회적으로 향상심을 갖지 않는 자와 사회에 해악을 주
> 는 자로 나눌 수가 있다.[37]

야마구치 다다시는 기본적으로, 사회적인 것과 비사회적인 것을 구분
하면서 빈민 개념의 정형성을 제시한 것이다. 비사회적인 것은 어쩌면
선천적으로 비사회적인 성질을 갖고 있다가, 그것이 빈곤 문제에 의해
자극이 발생하여 나타난다는 것, 그리고 빈곤자는 사회에 해를 가할 가
능성을 갖고 있는 존재라고 본 것이다. 이러한 빈곤은 대표적으로 거지
나 부랑인에게서 나타는 것으로 연결시켰다. 그리고 이들은 향상심이
결여되어 있는데, 이것이 잠재되어 있다가 빈곤이라는 문제에 의해 그
러한 향상심 결여가 표출한 것이라고 간주했다.

그러니까 빈곤이 발생한 것은, 그들 자신이 가진 향상심 결여가 원인
이기 때문이었다. 그렇기 때문에, 이러한 '향상심이 결여된 자'들은 사
회학상의 전형적인 특징으로 간주되어졌고, 이들에게는 구빈 시설도 법
도 아무런 도움도 되지 않는다고 보았다. 그리고 중요한 것은 이들이

---

37) 山口正, 『社會事業硏究』, 日本評論社, 1934, 115쪽.

사회에 반감을 갖는 점도 그 특징이라고 논했다. 특히 이들은 지배에 대한 사회규범에 대해서 반항하는 기질이 있는데, 그 반항적 행동 행위는 표면에 나타난다고 여겼다. 그리고 이러한 반항은 이민이 갖는 하나의 특성으로 간주되었다.

> 이민의 일부는 일종의 반사회적인 것이라고 볼 수 있다. 즉 하나의 사회적 구속을 벗어나 타 사회적 속박에 복종하는 것을 바라기 때문이다. 여기에는 반사회적 정형이 있으며, 그 명예 및 정제력이 조국의 주권에 의해 보호되지 않는다는 것이 이 범주에 속한다. 범죄자는 사회에 대한 적극적 침해를 이룬다. 돌발적 혹은 만성적 빈곤 때문에 비사회적 정형이 된 자들이다. 빈곤은 특별한 범죄에 대해서는 특히 중대한 원인으로서는 다루지 않으면 안 된다. 빈곤이 가령 경제적 동기 결과 생긴 것이라고 해도 이것을 원인으로 한 반사회적 행위를 형법상의 유책행위로 보는 것이 정당하다.[38]

야마구치 다다시는 거지나 부랑인이 반사회적인 자들인데, 이민들 일부도 반사회적인 성질에 속하는 것이라며 동질화했다. 특히 야마구치 다다시는 경제문제에 의해 발생하기는 했지만, 그것이 사회의 빈곤자들 문제로 발생하고, 그 빈곤자들은 향상심이 결여되어 있는데, 그것은 사회 문제를 일으키는 독기(毒氣)라고 보았던 것이다. 그것이 발전되어, 주택문제, 노동문제, 도로수도 문제, 교육문제, 위생문제, 도시계획의 문제라고 규정하고, 사회의 건전한 발달을 위한 노력이 중요[39]하다고 보았다. 다시 말해서 사회라는 것은 이익 사회의 공존이며, 즉 이익을 추구하면서도 공동 생존을[40] 목표로 해야 하는 것으로, 그것을 만들어가는 과

---

38) 山口正, 『社會事業研究』, 日本評論社, 1934, 116~117쪽.
39) 山口正, 『都市生活の研究』, 弘文堂, 1924, 5쪽.
40) 山口正, 『社會事業研究』, 日本評論社, 1934, 1쪽.

정에서 생기는 '결함'은 배제하거나 또한 완화시켜야 한다고 보는 것이었다. 이것은 사회의 조화적 발달을 위한 것인데, 이것이 바로 사회사업이라고 설명한다.

이러한 야마구치 다다시의 사회사업 논리는 이노우에 도모이치(井上友一)의 『구제제도요의(救濟制度要義)』에서 영향을 받은 것이었다. 이노우에 도모이치는, 행정업무를 구빈(救貧)과 방빈(防貧)으로 나누어 구빈 행정과 방빈 행정이 다르다고 설정한다. 즉, 먼저 사람을 구제하고 그것을 세속으로 적용하여, 하나의 풍속으로 옮겨가는 도정(道程)으로, 풍기의 문제를 선도하는 것이 중요하다고 보는 입장이었다. 이에 대한 논리를 이노우에 도모이치의 논리는 "구빈은 말(末)이고 방빈은 본(本)이다. 방빈은 풍화는 근원이다. 자세하게 말하면 구빈이나 방빈은 그 본지에 도달하려고 한다면, 반드시 먼저 그 힘을 사회적 풍기의 선도에서 효과를 얻어야 한다"[41]는 것이었다.

다시 말해서, 이노우에 도모이치는, 서민사회에 대한 실질적인 구제에 국한하는 것이 아니라 널리 사회적 풍기에 관한 제반의 제도를 고루 연구하는 것이 중요하며, 그것은, 국민사회로 하여금 건전한 협동생활을 구축하려는 것이 사회개량이며, 그것이 중요한 임무라고 주장했다. 결론적으로 말하자면, 이노우에 도모이치는, 서구에서 형성된 사회문제에 대한 견해를 참고하면서, 사회문제에 대해 국가 및 사회를 발달시키는 경제적 관계 및 풍기적 관계에 있어서 빈민계급의 지위를 높이는 것에 있다고 본 것이다. 즉 구제 제도가 정신적인 것과 관계가 있다는 점에 착안한 것이었다. 여기서 이노우에 도모이치가 제시하는 논리 즉, 경제적 측면도 중요하지만, 공공의 복리 여하를 결정하는 것은, 국민의 정

---

41) 井上友一, 『救濟制度要義』, 博文館, 1909, 2쪽.

신적 관계로서 이는 바로 풍기의 문제와 연결된다는 점에 있었다. 이를 확대하여, 사회적 풍기 문제에 관심을 갖는 것에 중점을 두고 특히 외국민의 풍화에 관한 제반 사업을 예로 들었다.[42] 이노우에 도모이치가 외국인의 풍기 교육까지도 언급했던 것이다.

물론 야마구치 다다시는 이노우에 도모이치와 달리 사회정책과 사회사업의 통일적인 이해라는 시점이 존재했는데, 그것은 균제적 발전론이었다. 즉 반사회적이 존재들을 포함해, 사회문제를 일으키는 독기들을 사회의 건강 증진을 위해 사회정책을 통해 사회 병태(病態)를 치료하고 혹은 그것을 예방하는 방법으로서의 사회사업을 실천해야 한다고 본 것이다. 그 논리는 사회의 균제적, 전일적, 조화적 발달에 있었고, 그를 통해 사회를 통합하고 사회사업이 그를 위한 사회정책을 조성하는 것으로 파악하는 논리로서 양자를 관련 시켰던 것이다. 이것이 이론가로서의 야마구치의 주장이었고, 실무에서는 사회병이라는 개념으로 사회 문제를 해결하고자 했다. 그 실천은 사회병 대응책으로서의 사회정책과 사회사업도 통일적인 것으로 이해하고 있었다. 그렇기 때문에 여기서 반사회적인 존재들에 대한 정책이 사회사업으로 연결시켰고, 그것은 사회정책론이라는 이름 속에 사회병리 개념으로 전개되었다.

특히 클로즈업된 것은 사회병리, 사회위생, 사회의학이라는 생활문제 대응에 관련된 개념이었다. 이는 1920년대를 통해 보급을 보인 사회학적인 혹은 의학적인 관점, 즉 우생학으로 상징되는 선별주의를 근거로 사회적으로 이상(異常), 일탈, 편의(偏倚)라고 간주되는 현상이 문제시되고, 그 원인 규명과 해결을 위한 방법은 하나의 사회정책의 계보를 만

---

42) 井上友一, 『救濟制度要義』, 博文館, 1909, 9쪽.

드는 것으로서 보급하는 것이었다. 바로 이 부분에 대한 오사카 시의 사회정책 실천을 담당한 것이 야마구치 다다시였던 것이다.[43]

야마구치 다다시는, 사회문제 해결하기 위해서는, 먼저 그 사회에서 나타나고 있는 구체적 현상을 알기 위해 사회조사가 필요하다고 보았다. 그 사회조사란 바로 병을 치료하기 위한 진단의 단계였던 것이다. 야마구치 다다시는 '오사카의 사회병'이라는 논리를 제시했다. 오사카 시라는 대도시에 잠재적으로 만연하는 사회병이 존재한다고 보고, 사회를 인간에 비유하여 보면 인간의 정신상이나 육체상에 지장이 있을 때는 이것을 '병'이라고 칭하는 것처럼, 사회에서도 부분에 결함이 배태한 경우에는 그 결함을 사회병이라고 부를 수 있다고 본 것이다. 따라서 인간의 병기는 전문가 의사에 의해 해부, 진찰 등의 방법에 의해 진단, 치료되는 것처럼, 사회의 병기는 모두 사회사업의 진단, 치료가 필요하다고 보았다.[44]

즉, 사회사업이 그 기능을 발휘하기 위해서, 동시에 소기의 목적을 달성을 위해 시설 경영상의 문제에 대해 과학적인 조사가 필요하다고 본 것이다.[45] 이러한 인식에 근거하여 조사된 내용을 보면(표 1) 대체적으로 오사카 조선인의 노동, 일상생활, 주택 문제 등에 집중하고 있었다.

---

43) 玉井金五・杉田菜穂, 「日本における「社會病理」概念の展開と社會政策—山口正と磯村英一を めぐって」, 『經濟學雜誌』 第114卷 第3号, 大阪市立大學經濟學會, 2013, 4〜5쪽.

44) 山口正, 『都市社會事業の諸問題』, 敎育刷新社, 1929, 188쪽. ; 玉井金五・杉田菜穂, 「日本に おける「社會病理」概念の展開と社會政策—山口正と磯村英一をめぐって」, 『經濟學雜誌』 第 114卷 第3号, 大阪市立大學經濟學會, 2013, 7〜8쪽.

45) 山口正, 『社會事業研究』, 日本評論社, 1934, 157쪽.

〈표 1〉 오사카 시 사회부노동과의 『사회부보고』의 제목들(1935년도) (필자 정리)

발간 호	제목
제51호	바라크 거주 조선인의 노동과 생활(バラツク居住朝鮮人の勞働と生活)
제65호	오사카 시 주택연보(大阪市住宅年報)
제71호	오사카 시 주택연보(大阪市住宅年報)
제81호	집회로 본 본 시의 정신 운동(集會より見たる本市の精神運動)
제85호	본 시의 조선인의 생활 개황(本市に於ける朝鮮人の生活槪況)
제95호	다니마치 방면 거주자의 생활 상황(谷町方面に於ける居住者の生活狀況)
제104호	오사카 시 사회사업 강요(大阪市社會事業綱要)
제106호	오사카 시 주택연보(大阪市住宅年報)
제115호	본 시의 불량 소년소녀(本市に於ける不良少年少女)
제120호	본 시의 조선인 주택문제(本市に於ける朝鮮人住宅問題)
제121호	본 시의 사회병(本市に於ける社會病)
제142호	오사카 시 집값 조사(고노하나구)(大阪市家賃調査<此花區>)
제155호	오사카 시의 실업 보호시설(大阪市の失業保護施設)
제161호	등록 일용 노동자의 취로 상황 조사(登錄日傭勞働者の就勞狀況調査)
제168호	오사카 시 주택 연보(大阪市住宅年報)
제170호	오사카 시 실업자 생활 상태 조사(大阪市失業者生活狀態調査)
제181호	폐품과 폐품 수거자(屑物と拾ひ屋)
제186호	오사카 시 주택 연보(大阪市住宅年報)
제188호	실업 문제에 관한 문헌(失業問題に關する文獻)
제193호	본 시 주민에 관한 일 연구(本市住民に關する一研究)

특히 야마구치 다다시가 관심을 가진 개념이 사회병리학 개념이었
다.46) 즉 이러한 병들을 치료하고 예방하는 것에 의해 사회가 균제적(均
齊的)이고 일체적인 발달을 이루어가게 해야 한다는 것이 목표에 두고,
사회의 질병을 제거하고 또는 예방하는 것이 중요하다고 본 것이다.

---

46) 玉井金五・杉田榮穗, 「日本における「社會病理」概念の展開と社會政策—山口正と磯村英一を
めぐって」, 『經濟學雜誌』 第114卷 第3号, 大阪市立大學經濟學會, 2013, 2쪽.

그 대상은 "사회사업의 보호자는 신체적 및 정신적 보호해 주는 것으로 결정함, 국민경제 발전의 부수적 현상, 개인적 원인은 개인의 불경제, 질병 및 생업무능력 등에서 보이는 원인으로서, 이 개인적 원인은 또한 일반적 원인과 합류하여 보호의 필요도를 강하게 한다고 기술하고, 빈궁의 과정 및 영향을 설파한 후, 보호가 요구되는 객체를 ①부랑자, ②노동의 의지를 갖고 동시에 실제로 노동의 기회를 구하는 자, ③일시적 노동자, ④습관적 부랑자, ⑤노후적 부랑자, ⑥보호가 필요한 소년, 고아, 사생아 및 기아, 불량소년, 신체상의 보호 훈육을 필요로 하는 자(정신병자, 백치자 등등)"47)라고 보고, 특히 "병태(病態)는 과부, 무연자, 사생아, 고아, 부랑아, 범죄자, 부랑인, 노폐자 등등 가정적으로 혜택 받지 못한 자, 빈곤, 직업의 불안정, 소년 노동, 공장 재해 등등 사회상, 경제상의 고통을 받고 있는 자, 알콜중독, 신경 및 정신병, 농아, 심신박약 및 불구 폐질 병 등등 개인적으로 혜택 받지 못한 자 등등"48)이라고 규정했다.

이러한 논리는 고스란히 오사카 시의 사회병 조사로 나타났다. 즉, "사생(私生), 이혼, 범죄, 빈곤, 실업, 불구폐병(不具癈病), 정신이상 등의 사회병이 도덕적 가정적으로 혹은 경제적 보건적으로 인간생활에 연결되어 있어 그들의 곤란을 야기시키고, 사회적 고독 격리를 조성하여 사회의 복리 공동생활의 목적에 위협을 부여해왔다"49)고 보고, 바로 이러한

---

47) 山口正, 『社會事業研究』, 日本評論社, 1934, 119~120쪽.; 大阪市社會勞働課編, 「本市に於ける不良少年少女」, 『社會部報告』第115号, 大阪市社會勞働課, 1935, 1~69쪽.

48) 山口正, 『都市社會事業の諸問題』, 教育刷新社, 1929, 2~3.; 玉井金五・杉田榮穂, 「日本における「社會病理」概念の展開と社會政策—山口正と磯村英一をめぐって」, 『經濟學雜誌』第114巻 第3号, 大阪市立大學經濟學會, 2013, 7쪽.

49) 大阪市社會部調査課, 「本市における社會病」, 『社會部報告』第121号, 大阪市社會部勞働課, 1930, 2쪽.; 玉井金五・杉田榮穂, 「日本における「社會病理」概念の展開と社會政策—山口正と磯村英一をめぐって」, 『經濟學雜誌』第114巻 第3号, 大阪市立大學經濟學會, 2013, 9쪽.

사회병은 사회사업이나 사회정책을 통해 치료하고 억제하는 것이라고
간주했다. 특히 이러한 사회병을 치료하고 억제하기 위한 활동을 조직
적이고 합리적으로 운용하기 위해서는 그 상태를 인지하고, 그것을 규
명하는 작업이 선결되어야 한다고 보았다. 즉 사회병을 철저하게 진단,
즉 조사해야 한다고 본 것이다.

이때 야마구치 다다시가 사회병의 근원지로서 상정한 장소는 '밀집
주택 지역'이었다. 야마구치 다다시의 표현을 빌리면 이 지역은 대부분
이 불량주택인데, 바로 이 불량주택이 '위생, 풍기, 안전상의 유해 혹은
위험이 존재하는 장소이며, 인간 거주에 부정당한 곳'50)이라고 간주했
기 때문이었다.

그런데 이 불량주택은, 오사카가 발달해가는 과정에서 인구의 급격한
증가에 의해 출현한 것이었으며, 그것은 도시의 주변부에 위치하고 있
었다. 이에 대해 야마구치 다다시는 '노동자, 일용인부 등 일정 종류의
생활 특히 직업과 일정한 성행에 의해 형성되는 빈민굴'이라고 간주하
고 있었다. 즉 특정 '장소'가 빈민굴인데, 그곳은 불량주택 거주자들이
었다. 그리하여 이를 해결하는 방법으로서 제시한 것이 감독제도의 독
려와 감독제도의 수립이었다. 감찰 제도를 수립하여 불량주택 지구의
조성을 저지하고 화근을 미연에 방지하는 것을 거듭 강조했다. 미연에
방지하는 정책도 중요하지만 야마구치 다다시는 그와 동시에 그들의
정신적 교화와 고등한 정조의 도야, 즉 그들의 물질적 생활의 안정 및
정신적 문화의 개전과 향상은, 주택 감독 및 감찰 제도와 맞물려 이들
을 개선하는 것51)이 중요하다고 논했다. 다시 말해서 야마구치 다다시

---

50) 大阪市社會部調査課, 「本市における社會病」, 『社會部報告』第121号, 大阪市社會部勞働課, 1930,
17쪽.
51) 山口正, 「不良住宅問題管見」, 『家事と衛生』 Vol.3. No.9, 家事衛生研究會, 1927, 18~20쪽.

는, 감독과 감찰을 중시했고, 국민 전체를 고려한 전체주의 입장에 선 사회사업론이었다.[52]

이러한 야마구치 다다시의 인식에는 문제점이 존재했다. 즉 사회병리학의 문제를 사회 체제의 병리 문제로서 고려하지 않았다. 야마구치 다다시는 사회병리라는 논리를 조사 결과로 나타나는 현상적 결과를 중시한 것이다. 오사카 시 내부의 사회 체제가 병들어 있고, 그 사업 자체의 인식론적 기초가 병들어있는 것을 느끼지 못했던 것이다. 단순하게 조사 결과로서 나타나는 현상들이 실제로는 그 배경에 일본사회의 구조적인 사회병 자체를 직접적/간접적으로 비춰주는 것이었다고 느끼지 못했던 것이다. 그러니까 야마구치 다다시의 입장에서 보면 사회병으로 간주되는 자들 즉 사회의 병든 구조는 석출하거나 방지해야 하고 그를 위해서는 교화시키지 않으면 안 되는 것으로만 간주한 것이었다. 즉 야마구치 다다시는 현재의 사회사업은 정신화 혹은 윤리화의 길을 걷고, 타면에서는 정치화 혹은 국책화의 방향으로 향한다고 보고, 그동안 도시사회사업으로서 도시편중을 벗어나, 농촌의 피폐 문제까지도 시야에 넣어 파행성과 편곡성을 수정하여 적어도 전체성을 중시하는 의미에서 전체주의에 근거한 사회사업을 창도하지 않으면 안 된다는 것을 주장하게 된 것이다.

그리하여 야마구치 다다시는 사회연대주의의 사회사업론 자체는 전체성을 고조시켰으며, 전체주의적으로 선회하는 것을 통해 이론적 정당성을 한층 더 완성해 가고자 했다.[53] 그 방법으로서 야마구치 다다시는, 도시사회사업은 경제적 지원과 함께 '정신의 훈육'이나 '정신 윤리의 훈

52) 木村壽, 「大阪市社會部長山口正について」, 『歷史研究』 18號, 大阪敎育大學歷史學硏究室, 1980, 296쪽.
53) 山口正, 『日本社會事業の發展』, 甲文堂書店, 1938, 169~178쪽.

육'에 중점을 두었다. 이는 바로 조선에서 오사카로 이주해 온 오사카 조선인이 그 대상이었던 것이다. 바로 사회병 논리가 오사카 조선인에 대한 인식으로 연결되어, 이들을 진단하는 사업으로 연동되어 간 것이다. 이 야마구치 다다시가 내놓은 대안은, 사회연대주의, 전체주의, 융화주의의 명목으로 변용되어가고 있었다.

4. 오사카 조선인과 문화정체성

1) 근대적 도시 개조론과 지역이데올로기-획일성과 배제의 지리학

도시 행정관으로서 도시의 민중생활에 대한 조사사업을 진행하던 야마구치의 시선은 주로 사회 하층민 조사 사업으로 이어졌다. 앞서 다룬 것처럼, 1910년대 대공장의 노동알선에 의해 일본에 온 조선인 노동자들은 서남부지역에 편재해 있었다. 이들은 제1차 세계대전 이후 해고되면서, 편재 중심이 시동남부, 북부로 옮겨진 것이다.54) 1910년대 오사카시에서는 재일조선인의 편재가 구오사카시역의 남서부에 있었는데, 1920년 시점에도 이 분포를 답습하고 있었다. 1929년 분포를 보면, 오사카시 동남부(쓰루하시, 나카모토<中本>)에 집중한 것이 명료하다.55)

1920년대 초두부터 말기에 걸쳐서 말하자면 서부에서 동부로 이동하는 형태로 조선인 인구의 분포중심이 이동한다. 왜 이러한 변화가 생겼을까. 취업구조와 거주 장소의 관계 때문이다. 1920년대 오사카에 온 노

---

54) 堀內稔,「新聞記事に見る在阪朝鮮人の初期形成」,『在日朝鮮人史硏究』第30號, 在日朝鮮人運動史硏究會, 2000, 27〜42쪽.
55) 福本拓,「1920年代から1950年代初頭の大阪市における在日朝鮮人集住地の変遷」,『人文地理』56卷 2号, 人文地理學會, 2004, 159쪽.

동자들은 단신 남성들로, 외지로 돈벌이를 나온 자들이라는 성격이 강하고, 고용처에서 주택이 제공된 경우를 제외하면 그 대부분은 노동자 하숙 형식으로 거주하고 있었다. 조선인이 경영하는 조선인 하숙은 오사카 시의 동남부, 서남부, 북부에 많았고, 1920년대 후반이 되면 그들이 밀집해 거주하는 거리로, 조선인 경영의 노동하숙이 편재해 있던 지역이다. 이것은 노동하숙의 존재가 집주지 형성의 하나의 원인이 된 것임을 시사해 준다. 오사카 동남부 히가시나리구에는 최다의 조선인 직공이 있었다.56) 중급 규모 이상의 공장노동자의 비율은 평균을 밑돌고 있다. 오사카 시 동남부에 거주하던 오사카 조선인의 대부분은 유리공장을 제외하고는 소/영세규모의 공장으로서 직공이었다.57) 이처럼 구체적으로 세대수를 비롯해 거주 인원, 건물의 연령과 노동 현장의 관련성, 일용직의 수입 금액, 조선인의 공동 생활 상황을 보고하고 있었다.58)

이를 통해 조선인 밀집 거주지는 취업구조와 명확하게 지역성을 갖고 있었다는 것이 상정된다. 도시공간의 균일화가 대규모로 진행되는 과정에서 나타난 현상이었던 것이다. 즉 일용 노동직이나 영세 노동의 수입이 적다는 것은 빈곤으로 이어지는 문제였고, 그 빈곤은 다시 주택 문제로 연계되었던 것이다. 바로 이것이 조선의 이미지 유포와 만나는 지점이 되어가고 있었다. 즉 조선인의 원(原)주소지, 교육 정도 등등이 함께 제시되어갔다.59) 그것을 지지하고 만들어가는 것은 오사카 시의

56) 岩村登志夫, 『在日朝鮮人と日本勞働者階級』, 校倉書房, 1972, 160~164쪽.
57) 福本拓, 「1920年代から1950年代初頭の大阪市における在日朝鮮人集住地の変遷」, 『人文地理』 56卷 2号, 人文地理學會, 2004, 161~162쪽.
58) 大阪市社會部, 「バラック居住朝鮮人の勞働と生活」, 『社會部報告』 第51号, 大阪市社會部勞働課, 1927, 11쪽.
59) 大阪市社會部, 「バラック居住朝鮮人の勞働と生活」, 『社會部報告』 第51号, 大阪市社會部勞働課, 1927, 15~17쪽.

빈민가의 대표적인 나가야(長屋)가 지명되는 논리로 만났던 것이다. 빈민가로서 계층화되고, 직업과 생활, 즉 도시빈민으로 규정되어간 것이다. 빈민의 집적과 그것이 사회적 계급으로 성층화(成層化)되는 과정이 일본의 근대화/도시화 과정과 맞물리고 있었던 것이다. 이는 구체적으로 전염병이라는 위생 문제라는 관점에 의해 잉태된 병 개념에 대한 서술과 얽혀 있었다. 오사카 시 내부의 임시 거처 집들은 위생적이지 않으며, 그곳은 전염병이 발생하는 근원지로 규정되어졌다. 특히 1886년에 콜레라 유행과 맞물려 피크를 맞이한 사례를 예로 들면서, 임기 거처 집들은 건축개량법에 의해 개량을 시도한다. 그렇지만, 그것은 '빈호(貧戶) 이전 계획'을 보면 잘 알 수 있듯이 이미 1886년 시점에서 니시나리군과 히가시나리군이 포함되어 있었다. 숙영단속법이 실시되고 염가 숙박소(木賃宿營業) 지구로서 니시나리군 난바촌(難波村), 히가니나리군 북평야정(東平野町)으로 정해졌던 것이다.[60]

염가 숙박소의 대부분이 임시거처 장소로 간주되는데, 이는 오사카 내에서 이루어진 빈민가 이전 계획의 일환으로 도시 사업의 계획에서 실시된 것이었다. 염가 숙박소로 대표되는 니시나리군은 히가시나리군은 도시로 포섭되기도 하면서, 한편으로는 빈민으로서 염가 숙박소들이 거주하는 시외지역으로 배제되고 있었던 것이다. 즉 이는 도시 분산 계획의 명목 하에 이루어진 지역의 분리 정책이었던 것이다. 이러한 도시 계획에 내장된 논리는, 근대적 환경 문제를 인지하기 시작하면서 그것을 양호와 불량이라는 도식으로 구분하고, 이를 공간 분이에도 적용시킨 도시 계획이었던 것이다. 그것이 바로 주택양식 자체에 대입시켰고,

---

60) 原田敬一, 「治安・衛生・貧民 : 1886年大阪の「市區改正」」, 『待兼山論叢』(史學 篇) 19, 大阪大學, 1985, 2~8쪽.

그것을 개념화해냈던 것이다.

바로 도시계획 발전과 사회정책적 논리가 갖는 정당화 논법이었던 것이다. 그렇기 때문에 주택 개량이라는 문제를 부각시키고, 이 문제에 초점을 맞추어 사회개량론으로 일반화시키는 과정이었다. 그것은 역설적으로 빈민굴을 사회에 인지시키고, 빈민의 갖는 특성을 제시하는 배제론이었던 것이다. 이곳에 지역 구분 이데올로기가 숨겨진 상태에서 발호된 것이 사화조사 사업과 구빈사업이라는 사회정책 이데올로기였던 것이다. 구체적으로 보면, 자선사업을 통한 구빈사업이라는 명목을 내세운 도시개혁론이라는 이데올로기였다. 그 중에서 가장 중대한 문제가 빈민의 문제였고, 빈민은 다시 위생의 문제로 연결시켰다는 점이다.

결국 이것은 일용직이나 직공, 영세공장 노동자들에게 투영되어져간 것이다. 그래서 중앙 지역과 구분하여 빈민을 추방하는 논리를 일정한 주변 지역을 시역 확장 속에서 편입시켜버린 것이었다. 그리고 다시 이 개량 대상들이 밀집 거주하는 지역의 문제는 위생과 연결시키고, 도시에 거주하는 주택지의 문제 즉 주택과 공공위생의 문제로 연결시키면서, 결국 행정실무가인 야마구치 다다시가 인식하고 제시한 사회병으로 간주되었다. 그렇기 때문에 철저하게 감독하고 이들의 사회병 확산을 미연에 예방하고자 하는 대응책을 강구하게 만들었던 것이다.[61] 1930년 오사카 시의 '사회병' 문제를 조사하면서, 도시화 문제의 중심에 떠오른 것이 오사카 조선인이었고, 이 문제를 사회조사사업의 가장 중요한 항목으로 간주하게 된 것이다.[62]

---

61) 玉井金五・杉田菜穂, 「日本における「社會病理」概念の展開と社會政策―山口正と磯村英一をめぐって」, 『經濟學雜誌』 第114卷 第3号, 大阪市立大學經濟學會, 2013, 8쪽.

62) 大阪市社會部調査課, 『本市における社會病』, 1930, 1쪽.; 玉井金五・杉田菜穂, 「日本における「社會病理」概念の展開と社會政策―山口正と磯村英一をめぐって」, 『經濟學雜誌』 第114

2) 일본 제국 내부자의 오사카 조선인 표상

특히 야마구치 다다시의 인식이 갖는 문제는, 도시화에 문제에서 집중적으로 나타난 주택, 생활환경의 문제 해결 방식이었던 것이다. 특히 이를 구성한 실무자의 시선 서구적 도시 구상론에 의해 오사카가 대오사카라는 도시로 이행하면서, 발생한 노동 이주자의 문제, 즉 주거문제 생활환경 문제가 등장하는 것과 연동하고 있었다. 그렇지만 이미 일본 내에서 주택문제가 세인의 주목을 끌게 된 것은 주로 1918년과 1919년의 주택난으로 수렴된다. 특히 주택의 질적 문제도 인지하게 되고, 주택의 보건적 위생이 점차 중시되게 되었다.

특히 불량주택이 밀집해 있는 하나의 지역을 이루고 있는 것을 세민굴(細民窟) 혹은 빈민굴이라고 보았고, 이는 보건상이나 위생적인 견지에서 뿐만 아니라 풍기나 안전상으로도 개선이 필요하다고 간주하게 되었다. 그래서 1927년 3월에 '불량주택지구 개량법' 공포하게 된다. 그 내용 중의 하나가 '공공 단체는 불량주택 밀집하여 위생, 풍기, 안보 등에 관해 유해 또는 위험한 것'[63]이라며, 불량 주택이 갖는 의미를 정의해 버렸다. 이것은 곧 오사카 시 사회정책이 진행되던 논리로 포섭되는 과정이었다. 달리 말하자면, 오사카 시의 재편 과정에서 이루어지는 지역지배의 발생 이데올로기와 연동하고 있었다는 점이다. 세계 대도시의 문제와 이주민의 문제, 그리고 여기서 발생하는 주택문제 등등에 대해 이를 설명해 주는 논리는 『오사카시 사회부보고』에 잘 나타난다.

卷 第3号, 大阪市立大學經濟學會, 2013, 8쪽.

63) 大阪市社會部勞働課 編, 「本市に於ける社會病」, 『社會部報告』 第121号, 大阪市社會部勞働課, 1930, 72쪽.

풍속 습관을 달리하고, 게다가 경제생활 신전을 주안으로 하는 이주
민이 끊임없이 각종 중요문제를 제기하고 있는 것은 세계대도시의 공통
된 사실이다. 도시에 있어서 그들의 밀집은 위생적 조건의 퇴폐, 사회적
연대의 이완을 초래, 그 생활권이 마치 범죄, 빈곤, 사망률의 앙등 등 사
회악의 배양소가 되어 끝나는 경향이 있는 것은 런던에 있어서 가장 비
위생적인 불량주택지가 재래 유대인에 의해 조성되고, 전형적인 불량주
택지구가 이태리인의 밀집에 기인하는 실례가 그 사정을 잘 말해준다.
이것은 우리나라에 대해서도 보듯이 조선에 있어서의 산업의 부진, 소
작인 계급의 궁핍 그 외의 사정에 의해 노동력의 과잉은 과연 조선인
노동자의 내지 유입을 초래하고 내주 조선인의 가속도적 증가는 근래
특히 우리나라 주요도시에서 현저하게 볼 수 있는 경향이다.[64]

세계 대도시의 발생과정에서 생기는 이주민의 발생 문제를 동원하고
있었다. 즉 영국의 유대인이 비위생 문제를 발생시키는 것처럼 오사카
에는 조선인들이 그 동일한 위치에 있음을 제시한 것이다. 즉 오사카에
유입되는 조선인 노동자의 문제에 대입시킨 것이다. 기하학적으로 늘어
나는 오사카 조선인의 밀집지역에 대한 문제 즉 불량주택 문제와 문화
적 차이, 실업이 불황의 심각화로 나타나고 그것이 주택문제가 연관된
다고 보고 있었다.

1929년 6월말 히가시나리구는 호수와 인구에 있어서도 제1위를 차지
한다. 히가시나리구의 히가시오바시(東小橋)정(町) 속칭 조선인정(町)에
대해서 살펴보면, 1호당 평균 거주자 인원수는 18.2명으로 한 사람당 평
균 다다미수(疊數)는 0.55첩(疊)으로 이를 니시노다(西野田) 방면의 내지
인 밀집지구 한사람당의 평균수 3첩(疊)에 비하면 조선인의 밀집 상태가
얼마나 상상 이상으로 심각한가를 쉽게 알 수 있다. 조선인정 가옥은 메

---

64) 大阪市社會部勞働課 編, 「本市に於ける朝鮮人住宅問題」, 『社會部報告』 第120号, 大阪市社會
部勞働課, 1935, 1쪽.

이지42년 이전의 건축인 목조건축의 나가야(長屋)로서 모두가 예외 없이 폐퇴하고 불결하다. 통로도 구불구불한데 날씨가 좋을 때에는 처마에서 처마로 이불말리는 장소처럼 젖은 세탁물을 말리고 있다. 게다가 이러한 종류의 가옥은 최악의 지역에 있어서의 최악이 아니라 밀주 지구의 가옥으로서는 그래도 상등(上等) 부류에 속하는데 바라크, 움집의 조선인 노동자 군거생활은 인간생활의 최저 표준을 생각하게 한다.[65]

이처럼 유럽의 도시 이론들을 소개하면서도 이를 일본에 적용하는 방식으로 대도시 문제를 고려했지만, 그럼에도 불구하고 일본 내의 특수 지역 정착민으로서의 오사카 조선인의 문제를 제시한 것이다. 오사카 조선인이 직업의 조건, 수입, 교통 기타 관계에 의해 어쩔 수 없이 도시 최악지구에 거주하는 하층노동자 계급이 과밀거주와 주택과밀에 고민을 하게 되는 것은 각종 도시 공통의 현상의 하나라고 보면서도, 그것을 빈민굴로 연결시켰다. 이것은 1935년의 오사카 시 사회부 노동과가 발간하는 『오사카시 사회부보고』에 그대로 나타나고 있었다.

조선인의 본 시 거주는 임금 문제, 실업 문제, 모르핀 중독 문제, 남녀의 성 문제, 및 융화문제 등의 중요한 문제를 야기시키고 있는데, 마침내 근래에 현저하게 우리들의 주의를 촉진하게 된 것은 이미 포화상태에 있는 밀집 지구에 이주 조선인의 증가로 이들 지역의 불량화한 것이며, 혹은 노동자 거리에 군거(群居)하는 조선인이 이들의 지구를 제2의 불량주택 지구로 저화할 우려가 있는 것이다.[66]

오사카 조선인의 월세난(借家難), 집세난(家賃難)은 그들의 증가함에 따

65) 大阪市社會部勞働課 編,「本市に於ける朝鮮人住宅問題」,『社會部報告』第120号, 大阪市社會部勞働課, 1935, 2~6쪽.
66) 大阪市社會部勞働課 編,「本市に於ける朝鮮人住宅問題」,『社會部報告』第120号, 大阪市社會部勞働課, 1935, 6~7쪽.

라 더더욱 사회 문제적 색채를 강화하는 것이며, 이는 사회적 부작용을 일으키고 있다고 보았다. 즉, "그들의 비사회적, 비문화적 생활 전개는 마치 악화(惡貨)가 양화를 구축하는 것처럼 선량한 근린 임차인들을 구축할 뿐만 아니라 선량한 일반 임차인의 내주를 막는 것에 의해 집주인의 경제적 손실을 배로 증가시키게 되어, 진보적 집주인조차 그들 조선인에 일고하게 되는 것은 당연하다. 주택 쟁의는 집세 체납, 보증금 불지급, 무단 재임대 및 계약 위반 등"[67]으로 나타나고 있다고 기술했다. 바로 오사카 거주 조선인은, 집세를 지불하지 못해 주택 쟁의를 일으키는 비사회적, 비문화적 생활 전개자로 그려졌다. 다시 말해서 보편적 도시 문제의 하나로서 발생하는 시점이 역으로 오사카 조선인들에 의해 발생한다는 시점으로 뒤바뀌어진 것이다. 즉 도시 문제에 의해 오사카 조선인 문제가 생긴 것이 아니라, 오사카 조선인에 의해 도시문제가 발생했다는 논리로 치환된 것이었다.

그리하여 그 해결 방안으로 오사카 조선인의 문제를 해결하겠다는 취지를 내세우면서, 오사카 조선인의 생활이 갖는 열악성을 전체적 숫자나 집단적 특성으로 제시하게 되었다. 즉 집세의 체납과 불납의 문제, 군거 생활의 문제, 범죄 조성의 문제, 부도덕함과 위생 문제가 그것이었다. 그리하여 이를 해결하는 방법은, 내지에 도래하는 조선인을 그 본토에 멈추게 함과 동시에 이미 이주한 자들에 대해서는 그 생활 수준을 향상시켜야 한다는 논리였다. 그것을 통해 인구 과잉에 의해 생기는 위험과 폐해를 미연에 방지할 필요가 있다는 것이었다.[68]

---

67) 大阪市社會部勞働課 編,「本市に於ける朝鮮人住宅問題」,『社會部報告』第120号, 大阪市社會部勞働課, 1935, 14쪽.
68) 大阪市社會部勞働課 編,「本市に於ける朝鮮人住宅問題」,『社會部報告』第120号, 大阪市社會部勞働課, 1935, 19~20쪽.

이러한 미연 방지책은 도항 금지 실시라는 행정적 조치로 나타났는
데, 이는 세키 하지메가 주장하는 미연의 방지 논리와 만나는 지점이었
던 것이다. 결국 사회사업 실시를 위해 실시한다고 하는 사회조사 사업
결과물은 오사카 조선인의 문제를 해결하기 위해서라기보다는 어떻게
하면 미연에 이들의 사회적 범죄를 방지할 것인가에 있었던 것이다.

그것은 바라크 거주 조선인 하숙 상황을 제시하고[69] 심각해지는 오
사카 조선인 문제를 가시화시키는 것으로, 그 이론을 뒷받침했던 것이
다. 그것은 오사카 조선인 문제 즉 노동문제, 주택문제, 융화문제가 중
요하다는 점을 홍보하게 되고, 대책을 강구하기 위해 전반적으로 오사
카 조선인을 철저하게 관찰하고 밀집지역의 그들 생활 및 노동 상황을
실지 조사하는 것이 중시되어진 것이었다. 그리하여 얻게 된 것으로 사
회 진화상 피할 수 없는 도시사회적인 문제이기는 하지만, 이는 하나의
바이러스로 간주했다.

이들 바이러스는 원래 근래에 발생한 것은 아니지만, 근세 산업의 발
달, 도시인구의 집중, 무산계급의 발생, 자유경쟁의 고도화가 서로 맞물
려서 배양되고 조세(助勢)하여 이것들이 강하게 사회에 침윤하게 되는
것이다. (중략) 도시의 빈민이 족출하고 궁민의 증가와 상관적으로 불량
주택문제가 대두한다. 급속한 상업의 확장과 군집을 도시에 유인했다.
그들의 거주에 대해서는 거의 준비를 잊었다. 높은 집세, 과밀, 밀주의
현상을 가져오는 것은 매우 당연하다. 근래의 도시거주자의 밀주와 빈
곤은 주택의 과밀, 위생상의 무지와 맞물려 그들의 건강, 도덕을 파괴하
여 질병, 비행을 조성하는 불량주택문제를 환기시키게 되었던 것이다.[70]

69) 大阪市社會部勞働課 編, 「バラツク居住朝鮮人の勞働と生活」, 『社會部報告』 第51号, 阪市社
會部勞働課, 1927, 17쪽.

70) 大阪市社會部勞働課 編, 「本市に於ける社會病」 『社會部報告』 第121号, 大阪市社會部勞働課,
1930, 70~72쪽.

그런데 사실은 이 보고서에서 기술하고 있듯이, 급속한 상업의 확장과 군집에 의해 형성된 도시가 갖는 문제점이었고, 그것은 거주문제에 대해 미리 방재책을 강구하거나 상정하지 못한 준비 부족의 도시 행정 자체의 문제점을 역설적으로 보여주는 것이었다. 그리하여 비유된 바이러스와 같은 존재로 간주된 이 불량주택에 사는 주민은, 도시 내에서의 소비적 불만족으로 이어져, 다른 지역에 대한 선망, 시의, 질투, 반감 등이 조성되고, 배타심을 강화시킨다고 보았다. 그리고 그것은 대부분이 조선인 노동자, 도래 조선인 노동자로서, 화근을 갖는 것이 조선인 노동자라고 규정한다.71) 여기서도 야마구치 다다시가 제시했던 '이민자의 반사회적 특성'이라는 논리가 그대로 투영되어 나타났던 것이다. 이러한 문제를 도시사회사업의 일환으로 해결해야 하는 과제를 제시하면서, 결국 그 해결책으로 정신적인 사회사업이 필요하다는 논리로 귀결되어간다.

오사카 조선인의 생활수준을 향상시켜야 한다. 먼저 도시생활의 조화 있는 진화를 바란다면 직업, 성, 거주양식 및 교육 정도가 정상(正常)인 상태에서 향상되고 조화되어야 한다. 오사카 조선인의 그것을 보면, 직업에서는 관리 기타가 0.4%, 상업이 0.7%, 직공 34.5%, 기타가 노동자 32%로 특히 눈에 띠는 것은 기타 노동자에 포함된 토목잡역이 대다수를 차지한다는 것으로, 남녀 비율을 보면 남성이 72%, 여성이 28%가 된다. 거주 양식은 다수가 군거 생활에 의해 항상 도시생활의 정상적인 진화를 방해하고 있으며, 교육 정도는 문자를 알지 못하는 자도 54.49%이고 심상소학교 중퇴가 21.31%, 심상소학교 졸업이 16.87%로 이들 모두가 도시생활의 조화 있는 진화 환언하자면 오사카 조선인의 생활수준을 향상시키는 소이가 아니어서, 이들 모두를 정상적인 상태로 가져가기 위한 노력이 필요하다.72)

71) 大阪市社會部勞働課 編,「本市に於ける社會病」『社會部報告』 第121号, 大阪市社會部勞働課, 1930, 79쪽.

야마구치 다다시가 제시한 것은, 교화가 중시되는 논리인 것이다. 이
것은 동시에 조선과 조선인에 대한 표상이 일본 내에서 이루어지는 맥
락을 갖게 된다. 즉, 오사카에 건너 온 조선인은, 교육정도 매우 낮아서,
대부분은 단순한 육체노동을 요구하는 방면에 종사하는 이유도 있지만
선천적으로 "근면한 노동적 기풍이 결핍되어 있고 유동적 경향"[73]이 있
다고 표현했다. 특히 조선인은 집단생활을 선호하는데, 이 집단생활 상
에는 위생상, 풍속 상에 좋지 않은 점이 많고, 이들의 범죄로서 절도,
도박 상해 사건이 많이 일어나는 특징을 서술한다.[74] 이것은 오사카에
건너 온 조선인의 특징이 아니라, 원 루트인 조선에서도 범죄가 만연하
고 있다는 서사와 일치한다.

> 범죄가 자주 일어나는 것은 재산에 관한 범죄로서 약6할을 차지한다.
> 사기횡령의 지능범도 있다. 범죄수단이 점점 더 교묘하고 악랄하게 진
> 행되고 광고사기, 회사 사범, 특약판매, 부정행위 거래, 유사 도박 범죄
> 기타 소작쟁의 노동쟁의에 원인인 범죄 등 다수 발생하는 시대의 반영
> 으로 주목할 만하다.[75]

특히 조선 자체가 위생상태가 불결하며 위생에 대한 시설이 갖추어
지지 않았다고 지적한다. 특히 "조선은 고래로 위생사상이 매우 유치하
고 곳곳에 질병을 앓는 환자가 많다. (중략) 의료기관은 제반 위생시설
이 매우 불완전하다. 따라서 전염병이나 지방병은 유행이 끊이지 않고

---

72) 大阪市社會部勞働課 編, 「本市に於ける朝鮮人住宅問題」『社會部報告』第120号, 大阪市社會
    部勞働課, 1935, 20쪽.
73) 朝鮮總督府警務局, 『朝鮮警察之槪要』, 大海堂, 1925, 168쪽.
74) 이승희, 「식민지 시기 재일조선인에 대한 일본 치안당국의 인식」, 『韓日關係史硏究』제44
    집, 한일관계사학회, 2013, 161~191쪽.
75) 朝鮮總督府警務局, 『朝鮮警察之槪要』, 大海堂, 1925, 177~178쪽.

각종 위생충병 특히 폐디스토마, 십이지장충은 각지에 만연하고 거의 저지할 수 없는 상황"76)이라고 기술했다.

즉 이러한 조선반도의 위생상태가 그대로 일본 내로 유입된 조선인 표상과도 맞물리고 있었다. 이것은 오사카 시 내부에서 조사된 내용을 근거로 한 조사결과와 만나는 것이었다. 즉 1923년 오사카시 사회부 조사과 조선인 노동자문제에서 밝힌 것처럼 "조선인 노동자는 수백 년 이래 키워온 길러온 악습에 의해 태만하고 부랑성을 띠어 다소 여유가 생기면 바로 업무를 그만두고 주색에 빠져 도박을 하고 저축을 소비하고, 악습"77)의 소유자로 표상된다. 내지의 조선인 노동자들의 모습이 개관 되어지고, 다시 무취업 노동자의 증가나 그 숫자를 다시 범죄와 관련시켜 나간 것이다. 이를 조선에 살고 있는 일본인 논리와 상대화된 시선으로 보는 것처럼 기술한다. 즉 조선에 거주하는 일본인의 범죄자 발생을 숫자로 제시한다. 즉, 조선에 거주하는 일본인은 숫자에 비해 "그 범죄자는 숫자가 체감(遞減)하고 있는데, 내지의 조선인의 증가는 1만 내지 2만으로서 그 범죄자는 격증하는 경향을 보여주고 있다. 그 원인을 규명하지 않을 수 없는 이유이다. 내지의 조선인 범죄 중 그 숫자가 현저한 것은 절도와 상해이다. 그리고 벌금형을 포함해서 생각해 보면, 도박이 제1위이다. 범죄의 종류는 절도, 강도, 도박, 사기 및 공갈에 의한 횡령, 상해, 살인, 공무집행방해 등등을 나열하고 있다.78)

즉, 일본인에 의한 조선에 대한 시선이 그대로 일본 내로 유입되고 있었던 것이다. 그것은 민족성으로 연결시켜갔다. 즉 "내지에 있어서 조선인의 범죄율이 높은 것은 그 민족성에 연유한 점이 있다. (중략) 밀집

---

76) 朝鮮總督府警務局, 『朝鮮警察之概要』, 大海堂, 1925, 188쪽.
77) 司法省調査課, 『司法研究第5輯報告書集拾』, 司法省調査課, 1927, 49쪽.
78) 司法省調査課, 『司法研究第5輯報告書集拾』, 司法省調査課, 1927, 61~62쪽.

지역에 모여 잡거하게 되는 자가 많아 불건전한 군중심리의 영향을 받아 도덕적 정조를 마멸시키고 있는 것, 인습적으로 오래 동안의 타정성, 이에 더해 내지인 도래 이후 주의의 문물을 보고 그들의 상응하는 향락욕에 유인되는 것이 많은 것 등 셀 수 없는 것, 또한 풍속과 인정을 달리하는 결과 내지인과의 감정 충돌이 많은 것은 그 상해 범이 인정하는 것, 원래의 성격에 의한 것"[79]이라며, 조선민족의 본래적인 성향이라고 기술했다.

조선 민족은 선천적으로 실업노동자적인 게으름을 갖고 있다고 판단한 것이었다. 그리고 이들은 생업과 노동 윤리에서 일탈한 자로 표상되어 간 것이다. 여기에는 오사카 조선인을 일탈로 밀어낸 요인이나 구조상의 일탈에 대해 아무런 고려가 이루어지지 않았던 것이다. 또한 조선인의 민족성을 규정하는 것도 일본이 문화적 우월성을 갖고 있다는 논리에서 판단된 것임을 인지하지 못하고 있는 것이었다. 도시 사회 내부의 일탈, 파탄, 일상의 질서를 흔들어 버리는 자들을 민족성과 연결시키는 시대적 배경이나 사회의 성격을 잘 보여주는 논리였던 것이다.

사회병 항목으로 간주되고 그를 통한 사회조사 사업을 통해 발견된 이질자들은 일본 내의 사회 질서에 균열을 가져오는 바이러스들로서 이들은 미연에 방지되어야 하고 감찰, 교화의 대상이 되었던 것이다. 조선인의 사회병 모델과 일본 오사카 내로 유입된 오사카 조선인의 사회 문제, 주택문제의 발생은 결국 일본 전체주의적 집합의식의 내부로 수

---

79) 司法省調査課, 『司法硏究第5輯報告書集拾』, 司法省調査課, 1927, 91~92쪽. 즉 내지조선인의 살인 강도는 주목할 만하다. 내지의 내지인 살인범, 내지의 조선인 살인범, 조선에서의 내지인 살인범을 비교해 보면, 인구에 비해 조선에서의 조선인 살인이 가장 높다. 그리고 내지의 조선인 살인범은 근래 조선에서 내지인의 인구비례를 고려하면 매우 많음을 알 수 있다며 조선반도에 거주하는 일본인과도 비교했다. 司法省調査課, 『司法硏究第5輯報告書集拾』, 司法省調査課, 1927, 82~83쪽.

렴시키려는 시대인식 속에서 시도한 표상이었던 것이다.

전체주의 사회에서 일으키는 '균열에 대한 두려운 징후'를 당시 일본 제국주의 사회적 가치관 속에서 이질자를 '개념화/서술'해간 것이다. 그 진단 방식이나 표상은 행정관이나 총독부 내에서 만들어낸 그들만의 이론적 용기 속에서 조선인과 오사카 조선인의 전체 모습과 운명을 결정해 버린 것이었다. 특히 생활 향상을 위해 정신적인 훈육이 필요하다고 본 점은 정신 지배를 위한 근거가 된 것이었다. 빈곤, 노동력, 가난함, 무지, 폭력, 야생적이라는 개념이 도덕적 타락=정신적 가남함으로 해석되고, 이들에게는 사회사업을 베푸는 것이 아니라 정신적 교화를 통한 일본 내의 제국주의적 현실에 맞추는 융화의 대상으로 표상된 것이다. 이러한 인식/배경 속에서 오사카 조선인의 조사가 실시되고 개인의 일상을 전체화시키면서 개인을 소거시키고, 지배를 균일화시켜간 것이다. 이는 어떠한 이데올로기적 의식을 갖고 오사카 조선인의 일상생활을 진단했는가 그 인식 자체를 밝히는 것이 중요함을 새삼 일깨워주는 부분인 것이다. 이데올로기의 정당성 뒤에 내포된 타자 지배의 논리를 보여주는 '국제공동체' 도시론 이었던 것이다.

5. 결론-국민의 조건은 누가 결정하는가

이상으로 본 논고에서는 오사카 조선인의 이주와 이들에 대한 문화정체성에 대한 표상이 갖는 문제를 고찰해 보았다. 이것은 오사카가 대도시로 발전하는 과정에서 유입된 오사카 조선인에 대한 도시 행정사업의 논리가 어떻게 오사카 조선인에게 투영되었는가를 고찰하는 것이었다.

이것은 일본의 자본주의 식민지 지배 경영정책의 일환과 맞물리는 오사카라는 대도시 출현이 갖는 시대적 조류의 특징과 연결시켰다. 대도시의 출현이라는 세계 도시문명사의 논리가 갖는 특징이 오사카 조선인에게 대입되는 시선이 누구에 의해 기술되었는가라는 문제에 대한 물음이기도 하다. 특히 대도시 오사카 시의 탄생과 행정가 야마구지 다다시의 도시사업계획이 오사카 조선인에게 대입되는 '이주민 조사' 논리에 주목했다.

일본 내에서 등장한 오사카 조선인에 대한 생활 양상에 대한 조사 사업은 결국 사회병리학의 관점에서 부랑자, 주택문제자, 위생문제자로 표상되었다. 그리고 그것은 도시 발전론에 나타난 빈곤의 양상이기는 하지만, 노동자와도 차별되는 부랑민이나 준범죄자로 분류되고, 그것이 감찰의 대상이라고 각인되었다. 그 근본적인 문제가 오사카 조선인이 거주하는 밀집지역에 대한 사회병자 논리였고, 그것을 일본의 도시 발전을 위해 개량해야 하며 그것은 정신적 개량이 동반되어야 한다고 보았다. 특히 이주민이 갖는 비사회적 행동이 민족의 문제와 연결시켜 해독해 냈고, 일본과의 융화를 위한 정신 훈육을 강조하게 되었다.

이러한 인식에 근거하여 실시된 사회조사사업은 오사카 조선인에 대해 주택문제, 공중위생 문제 등으로 연결시켰다. 이러한 논리는 또한 식민지였던 조선에서 거주하던 일본인과 비교하거나 식민지 조선의 모습을 일본에 소개하는 논리들과 맞닿고 있었다. 즉 내부에 들어온 이방인에 대한 서술이, 식민지 조선이라는 외부의 표상을 결국 내부자의 내부 서술들이 접목되면서, '서술/서사가 완성'되어갔다는 점이다. 그것은 제국주의 지배자의 서술자가 갖는 주체의 문제이기도 했던 것이다.

그것은, 누가 누구를 서술하는가의 근원적인 문제를 고민하게 해주는 것이며, 결국 오사카 조선인, 아니 오사카 조선인을 넘어 재일조선인의 서사 문제는 새로운 주체 형성을 위한 타자의 표상/서사 문제를 보여주는 것이었던 것이다. 표상/서술하는 자의 입장과 표상/서술되는 자의 '사이'에 존재하는 균질 개념에 의문을 던지고 있는 것이다. 다른 의미에서 이주자나 타민족을 규정하는 개념에는 상호 규정이라는 '개념 규정의 틀'에 갇힌 서사가 존재한다는 점을 일깨워주는 계기가 되는 것이다. 그렇기 때문에 민족과 이주자의 문화정체성이 갖는 문제점은 다시 시작해야 하며, 결국 국민국가를 지향하는 권력자들이 만들어 내는 시선, 다른 의미에서 정주자가 이주자를 서술하는 시점이 갖는 문제를 어떻게 재고할 것인가를 재문하는 것이다. 그것은 국가의 범주에 수렴되거나 배제되는 소외와 마이너리티의 문제가 아니라, 비(非)국민이라고 상정하는 논리가 보여주는 국민국가의 주체가 무엇인가를 현재 진행형으로 묻고 있는 것이다.

제3장

김시종 시의 공간성 표현과 '재일'의 근거

김 계 자

1. '재일'의 근거

재일코리안[1]의 문학은 세대를 거듭하면서 개별적인 다양한 양태로 나타나고 있다. 기존의 재일코리안 문학이 중시해온 정치, 이념, 민족 중심의 이념적인 경향이 현대에 들어와 인간의 실존이 중시되면서 '재일성'이 해체되었다고 보는 김환기의 견해나[2], 1990년대 이후 '재일조선인문학'이라는 호칭으로 묶을 수 없는 다양한 양상이 나타나고 있는

---

1) 이 글에서는 북한에 적을 두고 있는 재일조선인과 대한민국 국적을 가진 재일한국인, 또 김석범과 같이 남과 북이 분단된 조국을 거부하고 민족명 조선인 상태로 그대로 남아 있는 넓은 의미의 '재일조선인', 그리고 일본으로 귀화한 사람들을 굳이 구분할 필요가 없을 경우는 국제적으로 통용되는 'Korean-Japanese'의 번역어인 '재일코리안'이라는 명칭을 써서 '재일조선인'이라는 개념이 현재 재일코리안이 놓여있는 다양한 상황을 아우르는 데 한계가 있는 점을 보완하고자 한다. 그러나 인용 등의 동시대적 문맥상 한정할 필요가 있는 경우에는 '재일조선인'이라는 명칭을 그대로 둔다.
2) 김환기, 「재일 디아스포라 문학의 형성과 분화」, 『일본학보』 74집, 한국일본학회, 2008.2, 168쪽.

것을 들어 '조선인'을 빼고 '<재일>문학'이라는 용어로 범주화해야 한다는 이소가이 지로(礒貝治良)의 주장은[3] 다양하게 변모하고 있는 재일코리안문학의 현재의 모습을 잘 지적하고 있다.

즉, 재일코리안을 한국과 일본 두 국민국가의 틈바구니에서 소외된 타자로 여기고 자기 정체성을 강요당한 존재로 보는 주로 재일 1세대적인 상황이 반영된 개념을 비롯해[4], 대항적 범주의 가치체계에서 벗어나 인간 본연의 다양한 의미를 보여주려는 2세대 이후의 물음을 조명하려는 견해[5] 등, '재일'의 존재와 의미 규정은 시대의 변천과 더불어 달라지고 있다. 이는 종래에 재일코리안 문학을 독립적인 주체로 보는 대신에 한반도와 일본 사이에 낀 지점에서 보거나 정치적이고 민족적인 이데올로기를 주입해 부(負)의 이미지로 읽어온 관점이 바뀌고 있음을 말해준다.

그러나 집단적이고 역사적인 의미로 소환되는 '재일코리안 문학' 개념이 현재의 현실에 맞지 않는가 하면, 결코 그렇지는 않다. 오히려 현대에 들어 더욱 유효한 측면이 있다. 개별성과 다양성이 역사적이고 집단적인 의미를 상쇄하는 것은 아니다. 특히 식민과 분단이 이어지고 있는 한반도의 상황과 한일 간에 해결해야 할 식민 유제가 산적해 있는 현실에서 보면 '재일코리안 문학'이 갖는 역사성과 그 의미는 현재적 문맥에서 새롭게 조명되어야 할 필요가 있다.

사실 '재일'의 근거는 재일코리안의 삶이 지속되는 한 되물어져야 하는 물음인 것이다. 김석범은 다음과 같이 이야기한다.

---

3) 礒貝治良, 『<在日>文學の変容と継承』, 新幹社, 2015, 7~32쪽.
4) 윤상인, 「'재일문학'의 조건」, 『문학과 근대와 일본』, 문학과지성사, 2009, 316쪽.
5) 竹田靑嗣, 『<在日>という根據-李恢成・金石範・金鶴泳-』, 國文社, 1986, 222~230쪽.

'재일'의 '근거'는 재일조선인 형성의 역사적 과정, 즉 조선에 대한 일
본제국주의의 식민지 지배의 소산이라는 것으로 끝나지 않는다. 소산이
면서 동시에 바야흐로 이를 초월한 곳에 와 있다. 이는 인간 존재의 문
제라고 하지 않을 수 없다. 선택의 여지없이 일본에 태어난 2, 3세들에게
'재일'의 근거는 일본인이 일본에 살고 있는 것, 즉 인간으로서 존재한
다는 것이 무엇인가 하는 문제와 같은 정도로 무거운 문제이다. 그러나
또한 동시에 일본인과는 다른 곳에 '재일'의 의미를 되물어야 하는 까닭
이 있을 것이다.[6]

다시 말하면, '재일'의 삶은 일제의 식민지 지배에서 비롯된 특수한
측면도 있지만 동시에 일본에서 같이 살아가는 일본인과 마찬가지로
인간 존재의 보편적인 문제도 아우를 수 있어야 한다는 이야기로, 재일
코리안 세대를 아우르는 관점이 제시되어 있다. 그리고 주목할 점은
"일본인과는 다른 곳에 '재일'의 의미를 되물어야 하는 까닭이 있"다고
덧붙이고 있는 부분이다. 즉, 일본사회에서 재일코리안이 놓여 있는 종
적이고 횡적인 특수와 일반의 문제를 동시에 봐야함은 물론인데, 이에
머무르지 않고 다시 '재일'의 특수성을 이야기하고 있는 것이다. 따라서
이때의 특수성은 '재일'의 역사성을 강조한 문맥과는 다른 층위의 의미
로 읽어야 한다. 이어서 김석범은 다음과 같이 이야기한다.

'재일'은 남북에 대해서 창조적인 위치에 있다. 이는 남북을 초월한
입장에서 조선을 봐야한다는 의미이고, 또 의식적으로 그 위치 즉 장
(場)에 적합한 스스로의 창조적인 성격을 형성할 필요가 있다. / 창조적
인 성격이라는 것은 조국분단의 상황 하에서 '재일'이라는 위치에서 통
일을 위해 어떤 형태의 힘, 탄력이 될 수 있는 것을 말한다. 환언하면,
북에서도 남에서도 할 수 없는 것을 할 수 있을 뿐만 아니라, 남북을 총

---

6) 金石範, 「「在日」とはなにか」, 『季刊三千里』 18号, 1979.夏, 28쪽.

체적으로 혹은 객관적으로 볼 수 있는 장소에 있기 때문에 그 독자성이
남북통일을 위해 긍정적으로 작동하지 않으면 안 된다. 나는 지금 백 년
후의 재일조선인 존재를 생각하며 말하고 있는 것이 아니다. 적어도 가
장 현대적인 과제가 그렇다는 것이고, 미래의 '재일'도 그 위에 서서 전
개되는 외의 길은 없다는 의미이다.[7]

위의 인용에서 보듯이, 김석범이 '재일'의 근거를 지리적으로 확장된
속에서 인식하고 있는 점은 주목을 요한다. 이 지리적 확장성은 물론
한반도와 일본의 틈바구니에 낀 존재로서가 아니라, 한반도의 남북을
다른 층위에서 총괄하고 대상화할 수 있는 위치로 '재일'을 자리매김하
고 있는 것을 뜻한다. 이러한 인식은 그가 재일코리안 1세대적인 감각
을 갖고 있기에 가능하다고 할 수 있다. 국외에 정주하면서 분단된 조
국의 어느 한 쪽에 포섭되는 것을 거부하고, '재일'의 독자성을 강조하
면서 남과 북을 "총체적"이고 또 "객관적"으로 대상화시키려고 하는 관
점은 특기할 만하다. 재일코리안 1세대의 조국지향을 회귀에 초점을 두
고 망향의 노래로만 다뤄온 기존의 관점은 이 부분을 간과하고 있다.
그래서 재일코리안의 존재도 부(負)의 이미지로 형상화해온 것이다. 남
과 북 어느 한쪽에서는 할 수 없는 일을 양자와 다른 층위에서 포괄하
고 긍정적인 힘으로 전환시켜낼 수 있는 위치가 바로 '재일'이며, 이것
이 바로 일본인과는 다른 '재일'의 존재 의미임을 김석범은 이야기하고
있는 것이다.

김석범은 1925년에 오사카에서 태어났기 때문에 생물학적으로 보면
일제강점기에 한반도에서 일본으로 건너간 1세대는 아니다. 그러나 그
의 '재일'의 입장과 사상은 일본에서 정주한 속에서의 문제를 주로 다

---

7) 위의 책, 35쪽.

루는 2세들과는 차이를 보이며, 오히려 해방 후에 일본으로 건너온 김
시종 시인과 유사성을 보인다. 즉, 김시종은 일제강점기에 일본으로 건
너간 것은 아니지만 식민 이후의 연장선상에서 일본으로 건너갔기 때
문에 1세대로 보는 것이 적합하다. '재일'의 근거도 김시종은 김석범과
유사성을 보인다. 그런데 흥미로운 점은 김시종은 오히려 자신이 재일
2세대임을 자처하면서 '재일'의 근거를 찾고 있다는 사실이다. 김석범과
김시종의 유사하게 보이면서도 차이를 나타내는 '재일'의 근거는 이들
이 어떤 방법으로 '재일'의 의미를 추구하고 있는지 나뉘는 지점이기도
하다. 김석범이 말하는 '조국'이 실체화된 것이라면, 김시종의 그것은
인식의 세계라고 할 수 있다. 김시종의 시 창작 방법을 통해 이에 대해
구체적으로 살펴보겠다.

2. 시 창작의 기점(起點)에서 밝힌 재일의 실존적 의미

재일코리안 김시종(金時鐘, 1929.12.8~) 시인은 함경남도 원산에서 태어
나 외가가 있었던 제주도에서 유년시절을 보내고 중학생이 되어서는
어머니가 자란 전라도 광주에서 지냈다. 1937년 중일전쟁 이후 황민화
정책이 극에 달했을 때, 일본어=고쿠고(國語) 상용이 강제되는 상황 하
에서 '황국소년'으로서 교육을 받으며 자랐다. 일본어 동요나 창가를 부
르고 일본어로 번역된 세계문학전집을 읽으면서 자아를 형성해간 김시
종은 17세 때 광주사범학교 재학 중에 해방을 맞이한다. 그런데 해방은
그에게 당혹스러운 변화를 갖다 주기에 충분했다. 어느 날 갑자기 조선
어로 언어 환경이 바뀌면서 일본어로 형성해온 인식의 질서가 무너진

것이다. 이러한 혼란을 극복하기 위해 그는 해방 후에 다시 조선어를 배우기 시작했고 사회주의 운동에도 관심을 기울였다. 그러나 해방의 기쁨도 순간이고 이어진 해방기의 혼란, 그리고 제주 4·3항쟁에 가담했다가 탄압을 피해 1949년 5월에 제주도를 탈출, 6월에 일본으로 밀항했다. 이후 오사카의 조선인 집단거주지 이카이노(猪飼野)에 정착하면서 현재에 이르기까지 '재일'의 삶을 살고 있다.[8]

김시종이 태어나서 처음으로 체험한 일본은 전후의 일본이었다. 즉, 이전에 접한 일본이 식민지 조선에서 일본어라는 언어를 통해 이미지화된 종주국으로서의 그것이라고 한다면, 해방이라는 시대적 전환을 거친 이후에 전후의 일본을 체험하게 된 것이다. 그것도 한국 정부의 단속을 피해 밀항한 상태였기 때문에 붙잡히면 오무라(大村) 수용소로 보내진 이후 바로 본국으로 송환되어 처형될지도 모르는 불안한 처지에서 일본 생활을 시작했다. 김시종은 혼란한 조국을 떠나온 가책과 일본에서의 정착을 위해 1950년 4월에 일본공산당에 입당하고 조직을 통해 문학자로서의 활동을 시작했다.

그는 해방 후에 도일(渡日)한 망명자이기 때문에 일제강점기에 일본으로 건너간 사람들과 비교해 스스로를 '순수한 在日'이 아니라고 하면서도, 그러나 "인간의 의식을 지배하는 것으로서 몸에 익힌 것이 일본어"이고 "재일이라는 것은 일본에서 태어나고 자란 것만이 재일이 아니라 과거 일본과의 관계에서 일본으로 어쩔 수 없이 되돌아온 사람도 그 바탕을 이루고 있는 '在日'의 因子"라고 말한다.[9] 그리고 재일 2세대에 자신을 정위(定位)한다.[10] 김시종이 자신을 재일 2세로 규정한 이유는 무

---

8) 김계자, 『근대 일본문단과 식민지 조선』, 역락, 2015, 194쪽.
9) 김석범·김시종 저, 이경원·오정은 역, 『왜 계속 써왔는가 왜 침묵해 왔는가』, 제주대학교 출판부, 2007, 162~163쪽.

엇인가? 일본에 정착한 이후의 김시종의 활동부터 간단히 살펴보자.

일본에 정착한 이후 김시종은 민족대책본부(약칭, 민대)의 지도하에 민족학교 재건을 위해 일하는 한편, 1951년 오사카 재일조선인문화협회에서 발간한 잡지 『조선평론(朝鮮評論)』의 운영에도 참여했다. 김시종은 『조선평론』 창간호(1951.10)에 「유민애가(流民哀歌)」를 발표하고 김달수와도 친분을 쌓았다. 그리고 김석범에 이어 4호부터 편집 실무를 맡았다. 시 창작은 1950년 5월 26일자 『신오사카신문(新大阪新聞)』에 「꿈같은 일(夢みたいなこと)」을 발표하면서 활동을 시작했다. 한국전쟁을 기해 민대에서 잡지 창간의 명령이 재일조선인 조직인 재일조선통일민주전선(약칭 민전)에 하달되었고, 1953년 2월에 김시종은 서클시지 『진달래(チンダレ)』 창간에 주축으로 활동했다. 1955년 5월에 재일본조선인총연합회(약칭, 조총련)가 결성되면서 북한으로의 귀국운동이 활발해지고 조선인은 조선어로 창작을 해야 한다는 문화방침이 나오는 가운데, 김시종은 조총련에 속해있으면서 귀국도 하지 않았고 시 창작도 일본어로 계속해 당시 조총련 조직원으로부터 비판의 대상이 되었다. 이러한 시기에 나온 첫 창작 시집이 바로 『지평선』(チンダレ發行所, 1955.12)이다.[11]

『지평선』의 「자서(自序)」에 김시종은 다음과 같이 적고 있다.

> 자신만의 아침을 / 너는 바라서는 안 된다. / 밝은 곳이 있으면 흐린 곳도 있는 법이다. / 무너지지 않는 지구의 회전을 / 너는 믿고 있으면 된다. / 해는 네 발밑에서 뜬다. / 그리고 큰 호를 그리고 / 반대쪽 네 발

---

10) 金時鐘, 「第二世文學論―若き朝鮮詩人の痛み―」, 『現代詩』, 1958.6. 본 논문에서는 ヂンダレ研究會編, 『「在日」と50年代文化運動-幻の詩誌ヂンダレ『カリオン』を讀む-』, 人文書院, 2010, 186~194쪽에서 전재(轉載)한 내용을 참고함.

11) 김시종의 연보는 磯貝治良, 黒古一夫編, 『<在日>文學全集5』, 勉誠出版, 2006, 339~411쪽 참고

밑으로 저물어간다. / 도달할 수 없는 곳에 지평이 있는 것이 아니다. / 네가 서 있는 그 지점이 지평이다. / 그야말로 지평이다. / 멀리 그림자를 늘어뜨리고 / 기운 석양에는 작별인사를 해야 한다. // 완전히 새로운 밤이 기다리고 있다.[12)]

시집의 제명이기도 한 '지평선'은 조국을 떠나 일본에서 살게 된 김시종에게 그 너머에 있는 갈 수 없는 고향(조국)에 대한 원초적 그리움을 담고 있다. 그러나 시인은 '지평선'을 하늘과 땅이 맞닿아 있는 원경에서 불러들이지 않고, 자신이 발을 딛고 서 있는 현재의 위치에서 해가 떠서 큰 호를 그린 다음 다시 그 지점으로 지는 것으로 표현하고 있다. "도달할 수 없는 곳에 지평이 있는 것이 아니다. / 네가 서 있는 그 지점이 지평이다 / 그야말로 지평이다"고 반복하며 강조하고 있듯이, 현재 위치한 지점에서 자신의 삶을 살아가려는 재일의 실존적 의지를 읽어낼 수 있다.

물론 이러한 재일의 삶이 해가 늘 비추는 밝은 곳만은 아니라고 시적 화자는 말한다. 그러나 아침을 바라지 말라는 금지와 밤을 희구하는 구도가 반대의 의미인 것은 아니다. 왜냐하면 시의 마지막에 나오는 기다리는 밤은 그냥 소멸로서의 어둠이 아니다. 그것은 '완전히 새로운 밤(ま新しい夜)'인 이상, 새롭게 인식되어야 할 세계로의 전도(顚倒)가 일어나고 있는 것이다. 따라서 김시종에게 재일의 실존적 의미는 소여(所與)로서의 현실을 긍정함으로써 얻어지는 것이 아니라, 인식의 전환이 만들어내는 새로운 공간의 생성이라고 볼 수 있다.

이상과 같이 김시종의 시 창작의 기점(起點)에는 망명자가 갖는 노스탤지어를 끊어내고 자신에게 재일의 실존적 의미를 부여하려는 의지

---

12) 위의 책, 78쪽.

표명이 분명히 드러나 있다. 김시종이 스스로를 재일 2세로 규정하고
있는 이유도 여기에서 찾을 수 있다. 그러나 홍윤표와의 사이에서 제기
된 '유민(流民)의 기억' 논쟁에서 보이듯 현실적으로는 망명자로서의 감
상적인 서정을 완전히 떨쳐내고 있지는 못하다. 시집『지평선』은 「밤을
바라는 자의 노래(夜を希うもののうた)」와 「가로막힌 사랑 속에서(さえぎら
れた愛の中で)」의 두 부분으로 구성되어 있는데, 특히 후반부에 이러한
감상적인 시들이 다수 보인다. 이러한 유민으로서 갖는 감상성은 그가
공산당 조직으로부터 비판을 받는 이유가 되기도 했다.

그렇지만 이후의 김시종의 시세계는 내면으로 침잠하는 감상성은 절
제되고 매우 구체적이고 서사적인 공간 구성을 통해 전개된다. '조국'이
나 '민족', '재일'과 같은 추상적인 개념 대신에,『장편시집 니이가타(新
潟)』(構造社, 1970),『이카이노시집(猪飼野詩集)』(東京新聞出版局, 1978),『광주시
편(光州詩片)』(福武書店, 1983) 등의 제명에서 볼 수 있듯이, 김시종의 시 창
작은 구체적인 공간 표현을 통해 재일의 삶을 이야기해가고 있음을 알
수 있다.13)

3. 일본에서 조국을 넘는 상상력-『장편시집 니이가타』

김시종은 일제강점기를 거치면서 내면화된 일본어로부터 자신을 끊
어내기 위해 숙달된 일본어를 의식적으로 뒤틀어 어눌하게 표현하고,

---

13) 김시종의 시 창작에 특징적으로 보이는 이러한 공간 표상에 대해 남승원은 "이 장소들에
숨겨진 역사와 그동안 가해져왔던 지배자들의 기록 왜곡에 맞선 시쓰기"라고 설명하고
있다. 남승원,「김시종 시 연구-탈식민적 전략으로서의 공간 탐구」,『이화어문논집』 37
집, 이화어문학회, 2015, 104쪽.

이것이 바로 '일본어에 대한 자신의 보복'14)이라고 말했다.

> 표현에 종사하고 있는 자로서 말의 문제에서 보면 '종전'은 해방을 가져오고 해방은 모국어인 조선어의 회복을 나에게 가져왔지만, 벽에 손톱을 긁는 마음으로 익힌 조선어조차 일본어에서 분광되는 말일 뿐이었다. 앞서 말한 바와 같이 프리즘이 빛을 나누는 것과 같은 상태로밖에 조선어가 인식되지 않았다. 이 도착(倒錯)된 사고 경로가 내 주체를 관장하고 있다. 이것이 나의 일본어인 것입니다.15)

일제강점기에 일본어를 통해 세계를 인식해온 김시종에게 해방 이후 맞닥뜨린 조선어는 일본어를 경유한 도착(倒錯)적인 것일 수밖에 없었다. 해방 이후에도 여전히 자신의 사고 루트를 관장하고 있는 일본어를 김시종은 "나의 일본어"라고 하면서 여기에 균열을 일으켜 인식의 전도를 일으키려고 했다. 즉, 자신에게 이미 익숙해진 일본어를 의식적으로 이화(異化)시킴으로써 '단카적 서정(短歌的抒情)'을 부정 내지 해체해 자신과 세계를 변혁해가려고 한다고 오세종이 말한 대로이다.16)

그렇다면 소위 7·5조의 리듬이 담아내는 일본의 전통적인 단카적 서정이 아닌 김시종의 독자적인 시학은 어디에서 찾을 수 있는가? 이소가이 지로는 김시종의 시세계를 역사와 정치 같은 '외부'와 이들에 포위된 자신의 '내부'를 왕복하는 '비평정신'으로 설명한다.17) 요컨대, 자기

---

14) 金時鐘, 『わが生と詩』, 岩波書店, 2004, 30쪽. 김시종이 일본어 표현을 뒤틀어 일본어 중심의 세계에 저항성을 보이고 있음을 논한 대표적인 논고에 이한정, 「김시종과 일본어, 그리고 '조선어'」(『현대문학의 연구』 45, 현대문학연구학회, 2011), 하상일, 「이단의 일본어와 디아스포라의 주체성」(『재일 디아스포라 시문학의 역사적 이해』, 소명출판, 2011) 등이 있다.

15) 金時鐘, 『わが生と詩』, 岩波書店, 2004, 10쪽.

16) 吳世宗, 『リズムと抒情の詩學─金時鐘と「短歌的抒情の否定」』, 生活書院, 2010, 18쪽.

17) 磯貝治良, 「金時鐘の詩を順不同に語る」, 『＜在日＞文學の変容と継承』, 新幹社, 2015, 129～130쪽.

자신을 외부와 대치시켜 대상화시킴으로써 비평을 획득한다는 것인데, 서정은 곧 비평이라고 주장한 오노 도자부로(小野十三郎)에게 김시종이 영향 받은 사실을 고려하면 일리 있는 설명이다. 물어야 할 것은 감상적인 단카적 서정을 부정하고 비평적 표현을 획득하려고 하는 시적 화자의 인식이 실제로 시 속에서 어떻게 방법화되고 있는가 하는 점이다.

김시종이 세 번째로 내놓은 『장편시집 니이가타』는 1970년에 출간되었지만 원고는 1959년에 북한으로의 귀국운동이 한창이던 시기에 이미 대부분 완성한 것을 거의 10년 정도 그대로 갖고 있다 출판한 것이라고 시인 스스로 회고하고 있다.[18] 조총련과의 갈등으로 조직에서 멀어진 데다, 1959년 2월에 잡지 『진달래』가 해산되었고, 애초에 세 번째 시집으로 예정되었던 『일본풍토기Ⅱ』의 원고가 분실된 채 중단되는 사태가 벌어지는 등, 시집 출판이 용이하지 않았다. 그런 후에 나온 시집이 바로 『니이가타』이다. 이 시집은 주로 4·3 이후 일본으로 건너간 기억을 떠올리고 있는 「간기(雁木)의 노래」, 한국전쟁 때의 단상을 이야기하고 있는 「해명(海鳴) 속을」, 그리고 니이가타에서 귀국선이 출항할 때의 모습을 서술한 「위도(緯度)가 보인다」의 3부로 구성되어 있는데, 재일의 삶을 시작한 때부터 시집이 나온 동시대까지의 복수의 기억이 얽혀 있는 장편 서사시이다. 1부는 다음과 같이 시작하고 있다.

  눈에 비치는 / 길을 / 길이라고 / 결정해서는 안 된다. / 아무도 모른 채 / 사람들이 내디딘 / 일대를 / 길이라 / 불러서는 안 된다. / 바다에 놓인 / 다리를 / 상상하자. / 지저(地底)를 관통한 / 갱도를 생각하자.[19]

---

18) 磯貝治良, 黑古一夫 編, 앞의 책, 379쪽. 이 외에도 동료 문인이나 비평가들의 글에 같은 내용의 회고가 다수 있음.

19) 김시종, 곽형덕 역, 『김시종 장편시집 니이가타』, 글누림, 2014, 21~22쪽. 이하, 인용은 쪽수만 표기한다.

위에서 '길'은 경계를 넘는 은유로 볼 수도 있고, 재일의 삶을 살아가고 있는 시인의 삶으로 해석할 수도 있다. 어느 쪽이든 '상상'의 길로서 시적 화자의 인식 공간인데, '다리'와 '갱도'라는 시어를 통해 연결하고 이어주는 의미로 표현하고 있다. 그리고 시는 다음과 같이 이어진다.

> 나는 / 이 땅을 모른다. / 하지만 / 나는 / 이 나라에서 길러진 / 지렁이다. / 지렁이의 습성을 / 길들여준 / 최초의 / 나라다. / 이 땅에서야말로 / 내 / 인간부활은 / 이뤄지지 않으면 안 된다. / 아니 / 달성하지 않으면 안 된다. / (……) / 숙명의 위도(緯度)를 / 나는 / 이 나라에서 넘는 거다.[20]

'지렁이'는 시적 화자인 '나'의 메타포로, 지렁이에서 인간으로 부활할 것을 꿈꾸는 한 남자의 시선을 따라 시가 이어지고 있다. 위의 내용을 간단히 요약하면, "숙명의 위도"를 넘는 것이야말로 자신의 주박(呪縛)을 풀고 일본에서 인간으로 살아가는 길임을 시적 화자가 스스로에게 확인시키고 있다. 여기에서 말하는 "숙명의 위도"는 북한 귀국선이 출항하는 니이가타의 연장선상에 있는 38도선을 가리킨다. 조국 분단을 상징하는 북한 귀국선을 바라보면서, 바로 그 지점에서 시인은 분단을 넘는 상상을 하고 있는 것이다. 『장편시집 니이가타』가 한국에서 번역 간행되었을 때 김시종은 「시인의 말」에서 다음과 같이 적고 있다.

> 남북조선을 찢어놓는 분단선인 38도선을 동쪽으로 연장하면 일본 니이가타시(新潟市)의 북측을 통과한다. 본국에서 넘을 수 없었던 38도선을 일본에서 넘는다고 하는 발상이 무엇보다 우선 있었다. 북조선으로 '귀국'하는 첫 번째 배는 1959년 말, 니이가타 항에서 출항했는데, 『장편시집

---

20) 김시종, 곽형덕 역, 위의 책, 32~33쪽.

니이가타』는 그때 당시 거의 다 쓰여진 상태였다. 하지만, 출판까지는 거의 10년이라는 세월이 흐르지 않으면 안 됐다. 나는 모든 표현행위로부터 핍색(逼塞)을 강요당했던 터라, 오로지 일본에 남아 살아가고 있는 내 '재일'의 의미를 스스로 생각해 발견해야만 하는 입장에 서게 되었다. 이른바『장편시집 니이가타』는 내가 살아남아 생활하고 있는 일본에서 또다시 일본어에 맞붙어서 살아야만 하는 "재일을 살아가는(在日を生きる)" 것이 갖는 의미를 자신에게 계속해서 물었던 시집이다.[21]

위의 인용에서 알 수 있듯이, 김시종은 조총련과의 갈등으로 북한으로 귀국하는 것을 단념하고 일본에 남아 일본어로 재일을 살아가야 하는 상황 속에서 재일의 의미를 부(負)의 좌표로서가 아니라 긍정적인 새로운 관점에서 생각하게 된다. 즉, '재일'의 삶에 분단된 조국을 아우르는 적극적인 역할을 부여하는데, 이것이 바로 김시종의 '재일'의 근거인 것이다. 일본에서 한반도의 남북이 하나의 사정권으로 부감되고, 나아가 분단의 경계를 넘는다는 발상은 '재일'이기 때문에 가능한 상상의 공간 확장이라고 할 수 있다. 인용의 후반부에서 김시종은 남북 분단과 갈등으로 인해 자신이 맞닥뜨리고 있는 문제를 이야기하면서 그 경계를 넘는 것이야말로 자신이 재일을 살아가는 의미라고 이야기한다. 그리고 이러한 바람은 '나' 혼자만의 넋두리가 아닌 사람들과 어우러진 힘으로 표현된다.

지평에 깃든 / 하나의 / 바람을 위해 / 많은 노래가 울리고 있다. / 서로를 탐하는 / 금속의 / 화합처럼 / 개펄을 / 그득 채우는 / 밀물이 있다. / 돌 하나의 / 목마름 위에 / 천 개의 파도가 / 허물어진다.[22]

21) 김시종, 곽형덕 역, 위의 책, 쪽수 표기 없음.
22) 김시종, 곽형덕 역, 위의 책, 169~170쪽.

위의 인용은 「위도가 보인다」의 후반부에 나오는 내용으로, 시집의 거의 마지막에 나오는 대목이다. 분단의 경계를 넘고자 하는 바람이 자신 혼자만이 아니라 많은 목소리로 울리고 있음을 "서로를 탐하는" "화합"의 "천 개의 파도"로 표현하고 있다. 그러나 동시에 이러한 바람이 지난한 것임을 시의 말미에서 보여주고 있다. "불길한 위도"가 "금강산 벼랑 끝에서 끊어져" 있고 "망망히 번지는 바다를 / 한 사내가 / 걷고 있다."는 표현을 통해 조국 분단의 현실적인 문제를 토로하는 시인의 고독한 내면이 잘 드러나 있다.

『장편시집 니이가타』는 김시종의 시집 중에서 가장 난해하기로 유명하다. 상징으로 가득한 시어가 많고 재일코리안으로서 김시종이 겪은 현대사의 기억들이 착종되어 있는 데다, 장편 서사시임에도 불구하고 시행이 어절 단위로 분절되어 있어 시의 의미를 읽어내기가 쉽지 않다. 그러나 분명히 이야기할 수 있는 것은, 니이가타라는 공간이 남북분단의 현장이면서 동시에 그 분단을 넘고자 하는 바람이 공명(共鳴)의 파도 소리로 울리는 공간이라고 노래하고 있는 점이다. 이와 같이 니이가타에는 이중의 의미가 중첩되어 있고, 이곳을 거점으로 한반도 전체가 부채꼴 모양으로 포괄되는 공간 확장의 상상이 그려지는 표현은 주목할 만하다. 이렇게 보면 '니이가타'는 앞서 말한 '재일'의 근거 혹은 의미를 그대로 보여주는 상징적인 공간이라고 할 수 있다. 이와 같이 『장편시집 니이가타』는 공간의 형상화와 확장되는 상상을 통해 '재일'의 근거를 적극적인 의미로 만들어내고 있는 텍스트로 평가할 수 있다.

4. 소수자의 로컬리티와 연대-『이카이노시집』

『장편시집 니이가타』가 '재일'의 근거를 한반도의 남북과의 관계 속에서 찾고 있다고 한다면, 『이카이노시집』은 재일코리안과 일본과의 관계로 시선을 돌리고 있다. 김시종은 일본어로 계속 시 창작을 해오고 있지만, 일본의 중심적인 시단과는 거리가 있었다. 김시종은 그 이유에 대해 자신이 일본인과 다른 특정한 일본정주자이기 때문인 탓도 있지만 그 이상으로 타자인 자신과 일본인 사이에 관계성이 없기 때문이라고 생각한다. 이러한 측면에서 『이카이노시집』을 "일본의 시라는 권역 밖에서 목이 쉬도록 부른 '타자'의 생의 흔적"이라고 자칭 평가하고 있다.[23] 김시종과 일본 시단과의 관계는 마치 '이카이노'라는 지역이 일본에서 차지하는 문화지리적 위상과 흡사하다.

이카이노는 오사카(大阪) 시 이쿠노(生野) 구에 있는 일본 최대의 재일코리안 집락촌으로, 1920년대 초반에 히라노(平野) 강 치수사업을 위해 식민지 조선인이 강제 동원되면서 형성된 부락이다. 아래 사진에서 보듯이, 현재는 그 모습이 많이 바뀌었지만 재일코리안의 원초적 삶이 그대로 배어있는 원향(原鄕)과도 같은 공간이라고 할 수 있다. 이러한 원향으로서의 이미지는 역사를 거슬러 올라가면 5세기에 도래한 백제인이 이곳을 개척했다는 사실에서 비롯된 것이기도 하다. 지금도 동네 어귀에 그 흔적을 찾아볼 수 있는 미유키모리(御幸森)신사가 남아 있다.

---

23) 金時鐘, 「猪飼野」, 『ニッポン猪飼野ものがたり』(猪飼野の歴史と文化を考える會), 批評社, 2011, 19쪽.

[사진 1] 미유키모리(御幸森)신사

[사진 2] 이쿠노 구 히라노 강 주변의 주택

'이카이노'는 1973년 2월 1일에 행정구역상에서 이름이 말소되어 지도상에서 자취를 감추었다. 그러나 현재까지 여전히 재일코리안 부락의 상징으로 각인되어 있다. 김시종은 『계간 삼천리』 창간호(1975.2)부터 1977년 5월까지 10회에 걸쳐 『장편시 이카이노시집』을 연재해, 재일의 삶의 기저에 뿌리내린 이카이노의 의미를 노래하고 있는데, 그 제 일성(一聲)으로 쓴 시가 바로 「보이지 않는 동네(見えない町)」(「長篇詩 猪飼野詩集」, 『季刊 三千里』 창간호, 1975.2)이다. 조금 길지만 '이카이노'의 공간성을 잘 보여주는 부분을 보자.

 없어도 있는 동네. / 그대로 고스란히 / 사라져 버린 동네. / 전차는 애써 먼발치서 달리고 / 화장터만은 잽싸게 / 눌러앉은 동네. / 누구나 다 알지만 / 지도엔 없고 / 지도에 없으니까 / 일본이 아니고 / 일본이 아니니까 / 사라져도 상관없고 / 아무래도 좋으니 / 마음 편하다네. // (……) // 어때, 와 보지 않을 텐가? / 물론 표지판 같은 건 있을 리 없고 / 더듬어 찾아오는 게 조건. / 이름 따위 / 언제였던가. 와르르 달려들어 지워버렸지. / 그래서 '이카이노'는 마음속. / 쫓겨나 자리 잡은 원망도 아니고 / 지워져 고집하는 호칭도 아니라네. / 바꿔 부르건 덧칠하건 / 猪飼野는 / 이카이노 / 예민한 코라야 찾아오기 수월해. // (……) // 으스대는 재일(在日)의 얼굴에 / 길들여지지 않는 야인(野人)의 들녘. / 거기엔 늘

무언가 넘쳐 나 / 넘치지 않으면 시들고 마는 / 일 벌이기 좋아하는 조선 동네. / 한번 시작했다 하면 / 사흘 낮밤 징소리 북소리 요란한 동네. / 지금도 무당이 날뛰는 / 원색의 동네. / 활짝 열려 있고 / 대범한 만큼 / 슬픔 따윈 언제나 날려 버리는 동네. / 밤눈에도 또렷이 드러나 / 만나지 못한 이에겐 보일 리 없는 / 머나먼 일본의 / 조선 동네.[24]

위의 시 「보이지 않는 동네」에서 읽을 수 있듯이, 김시종은 지도상에서 사라져버린 공간을 흥겨운 공간으로 재현해보이고 있다. "『니가타』의 고난에 찬 모든 행, 모든 문자가 암호환된 듯한 텍스트의 전개와 비교하면 모든 것을 털어버린 듯한 명쾌함"이 느껴진다고 평한 호소미 가즈유키(細見和之)의 말처럼[25], 아픔의 역사를 축제의 한마당으로 전도시키는 리듬감 있는 단문이 반복적으로 이어져 경쾌한 분위기를 만들어내고 있다. 징소리나 북소리와 같은 청각적인 요소에 무당이 굿을 하는 원색의 시각적인 요소를 동원해 일본 땅에 뿌리내린 재일코리안의 사라지지 않는 원초적 삶을 사라진 지도 위로 다시 들춰내 보이고 있는 것이다. 어디 한 번 찾아올 테면 찾아와보라는 식으로 도발하듯이 소거된 재일코리안의 공동체성을 환기(喚起)시키고 있는 어투도 간결하고 리듬감 있다.

『이카이노시집』에 연재된 또 한 편의 시 「일상의 심연에서(日日の深みで)」(3)에 다음과 같은 구절이 나온다.

무엇보다도 불안을 끊는 것이 / 일본을 살아가는 요건이기에 / 재일의 흔들리지 않는 뛰어난 인물이 / 세 글자로 불리는 일은 / 벌써 옛날에 끊어졌다. / 끊어져 있으니까 / 찌부러진 손가락을 내거는 일이 있고

---

24) 시 「보이지 않는 동네」의 인용은 『경계의 시』(김시종, 유숙자 역, 小花, 2008, 85~92쪽)의 번역에 의함.
25) 호소미 가즈유키, 동선희 역, 『디아스포라를 사는 시인 김시종』, 어문학사, 2013, 165쪽.

/ 거기에 겹치는 재일이 있으니까 / 끊어져 있을 수 있는 / 연대가 있는
것이다.[26]

위의 시에서 말하는 '세 글자'는 '조선인'을 가리키는 것으로 생각해
볼 수 있다. 즉, '재일'의 안정된 삶을 위해 '조선인' 세 글자를 지워 기
호로서의 '조선인'이 더 이상 아니게 되었다고 해도 여전히 서로 이어
진 연대가 가능하다는 것을 노래하고 있다. 1965년 한일국교정상화 이
후 그때까지 무국적 상태로 있던 '재일조선인'이 한국인이나 일본인 국
적을 취득하는 일이 많아졌고, 따라서 더 이상 '조선인'이라는 집단적인
기호 하에 소환되기 어려워진 것이 사실이다. 그러나 '이카이노'라는 기
호가 지도상에서 소거되어도 여전히 사람들의 인식 속에서 그 상징적
의미가 사라지지 않듯이, '재일'의 삶이 지속되는 한 연대는 계속된다고
노래하고 있는 것이다.

흥미로운 점은 이어져 있는 연대가 아니라, "끊어져 있을 수 있는 연
대"라고 하고 있는 표현이다. 일본 속에서 소수집단으로 존재하는 '재
일'은 호칭조차 통일되지 않을 정도로 국적을 비롯해 일본을 살아가는
방식이 다양하고, 정치사회적 변화에 따라 더욱 변형되어 갈 수 있다.
이와 같이 다양하게 나뉘어 있는 재일의 군상을 한곳에 아우르는 개념
이 바로 '이카이노'가 갖는 공간성일 것이다. '이카이노'는 행정구역상
에서 사라졌지만 이는 기호를 소거시켰을 뿐으로, 여전히 '재일'의 공간
으로 기억되고 언제든 소환될 수 있는 기제로 남는다. 왜냐하면 기억은
인식 가능한 공간으로 전유되기 때문에 '이카이노'라는 이름을 떠올리
는 것만으로 언제든 집단으로서의 '재일'의 의미는 소환될 수 있기 때

---

26) 金時鐘, 「長篇詩 猪飼野詩集」, 『季刊 三千里』 7号, 1976.8, 175쪽.

문이다. 다른 시집에 수록된 「이카이노 다리(猪飼野橋)」(『化石の夏』, 海風社, 1998)라는 시에 다음과 같은 구절이 나온다.

　　스물둘에 징용당한 / 아버지는 이카이노 다리를 지나 끌려갔다. / 나는 갓 태어난 젖먹이로 / 밤낮을 뒤바꾸어 셋방살이 엄마를 골탕 먹였다. / 소개(疎開) 난리도 오사카 변두리 이곳까진 오지 않고 / 저 멀리 도시는 하늘을 태우며 불타올랐다. / 나는 지금 손자의 손을 잡고 이 다리를 건넌다. / 아카이노 다리에서 늙어 대를 이어도 / 아직도 이 개골창 그 흐름을 알 수 없다.27)

　위의 시에서 알 수 있듯이 '이카이노'라는 공간은 '재일'을 살아온 사람들이 대를 이어 생활해온 삶의 터전이다. 삼대가 살아온 기억이 명칭을 소거한다고 해서 사라지는 것은 아닐 터이다. 더욱이 운하를 거슬러 이카이노 다리를 건넌 곳에 외부와 구획 지어진 소수집단의 특수한 공간으로 존재하기 때문에 명칭의 소거는 오히려 공동체의 결속을 강화하는 장치로 기능할 수도 있다. 그리고 이카이노에 면면히 이어져온 시간은 이후에도 이어질 것이라고 암시하고 있다. 이와 같이 재일코리안의 문화가 토착화된 이카이노의 공간성은 일본사회 속에서 대항적인 소수자의 로컬리티를 형성할 뿐만 아니라, 집단적인 유대와 공동체 연속의 기제로 언제든 소환되고 기능하고 있음을 시인은 노래하고 있다.

---

27) 김시종, 유숙자 역, 『경계의 시』, 小花, 2008, 168쪽.

5. '재일'의 원점을 찾아서

이상에서 살펴본 것처럼 김시종의 시는 구체적인 공간을 통해 '재일'
의 실존적 삶을 노래하고 있는 작품이 많은데, 시적 화자가 어디에 위
치하고 있는가 하는 점이 공간 형상화에 주요한 모티브로 작용하고 있
는 시가 다수 있다. 예를 들면, 『니이가타』와 『이카이노시집』 외에 구체
적인 공간을 소재로 하고 있는 또 하나의 시집 『광주시편』을 보면, 「바
래지는 시간 속(褪せる時のなか)」이라는 시에서 5·18 광주민주항쟁의 역
사적 현장으로부터 자신이 멀리 떨어져 있는 것으로 인해 느끼는 괴로
움을 시적 화자는 다음과 같이 토로한다.

> 거기에는 내가 없다. / 있어도 상관없을 만큼 / 주위는 나를 감싸고
> 평온하다. / 일은 언제나 내가 없을 때 터지고 / 나는 나 자신이어야 할
> 때를 그저 헛되이 보내고만 있다. / (······) / 기억도 못 할 만큼 계절을
> 먹어치우고 / 터져 나왔던 여름의 내가 없다. / 반드시 그곳에 언제나 없
> 다. / 광주는 진달래로 타오르는 우렁찬 피의 절규이다. / 눈꺼풀 안쪽도
> 멍해질 때는 하얗다. / 36년을 거듭하고서도 / 아직도 나의 시간은 나를
> 두고 간다.[28]

이 시의 번역자인 김정례도 지적하고 있듯이, 역사적 현장에 주체적
으로 참가할 때를 김시종은 "나는 나 자신이어야 할 때"로 표현하고 있
다.[29] 그리고 조국의 역사적 현장에 물리적으로 주체적 관여가 어려워
느끼는 거리감이 안타까움으로 표현되어 있다. 그런데 이러한 안타까움
이 일제강점기라는 '36년' 간 반복되어온 지점으로 회귀하고 있는 표현

---

28) 김시종, 김정례 역, 「바래지는 시간 속」, 『광주시편』, 푸른역사, 2014, 31~32쪽.
29) 위의 책, 82쪽.

은 주목할 필요가 있다.

『광주시편』으로부터 15년의 공백을 두고 1998년에 나온 시집 『화석의 여름(化石の夏)』(海風社)에는 "고국과 일본 / 나 사이에 얽힌 / 거리는 서로 똑같다면 좋겠지"(「똑같다면」, 155쪽)와 같이 시적 화자가 고국과 일본으로부터 균형 잡힌 지점에 '재일'로서의 자신을 위치시키고 거리를 가늠하고자 하는 바람이 그려져 있다. 그러나 결국 어느 쪽으로부터도 늘 멀리 떨어져 있는 자신을 발견하게 된다. 「여기보다 멀리(ここより遠く)」라는 시를 보자.

> 내가 눌러앉은 곳은 / 머언 이국도 가까운 본국도 아닌 / 목소리는 잦아들고 소망이 그 언저리 흩어져 버린 곳 / 애써 기어올라도 시야는 펼쳐지지 않고 / 깊이 파고들어도 도저히 지상으로는 내려설 수 없는 곳 / 그럼에도 그럭저럭 그날이 살아지고 / 살아지면 그게 생활이려니 / 해(年)를 한데 엮어 일 년이 찾아오는 곳[30]

위의 시에서 보듯이, 『니이가타』에서처럼 한반도와 일본을 아우르며 공간을 확장해가는 상상으로서의 '재일'의 적극적 의미 표명을 놓고 보면, 상대적으로 기운이 빠져 있는 시인의 내면을 발견할 수 있다. 민주항쟁이 일고 있는 조국에 주체적으로 관여할 수 없는 현재의 자신의 위치는 거리감이 분명 있는데, 그렇다고 완전히 벗어나지도 못하고 시간이 멈추어버린 채 늘 같은 곳으로 되돌아오는 시인의 모습이 그려져 있다. 늘 같은 곳으로 회귀하며 '화석'처럼 굳어져버린 시공간은 무엇을 의미하는가. 「돌아가리(歸る)」라는 시를 보자.

> 길들여 익숙해진 재일(在日)에 머무는 자족으로부터 / 이방인인 내가 나를 벗어나 / 도달하는 나라의 대립 틈새를 거슬러갔다 오기로 하자[31]

---

30) 『화석의 여름』에 수록된 시의 인용은 김시종, 유숙자 역, 『경계의 시』, 小花, 2008, 162~163쪽.

재일 사회도 풍화를 거스르지 못하고 타성화되어가는 현실 속에서 정체된 '재일'의 의미를 깨보려고 하는 시적 화자의 초조한 마음이 잘 전달되고 있다. 이후 김시종은 재일문학의 원점으로 시점을 돌려놓는 시들을 시집 『잃어버린 계절(失くした季節)』(藤原書店, 2010)에 수록했다. 이 시집에서 그려지는 사계는 그 순서가 여름, 그리고 가을, 겨울, 봄으로 이어지고 있다. 왜 여름이 계절의 시작에 놓여 있는가? 「여름」이라는 시를 보자.

소리 지르지 않고 / 질러야 할 소리를 / 깊숙이 침잠시키는 계절. // 생각할수록 눈이 어두워져 / 고요히 감을 수밖에 없는 / 웅숭깊은 계절. // 누구인지는 입 밖에 내지 않고 / 몰래 가슴에 품어 / 추모하는 계절. // 소원하기보다는 소원을 숨기어 / 기다리다 메마른 / 가뭄의 계절. // 옅어진 기억이 투명해질 때 / 땀범벅으로 후끈거리는 / 전화(戰火)의 계절. // 여름은 계절의 시작이다. / 그 어떤 빛깔도 바래지고 마는 / 하얗게 튀어 오르는 헐레이션의 계절이다.32)

사계절의 시작에 '여름'이 놓인 것은 우선 1945년 여름의 해방을 기점에 놓고 있는 것을 상징한다. 너무 강한 빛이어서 주위를 부옇게 만들어버리고 마는 강력한 이미지로 표현되어 있다. 강렬하지만 너무 짧았던 해방의 기쁨, 그리고 이어진 해방기의 혼란. 그리고 4 · 3항쟁과 한국전쟁으로 이어지는 시간을, 소리도 지르지 못하고 침잠해간 기억과 그 속에서 목마르게 기다리던 것들이 끝내 전쟁의 불길로 사그라지고만 여름으로 시인은 표현하고 있다. 이런 여름이 빛이 바래고 어느새 아득히 오래 전에 잃어버린 계절이 되어 잊혀져가는 현상을 "어깨를 움츠리고 / 선풍기에 날리는 여름 바람처럼 여름이 사라져 갈 뿐이다"고

---

31) 위의 책, 172쪽.
32) 시의 인용은 유숙자, 「'경계' 위의 서정-在日시인 김시종(金時鐘)의 사시(四時)시집 『잃어버린 계절」」, 『서정시학』 23권 3호, 서정시학, 2013.8, 75~76쪽에 의함.

시인은 탄식하고 있는 것이다.(「잃어버린 계절」)

　강력했던 해방의 기억과 이후에 내면으로 침잠해간 기억들, 그리고 소실로 이어지는 시간은 김시종이 일본으로 건너가 재일로서의 삶을 시작하기 전후의 상황을 회고하고 있는 것처럼 보인다. 즉, 첫 시집 『지평선』(1955) 이래 추구된 확장된 공간으로서의 '재일'의 실존적 의미가 1980년대를 지나면서 주체적으로 관여할 수 없는 거리감으로 느껴졌을 때, 시인은 화석처럼 굳어버린 1945년 여름을 불러내어 '재일'의 원점으로 다시 돌아갈 것을 환기시킴으로써 풍화되지 않는 '재일'의 의미를 되묻고 있다. 이와 같이 김시종의 시에 표현된 공간성의 표현은 '재일'로 살아가는 실존적 삶과 의미 확장을 보여줌과 동시에, '재일'의 근거가 해방의 시점에 근원적으로 닿아 있음을 보여주고 있는 것이다.

제4장

'재일제주인'의 소환과 동원의 수사학

김 동 현

1. 들어가며

재일 혹은 재일조선인이라는 용어는 그 자체로 논쟁적이다. 식민지 지배의 결과물로 일본에 거주하게 된 소수 민족으로서 '조선인'을 거론할 때 '재일조선인', '재일코리안', '재일한국인' 혹은 '자이니치 코리안' 등으로 호명하는 것에서 알 수 있듯이 '재일'은 "복수의 민족명"[1]으로 언급된다. 일본의 식민지 지배의 결과 식민지 종주국 일본에 거주하게 된 민족적 집단[2]으로서 '재일조선인'을 거론하기도 하며 '재일코리안' 혹은 '재일한국인' '자이니치 코리안' 등으로 다양하게 호명되기도 한다. 이는 '재일' 혹은 '재일조선인'이라는 용어 자체가 식민지 체험과 분단

---

1) 조관자, 「'민족주체'를 호출하는 '재일조선인'」, 『일본학』 32, 동국대학교 일본학연구소, 2011. 참조.
2) 서경식, 「재일조선인이 나아갈 길: '에스닉 마이너리티'인가 '네이션'인가」, 『창작과 비평』 26, 창작과비평, 1998.

이라는 역사적 사실과 착종되어 있음을 보여준다. '재일조선인'을 메이지 시대 이후 조선에서 자의 혹은 타의에 의해 일본으로 이주한 후 일정기간 거주했던 사람들[3]이라고 규정한다고 하더라도 1945년 8월 일본의 패전과 1960년 이후 경제적 이유 등으로 남한에서 일본으로 건너 간 이들을 어떻게 바라보느냐에 따라 다양한 용어가 사용될 수 있다.

이 글은 식민지적 상황에 의해 조선에서 일본으로 건너갔고 해방 이후 조선으로 귀환하지 못한 이들, 특히 제주 출신들을 논의의 대상으로 삼는다. 대상을 좁힌다면 1960년대 쿠데타 세력이 집권한 이후 추진되었던 재일제주인과의 경제 교류 양상이 될 것이다. 1923년 이후 오사카 방적공장을 중심으로 많은 제주인들이 일본으로 이주해갔다. 식민지적 상황이 기인한 지리적 영역의 확장은 상시적인 이동과 교류의 방식을 가능하게 했다. 하지만 해방 이후 국민국가의 경계가 확정되면서 이들의 존재는 오랫동안 잊혀졌다. 특히 제주 4·3 항쟁을 피해 밀항을 선택한 이들이 일본에 정착하면서 '재일제주인'들은 남한이라는 국민국가의 외부적 존재로 인식되어왔다. 하지만 1960년대 이후 경제적 교류는 '재일'의 존재들을 적극적으로 호명하기 시작했고 이러한 호명의 방식은 종종 자발성과 향토애의 발현으로 이해되어왔다.

여기에서는 1960년대 이후 시작된 제주와 재일제주인의 경제교류를 중심으로 이러한 교류가 어떠한 방식으로 구현되어왔는가를 살펴보고자 한다. 이를 위해 김석범과 양석일 등 재일제주인의 소설, 그리고 1960년대 이후 제주도청에서 발간했던 기관지 『제주도』지에 나타난 '재

---

3) 미즈노 나오키(水野直樹)·문경수, 『在日朝鮮人: 歷史と現在』, 岩波新書, 2015. 이 책에서 선택하고 있는 '재일조선인'이라는 용어 역시 1990년 대 이후 일본 내에서 '재일'이라는 정체성을 둘러싼 갈등을 봉합하기 위한 것이다. 이러한 점만 보더라도 일본 내에서 거주하는 소수자 집단으로서 '코리안'을 지칭하는 용어의 정의는 간단치 않은 문제이다.

일교포 담론'을 중심에 두고 논의하고자 한다.[4]

2. '재일'의 양상과 시작: 제주, 그리고 일본

> 배는 동란의 고향을 버리고 떠나가는 사람들을 가득 실어 백 명에 가
> 까웠지만, 대부분은 '뱃삯'이 없었다. 언제까지나 이어질 일은 아니었다.
> 저주받은 이 섬을 떠나려는 자는 많이 떠나라. 그리고 살아남아라. 저주
> 받은 민족. 산에 있던 조직이 뿔뿔이 흩어져 하산해 온 자. 수용소에서
> 일단 석방되었지만 섬을 떠나는 자. 경찰에 쫓기고 있는 자. 뱃삯을 내
> 고 섬을 떠나는 자. 남승지는 몇 명인가 같은 그룹은 아니지만, 산의 동
> 지를 만난 모양이었다. 그러나 거의 말이 없었다.[5]

김석범의 『화산도』는 침묵 속에서 일본으로 밀항하는 무장게릴라들
의 모습을 그려낸다. 제주 4·3 항쟁은 군경 토벌대의 가혹한 탄압으로
실패했다. 조직은 붕괴되었고 살아남은 자들은 목숨을 부지하기 위해
밀항선을 타야만 했다. "동란의 고향을 버리고 떠나가는 사람들"은 서
둘러 "저주받은 섬"을 떠났다. 이렇게 섬을 떠난 사람들은 그들의 도착
지가 "한민족의 생활 원형이 조금도 흐트러지지 않"은 또 다른 제주일

---

4) 여기에서 말하는 '재일' 혹은 '재일조선인'이라는 용어는 식민지적 상황에 의해 일본으로
   건너간 조선인들을 염두에 두는 것으로 '재일조선인' 사회 속에서 '재일제주인'의 차별성
   을 드러내기 위해서 논의에 따라 '재일제주인'을 사용할 것이다. 이렇게 규정하더라도 이
   미 '재일조선인'은 총련과 민단, 그리고 지역 간 일본에서 다양한 이주의 형태로 나타나기
   때문에 단일한 표상으로 호명하기에는 곤란하다는 점은 인정한다. 특히 재일조선인 사회
   속에서 재일제주인의 고향 혹은 조국에 대한 인식의 차이는 분절적으로 사고되기 어려운
   지점이 있다. 이러한 우려에도 불구하고 이 글에서는 식민지 이후 일본으로 건너간 이주
   의 형태를 '재일' 혹은 '재일조선인'이라는 용어를 혼용하되 재일조선인 사회에서 차별화
   되는 재일제주인의 모습을 나타날 때에는 '재일제주인'이라는 용어를 사용한다.
5) 김석범, 김환기·김학동 역, 『화산도』 12, 보고사, 2015, 353쪽.

것이라고 생각했다. 하지만 현실은 냉혹했다. 밀항 단속에 걸려 오무라 수용소에서 강제 송환을 기다리거나[6] 운 좋게 일본사회에 정착했다 하더라도 민족적 차별과 민단과 총련으로 나눠진 또 다른 대결의 양상이 그들 앞에 놓여 있었다.[7]

양석일의『피와 뼈』는 식민지 시기와 해방, 그리고 고착화된 남북 분단 상황에 이르는 과정 속에서 '김준평'이라는 인물을 통해 재일제주인의 삶을 그려내고 있다. 김준평, 고신의 등 소설 속에 등장하는 인물들이 일본으로 도항할 수 있었던 이유는 1923년 제주-오사카 정기 항로 개설 때문이었다. 일본은 1910년대부터 조선인의 일본 이민을 원칙적으로 금지했다. 1922년 자유도항제가 실시되면서 부산과 제주는 조선과 일본의 직항 기점이 되었다. 제주-오사카 항로를 오갔던 선박이 바로 기미가요마루(君が代丸)이다.[8] 제주―오사카 항로 개설이 본격화되면서

---

6) 오무라 입국자 수용소는 1950년 나가사키현 오무라시에 설치되었다. 1970년대까지 주로 강제송환이 결정된 한반도 출신자들을 수용했다. 해방 후 강제송환을 경험했던 밀항자들은 사세보(佐世保) 인양원호국에 일시 수용되었다. 밀항자들의 기억 속에 인양원호국은 대체로 '오무라 수용소'로 각인되고 있다. 조경희, 「불완전한 영토, '밀항'하는 일상: 해방 후 70년대까지 제주인들의 일본 밀항」,『사회와 역사』106, 한국사회사학회, 2015. 6. 참조. 현무암은 오무라 수용소를 "제국주의 국가에서 국민국가로 수축되는 과정에서 형성된 일본의 출입국 관리 정책의 산물"이라고 규정한다. 그에 따르면 오무라 수용소는 단순한 출입국 관리정책 차원을 넘어서 재일 조선인에 대한 일본의 통제와 관리의 역할까지 담당하였다. 오무라 수용소에는 단순 밀항자뿐만 아니라 '피폭자 수첩'을 구하기 위해 일본으로 밀항한 피폭자, 베트남 파병을 피해 밀항한 '망명자'들도 수용되었다. 특히 일본 내에서 범죄자나 공공의 부담이 되는 자들도 강제송환의 대상이 되었다. 현무암, 「밀항·오무라수용소·제주도」, 제주대학교 재일제주인센터 편,『재일제주인과 마이너리티』, 2014, 95~135쪽.
7) 양석일의『피와 뼈』에서는 한국전쟁 직후 일본에서 벌어졌던 재일조선인 사회 내에서의 이념적 갈등과 폭력 양상이 그려지고 있다. 고신의를 비롯한 재일조선인들이 한국전쟁을 규탄하는 조련 지구 집회에 참석하자 조선인 폭력 조직이 각목으로 무장하고 이들을 습격한다. 소설 속에서 고신의는 이들을 "이승만 일당이 고용한 폭력단"이라고 규정한다. 양석일, 김석희 역,『피와 뼈』, 자유포럼, 1998, 43~46쪽.
8) 기미가요마루는 1923년 아마가사키(尼崎) 기선부(汽船部)에 의해 취항했다. 1923년 제주-오사카 항로에 취항한 기미가요마루를 시작으로 1924년에는 조선우선(朝鮮郵船)의 강쿄마

1934년 일본 거주 제주인은 제주도 인구의 25%에 달했다.[9] 이들의 도항 배경은 경제적인 이유였다. 『피와 뼈』에서는 '김준평'의 친구인 '고신의'의 도항 배경을 이렇게 서술한다.

　　고신의가 일본에 건너온 것은 1926년 가을이다. 당시에는 아직 그렇게 많은 제주 사람들이 오사카에 건너와 있었던 것은 아니다. 그래도 오사카에 건너가 일하면서 1, 2년에 한 번 설날에 고향으로 돌아오는 사람들의 모습은 옷차림부터 달랐다. 남자들은 대개 양복에 중절모를 썼고, 여자는 하얀 치마 저고리를 입고 있었다. 그리고 개중에는 손목시계를 찼거나 금반지를 낀 사람도 있었다. 고향 사람들 눈에 그들의 모습은 눈부셔 보였다. 특히 손목시계나 금반지는 선망의 대상이었다. 마을에서 제법 잘 산다는 사람들 중에도 손목시계나 금반지를 낀 사람은 별로 없었다. 오사카에서 귀향한 이들은 여봐란 듯 마을을 활보하며 다니고, 친척들을 초대하여 잔치를 열었다. 그것이 허영심 때문이라고 해도, 고신의의 욕망을 자극하기에는 충분했다. 자기도 어떻게든 오사카에 가서 새로운 운명을 개척하고 싶었다.[10]

　고신의가 "오사카에 가서 새로운 운명을 개척하고 싶"다고 마음먹을 수 있었던 배경에는 '제국' 안에서의 일상적 도항과 귀환이 가능했기 때문이다. 이 때문에 제주인들의 도항은 상호부조의 성격을 강하게 지니고 있었다. 고신의가 오사카로 올 수 있었던 이유도 "오사카 쓰루하시(鶴橋)나 나카모토초(中本町) 일대"의 "제주도 출신"이 만든 "상호부조적 조직"의 도움이 있었기에 가능했다.[11] 스기하라 토루는 제주-오사카 직

　　루(咸鏡丸, 749톤급)이 취항했고 이후 이를 대체해 게이조마루(京城丸, 1033톤급)이 운항했다. 스기하라 토루(杉原達), 『越境する民-近代大阪の朝鮮人史硏究』, 新幹社, 1998, 109~118쪽 참조.

9) 고광명, 『재일제주인의 삶과 기업가 활동』, 제주대학교 탐라문화연구소, 2013, 47쪽.

10) 양석일, 앞의 책, 260쪽.

11) 위의 책, 261쪽.

항로를 오고갔던 기미가요마루(君が代丸)를 "문명을 주입하여 일본의 영
향력을 섬에 심어놓는 매체"이자 민족운동의 투사와 경제적 성공을 염
원하는 수많은 사람들을 실어간 선박이라고 규정한다.[12]

이렇게 일본으로 건너간 재일 1세대에게 일본은 '제국'의 내부가 아
니라 '고향'의 연장으로 인식되었다. '제국'의 경계를 가로질렀던 횡단
의 경험이 해방 이후 일본에서 귀향한 사람들에게 또 다른 '탈출'의 선
택지가 되었음은 『화산도』에서 살펴볼 수 있다.[13] 양준오가 "이카이노
는 먼 고향의 바닷가"라고 말할 수 있는 이유도 바로 이 때문이다.[14]
하지만 해방된 조국에서 '제국'에서의 '민족적 동질성'을 떠올리는 것은
어쩌면 '상상'의 소산이 아닐까. 이것은 '재일'의 자리가 다분히 위태로
운 선택의 연속이었다는 점에서 생각해볼 필요가 있다. 여기서 위태로
운 선택이라는 것은 두 가지 측면에서 설명할 수 있다. 하나는 '재일'의
자리가 일본/조선이라는 민족적 차별을 전제로 하고 있다는 점이고 또
하나는 '재일'의 내부에서 발생하는 무수한 차이의 문제이다.[15]

『피와 뼈』에서는 고신의를 비롯한 조선인 직공들이 부당한 해고를
당하는 장면이 등장한다. 퇴직금조차 받지 못하고 쫓겨난 이들은 회사

---

12) 스기하라 토루(杉原達), 앞의 책.
13) 『화산도』에서 이방근이 무장게릴라 탈출계획의 목적지로 일본을 선택했던 것도 식민지
시기 탈경계의 경험이 작용하고 있기 때문이다.
14) 김석범, 『화산도』 2, 459쪽.
15) 김석범은 『화산도』에서 조선인, 특히 제주인들이 많이 거주하고 있었던 이카이노 거주지
를 "한민족의 생활원형"이 살아있는 곳으로 인식한다. 이러한 인식은 제주 4·3의 폭력성
을 "서울정권의 차별적 인식"이라고 규정하는 것과 차이를 드러낸다. 해방 이후 미군정과
대한민국 정부 수립을 식민지적 연속에서 바라보고 있는 것에 비해 일본에서의 경험, 즉
과거 식민지 시절의 '제국'에서 '민족적 동질성'을 확인하는 공간으로 '이카이노'를 바라
보고 있다. 이는 양석일의 경우와 비교할 수 있다. 해방 후 조선의 상황에 대해 이야기를
나누는 대목에서 다음과 같은 부분을 확인할 수 있다. "돌아갈 곳이 없다면, 앞으로 어떻
게 될까. 제주도 출신에게 조국이라면 제주도를 말한다. 옛날부터 육지 사람들에게 차별
을 당해 온 제주 사람이 조선을 고국이라고 말하기는 어려웠다." 『피와 뼈』 2, 174쪽.

의 조치에 항의하기 위해 공장으로 달려가지만 회사 측이 고용한 폭력
조직에 의해 린치를 당한다.16) 해고 사건은 기미가요마루에 대항해 제
주인들 스스로 세운 동아통항조합에 대한 탄압으로 이어지고 고신의는
사건 주동자로 몰려 구속된다. 해고사건으로 경찰에 연행되면서 고신의
가 동료들과 나누는 대화는 민족적 차별이 계급적 차별과 동시에 작용
하고 있음을 보여준다.

> "체포된 건 우리 뿐인가?"
> 고신의가 다른 동료들을 걱정하고 있었다.
> "몰라. 본때를 보이려고 우리만 체포한 게 아닐까. 반죽음을 당한 우
> 리는 체포되고, 회사가 고용한 깡패들은 내버려두나? 회사도 경찰도 깡
> 패도 모두 한통속이야. 조선 사람을 눈엣가시로 여기고 있어. 당분간 나
> 갈 수 없는 거 아닐까?"17)

이러한 진술은 식민지 시기 '재일'의 위상이 '제국'의 관리와 통제의
범주를 벗어나지 못하고 있음을 보여준다.

또 주목할 부분은 무뢰한 김준평의 폭력의 대상이 조선인, 특히 여성
에게 한정된다는 점이다.18) 순댓집을 운영하면서 홀로 아이를 키우는
이영희를 아내로 삼게 되는 것도 김준평의 강요에 의한 성관계 때문이
었다. 아내와 자식에 대한 가장의 책임을 방기한 김준평 때문에 이영희
는 자식을 잃기도 한다. 수가 틀리면 맨손으로 숯을 집어들고 상대방을

---

16) 양석일, 앞의 책, 226~231쪽.
17) 양석일, 위의 책 1, 253~254쪽.
18) 물론 김준평이 어묵공장으로 세워 경제적인 성공을 거둔 이후에 일본인 여성 기요코를
첩으로 두고 뇌경색으로 거동을 하지 못하는 기요코를 살해하기도 한다. 하지만 이때 김
준평의 폭력성에는 조선/일본이라는 민족적 차이보다는 남성/여성이라는 젠더적 위계가
작동하고 있다고 봐야 할 것이다.

위협하는 "보기드문 무뢰한"인 김준평이지만 그의 폭력은 조선인에게 한정된다. 김준평은 이영희와의 사이에서 태어난 아들이 사고로 6개월 만에 세상을 떠났다는 소식을 듣고 광분한다. 김준평은 자신의 아들을 죽게 만들었다는 이유로 이영희에게 폭력을 행사한다. 하지만 이를 본 일본인 다키자와 헤이키치가 만류하자 그는 "일본인에게 손을 댈 수도 없어서 할 수 없이 방으로" 들어간다.[19]

이와 함께 소설에서는 재일 1세대와 2세대 간의 세대 갈등도 드러난다. 아버지의 일상적 폭력에 시달려야만 했던 성한에게 아버지라는 존재는 없어져도 좋을 존재였다. 어묵공장 노동자에서 사용자로 변신한 김준평은 임금인상을 요구하는 조선인 노동자들의 요구를 일언지하에 거절한다. 이에 앙심을 품은 조선인 노동자 원길남과 김준평의 대결 장면에서 성한은 "빨리 해치워! 푹 찔러버려!"라고 외친다. 아버지의 반복된 폭력에서 벗어나고 싶었던 성한의 이러한 외침은 재일조선인의 세대 갈등의 심각성을 보여준다.[20] 재일조선인의 세대간 문제는 이회성의 경우에도 확인할 수 있다. 「죽은 자가 남긴 것」에서 주인공 '나'는 이렇게 말한다.

> 우리 집은 재일교포의 어느 가정보다도 어둡고 우울한 가정이 아닐까? 육십만에 달하는 재일교포, 예전에는 이백 몇 십만 명으로도 불렸던 백의민족 조선인. 그 조선인 중에서 우리 식구들만큼 불행하고 희망이 없는 가족도 없지 않을까? 실제로 그런 생각은 스무 살 무렵의 나를 질식시킬 만큼 큰 압박감이었다.[21]

---

19) 양석일, 앞의 책 2, 40쪽.
20) 이러한 세대갈등은 재일제주인 사회에서만 나타나는 현상이라기보다는 재일조선인 사회의 전반적인 흐름이라고 보아야 할 것이다.
21) 이회성, 김숙자 역, 『죽은 자가 남긴 것』, 소화, 1996, 271쪽.

「죽은 자가 남긴 것」의 주인공 '나'와 김준평의 아들 성한의 감각은 재일조선인 2세대의 세대의식을 보여준다. 그들에게 아버지는 "일제 강점기 때에 조선인이 몸에 익혔던 난폭함을 가장 뿌리 깊고 오래도록 계속해서 지닌 최후의 인간"[22]일 뿐이다. 식민지 시기와 해방을 거치면서 '재일'의 위치는 성(性)과 세대에 따라 다양한 양상으로 인식되었다. 제주 4·3 이후 일본으로 건너간 이들 역시 상시적인 차별에 시달려야 했다. 무장대 지도자 이덕구의 조카였던 강실은 고향 제주에서 "폭도새끼", "빨갱이"라는 차별을 당해 부산으로 이주한다. 거기에서도 "제주 똥돼지"라는 괴롭힘을 당하자 1958년 일본으로 밀항한다. 하지만 그의 일본에서의 삶 역시 차별의 연속이었다. 하나는 '조센진'이라는 민족적 차별이었고 다른 하나는 '섬사람'이라는 지역적 차별이었다.[23]

무장 봉기의 실패를 경험한 남승지는 침묵 속에서 이방근이 마련해 준 밀항선을 타고 일본으로 향했다. 그의 밀항이 성공한 밀항이었을까, 아니면 또 다른 차별과 착취의 시작이었을까. '재일'의 자리를 묻기 위한 질문은 여기서부터 시작되어야 할 것이다.

3. '재일교포'와 '교류'의 발견

그동안 제주 사회와 재일제주인의 경제교류에 대해서는 경제교류의 규모와 형태에 대한 연구가 진행되어왔다. 이러한 연구는 재일제주인의

---

22) 이회성, 앞의 책, 275쪽.
23) 스나미 케스케, 「60주년 맞은 제주 4·3 사건: '죽음의 섬' 탈출해 일본에 온 '제주'의 애환」, 『민족21』, 2008, 5, 민족21, 103쪽.

이주 역사 속에서 경제교류가 지역의 근대화를 촉진시켰다는 점에서 논의되어왔다.24) 하지만 '재일'이 직면한 다양한 차별의 양상 속에서 '교류'를 촉발하게 한 이유, 즉 지역에서 재일제주인에 대한 경제 교류가 '발견'되기 시작한 원인에 대해서는 상대적으로 관심이 적었다. 여기에서 '발견'이라는 용어를 사용하는 것은 지역과 재일제주인 사회의 경제교류가 향토애와 근대화에 대한 그들의 열망만으로는 설명할 수 없는 지점들을 확인하기 위함이다.

식민지 시기와 해방, 그리고 분단 시대를 거치면서 남한사회에서 '재일'의 존재는 '경계'의 대상이었다. 이는 박정희 군사정권 집권 이후 본격적으로 지역과 재일제주인과의 교류문제가 부각되기 시작하던 때에 '재일교포'를 바라보는 시각에서 확인할 수 있다.

> 과거 정부는 이들을(재일조선인, 인용자) 赤色視한 나머지 그들을 경계하기에만 급급하였을 뿐 그들의 내면을 알려 하고 그들을 따뜻이 맞이하려고 하지 않았다.
> 재일교포가 어쩌다가 그들이 낳아서 자란 고향을 찾아오는 일이 있으면 경찰은 그들을 출두시켜 죄인처럼 심문하였고 또 요시찰인물로 취급하여 뒤를 밟기가 바빴다고 한다. 물론 선량한 교포로 가장하여 침투

---

24) 이와 관련한 연구로는 고광명, 『재일제주인의 삶과 기업가 활동』, 제주대학교 탐라문화연구소, 2013; 김희철·진관훈, 「재일제주인의 경제활동에 따른 제주 투자의 변화에 관한 연구」, 『상업교육연구』 21, 한국상업교육학회, 2008, 9; 진관훈, 「재일제주인들의 고향 제주에의 기증에 관한 연구」, 『재일제주인의 삶과 제주도』, 제주발전연구원 외 학술세미나 자료집, 2005; 진관훈, 『근대 제주의 경제 변동』, 도서출판 각, 2004 등이 있다. 특히 고광명의 재일제주인 기업과 기업가에 대한 연구를 주목할 수 있다. 박정희 정부 이후 시작된 재일조선인의 경제 교류에 대한 연구로는 김인덕, 「박정희 정부의 경제개발과 구로공단: 해방 이후 재일동포의 국내 경제활동과 관련하여」, 『숭실사학』 32, 숭실사학회, 2014; 나가노 신이치로, 『한국의 경제발전과 재일한국인기업인』, 말글 빛냄, 2010. 등이 있다. 재일조선인의 기억 역시 남한사회의 근대화를 촉진시킨 재일조선인의 자부심을 드러낸다. 재일동포모국공적조사위원회, 『모국을 향한 재일동포의 100년 족적』, 재외동포재단, 2008. 재일조선인의 기억 속에서 경제 교류는 모국애와 향토애의 발현으로 표상된다.

하는 五列에 대한 경계가 긴요한 것이지만 그렇다고 모처럼 고향을 방
문한 교포들이 한결같이 五列視되어 경찰의 등쌀에 부대껴서 결국은 불
안 속에 차가운 인상을 안고 모국을 떠나곤 했던 것을 상기할 때 당시
의 當路者들은 반성하지 않으면 안될 것이다.

따라서 재일교포들은 고국을 방문하는 것이 즐거운 일과가 될 수 없
었고 또 웬만한 일 가지고는 고향을 찾으려 하지도 않았다.

더구나 4 · 3 사건 이후에 도일하였거나 고향의 현 사정에 어두운 교
포들은 고향에 찾아갔다가는 수사기관에 붙들려 족친다는 비언때문에
고향을 방문한다는 것은 염두에도 내지 못했던 것이다.[25]

이 글은 재일제주인을 과거정부가 "적색시(赤色視)"했다면서 과거 정
부와 군사정권의 처우가 달라졌음을 설명한다. 하지만 이러한 설명 역
시 '선량한 재일교포'와 이른바 '적색분자'의 구분을 전제로 하고 있다.
교포를 가장한 간첩을 경계해야 한다는 진술은 여전히 재일제주인에
대한 경계의 시선을 놓지 않고 있음을 보여준다. 재일제주인에 대한 새
로운 인식의 전환을 요구하는 이 글은 5 · 16 군사 쿠데타로 정권을 잡
은 박정희 군사정권이 장면 정부 이후 결렬되었던 한일회담 성사를 위
해 노력하던 당시 시대 상황에서 검토되어야 한다. 1961년 일본을 방문
한 박정희는 이케다 수상과 회담을 열고 한일회담의 사무적 토의를 연
내에 마무리하고 본격적인 일본의 한국 경제협력을 요청했다.[26] 1962년
당시 김종필 중앙정보부장과 오히라 마사요시(大平正芳) 일본 외상 간의
회담에서 '김-오히라' 메모가 교환된 것도 박정희의 강력한 한일 회담
의지의 결과였다.[27]

25) 김영관, 「재일교포에 대한 나의 신념」, 제주도청, 『제주도』 15, 1964. 7, 59쪽. 김영관은 해
   군출신으로 제12대 제주도지사를 역임했다. 재임기간은 1961년 5월부터 1963년 12월까지
   이다. 이 글이 발표됐을 때는 해군 소장으로 합동참모부 소속 군수기획국장이었다.
26) 「한일회담 사무적 토의는 연내로, 재산권심의 호전 日 항목별 주장에 호응」, 『경향신문』,
   1961. 11. 21, 1면.

이승만의 강력한 혐일 정책과 군사정권의 일본에 대한 전향적 태도를 염두에 둔 이 글에서 확인할 수 있는 것은 '재일교포'에 대한 '교류'가 경제적 측면, 그것도 반공국가 대한민국의 안정적 관리라는 측면에서 호명되기 시작했다는 점이다. '재일교포'를 모두 '적색시'해서도 안되지만 "선량한 교포를 가장한 五列의 침투"는 용납될 수 없다. 재일교포'에 대한 다소 전향적 태도에도 불구하고 재일제주인에 대한 지역의 인식은 차별적으로 작용했다. 이러한 차별적 인식의 근저에는 반공국가 이데올로기가 강하게 자리 잡고 있었다.[28]

이는 단지 1960년대에만 국한되는 것은 아니었다. 1980년대까지도 이러한 시선은 여전하였다. 이를 잘 보여주는 것이 바로 김창생의 단편 「세 자매」이다. 소설 속에서 화덕, 화선, 화순 세 자매는 일본의 절에 안치되었던 부모님의 유골을 고향인 제주도로 모시기로 결정한다. 세 자매를 대신해 장남 천수는 제주로 향한다. 조선적을 지니고 있었던 천수는 한국으로 국적을 바꾼 후 제주행 비행기를 탈 수 있었다. 고향에 부모님의 유골을 모신 이들은 부모님의 묘지를 관리하는 먼 친척에게 소액의 외환어음을 보낸다. 하지만 이는 곧 반공국가의 이념 검증 대상이 되고 만다.

---

27) 이정희, 「한일협정반대운동의 추진과 전개: 운동주체, 운동양태, 이념정향을 중심으로」, 『글로벌 정치연구』, 한국외국어대학교 글로벌정치연구소, 2015, 8~9쪽
28) 해방 이후 재일조선인에 대한 남한 정부는 '기민(棄民)정책'으로 일관하였다. 친일파를 등용한 이승만 정권은 일본과의 적대적 관계를 정권 유지의 차원에서 정치적으로 활용하였고 박정희 정권 역시 대다수 재일조선인들을 '적색(赤色)'의 시선으로 바라보았다. 이러한 기민정책에 대해서는 재일조선인 사회가 친북적인 성향을 지녔기 때문에 반공 정책을 추진하는 남한 정부의 의도적 정책이었다고 보기도 한다. 오카다 유키, 『해방 이후 재일조선인 사회의 '조국'관 형성: 제주 4·3사건이 미친 영향을 중심으로』, 연세대학교 대학원 석사논문, 2015.

서울 올림픽이 끝나고 한 달쯤 지났을 때, 천수는 국제전화를 받았다. 제주도에서 묘를 봐주고 있는 남자였다. 몹시 피곤한 목소리로 "편지에 쓴 여러분의 뜻은 감사하게 받았습니다. 여기 있는 저희들이 앞으로도 묘를 잘 보살피겠습니다. …… 다만, 이제부터 돈을 일절 보내지 마십시오." 그 말만을 전하고, 상대방은 전화를 끊으려고 했다. 천수가 당황해서 속사정을 물었다고 한다. 수화기 저쪽에서 남자가 숨을 크게 들이쉬는 것 같았다. 가라앉은 목소리로 중얼거리듯이 "이제 막 석방되었습니다."라고 남자는 대답했다.[29]

고향 제주의 묘지기가 경찰에 체포된 이유는 일본에서 보내온 소액 외환어음 때문이었다. "향촉대 값"밖에 되지 않은 금액이었지만 경찰은 "일본의 친척은 공산주의자인가, 빨갱이인가."라고 물었다. "배후관계를 캐묻고 호적장부"를 조사한 이후에서야 경찰은 묘지기를 석방하였다. 이는 1960년대 이후 본격화된 경제 교류가 반공국가의 철저한 관리와 통제 아래에서만 가능했다는 점을 보여준다. 반공국가의 시각에서 보자면 재일은 여전히 북한과 연계된 '총련'의 근거지이자 반공국가를 위협할 수 있는 적색지대였다. 따라서 '재일교포'에 대한 전향적 태도는 반공국가의 관리와 통제를 전제로 작동하는 것이었다.

88 서울올림픽이 개최되고 한국의 경제발전을 미디어를 통해 접했던 화덕, 화선, 화순 세 자매는 한국 정부가 "한국이 밝게 열려진 사회임을 전 세계에 보이기 위해 종래와는 다른 유연한 정책"을 실시하고 있다는 사실에 혹시라도 고향 땅을 밟을 수 있을지도 모른다는 기대감을 갖는다. 하지만 이들 세 자매의 고향 방문은 '조선적 포기'를 전제로 하지 않으면 안 되는 것이었다. 이들이 반공국가의 강요된 선택을 거부하는 순간 반공국가는 이들에게 '오열(五列)'과 '적색'이라는 시선을 거두지

---

29) 김창생, 「세 자매」, 양석일 외, 이한창 역, 『재일동포작가 단편선』, 소화, 1996, 203~204쪽.

않기 때문이다.

'재일'에 대한 여전한 경계의 시선에도 불구하고 '재일교포'를 호명하는 이유는 무엇일까. 여기에는 경제적 이유가 크게 작용했다. 쿠데타 세력이 정권을 잡은 직후인 1962년 제1차 경제개발 5개년 계획과 1964년 제주도종합개발계획의 수립으로 경제개발을 위한 투자재원 확보의 필요성이 대두되었다. 국가주도의 경제개발을 추진하기 위해 자금이 필요했던 박정희 정권이 한일협상에 서둘렀던 이유도 이 때문이다.[30] 이와 별도로 제주 지역에는 1964년 제주도종합개발계획 발표로 인해 근대화에 대한 기대감이 팽배했다. 제주도청이 1962년부터 발행한 『제주도』지에는 지역 근대화에 대한 열망이 그대로 드러난다. 1964년 당시 제주도지사였던 강우준은 도정방침을 '복지제주 건설'이라고 밝히면서 이를 위해 농어촌의 근대화, 건설 사업의 추진, 관광개발 등의 필요성을 역설하고 있다.[31] 그런데 특이한 것은 여기에서 '재일교포와의 유대 강화' 방안이 제시되고 있다는 점이다. 강우준 도지사는 "본도 개발을 위한 의욕적인 투자 상호 교류를 통하여 재일교포와의 유대강화에 가일층 힘을 기울일 것"이라는 점을 분명히 하고 있다.

'재일교포'와의 유대 강화를 위한 방식으로 '의욕적인 투자 상호 교류'를 제시하는 대목은 1960년대 재일의 소환이 경제적 필요성에 의해 제기되었음을 보여준다. 경제성장을 위한 재일조선인과의 경제교류 필요성은 재일제주인과 제주와의 인적 교류 확대로 이어지기도 했다. 1961년 이후 실시된 '재일교포 방문'은 1964년까지만 하더라도 일곱 차례였고 제주도에서 산업경제시찰단을 조직해 일본을 방문한 것도 두 차례

---

30) 김인덕, 「박정희 정부의 경제개발과 구로공단: 해방 이후 재일동포의 국내 경제활동과 관련하여」, 『숭실사학』 32, 숭실사학회, 2014. 6. 참조.
31) 제주도청, 『제주도』 13, 1964. 4, 8~13쪽.

였다. 이러한 교류의 확대로 일본에서 제주로 유입된 자금은 현금이 한화 1300만원, 기계류를 포함한 현물이 8500만원 상당, 묘목이 140만원 정도였다.(1964년 4월말 기준)[32] 재일제주인과의 경제교류 확대를 위해 제주도는 1962년 일본에서 결성된 재일제주도개발협회 주요 인사를 제주도로 초청해 좌담회를 개최하기도 한다. 좌담회에는 강우준 제주도지사를 비롯해 제주도경찰국장, 제주방송총국장 등 지역 유지들이 대거 참석했다. 참석자의 면면만 보더라도 재일제주인과의 경제교류에 대한 관심이 어느 정도였는지 짐작할 수 있다.[33] 이날 좌담회에서 특기할 점은 제주도경찰국장의 발언이다. 경찰국장은 재일조선인의 입국과 관련하여 많은 편의를 제공하고 있다며 다음과 같이 말한다.

　(전략) 본도 경찰은 교포들에 대한 입국심사를 하지 않을 방침입니다. 둘째 연쇄적인 책임문제입니다. 가족 가운데 어느 한 사람으로 인한 사상문제를 전 가족에게까지 영향을 미치게 해서는 안 되겠다는 것입니다. (중략) 셋째 요시찰인에 대해 관용을 베풀고 있습니다. 현재 그 대상자가 3200명이나 되는데 극렬분자로 인정되는 20여명만을 제외하고는 여기에 대한 감시를 해소하고 있습니다. (중략) 넷째 현재 본도출신 교포가 약 15만이나 된다고 하지만 정식으로 등록된 사람은 극히 적다고 합니다. 제주도개발협회에서는 나머지 교포들의 명단을 파악하셔서 제주도 출신 교포수의 완전한 파악에 많이 협조해 주시기 바랍니다.[34]

교포들에 대한 입국 심사를 간소화하고 심지어 연좌제 문제까지도 관용을 베풀고 있다는 경찰국장의 발언은 해방 후 재일조선인의 법적 지위 문제 등을 감안한다면 의도된 왜곡 혹은 제한된 조치일 가능성이

---

32) 「향토개발과 재일교포」, 제주도청, 『제주도』 14, 1964. 5, 41쪽.
33) 위의 글.
34) 위의 글, 37~38쪽.

농후하다. 해방 이후 밀항은 그 자체로 불법이었다. 사상문제 등으로 인해 해방 이후 도일한 밀항자들 대다수는 불법 체류자의 신분으로 일본에서의 재류자격이 제한되었다. 특히 일본 정부와 GHQ의 재일한국인 재류관리 조치에 의해 1947년 5월 2일 외국인등록령이 강화되었다. 외국인 등록을 하기 위해서는 해방 이전부터 일본에 거주하고 있다는 증명이 필요했고 밀항자들, 특히 거주 증명을 할 수 없었던 사람들은 숨어 지내야만 했다.[35] 경찰국장이 여기에서 말한 "등록문제"란 밀항으로 인한 불법 체류자들의 외국인등록을 지칭하는 것으로 보아야 할 것이다.

주목할 것은 '재일교포'와 지역과의 경제적 교류가 '향토애'로 표상되는 자발성으로 표현된다는 점이다. 1923년 제주-오사카 직항로 개설로 많은 제주인들이 일본으로 도항하면서 제주 경제는 오사카 경제권과 밀접한 관련을 맺게 되었다. 특히 제주인들의 도항과 그 후 정착과정이 상호부조적 성격을 띠면서 제주와 재일제주인과의 경제적 교류는 마을 친목회, 향우회 등을 중심으로 전개되었다. 1937년에 발행된 『제주도세요람』에 따르면 1927년 재일제주인의 송금액 규모는 77만4784엔으로 일인당 송금액은 평균 27엔이었다. 1933년에는 송금액이 85만7000엔으로 늘어났고 일인당 송금액도 29엔에 달했다.[36] 송금액 이외에도 제주로 귀향할 때 소지하고 들어온 금액도 있었던 것으로 추정한다면 식민지 시기 재일제주인의 도항과 귀향이 제주 경제에 상당한 영향을 미쳤다는 점을 알 수 있다.[37]

하지만 1960년대 이후의 경제교류의 필요성은 제1차 경제개발 5개년

---

35) 이지치 노리코, 「재일제주인의 이동과 생활」, 『제주와 오키나와』, 제주대학교 탐라문화연구소・재일제주인센터, 2013, 309~310쪽.
36) 제주도청, 『제주도세요람』, 1937.
37) 김희철・진관훈, 앞의 글, 481쪽.

계획과 제주도종합개발계획 수립으로 인한 위로부터의 기획에 의해 촉발되었다. 이러한 위로부터의 기획은 '애향심'과 '향토애'라는 자발성을 수렴하는 방향으로 전개되었다. 1962년에 『제주도』지에 실린 「재일교포의 자본도입문제」는 1960년대 이후의 경제교류가 국가 기획의 소산이라는 점을 보여준다.

> 제1차경제개발 5개년 계획을 성공하기 위하여서는 연간 1억여 만 불의 외자도입의 성공에 있으며 외자유치가 불가능하다면 이 5개년 계획도 모래 위에 세워진 궁전에 불과하다고 한다. 그동안 혁명정부는 대내적으로는 외자도입법의 개정을 비롯하여 외자도입의 기준령 외자도입센터와 외자도입국의 신설 대외적으로는 대미교섭에 있어서의 우호적인 협조 정부 경제 사절단 및 민간 경제 사절단의 자유우방 파견 자유우방과의 통상조약 체결 해외경제관 파견의 강화 등 눈부신 정도의 계획과 활발한 움직임을 보이고 있다.
> 그런데 제1차 5개년 계획 중 외자조달액은 약 7천억 불로서 올해는 1억불의 외자도입을 꾀하고 있다. 그런데 여기에서 특히 주목할 만한 것은 62년에 민간투자액 2천여 억 원의 돈을 어떻게 투자할 수 있도록 할 것인가가 큰 두통거리가 되고 있는 중이다.[38]

여기에서는 경제개발 5개년 계획의 성공을 위해 민간 투자, 특히 외자유치의 필요성을 강조하고 있다. 박정희 정권이 한일회담을 추진하면서 '재일교포투자도입문제'를 중요한 국책과제로 제시한 것도 바로 이 때문이다. 특히 지역에서의 토착적 자본의 형성이 전무한 상황에서 "재일제주출신 교포"들은 '향토개발'의 주역으로 호명되었다. "제주도의 개발에 뜻있는 향토 출신 실업인들의 발기를 요청"하면서 '재일교포'들은 "모국의 경제재건과 향토의 자원개발"을 담당해야 할 "국민적 의무"를

---

38) 한치문, 「재일교포의 자본도입문제」, 제주도청, 『제주도』, 1962. 5, 124쪽.

지닌 자들로 불려진다. 이러한 인식은 재일제주인이 경제 개발의 요구
에 부응하는 한에서 '국민'으로 호명되고 있음을 보여준다. 이러한 호명
앞에서 밀항선을 타고 제주를 떠난 남승지와 '제국' 내에서 민족적 차
별과 경제적 격차를 감내해야 했고 해방 이후에도 경제적 빈곤에 시달
려야 했던 수많은 '재일'의 목소리들은 거세된다. 예를 들면 말년에 중
풍에 걸리고 일본인 첩 '사다코'로부터도 외면당한 김준평'들'은 이러한
호명의 대상이 되지 못했다. 그가 북송을 선택했던 것은 '지상낙원'이라
는 북조선의 선전을 믿었던 때문이기도 하지만 남한에서 '재일'의 호명
이 경제적 필요성에 의해 '발견'되었기 때문이기도 할 것이다.

4. 자발성의 양상과 동원의 수사학

국가의 기획은 재일제주인을 교류의 대상으로 '발견'했다. '개발'과
'조국근대화'는 민족적 목표였고 이를 달성하기 위해서 국가주도의 개
발동원 체제가 가동되었다. 이때의 동원에 대해서 조희연은 "국가를 중
심으로 한 위로부터의 사회조직화와 재편"이라고 설명하며 이를 위해
국가는 "특정한 국가적 목표를 향해 사회를 특정한 방향으로 변화시키
는 기획자이자 선도자로서의 역할"을 한다고 말한다.[39] 이러한 동원의
방식은 종종 국가 주도의 기획에 포섭된 개인의 강요된 자발성으로 구
현된다.[40] 그렇다면 '제국의 시대'와 '냉전의 시대'를 관통한 재일제주

---

39) 조희연, 『동원된 근대화』, 후마니타스, 2010, 33쪽.
40) 국가의 기획과 개인의 강요된 자발성에 대해서는 여러 논의가 있다. 특히 새마을 운동이
   박정희의 단독 기획이 아니라 1930년대 농촌진흥운동 세대의 경험과 길항하며 진행되었
   으며 국가주도의 기획과 때로는 충돌하면서 기획 자체의 균열을 가져왔다는 점은 김영미

인은 국가 기획의 호명에 어떻게 반응했을까. 그리고 그들의 자발성은 과연 어떠한 형태로 나타난 것일까.

양석일의 단편 「제사」에서는 흥미로운 부분이 등장한다. 그것은 제사를 지내기 위해 모인 재일제주인들이 고향 방문담을 이야기하는 대목이다. 우선 내용을 먼저 살펴보자.

> "당신은 재미를 보았지만, 나는 3개월 전 고향에 갔었는데 몸에 지닌 것을 전부 털리고 왔소"
> 오랫동안 만나지 못했던 고향 사람들은 가진 돈을 몽땅 털어 가는 것만으로는 부족했던지 입고 있던 코트, 손목시계, 라이타는 물론이며 내의까지 가져갔다며 그들을 욕했다.
> "고향 사람들은 모두 알코올 중독자들인데 집에서 빚은 싸구려 술에 건강을 해쳐 눈이 벌겋게 짓물러 백내장에 걸린 사람도 있었지요."
> 그는 가까운 장래에 고향인 제주도를 모나코나 라스베가스와 같은 관광지로 만들어야 한다고 주장했다. 그것만이 그들을 구하는 길이라는 것이다.
> "저 미개의 땅에……" 하고 그는 말했다.
> "문명의 빛을 주는 것이야." 하고 그는 역설했다. 그에게 문명이라는 것은 자본의 논리이며 고층 빌딩을 말하는 것이다. 고속 윤전기가 찍어내는 지폐보다도 빨리 회전하는 소비와 생산 같은 것이었다.[41]

1981년 발표된 짧은 단편에서는 재일제주인의 고향에 대한 인식이 가감 없이 드러난다. 그것은 재일제주인이 고향의 후진성을 문제 삼으며 "문명"의 이식자로서의 역할을 담당한다는 점이다. 이는 일본이라는 선진국에서의 생활에 대한 자신감의 표현이기도 하며 재일제주인이 1960

의 『그들의 새마을운동』에서 소상하게 밝히고 있다. 김영미, 『그들의 새마을운동』, 푸른역사, 2009.
41) 양석일, 「제사」, 『재일동포작가 단편선』, 소화, 1996, 17쪽.

년대 이후 지속된 제주 근대화의 선도자라는 자기규정이기도 하다. 때문에 알코올 중독에 걸린 고향사람들은 전근대적 의식에 머물고 있는 존재들이며 그들을 구하기 위해서는 근대의 이식이 필요하다고 말한다. 전근대적 사고방식에 사로잡힌 고향 사람들에 대한 비판적 시선은 그들에게 "문명의 빛"을 줘야 한다는 자신감으로 작용한다. 하지만 이러한 인식은 재일제주인 내부에서조차 즉각적인 비판에 직면한다. 한국의 눈부신 경제발전을 선전하며 박정희 대통령으로부터 표창까지 받았다고 떠벌리는 남자에게 조총련 활동가 '박씨'는 이렇게 말한다.

> 한국은 세계 각국에서 마구 돈을 빌려오고, 또 외화를 벌어들이기 위해서는 노동자와 처녀도 태연히 팔아 먹고 있지 않은가. 더구나 극소수의 몇몇 인간들이 민중을 수탈하고 막대한 이권을 멋대로 남용하고 있다. 경제원조라는 허울 아래 오직(汚職)이 판을 치고 정계와 재계는 뼛속까지 썩어 있다. 아이들은 제대로 학교에 가지도 못하고, 누더기를 걸치고 배를 주리고 있으며, 길거리에 나와 구두닦이와 껌팔이를 하고 있다. 하지만 부모들은 따끈따끈한 잠자리에 배깔고 누워 여자와 맛있는 음식으로 마음껏 호사하고 있다. 우리 공화국의 부모는 검소한 생활을 하고 있으며, 위대한 김일성 주석의 배려로 힘써 일하며 또한 아이들은 근검성실한 부모의 보호 아래 청결한 옷과 배부른 식사와 좋은 교육을 받고 있다.[42]

다분히 체제 선전적인 항변이지만 여기에는 1960년대 이후 시작된 박정희 정권의 개발동원체제의 모순에 대한 재일제주인 사회의 인식이 드러난다. 그것은 박정희 정권의 근대화가 체제 모순에 직면할 수밖에 없다는 근본적 한계에 대한 지적이다. 민단 소속이었기에 남한을 방문할 수 있었던 재일제주인과 총련 소속으로 일본에 거주했던 재일제주

---

42) 양석일, 앞의 글, 18~19쪽.

인 사이의 간극은 1960년대 이후 벌어졌던 경제교류가 다분히 국가 기획의 근대화 목표를 벗어날 수 없었다는 점을 보여준다.

1960년대 이후 재일제주인의 경제 교류는 민단 소속으로 한정되어 있었다. 1962년 일본에서 창설된 제일제주도민회의 가입 조건은 민단의 국민등록을 완료한 자에 한했다.[43) 재일제주도민회의 창립 배경에 대해서는 다음과 같은 설명을 참조할 필요가 있다.

> 1961년 5·16혁명이 일어나고 제주도에는 김영관 도지사가 취임하고 한국정부에서 제주도의 발전에 커다란 관심을 돌리기 시작함으로써 일본에 거주하는 제주도출신 교포들의 향토에 대한 관심도 비상히 높아졌습니다.
>
> 당시까지 일본에서의 제주도출신들은 출신 향리를 중심으로 대부분의 교제를 하여왔고, 이러한 「마을 친목회」를 중심으로 고향에 대한 동경을 이야기해왔지만 이때부터 차츰 마을 단위의 모임이 아니라 제주도 전체적인 모임을 가져야 한다는 움직임이 나타나기 시작한 것입니다.
>
> 이때까지는 단순한 향수가 모임의 목적이었고 동향인들끼리의 교제가 중심이었다면, 1960년대에 들어서면서 부터는 우리들도 비록 외국에 거주하고 있으나 향토의 발전에 기여해야 한다는 사상이 대두하게 된 것입니다. 이러한 제반정세가 1962년 2월에 드디어 大阪지방을 중심으로 해서 「재일본제주도민회」의 창립을 보게 한 것입니다.[44)

60년대 이후 시작된 경제교류의 대상은 재일제주인 사회, 그 중에서도 민단을 주축으로 한 재일제주도민회와 재일친선협회 등의 조직이었다. 물론 이전에도 마을 단위의 친목 모임은 있었다.[45) 마을 단위 친목 모

---

43) 김두중, 「재일제주도민회의 10년과 전망」, 제주도청, 『제주도』 57, 1972. 10, 54쪽.
44) 위의 글, 54쪽.
45) 대표적인 것인 제주시 애월읍 고내리 출신들로 구성된 고내리친목회로 이들은 해방 이전에 이미 마을을 단위로 한 강한 결속력을 보였다. 고광명, 앞의 책, 81쪽.

임이 제주도 차원의 조직으로 발전하게 된 계기는 제주에서 재일제주
인과의 경제교류 필요성을 인식하던 1960년대 이후이다. 지역에서의
'재일'에 대한 관심이 재일제주도민회 결성으로 이어졌다는 설명은 그
들 조직 결성에 제주에서의 '재일' 인식의 변화가 일정한 영향을 주었
음을 의미한다. 이를 재일제주도민회 관계자는 "향토 발전 기여"라고
설명한다. 그들의 '향토 발전 기여'는 제주에 '문명의 빛'을 이식하는 일
이었다. 근대의 전달자라는 그들의 자부심은 자발적 움직임에 의한 것
만은 아니었다. 제주도종합개발계획이라는 국가 정책의 시행이 그들의
'애향심'을 촉발하는 계기가 되었다. 특히 박정희 정권 아래에서 교포
재산반입 문제가 중요하게 대두되면서 재일조선인의 남한 내 투자가
가능하게 된 제도적 변화도 크게 작용하였다.[46]

재일제주인과의 경제교류 확대 필요성은 제주도 차원의 문제만은 아
니었던 것으로 보인다. 1965년 3월 제15차 경제장관회의에서 제주도 개
발을 위한 해외교포의 반입물품을 특별허가하고 감세 혜택을 주는 특
례조치가 결정됐다는 사실을 보더라도 제주도 개발과 재일제주인의 제
주 투자문제는 정권 차원의 관심사였다.[47]

---

46) 재일조선인의 재산반입문제는 해방 이후 귀국동포들의 권리 차원에서 처음 논의되기 시
작했다. 하지만 군사 쿠데타로 집권한 박정희는 한일회담을 통한 경제협력을 논의하면서
외자도입의 손쉬운 통로로서 재일조선인에 주목했다. 일본의 고도성장기에 자본축적을
한 재일조선인의 국내 자본 투자를 위해서는 기존 귀국자에 한해서 인정되었던 재산반입
제도를 손 볼 필요가 있었다. 특히 1960년대 이후 시작된 재일조선인 경제교류에서 제주
도 개발을 위한 재일제주인의 역할은 컸다. 이러한 상황에서 재산반입의 조건인 '귀국자'
제한이 철폐된 것이 1963년 7월 조치였다. 7월 조치 이후 1963년말까지 국내에 반입된 금
액은 278만 달러였다. 당시 외국인 직접투자가 500만 달러였다는 점을 비교한다면 상당한
규모다. 하지만 재산반입이 시작되면서 물가 상승을 우려한 박정희 정권은 12월 조치를
통해 재산반입의 조건을 귀국자로 한정하고, 비귀국자의 경우는 과세가격 5천만 원 이상
의 자기 소유 재산을 반입할 때만 재산반입으로 규정한다는 예외 규정을 두었다. 신재준,
「1963~65년, 박정희 정부의 교포재산반입제도 운용」, 『한국문화』 69, 2015. 3. 참조.
47) 앞의 글, 271쪽.

때문에 제주도청에서 펴낸 기관지『제주도』지에 도쿄에서 결성된 재일친선협회나 오사카를 중심으로 조직된 재일제주도민회 등과 관련한 내용들이 자세하게 소개되는 것은 우연이 아니다. 그것은 제주도청이 앞장서 국가 주도 기획을 실천하는 행위였으며 이를 통해 재일제주인의 자발성을 '애향심'으로 동원하는 동원의 방식이었다. 이러한 동원의 양상은 1972년 제주도청에 교민계가 설치되었다는 점에서도 확인할 수 있다. 이 조직의 임무는 해외교포의 실태조사, 지역사회개발에 대한 참여의식 고취, 지역사회 발전에 대한 PR, 고향 방문 교포 상담 등이었다.[48] 일본 내에서 그들이 직면했던 불안한 법적 지위와 민단과 총련으로 양분된 재일조선인 사회의 냉전적 상황의 지속은 관심의 대상이 아니었다. 제주도청의 관심은 재일제주인을 지역사회 개발에 참여시키기 위한 동원의 효율적 운용이었다. 지역사회 발전 상황을 재일제주인 사회에 알리고 그들의 고향방문—이때의 방문 역시 제한적인 범위에 국한되었다—에 편의를 제공하는 것 역시 바로 이러한 동원의 연장선상이었다. 재일제주인 문제를 지속적으로 언급하고 있는『제주도』지에서 자주 등장하는 '애향심'이란 결국 동원을 위한 수사에 불과한 것이었다.[49] 이러한 동원의 수사학은 국가 기획에 의해 고안된 측면이 있지만

---

48) 강창수, 「제주도의 교민행정」, 제주도청, 『제주도』 57, 1972. 10, 47쪽.

49) 참고로『제주도』지에 재일교포 문제에 대한 기사를 정리하면 다음과 같다. 기사 제목과 호수만 명기한다. 한치문, 「재일교포 자본도입문제」 2; 김영관, 「재일교포와의 유대강화의 길」 5; 강상보, 「재일교포의 실태」 13; 김태진, 「재일교포와의 유대문제」 14; 김영관, 「재일교포에 대한 나의 신념」 15; 강상보, 「재일교포의 실태 분석」 17; 고원일, 「향토개발에 따른 재일교포의 사명」 25; 정승배, 「6회 체전과 재일교포팀의 출전」 56; 강창수, 「제주도의 교민행정」; 김두중, 「재일제주도민회의 10년과 전망」; 김병웁, 「제주도와 재일본 제주도민」; 송희주, 「재일본 제주도민의 향수」 57; 강창수, 「재일교포를 맞는 향인의 자세」; 고영은, 「재일교포의 향토 개발 참여」; 김문규, 「재일교포와 애향심」; 김봉학, 「제주도 개발과 재일교포의 투자」; 송석범, 「재일교포의 참여실적」; 홍순만, 「재일교포와 향토와의 가교」 64; 송무훈, 「교민업무와 재일동포」 72.

재일제주인의 자발적 선택에 의해 발화되기도 했다.

하지만 동원의 수사학은 동원의 주체와 대상, 반공국가의 규율 사이에 긴장을 내포할 수밖에 없었다. 이를테면 1960년대 이후 재일교포에 의해 도입되기 시작한 감귤 기증과 관련한 세관 당국과의 갈등은 '재일'과 제주의 교류에 대한 남한 정부의 이중적 태도를 보여준다. 일본에서 감귤 묘목을 들여오기 위해서는 일본과 남한에서의 검역을 통과해야만 했다. 특히 남한 정부의 수입허가를 얻는 일은 쉽지 않았다. 감귤 묘목 반입을 둘러싼 갈등에 대해서는 다음과 같은 증언을 확인할 수 있다.

> 감귤묘목을 둘러싸고 행정기관이 서로 갈등을 빚는 일은 늘상 벌어지던 일이다. 재일동포들의 감귤묘목을 기증받는 기관인 제주도와 세관 간에는 번번이 시비가 붙었다. 도에서는 즉시 통관과 면세(免稅)를 주장한 반면, 세관은 규정에 없는 불합리한 조처이므로 받아들일 수 없다는 태도를 보였다. 이처럼 갈등현상이 자주 벌어진 까닭은 묘목 반입을 처리하는 체계적인 행정시스템이 미미했던 탓이 컸다.
>
> 얼마나 분쟁이 많았으면 1965년 3월 박정희 전 대통령이 직접 손을 걷어 부치고 나섰다. 박 대통령은 그해 제주도를 방문한 자리에서 구두(口頭)로 특별지침을 내렸다.[50)]

---

50) 재일동포모국공적조사위원회, 『母國을 향한 在日同胞의 100年 足跡』, 재외동포재단, 2008, 157쪽. 재일동포공적조사위원회의 주체는 다음과 같다. 위원장 김진홍(초대 오사카한국총영사), 부위원장 이선희(박정희 의장 교민담당특보), 감사 현선일(재일민단 본국사무소소장), 간사 이민호(통일일보 서울지사장), 위원 황선구(해외교포문제연구소장), 신혜일(재일한국인본국투자협회장), 신진우(재일한국인본부투자협회 부장) 김정희(재외동포재단 과장), 자문 박병헌(재일민단 상임고문) 조일제(전 국회의원) 손대준(한·일협회 회장) 오기문(재일민단 전 부인회장). 위 책의 작성 주체에서도 확인할 수 있듯이 박정희 정권 시절부터 본격화된 재일교류의 과정을 '조국 근대화'에 기여한 재일동포의 애향심으로 그려내고 있다. 하지만 이들의 증언을 바탕으로 한 이 책에서는 박정희 정권 시절 재일동포 정책의 이중성은 드러나지 않는다. 많은 기억들이 박정희 정권 아래에서 전개되었던 재일교포와 경제적 교류, 그리고 남한사회의 근대화에 기여한 긍정적인 측면에서 기술되고 있다.

박정희 정권은 경제개발을 명분으로 내세우면서 재일교포와의 경제
적 교류를 타진하였다. 하지만 이러한 경제적 교류는 그 자체로 반공국
가 내부의 균열을 전제로 하지 않으면 안 되었다. 감귤묘목 반입을 둘
러싼 세관과의 갈등은 '재일'과의 경제적 교류가 법과 제도의 개선을
필요로 하는 것을 의미한다. 자본의 교류는 식민지 시기의 상호 부조적
성격에서 국민국가의 경계 획정을 통해 그 성격이 전환되었다. 재일동
포공적조사위원회는 이를 '불합리한 규제'로 인식하고 이러한 규제완화
의 개선자로서 '박정희 대통령의 특별지침'을 거론하고 있다. 하지만 이
러한 특별지침의 존재 자체가 제주와 재일제주인들과의 경제교류가 국
가의 통제와 관리를 전제로 하고 있음을 보여준다.

5. 결론을 대신해서

반공국가는 경제적 교류의 대상으로 '재일'을 호명하기 시작하였다.
호명의 대상은 제한적이었다. '문명의 빛'을 전달해야 한다는 재일제주
인의 사명감은 반공국가의 호명에 대한 자발적 선택이었다. 하지만 이
러한 자발성은 반공국가를 위협하지 않는 한에서만 용인되었다. 그리고
이것은 종종 '조국애'의 강요로 이어졌다.

제주와 재일제주인과의 경제적 교류가 확대되면서 제주도청에는 1972
년부터 교민행정계가 설치되었다.[51] 당시 부서 담당자였던 송무훈은 재
일제주인과의 경제 교류의 확대에 대해 이야기하면서 '재일동포의 정신

---

51) 송무훈, 「교민업무와 재일동포: 업무수행에서의 몇 가지 소감」, 제주도청, 『제주도』 72,
1977, 113쪽.

적 환향'을 강조한다. '정신적 환향'의 정체는 '주체성 있는 조국애와 향
토애'였다.

> 우리나라가 북한 공산주의자들과 대결하고 있는 현실을 조금이라도 이
> 해하는 자라면 우리의 현실을 조금이라도 왜곡할 수가 없다. 따라서 교포
> 들은 이러한 조국의 현실을 바로 인식하고 주체성 있는 배달 겨레로서의
> 긍지를 가지고 이국(異國)에서라도 항상 총화를 이루어주었으면 한다. 누
> 가 뭐라던 간에 조국은 엄연한 나의 조국이요, 조상은 엄연히 핏줄을 이
> 어받은 나의 분신이기 때문에 조국과 겨레가 없는 백성은 없다.[52]

그가 말하는 조국은 어디인가. 말할 것도 없이 반공국가 남한이다.
그가 말하는 주체성이란 반공이라는 '국시'(國是)의 내면화이다. 이러한
호명의 방식은 해방 이후 재일조선인들의 일본 내에서의 법적 지위 문
제, 나아가 그들이 직면했던 시대적 맥락을 소거한다. 제주 4·3 당시
밀항을 선택한 재일제주인들이 남한사회에서 오랫동안 금기시되어왔던
4·3 항쟁에 대해 일찍부터 주체적 자각을 하기 시작한 것을 감안한다
면 이는 편의적 발상이다. 『화산도』에서 그려지고 있는 것처럼 밀항선
을 타고 일본으로 향했던 남승지'들'은 학살을 피하기 위해 불가피하게
일본을 선택하였다. 이들의 일본행은 고향에서의 학살 참상을 증언하는
실체적 증거였다. 4·3체험 세대의 일본행이 재일제주인 사회에 한국
정부에 대한 불신과 반감을 확산시켰고 자연스럽게 조총련에 대한 지
지로 이어졌다는 지적[53]은 역설적으로 밀항선을 타고 떠난 남승지'들'
이 조국의 호명을 받기 위해서는 반공을 받아들이지 않으면 안 되었다
는 것을 의미한다.

---

52) 앞의 글, 114쪽.
53) 오카다 유키, 앞의 논문, 69쪽.

그동안 제주 지역과 재일제주인과의 경제 교류는 향토애의 순수성과 근대에 대한 열망으로 해석되어왔다. 하지만 이는 해방 이후 '재일'의 의미와 시대적 맥락을 외면한 분석이다. 제1회 제주 4·3평화상 수상자인 김석범이 『화산도』 완역 발간을 기념하기 위한 학술대회에 참석하지 못한 사실을 보더라도 '재일'의 호명은 제한적으로 발화되어왔음을 알 수 있다.54) 그런 점에서 재일제주인의 제주 경제에 대한 기여와 동기는 보다 면밀히 분석될 필요가 있다. 이 글의 문제의식도 여기에 있다. 그럼에도 관변잡지의 성격을 지닌 『제주도』지의 내용을 중심으로 살펴보고 있고, 당시의 역사적 상황에 대한 소략적 진술 등으로 인해 일정한 한계를 지닐 수밖에 없다. 재일제주인에 대한 역사와 경제사 등 학제간 연구의 필요성에도 불구하고 지역에서는 그들을 근대적 개발의 기여자로서 일관되게 호명해왔다. 경제개발이라는 관점에서만 재일제주인을 바라보는 것은 '재일'의 의미를 협소화할 우려가 있다. 이러한 문제의식 때문에 여기에서는 '재일'의 호명 방식을 반공국가의 근대 프로젝트의 일환이라는 관점에서 바라보고자 하였다. 다만 박정희 정권과 민단과의 관계 등을 통한 '재일'의 용법과 지역 내에서의 '재일' 인식의 문제는 추후 과제로 남겨두기로 한다.

---

54) 『경향신문』, 2015. 10. 15.

제5장

재일조선인의 역설적 정체성과 사회적 상상

―김명준 감독, 영화 〈우리학교〉(2006)를 중심으로―

오 태 영

1. 홋카이도 재일조선인의 공간, 조선학교

이 글은 전후(戰後) 일본 사회구조의 변동 과정 속에서 재일조선인들이 어떻게 자신들만의 사회를 유지·존속해가고 있는가, 그리고 그러한 가운데 어떠한 자기 구축의 양상과 회로를 펼쳐 보이고 있는가를 밝히기 위한 작업의 일환이다. 다시 말해 이 글에서는 재일조선인들이 전후 일본사회에서 자신들만의 커뮤니티를 형성해가는 가운데, 어떻게 자기(自己)를 정립해가고 있는가에 대해 살펴보고자 한다. 이를 위해 이 글에서는 김명준 감독의 영화 〈우리학교〉(2006)에 나타난 재일조선인 사회의 구심점으로서 조선학교라는 공간에 주목하면서, 일본 홋카이도(北海道) 지방의 재일조선인 사회와 그러한 사회 속에서 자신들의 삶을 영위해가고 있는 재일조선인들의 정체성 구축 방식에 대해 논의를 전개하고자 한다. 특히 전후와 고도 성장기를 거쳐 버블 경제 붕괴 이후 전(全)

세계적인 신자유주의 경제 체제 및 동아시아의 신(新)냉전적 질서가 강고해지고 있는 2000년대 일본사회에서 살아가고 있는 재일조선인들의 자기 인식과 '사회적 상상'[1]을 고찰하기 위해 <우리학교>에 나타난 홋카이도 지방의 재일조선인들의 목소리에 귀를 기울이고자 한다.

홋카이도는 근대 이전 아이누족이라고 불린 원주민들의 터전이었다. 홋카이도의 원주민이었던 아이누족은 자신들의 거주지를 인간의 조용한 대지라는 의미에서 '아이누 모시리(アイヌモシリ)'라고 했는데, 12세기 이후 일본인들은 그곳을 에조시마(蝦夷島)라고 불렀다.[2] 소위 홋카이도의 탄생은 1869년 메이지정부가 에조치(蝦夷地)에 개척사(開拓使)를 설치한 시점으로 거슬러 올라간다. 이후 1922년 삿포로구가 삿포로시로 확대·개편되었고, 이듬해 도시계획법이 처음으로 적용되었으며, 때를 같

---

1) 찰스 테일러에 의하면, 사회적 상상이란 "사람들이 자신의 사회적 실존에 대해 상상하는 방식, 사람들이 다른 이들과 서로 조화를 이루어가는 방식, 사람들 사이에서 일이 돌아가는 방식, 통상 충족되곤 하는 기대들, 그리고 그러한 기대들의 아래에 놓인 심층의 개념과 이미지들"이다. 찰스 테일러가 '상상'이라는 용어를 사용한 것은 평범한 사람들이 자신들의 사회적 환경을 '상상하는' 방식에 주목할 뿐만 아니라, 그것이 폭넓은 인간 집단에 의해 공유되어 공통의 실천을 가능하게 하고, 정당성에 대한 감각을 공유하도록 만드는 공통의 이해와 관련되어 있기 때문이다. 즉, 규범적 기대감, 집단적 실천을 가능하게 만드는 공통의 이해, 공통의 실천을 할 때 조화를 이루는 방식에 대한 감각을 포괄하기 위해 사회적 상상이라는 개념을 고안한 것이다. 이에 대해서는 찰스 테일러, 이상길 역, 『근대의 사회적 상상 : 경제·공론장·인민 주권』, 이음, 2010, 43쪽.

2) 도요토미 히데요시는 마쓰마에번(松前藩)으로 하여금 에조시마를 지배하도록 했는데 실질적인 지배의 영토가 아닌 교역지로 이용되었고, 19세기에 접어들어서야 에도막부는 에조시마를 직할 통치하였다. 삿포로는 홋카이도 개척의 거점 도시로 계획되어, 미국·영국·네덜란드·프랑스·독일 등에서 초빙된 외국인 전문가들에 의해 도시가 설계되기도 하였다. 1854년 사할린 지역을 둘러싼 러시아와의 국경 문제로 인해 홋카이도 개발론이 부상하였고, 이때 삿포로에 홋카이도의 수도를 건설해야 한다는 '삿포로건부론(建府論)'이 제창되었다. 이후 메이지시대에 접어들어 1869년 본격적인 도시 설계가 진행되었고, 1870년대부터 전국 각지에서의 이주민이 정착하였다. 이러한 과정을 거쳐 1909년 삿포로는 인구 7만 3천여 명의 근대도시로 발전하게 되었다.(서연호, 「삿포로시의 문화프로그램」, 양기호 외, 『일본지역연구(下)―야마가타(山形)·홋카이도(北海道) 지방을 중심으로』, 도서출판 소화, 2004, 137~141쪽.)

이해 1920년대부터 홋카이도 척식사업이 본격적으로 전개되었다. 이는 일본 전역의 쌀 부족과 인구 과잉의 문제를 해결하기 위한 사업의 일환이었다. 1930년대 이후 전시총동원 체제기에 접어들면서 군수산업의 노동력 동원으로 조선인과 중국인의 강제연행이 이어졌고, 망명 백계러시아인들과의 교류가 이루어졌다. 패전 이후 1947년 지방자치법이 시행됨에 따라 홋카이도가 정식 행정구역이 되었지만, 생활기반이 취약해 사전할당제와 농업계획 등 통제경제 체제를 강화시켰다.3) 이처럼 홋카이도 개척의 역사는 150년 정도로 짧은 편이며, 지리적 특수성으로 인해 개방성이 강하다고 평가받고 있다. 그곳은 일본 국토 전체 면적의 22%를 차지하고 있지만, 인구는 560만 명에 불과해 가장 낮은 인구 밀도를 보이고 있다. 농업과 수산업, 낙농업 등을 중심으로 하는 식량자원 및 에너지 공급지로서의 역할 비중이 큰 편인데 반해, 정치경제적으로는 중앙에의 의존도가 강하다.4)

홋카이도 지역으로의 한국인의 이주·정착의 시점이 언제부터였는지 명확하게 확인할 수 없지만, 식민지시기에 본격적으로 이루어졌을 것으로 짐작할 수 있다. 특히 제국적 질서 아래 식민지 조선인들의 일본 내지(內地)로의 이동이 활발하게 전개되었다는 점을 감안한다면, 홋카이도로의 이주·정착 역시 같은 맥락에 놓여 있었다고 할 수 있다. 당시 재일조선인의 동태를 감시해왔던 내무성 경보국의 통계자료를 통해 지역별, 직업별 인구 변동의 추이를 확인할 수 있는데,5) 식민지시기 조선인

---

3) 장화경, 「홋카이도의 가족특성과 지역 네트워크」, 위의 책, 217~222쪽.
4) 이러한 특성은 오키나와 지역과 유사하지만, 오키나와가 역사적 전통에 대한 긍지가 강한 반면, 홋카이도는 혼슈(本州)로부터의 개척민에 의해 그 역사가 시작되었다는 인식이 팽배해 선주민인 아이누의 전통을 계승한다는 의식이나 지역 전통에 대한 긍지는 약한 편이다. 무엇보다 이는 인구 560만 명 중에 선주민이 3만 명 정도에 그치기 때문으로 보인다.(한경구, 「지역활성화를 위한 삿포로시의 행정」, 위의 책, 179~182쪽.)

들의 홋카이도 지역으로의 이주가 지속적으로 증가하였고, 이주 조선인
들의 노동의 형태가 주로 비숙련 단순 노동자들, 특히 광부와 각종 인
부에 집중되어 있었다. 이에 따라 홋카이도 지역의 재일조선인에 관한
연구 역시 '조선인 강제동원'에 초점이 맞춰져 진행되어왔다. 이는 주로
조선인 강제동원에 제국 일본의 통치 기구가 어떠한 역할을 했는지 규
명하거나, 실제 조선인 강제동원의 현황을 제시하는 한편, 강제동원 피

5) 재일조선인 집중 거주지가 출현하기 시작한 1920년 현재 총수는 31,598명이었는데, 홋카이
도 지역의 조선인 수는 2,643명으로 전체의 8.42%를 차지해 4번째에 해당했다. 재일조선인
90%가 넘는 사람이 직업을 가지고 있었지만, 대부분 육체노동을 포함한 비숙련 단순 노동
자들이었고, 홋카이도 지역 또한 직업을 가지고 있던 재일조선인 2,444명 중 1,461명이 광
부로 그 대부분을 차지했다. 1925년 재일조선인은 약 13만 6,700여 명으로 5년 전에 비해
전체 인구가 4배 넘게 증가하였고, 홋카이도 지역의 재일조선인 수 역시 4,449명으로 약 2
배 정도 증가하였다. 5년 전과 비교해 1925년에는 인구 이동에 흥미로운 점이 발견되는데,
그것은 '동양의 맨체스터'라고 불릴 정도로 면방직 제조업을 비롯한 각종 공장이 밀집해
있던 오사카 지역으로의 이동이 급증했다는 것이다. 또한, 1923년부터 오사카와 제주 사이
에 항로가 신설되어 제주도민의 도일이 증가하였다는 점을 꼽을 수 있다. 홋카이도 지역
에서는 전체 취업자 4,072명 중 광부 1,940명, 각종 인부 1,849명으로 노동의 형태는 기본적
으로 변하지 않았다. 이후 1920년대 후반부터 대도시 중심의 집중 거주지가 형성되기 시작
했고, 1930년 6월 말 현재 인구수 역시 5년 전에 비해 2배가 넘는 약 28만 7,700명에 달했다.
주요 직업은 '일용 인부'가 반 이상을 차지할 정도로 그 수요가 가장 많았다. 이 시기 눈에
띄는 것은 '상업'이 재일조선인의 주요 직업의 하나로 등장했다는 점이다. 상업 항목에 어
떠한 직종들이 포함되어 있었던 것인지 알 수 없지만 노점상 및 행상 등의 영세한 형태였
다고 짐작되는데, 이는 신규 도일자 중 비숙련 단순 노동직보다는 소규모라도 자영업을
선택한 사람이 늘었기 때문으로 보인다. 1930년 홋카이도 지역의 취업자 9,513명 중 여전히
일용 인부와 광부가 각각 6,619명, 1,525명으로 큰 비중을 차지하고 있었지만, 상업 종사자
가 628명으로 3번째를 차지하고 있다는 점이 주목된다. 이어 1935년 재일조선인 총인구는
62만 5,678명으로 다시 2배가량의 증가세를 보였는데, 이는 1940년의 시점에서도 유사한 흐
름을 보여 당시 재일조선인 총수는 약 119만 명에 달했다. 1935년의 시점에는 홋카이도 인
구수가 일본 전체의 10위 밖으로 밀려났지만, 1940년에 다시 8위가 되었는데, 후쿠오카, 야
마구치를 비롯해 홋카이도 지역의 재일조선인 수가 급증한 원인은 광업종사자 수가 늘었
기 때문이었다. 이는 1937년 중일전쟁 발발 이후 전시총동원 체제기에 접어든 당시의 역사
적 정황을 보여주는데, 1939년 7월 후생성 및 내무성 차관 통첩「조선인 노동자 내지 이주
에 관한 건」을 계기로 일본 내 탄광 노동력 부족을 충당하기 위해 식민지 조선에서 '모집'
이라는 형식을 취한 강제적 노동력 동원이 실시되었다는 점을 환기한다. 당시 홋카이도
총 노동자 27,332명 중 광업 종사자가 17,159명으로 압도적인 수를 보이고 있었다.(김광열,
『한인의 일본이주사 연구: 1910~1940년대』, 논형, 2010, 219~243쪽.)

해자들의 구술 기록 및 사진 자료들을 집적해 그 참상을 보고하는 형태를 취했다.[6]

〈식민지시기 홋카이도 지역 재일조선인 직업별 인구〉

직업	관공리	군인	의사	통역	승려/목사	각종 사무원	농업	토건 인부	광부	하역업
1920	0	0	1	10	0	0	85	601	1,461	76
직업	각종 고용인	각종 직공	각종 행상	각종 상업	요리/하숙업	기생	어부	교통 운수업	기타 잡업	소계
1920	88	80	16	1	1	3	18	3	0	2,444
직업	관리	군인	통역	의사/약제사	승려/목사	사무원	각종 상업	농업	수상 취로자	직공
1925	0	0	3	0	0	10	27	12	37	28
직업	광부	각종 인부	각종 고용인	교통 운수업	접객업	풍속업	신문 기자	기타 잡업	소계	✕
1925	1,940	1,849	64	2	14	0	1	85	4,072	✕
직업	관리	군인	의사/약제사	신문잡지 기자	승려/목사	사무원	상업	농업	고용인	수상 취로자
1930	0	0	6	0	1	19	628	263	282	56
직업	직공	광부	일용 인부	교통 운수업	풍수업	기타	소계	✕	✕	✕
1930	47	1,525	6,619	0	8	59	9,513	✕	✕	✕
직업	유식적 직업	상업	농업	어업	광업	섬유 공업	금속기 계공업	화학 공업	전기 공업	출판 공업
1940	73	986	2,012	15	17,159	14	5	19	7	0
직업	식료품 제조업	토목 건축업	통신교 통운수업	항만 하역업	일반 사용인	기타 노동자	접객업	기타 유업자	소계	✕
1940	3	4,457	49	16	559	1,238	486	234	27,332	✕

* 직업의 항목은 각 연도별 항목을 그대로 가져온 것으로, 당시 내무성 경보국(內務省 警保局)의 조선인 현황 조사 항목에 따른 것이다.

6) 정혜경, 『홋카이도 최초의 탄광 가야누마와 조선인 강제동원』, 도서출판 선인, 2013. ; 일제강점하강제동원피해진상규명위원회, 『아홉머리 넘어 북해도로-홋카이도 강제동원 피해 구술자료집-』, 일제강점하강제동원피해진상규명위원회, 2009. ; 일제강점하강제동원피해진상규명위원회, 『사진으로 보는 강제동원 이야기: 일본 홋카이도(北海道)편』, 일제강점하강제동원피해진상규명위원회, 2009.

이런 점에서 홋카이도 재일조선인 사회를 이해하는 데 있어서 식민지 시기 이후 형성·변화해온 탄광촌이 주목된다. 인간과 공간의 관계성에 주목했을 때, 재일조선인들이 일본사회에서 나름의 자기 정립의 공간을 형성하고 살아가고 있다는 것은 쉽게 짐작할 수 있다. 특히 전후 이래 현재까지 재일조선인들의 공간은 일본인들의 공간과 닮아 있으면서도 다를 뿐만 아니라, 그곳이 '지금-여기'의 한국인들의 공간과도 성격을 달리한다는 것을 알 수 있다. 세대, 계층, 지역, 젠더에 따라 수많은 재일조선인들의 공간이 만들어졌지만, 그들만의 대표적인 생활공간으로 거론할 수 있는 것이 삶의 현장으로서의 '집단 거주지'이다. 그곳은 일본사회 내에서 '닫힌 공간'이면서 동시에 '열린 공간'으로 기능한다. 재일조선인들의 집단 거주지는 그들만의 폐쇄적인 공간이면서 차별과 억압에 저항하는 시민들과의 연대라는 측면에서 열린 공간으로 그 의미가 확장되기도 한다. 하지만 현재의 시점에서 재일조선인 집단 거주지로서의 홋카이도 지역의 탄광촌에 대해 살펴보는 것은 제한적이고, 재일조선인 탄광촌이 갖는 역사성으로 인해 그 공간의 의미가 균질화될 수 있다는 점을 감안해 이 글에서는 2000년대 홋카이도 재일조선인들의 공간의 성격을 상징적으로 보여준다고 여겨지는 '조선학교'에 주목하고자 한 것이다.

일반적으로 '학교'는 미셸 푸코의 논의에 기대어 규율공간으로 이해된다. 규율공간으로서의 학교는 기존의 가치와 질서를 내면화하여 재생산하는 기능을 담당한다. 학교는 학생들의 신체를 규율하는 것을 통해 사회에서 통용되고 있다고 여겨지는 다양한 관행과 관습들을 (무)의식적으로 체화할 것을 강제한다. 특히, 학교가 학생들로 하여금 근대 국민국가의 질서를 체화하는 장으로 기능한다는 점을 감안했을 때, 그곳은 알튀세르가 말한 '이데올로기적 국가 기구'와 유사한 역할을 수행하고,

그 효과를 발휘하기도 한다. 한편 폴 윌리스의 논의에 기대자면, 학교는 계급 재생산의 공간이다. 폴 윌리스는 피교육자인 학생들의 반문화 (counter-culture)적 실천에 주목하여 그들이 자신들의 활동과 이데올로기적 개발을 통해 스스로를 노동자계급으로 재생산해가는 과정을 필드워크를 통해 밝혔다. 그에 의하면, 무단결석, 반(反)문화, 학교교육이 의도하는 재생산적 결과에 대한 거부 등을 통해 중간계급으로 진입할 수 있는 기회를 의도적으로 외면하면서 스스로를 무능하게 만드는, 그리하여 반항적이고 '무식한' 육체노동자가 되는 상황이 학교에서 발생하고 있는 것이다.[7] 따라서 학교는 규율공간이기는커녕 바로 그러한 규율권력에 저항하는 공간이기도 한 것이다. 물론 규율공간의 여부만을 가지고 학교의 공간성을 규정하는 것은 제한적이다. 하지만 개인과 사회의 관계성을 고려했을 때, 학교는 개인으로 하여금 사회적 존재로서의 자기를 자각하게 하는 핵심적인 공간으로 기능한다. 한 인간이 태어나 가정의 부모로부터 보살핌을 받고 학교 시스템에 진입하여 교육을 받은 뒤 사회 구성원으로서 성장해간다는 관습적인 래퍼토리에 의하면, 학교는 사회적 존재로서의 자기 기획의 장이 되기도 한다. 하지만 여기에서 간과해서는 안 될 것이 일반적으로 '학교'라는 공간이 근대 국민국가, 특히 자본주의 시스템 속에서 만들어지고 유지되고 있다는 점이다. 학교의 기능과 역할에 주목해 학교의 공간성을 다양하게 의미화할 수 있지만, 근대 국민국가와 자본주의 시스템 속에서 학교는 결국 노동력 재생산을 위한 토대를 구축하는 장이라고 할 수 있는 것이다.

여기에서 굳이 이러한 언급을 하는 이유는, 재일조선인 자기 구축과

---

7) 이에 대해서는 폴 윌리스, 김찬호·김영훈 역, 『교육현장과 계급재생산: 노동자 자녀들이 노동자가 되기까지』, 민맥, 1989 참고.

사회적 상상의 공간으로서의 조선학교가 우리가 일반적으로 인식하고 있는 근대 국민국가와 자본주의 시스템에 의해 운용되고 있는 학교와 일정 부분 그 성격을 달리한다는 점을 강조하기 위해서이다. 그것은 제도로서의 학교라는 점에서 큰 차이를 보이는 것은 아니지만, 일본사회에서 조선학교가 가지고 있는 공간의 이질적 위상에 기인한다. 재일조선인 사회에서 조선학교가 가지는 위상과 역할을 확인하기 위해서는 전후 일본사회에서 조선학교가 어떻게 만들어지고, 발전되어왔는가에 대한 검토가 필수적이다. 특히, 그곳이 재일조선인 자녀들의 민족교육의 장으로서 위치한다는 점에서, 일본사회로부터 배제되면서 소외되는 재일조선인이라는 인간의 존재 방식과 그 욕망을 가늠할 수 있게 한다. 일본사회에서 차별적 위상과 배타적 지위를 갖는 재일조선인들이 특히 세대적으로 단절되어가는 자신들만의 커뮤니티를 유지·존속시키기 위해 조선학교를 민족교육이라는 패러다임 속에서 위치시켜 하나의 구심점으로 작동시켰다는 점은 의미심장하다.

2. 민족교육의 장과 다큐멘터리의 관찰자

인간은 공간적 존재이다. 그리고 공간은 인간의 삶의 방식을 표현하는 보편적인 형식이다. 물론 그렇다고 해서 공간이 단일한 것은 아니다. 근대 세계 체제의 공간들이 국민국가를 축으로 통합되어 있는 것처럼 보이는 것은 사실이지만, 또한 공간 구성의 내적 원리들이 마치 언어화의 구조적 방식으로 균질화되어 있는 것처럼 인식되고 있지만, 인간의 행위와 욕망에 따른 의미화 과정 속에서 공간들은 새롭게 만들어지고 서로 경합한다. 즉, 다양하고 이질적인 공간들이 분기하고 있는 셈이다. 인간 사회에서 다양하고 이질적인 공간들이 분기하고 있다는 것은 상식에 속하고, 그런 만큼 '공간의 생산'의 역사적 조건들[8])과 그에 응수하는 인간들의 행위에 주목할 필요가 있다. 그런 점에서 이 글에서 일본 사회 속 재일조선인들의 자기 구축과 사회적 상상의 공간으로서 조선학교에 대해 살펴보고자 하는 것은 21세기 한국/일본과 그곳을 축으로 하여 생산되거나 의미화된 근대 국민국가의 공간들을 비판적으로 인식할 수 있는 가능성을 모색하기 위해서이다. 근대 전환기 이래 이동이라는 공간적 실천 행위를 수행하는 것을 통해 새롭게 만들어진 재일조선인들의 공간은 남북한과 일본, 나아가 동아시아 권역 안팎을 넘나들며 살아온 그들의 욕망과 존재 방식을 확인할 수 있게 한다. 그리고 재일조선인이라는 존재 자체가 근대 국민국가의 생명 정치의 테크놀로지—포섭하면서 동시에 배제하는—를 포착할 수 있게 한다는 점을 감안한다면, 재일조선인들의 공간으로서의 조선학교는 한국과 일본이라는 균질화된 공간을 비판적으로 성찰할 수 있는 관점을 우리에게 제공하기도 한다.

이러한 관점에서 이 글에서는 '조선학교'에 관심을 갖지만, 그곳이 전후 일본사회에서 재일조선인들의 민족교육의 장으로 위치하고 있다는 점을 또한 간과할 수는 없다. 일본 정부의 억압적인 재일조선인 교육정책의 역사는 크게 3시기로 구분된다.[9]) 1948년 이래 1970년대까지 일본

---

8) 이에 대해서는 '공간적 실천', '공간 재현', '재현 공간'으로 나누어 사회적 공간의 생산 과정에 대해 논의한 앙리 르페브르, 양영란 역, 『공간의 생산』, 에코리브르, 2011을 참고할 수 있다.

9) 제1기는 1945~1952년 사이의 미군정 점령 하 재일조선인 교육정책이다. 패전/해방 이후 재일조선인들은 1945년 10월 '재일본조선인연맹'을 결성하고 민족교육 사업을 시작하였다. 이때 민족교육은 일본에서 태어난 학생들에게 민족어를 가르치기 위해 '국어강습소'의 형식을 취하였다. 이후 1947년 미 점령군에 의해 조선인 학교의 교육내용을 일본 정부의 지

정부의 조선인 학교에 대한 동화주의적 입장은 본질적으로 바뀌지 않았고, 조선인 학교에 대한 억압과 동화교육의 전면화라고 하는 두 개의 축이 재일조선인 교육에 대한 일본 정부 정책의 근간을 이루었다.10) 반

시에 따르라는 지령이 내려졌고, 1948년 1월 24일 일본 문부성은 학교교육과장 통달 「조선인 설립 학교의 처리에 관하여」를 통해 취학 연령에 해당하는 조선인 학생을 일본의 공립 및 사립학교에 취학시켜야 한다는 포고를 내린다. 이는 재일조선인 학생들로 하여금 일본 교육을 의무화하는 것으로 당시의 조선학교를 법적으로 부정하는 것이었다. 이에 반발해 오사카와 고베 지역을 중심으로 민족교육의 자주권을 확보하기 위한 교육투쟁 즉 '한신교육투쟁'이 일어났고, 1949년 각의결정에 의해 재일조선인 민족학교는 폐쇄 조치되었다. 하지만 공립학교이지만 재일조선인이 주로 다니는 '공립조선인학교'가 생기는 등 일정 부분의 타협점이 도출되기도 하였다.

제2기는 1952~1965년 사이로, 1952년 4월 샌프란시스코조약이 발효됨에 따라 구식민지 출신자들은 일본 국적을 상실한 외국인이 되었고, 일본 국적이 무효가 된 재일조선인 자녀의 취학 의무 또한 폐지되게 된다. 하지만 일본사회에서 살아가기 위해서는 학교교육법 제1조에서 규정한 '학교'를 졸업해야만 했는데, '재일본조선인총연합회'에서 세운 학교는 학교교육법에서 규정한 '학교'로 인정되지 않았기 때문에 재일조선인들은 일본의 학교를 선택하지 않을 수 없었다. 그럼에도 불구하고 일본 전역에 조선인 학교가 급속하게 늘어났고, 1956년 조선대학교라는 최고학부가 설치되었다. 물론 조선대학교는 일본의 '학교'로 인준을 받을 수 없었기 때문에 '각종학교'로 취급되었다. 이때에 많은 재일조선인 자녀들이 일본 학교에 입학하여 소위 동화교육을 받았지만, 1950년대 후반에는 '조선학교를 지키자'라는 슬로건 아래 이러한 동화교육에 대립하는 움직임을 보이기도 하였다.

제3기는 1965년 한일협정 이후부터 1970년대까지의 시기로, 이때에는 한일협정에 의한 재일조선인의 법적 지위를 근거로 문부성 차관통달을 통한 '조선인학교규칙'과 동화교육 촉진을 기조로 삼아 재일조선인에 대한 교육 정책이 전개되었다. 1966년 12월 28일에 공포된 조선인 학교 규칙의 내용 중에는 "조선인으로서의 민족성 또는 국민성을 함양하는 것을 목적으로 하는 조선인학교는 우리 사회(일본)에서 각종 학교로서의 적극적인 지위를 인정하지 않으므로 이것을 각종학교로서 허가하지 말 것"이라고 하여 '각종학교'로서의 차별적인 지위마저 부인하고 있었다. 한편, 1960년대 접어들면서 재일조선인 측에서는 1950년대 후반 전개된 '조선학교를 지키자'라는 과제를 민족교육에 대한 권리의 사상으로 승화하는 한편, 조선인 학생의 교육은 조선인 교사의 손에 맡긴다고 하는 교육 원칙을 내세웠다. 이후 1970년대 후반부터 지역 사회를 중심으로 재일조선인 문제를 해결하기 위한 시민사회의 움직임이 전개되었고, 1980년대부터는 조선학교의 권리를 주장하는 행정적인 절차를 진행하기도 하였다.(일본 정부의 재일조선인 교육 정책의 시기 구분과 내용에 대해서는 김보림, 「일본의 재일조선인 교육 정책과 변화-'동화(同化)'와 '공생(共生)'의 사이에서-」, 『日本文化研究』 第43輯, 동아시아일본학회, 2012, 41~60쪽의 내용 중 일부를 발췌하여 정리한 것이다.)

10) 小澤有作, 「在日朝鮮人教育實踐論・序說」, 『朝鮮研究』 110, 日本朝鮮研究所, 1971, 206~208쪽.

면, 재일조선인들은 자신들만의 지위와 위상을 공고히 하기 위해 민족교육을 실천하는 방향으로 교육 정책을 펼쳐나갔다. 동화와 차별의 조건 속에서 재일조선인들은 자신들만의 정체성과 사회를 구축하기 위해 지난한 길을 걸어왔던 것이고, 그 핵심에 조선학교가 놓여 있었던 것이다. 하지만 민족교육의 장으로서 조선학교가 재일조선인들로 하여금 자기 정체성을 구축하고, 재일조선인 사회로의 입사(入社)를 위한 핵심적인 장치로 기능하고 있었다고 하더라도, 그를 통해 일본사회에서의 차별적인 위치로부터 벗어날 수 있는 가능성을 마련한 것은 아니었다. 그런 점에서 재일조선인 사회는 세대를 거듭할수록 그 구심력이 약화되어갔다고 할 수 있다. 이는 조선학교가 일본사회에서 학교교육법 제1조에서 규정한 '학교'가 아닌 '각종학교'로 분류되어 있고, 취학생의 감소로 인해 점차 휴교 및 폐교의 단계에 접어들고 있는 실정을 통해서도 단적으로 확인할 수 있다.

재일조선인의 민족교육의 장으로서의 조선학교에 대한 사회학적 접근은 일정 부분 이루어졌다. 하지만 인문학 분야 특히 문학작품이나 문화 텍스트에 나타난 재현 공간으로서의 조선학교에 대한 본격적인 연구는 거의 전무하다고 해도 과언이 아니다. 무엇보다 그것은 조선학교가 재일조선인의 생활공간으로서 텍스트화되지 못했기 때문이라고 할 수 있지만, 다른 한편으로 조선학교 자체에 대한 관심이 적었기 때문이었다. 역시 조선학교에 대한 인문학 분야의 본격적인 학문적 탐구는 미미한 편이다. 이와 관련해 김사량, 김달수, 정승박, 고사명의 문학작품에 재현된 학교 공간의 의미에 대해 살펴본 추석민은 이들 문학작품에서 식민지 조선의 학교는 일본 제국주의 정책이 강제적으로 집행되는 공간이었고, 일본의 학교는 일본인과 일본사회로부터 차별을 당해 주체성이 상실되는, (재일)조선인이라는 사회적 위치를 자각하게 되는 그리하여 자기 정체성마저 부정되는 공간이었다며, 결국 제국-식민지 체제 하식민지 조선 및 전후 재일조선인들의 일본사회에서의 '현실과 정황'의 반영 공간이라고 하였다.11) 이처럼 재일조선인에 대한 차별과 수난의 공간으로서 학교를 위치시키는 것은 다소 일반적인 이해라고 할 수 있는데, 그것은 전후 일본사회에서 재일조선인들의 민족교육의 장으로서의 조선학교를 단순화시키는 것이라는 점에서 재고가 필요하다. 1945년 8월 15일 해방 이후 재일조선인 자녀들의 교육을 위해 일본 각지에 설립된 '조선학교'는 그러한 의미만을 갖는 공간은 아니었기 때문이다.

이 글에서는 김명준 감독의 영화 <우리학교>에 나타난 '혹가이도조선초중고급학교'를 대상으로 논의를 전개한 만큼 그것은 다큐멘터리 영화라는 형식을 통해 표상된 '재현 공간'에 초점을 맞춘 것이었다. 물론 영화 속 재현 공간이 재현 이전의 '실제 공간'과 얼마나 닮아 있는가에 관심을 기울일 수 있지만, 그것은 표상의 메커니즘을 간과하는 것이다. 따라서 여기에서 주목해야 할 것은 표상 주체의 욕망이 어떻게 대상에 투사되어 그것을 표상하고 있는가, 표상 주체의 욕망에 어떠한 정치적 무의식이 개입해 들어왔는가에 있다. 특히 이 영화가 다큐멘터리 형식을 취하고 있다는 점에 착안하여, 극영화와 달리 사실의 재현에 측면에서 표상 주체의 욕망이나 그러한 욕망을 작동하게 한 정치적 무의식은 간과할 수는 없는 문제이다. 따라서 이 영화가 만들어진 시점과 관련해 김명준 감독의 목소리를 확인할 필요가 있다.

김명준 감독이 영화 <우리학교>를 만들게 된 직접적인 계기 중 하나

---

11) 이에 대해서는 추석민, 「재일조선인문학속의 학교-김사량·김달수·정승박·고사명을 중심으로」, 『日本文化研究』第43輯, 동아시아일본학회, 2012, 549~571쪽.

는 사별한 아내 조은령 감독이 조선인 학교에 대한 프로젝트를 준비할 당시 촬영감독으로 함께 하면서였다. 조은령 감독은 2000년 6·15 남북공동선언 이후 한반도에서 평화와 통일이 화두로 떠오르던 중 오사카와 고베 지역에 있는 일본 학교에서 방과 후 조선인 학생들을 모아 우리말을 가르치던 '민족학급'에 대한 다큐를 접한 뒤, 그것을 극영화로 만들고자 기획하였다. 그리하여 2002년 3월 조선학교 취재를 시작하면서 재일조선인 사회와 신뢰를 구축하여 작업을 진행하였다. 하지만 불의의 사고로 그녀가 죽은 뒤, 김명준 감독이 혹가이도조선초중고급학교에 가 1년 7개월 동안 함께 생활하며 그들의 모습을 카메라에 담았던 것이다.[12] 개인사적인 이유를 제외한다면, 영화 <우리학교>는 6·15 남북공동선언 이후 남북 관계의 개선 및 평화적 통일 분위기 조성 과정 속에서 가능해진 조선학교에 대한 필드워크의 결과라고 할 수 있다. 따라서 이 영화는 단순히 일본사회에서 배제되고 소외된 재일조선인들의 구심점으로서의 조선학교에 대한 보고기가 아니다. 거기에는 이미 남북 관계의 개선 속에서 조총련계 조선학교에 대한 남한 사람들의 적대적 인식을 변화시키고자 하는 김명준 감독의 시선이 내재되어 있었던 것이다.

이는 그가 2011년 3월 11일 동일본 대지진 이후 조선학교를 돕자는 취지로 문화예술인들을 중심으로 만든 '조선학교와 함께하는 사람들 몽당연필'의 집행위원장으로 활동하고 있는 것을 통해서도 확인할 수 있다. 2011년 한 강연에서 김명준 감독은 동일본 대지진 이후 '도호꾸조선초중급학교'를 방문한 일화를 소개한다. 그는 지진 발생 이후 여진이 계속되고 있음에도 교사 밖의 중급부 학생이 자신의 안위를 돌보지 않

12) 「<우리학교> 제작한 김명준 감독을 만나다: "재일동포·조선학교 알리는 일이면 뭐든 할 겁니다"」, 『오마이뉴스』, 2014. 9. 18.

은 채 초급부 학생을 구하러 가겠다고 말한 것을 소개하면서 그 학생들이 '우리'와 다르지 않음을 강조한다. 이는 한국인들의 인식 속에서 '조선학교'라는 말에 '재일동포', '조총련', '북쪽', '반쪽발이' 등의 부정적 인식과 차별적 레테르가 붙는 것에 대한 문제를 제기한 것이다.13) 그러니까 그는 일본사회에서 차별과 억압의 대상인 재일조선인이 한국사회에서 또 다시 그러한 인식의 대상이 되고 있다는 점을 명확히 한 것이다. 그리고 그 근거로 민족적 동일성을 내세워 그들과 우리가 다르지 않다는 점을 피력하고 있는 것이다.

일반적으로 다큐멘터리는 극영화와 달리 서사적 '통일성'이나 '연결성'이 약하다고 여겨진다. 다시 말해 다큐멘터리는 '이야기'와 같은 내적 요소를 결핍하고 있다고 이해된다. 이는 다큐멘터리에서 "소리나 시각 이미지들은 플롯의 요소로서가 아니라 증거로서 존재하고 따라서 있는 그대로 다루어지기 때문"14)이라는 재현의 사실성에 기초하고 있는 것이기도 하다. 이는 텍스트 자체가 아니라 그것이 만들어내는 담론이라는 외적 요소에 더 큰 의미를 두는 시각이다.15) 이런 점에서 영화 <우리학교>의 메시지는 명확하다. 조총련 중심의 민족교육의 장으로서의 조선학교에 대한 남한사회의 망각과 적대감을 해소하기 위해 김명준 감독은 <우리학교>를 통해 '우리'와 다르지 않은 '그들'을 보여주고자 했던 것이다. 그리고 그것은 '재일동포'라는 명명법이 암시하듯이, 민족적 동질성을 확인하는 동일시의 전략을 관찰자의 시선을 통해 끊

13) 김명준, 「왜 조선학교를 지원해야 하는가」, <세상을 바꾸는 시간, 15분> 제15회, CBS TV, 2011. 7. 6.
14) Bill Nichols, *Representing Reality: Issues and Concepts in Documentary*, Indiana University Press, 1991, p.58.
15) 남수영, 『이미지 시대의 역사 기억-다큐멘터리, 전복을 위한 반복』, 새물결 출판사, 2009, 59쪽.

임없이 반복하는 형태로 드러났던 것이다.

　<우리학교>는 김명준 감독이 일본 홋카이도 소재 유일의 조선학교
에서 생활하면서 보고 듣고 느낀 그들의 모습을 기록한 다큐멘터리 영
화이다. 2004년 1월 현재 일본 홋카이도 삿뽀로시에 살고 있는 재일조
선인들은 약 6,000명으로, 그들의 자녀들이 다닐 수 있는 단 하나의 조
선학교가 혹가이도조선초중고급학교이다. 이곳은 총련의 교육사업의
일환으로, 재일조선인 자녀들을 대상으로 민족교육을 할 수 있는 학교
로 '우리 학교'라고 불린다. "해방 직후 재일 동포 1세들은 우리말과 글
을 몰랐던 자녀들이 조국으로 돌아와 불편이 없도록 가장 먼저 '학교'
를 세웠다. 조국이 분단되기 전까지 일본에는 540여 개의 '조선학교'가
세워졌고 50년대 중반, '조선대학교'가 도쿄에 설립되면서 초, 중, 고, 대
학까지 정연한 민족교육체계가 이루어졌다. 그로부터 60여 년이 지난
지금 일본에는 80여 개의 '조선학교'가 남아 있다. 대부분 고향이 남쪽
인 재일동포들이 3, 4세까지 이어지는 동안 한반도 남쪽의 사람들에게
'조선학교'는 잊혀진 존재였다."16) 잊혀진 존재로서의 조선학교, 김명준

---

16) 김명준 감독, 영화 <우리학교>(2006). 이하 본문에 직접 인용할 경우에는 큰따옴표로 표
　기만 한다.

감독은 바로 그 '지독한 망각'을 경계하고 있는지도 모른다. 그리하여 망각하는 자로서의 남한사회를 향해 조선학교를 축으로 한 재일조선인들의 '잊혀진/잊혀져가고 있는' 목소리를 관찰자의 시선으로 포획하여 발신하고 있는 것이다. <우리학교> 속 그의 시선을 따라가 보자.

3. 자발적 타자화의 길, 역설적 정체성의 구축

일본사회에서 조선학교는 재일조선인 자녀들을 대상으로 한 민족교육의 장으로 기능한다. 이는 <우리학교>에서의 혹가이도조선초중고급학교 또한 마찬가지인데, 그곳의 민족교육의 핵심에는 '우리말'17) 교육이 놓여 있다. 정규 교과과정 내 우리말 교육의 시간이 많은 부분을 차지하고 있는 것은 말할 것도 없고, 비교과 활동인 우리말 경연대회를 통해 학생들 스스로 우리말을 학습하게 하고 있다. 이 우리말 경연대회는 학생들 스스로 생활의 규율을 정하고 그것을 실천하는 방식으로, 일정 기간 동안 우리말을 사용해 그 결과를 조장에게 보고하는 것이다. 그런데 학생 스스로 일정 기간 동안 우리말 사용의 결과를 보고할 때 그 수치를 높여서 말하기도 하는 등 거짓말을 하는 경우가 발생하는데, 이는 학생들이 일본어와 우리말 사용이라는 이중언어의 상태에서 혼란을 겪고 있다는 것을 단적으로 드러낸다. 그리고 그것은 우리말 학습을 통한 민족의식의 함양이라는 민족교육이 그 내부로부터 균열의 가능성

---

17) '우리말'을 '한국어'라고 명명할 수 없는 것은 언어내셔널리즘의 관점에서 한국어=한국의 연상을 자연스럽게 받아들이기 때문이다. 그래서 '조선어'라고 하는 것이 적절한 명명일 수 있지만, 이 글에서는 영화 <우리학교>의 혹가이도조선초중고급학교 학생들의 표현을 그대로 가져와 '우리말'이라고 표기한다.

을 내포하고 있다는 것을 역설적으로 드러낸다.

이와 관련해 주목되는 사례가 고급부 1학년 때 편입한 오려실 학생의 경우이다. 편입생들은 우리말을 익히기 위해 별도의 수업을 들어야 하고, 교사와 다른 학생들의 도움을 받는다. 그녀는 우리말을 학습하면서 조선 사람인 것에 대해 싫어하게 되었고, 일본인 친구들이 "정말로 너는 조선 사람인가"라고 질문을 하면 "아니다"라고 대답하게 되었다고 말한다. 이는 우리말을 제대로 구사하지 못하면 조선 사람이 아니라는 인식에 기초한 것으로, 우리말을 구사하지 못하는 자신이 조선 사람이라는 것은 거짓이라고까지 여기게 되었던 것이다. 그래서 오히려 편입 전 '일본 사람'이었던 것이 좋았었다는 인식으로까지 이어지기도 한다. 언어 앞에서 주체가 분열하는 것은 자연스러운 것이지만, 일본어를 사용하면서 조선 사람인 것을 굳이 드러내지 않고 살아왔던 재일조선인 학생이 조선학교에 편입하여 우리말을 사용하면서 자신의 민족적 정체성의 동요를 겪고 있었던 것이다.

한편, 민족적 정체성의 동요보다 주목되는 것은 그들이 말하고 싶어도 말할 수 없는 역설적인 상황에 놓이게 되었다는 점이다. 우리말 구사에 어려움을 겪고 있었던 편입생들 가운데 일주일 동안 한 마디도 말하지 않은 학생이 있었는데, 그것은 일본어를 사용하면 점수가 내려가기 때문이었다. 이 학생은 일본어를 사용하지 않으면 우리말 사용 100%가 되기 때문에, 아무런 말도 하지 않는다. 주위 친구들과 말하고 싶어도 말할 수 없는, 역설적인 상황이 여기에서 발생하고 있다. 조금 비약적으로 말하자면, 일본 학교에서 재일조선인으로서 말하고 싶어도 말할 수 없었던 학생이 이제 그러한 차별적 위치로부터 벗어나 조선학교에서 말하려고 했을 때, 일본어도 우리말도 구사하지 못하는 곤경 속에서 또 다시 말하

지 못하는 역설적 상황에 봉착하게 되었던 것이다. 즉, 일본어를 구사할
수 있어도 재일조선인이기 때문에 말하지 못했던 학생이 이제 재일조선
인이라는 굴레를 벗어나 말하고자 했을 때 우리말을 구사할 수 없기 때
문에 다시금 말하지 못하게 되는 상태에 처하게 될 수 있는 것이다.

    물론 쉽게 짐작할 수 있다시피, 이러한 민족적 정체성의 동요는 민족교
육을 통해 봉합된다. 앞서 고급부 1학년 때 편입한 오려실 학생은 다음과
같이 말한다. "자기 자신을 몰랐습니다, 나는 이제까지. 그러니까 정말 우
리학교에 오고 동무하고 친하는 과정에 그것이 알 수 있었다. 여기 동무
들은 자기가 조선 사람이라는 의식을 가지고 있어서, 자각을. 떳떳한 조
선 사람으로 되자라는 의식이 아주 강한데 나는 숨기고 있고… 말 못해
서 조선 사람이 싫다, 일본사람이 되고 싶다라는 마음을 가지고 있었던
것이 아주 부끄럽다고 느끼고…" 우리말을 구사하지 못해서 스스로 조선
사람이 아니라고 생각했던, 또 숨기고 있던 이 학생은 우리말 학습 과정
속에서 조선 사람임을 자각하고 이중언어적 상황이 초래한 민족적 정체
성의 동요를 우리말=조선 사람으로 봉합하고 있었던 것이다.
    하지만 이러한 봉합은 언제든 균열의 가능성을 내포하고 있다. 김명준

감독이 카메라로 자신들을 촬영하고 있지 않을 때, 일본 노래를 불러도 괜찮냐고 한 학생이 묻자 고급부 3학년 담임교사인 박대우는 그렇다고 답한다. 실제로 아이들은 쉬는 시간에 둘러앉아서 함께 일본 대중가요를 부르기도 한다. 쉽게 짐작할 수 있다시피, 학생들은 우리말로 균질화된 학교라는 공간을 벗어나는 순간 도처에서 일본어를 듣고, 일본인들과 소통하기 위해서 일본어를 사용할 수밖에 없으며, 대중가요를 비롯한 일본문화를 자연스럽게 향유한다. 조선인으로서의 자기 인식과 규정을 위해, 조선인이라는 동질감을 확인하고 민족적 정체성을 구축하기 위해 학교라는 공간 속에서 우리말을 의식적으로 사용하는 것에 비해 학생들은 언어적·문화적 수행 과정 속에서 자연스럽게 일본어를 구사하고 일본문화 상품을 소비하고 있는 것이다. 요컨대, 우리말을 통한 자기 정립의 기획은 일본사회에서 살아가는 재일조선인이라는 위치로 인해 강화되기도, 약화되기도 하는 것이다. 상황이 이러하다면, 이 이중언어적 상황에 놓인 학생들이 자신의 언어를 관리해가는, 다시 말해 발화 상황에 맞게 일본어와 우리말을 유연하게 구사하고 있는 것으로 이해할 수도 있다. 하지만 우리말을 통해 민족적 정체성을 구축해가고 있는 학생들에게 일본어는 재일조선인이라는 위치를 끊임없이 확인시켜줌으로써, 민족적 정체성 구축을 지연시키거나 교란을 발생시키는 일본인의 언어였던 것이다.

한편, '우리말' 이외에 학생들의 민족적 정체성의 기표로 제시되고 있는 것이 '치마저고리'이다. 조선학교 재학생들 중 중급부 이상의 여학생들은 교복으로 치마저고리를 입는데, 홋카이도의 추운 날씨로 인해 몸을 보호하는 데라든가, 옷을 갈아입는 데 불편함을 느낀다. 하지만 학생들이 자체적으로 정한 규율에 의해 여학생들은 치마저고리 위에 다른 옷을 입지 못하게 된다. 이에 대한 불만이 있지만, 또 남학생들과의 복식이 다른 것으로 인해 남녀 학생들 간의 갈등이 발생하기도 하지만, 치마저고리는 그 자체로 조선 사람임을 드러내는 상징물이기 때문에 쉽게 거부할 수 없게 된다. 민족성의 기표로 복식이 내세워지고 있는 것은 사실 조선학교에만 해당되는 것은 아니다. 근대 이후 민족국가의 발흥 속에서 민족-됨을 자각하고, 개인들로 하여금 민족의 구성원으로서의 자기를 규정하기 위한 각종 제의와 상징적인 장치들이 고안되고 유통되었다는 점을 감안한다면, 이는 특별한 것이 아니다. 하지만 일본 사회에서 차별적 지위 속에 놓인 재일조선인들이 조선 사람으로서 자기를 정립하는 과정이 그렇게 매끄럽게 이루어지지 않는다는 것을 감안할 필요가 있다.

"일본에서 민족성 지키는 거 하고… 자기 나라에서… 그러니까 남조선에서 민족성을 지키는 것은 조금 질이 다르죠. 남조선에서는 내면적인 것을 잘 지키고 있으면 그것을 지키고 있다가 되지만 우리 일본에서 사는 재일동포들은 내면에서만 지키고 있어도 외면에 나오지 않으면 그것이 점점 내면에서도 침투해가고 결국 일본사람 하고 같이 되죠. 그런 것이면 역시 안 되니까 치마저고리도 입어야 하고, 우리말도 지켜나

가야 하죠." 우리말을 사용하고 치마저고리를 입는 것에 대해, 그것이 민족성을 지켜나가기 위한 것이라는 점을 명확히 하고 있는 이 고급부 3학년 남학생의 말 속에서 주목되는 것은 재일조선인의 위치이다. 한국에서는 민족성을 내면적으로만 가지고 있어도 전혀 문제될 것이 없지만, 일본에서 살아가고 있는 재일조선인들의 경우에는 그러한 민족성을 외면적으로 표현하지 않으면 상실할 수 있다는 감각이 여기에서 엿보인다. 다시 말해, 스스로 재일조선인임을 적극적으로 표현하지 않으면, 일본인과 구별되지 않을 뿐만 아니라 그들에게 동화될 수 있다는 불안감이 여기에 내재되어 있는 것이다. 그러니까 재일조선인들은 주어진 민족성을 그저 지니고 있으면 되는 것이 아니고, 어떻게든 그것을 적극적으로 표출하는 행위를 통해서 지켜나야만 하는 것이다.

물론 치마저고리를 입는 행위는, 우리말을 사용하는 것과 마찬가지로, 그 자체로 차별적 위치에 자신을 놓는 것이기도 하다. 재일조선인 여학생들이 치마저고리를 입는 순간 그녀들은 일본인들과는 다른 존재, 그들로부터 차별과 멸시의 시선을 감내해야 하는 타자의 위치에 놓이게 된다. 하지만 스스로를 차별적인 위치에 놓는 행위는 차별적 시선에 대한 공포와 불안감을 자아내지만, 그래서 불안정한 위치에 주체를 놓는 역설을 보여주는 것이지만, 그것은 조선 사람으로서의 자기 정립을 위한 것이다. 치마저고리를 입지 않는 것은, 우리말을 사용하지 않고 일본어를 사용하는 것을 통해 재일조선인으로서의 자기를 은폐하는, 그래서 민족적 정체성을 부인하는 것과 마찬가지이기 때문에, 결국 자기 부정이 된다. 따라서 스스로를 차별적 시선의 대상으로 위치시키는 것은 곧 그녀들이 주체성을 확립하기 위한 필수불가결한 선택이 된다. 그녀들은 치마저고리를 입는 행위를 통해 일본사회에서의 재일조선인이라는 타자의 위치에서 조선 사람이라는 주체화의 길을 모색하고 있는 것이다.

이처럼 조선학교는 재일조선인 학생들의 자기 구축의 공간으로 기능한다. 그리고 그때의 자기는 주로 민족적 정체성에 기초한 주체화의 과정에 다름 아니다. 그런데 그러한 정체성 구축의 과정이 일본사회에서 재일조선인들을 차별적 위치에 고착화시키는 '우리말'과 '치마저고리'를 통해 이루어진다는 것에 유념할 필요가 있다. 한 개인이 자기 정체성 정립 과정에서 차이의 지표를 적극적으로 내세우는 것을 통해 타자와의 구별 짓기의 전략을 펼치고, 그를 통해 자신의 주체성을 확립해가는 것은 상식에 속한다. 하지만 이때의 개인은 언제나 주체화의 길을 모색하면서 타자화된 상태로부터 벗어나고자 한다. 그런데 흥미롭게도 조선학교의 재일조선인 학생들은 일본사회에서 재일조선인이라는 타자화된 위치를 확인하고 강조하는 방식으로 자신들의 정체성을 구축해가고 있었다. 따라서 조선학교는 타자화된 위치를 부인하는 것이 아닌 긍정하는 전략 속에서 자기를 구축하는 '역설적 정체성'이라고 부를 수 있을 만한 정체성 형성의 공간으로 기능하고 있었던 것이다.

4. 대안공간으로서의 조선학교, 사회적 상상의 가능성

<우리학교>의 혹가이도조선초중고급학교는 재일조선인 학생들의 자기 구축의 공간으로서만 기능하는 것은 아니다. 그곳은 재일조선인 사회 그 자체의 구심점으로서의 역할을 담당한다. 다시 말해, 조선학교는 단순히 교육기관이 아니라 일본사회에서 살아가고 있는 재일조선인들의 연대와 결속을 강화시켜주는 곳이자 세대 간 연속성을 확인하고 계

승하는 공간이다. 그래서 조선학교에서는 학교 밖 공간에서 이루어질 법한 다양한 행위와 사건들이 펼쳐지고, 그로 인해 공간의 성격 또한 다채로워진다. 자기 정체성 구축을 위한 공간으로 인식되는 조선학교는 한편으로 재일조선인 3, 4세들로 하여금 자연스럽게 재일조선인 사회에 입사하게 하는 장치로써 기능하고 있는 것이다. 이러한 조선학교의 공간적 구심력은 무엇보다 친밀감의 형성을 통해 이루어진다.

혹가이도조선초중고급학교는 홋카이도 지역 유일의 조선학교이기 때문에 각지에서 학생들이 입학하게 되었고, 이로 인해 개교 초기부터 기숙사생이 있었다. 통학 거리가 멀기 때문에 기숙사에서 생활했던 것으로, 과거 기숙사생이 200여 명이었던 때에는 초급부에서 고급부까지 함께 생활하기도 하였다. 2004년 현재 약 30명 정도의 기숙사생이 학교에서 생활하고 있는데, 그런 만큼 학교 측에서는 그들에게 각별한 주의를 기울인다. 예를 들어 학생들 중 윤택과 성화 남매는 10년 만에 초급부 1학년으로 입학한 기숙사생이었고, 담임이었던 조순화 교사는 1년 동안 같은 방을 쓰면서 어린 성화를 돌봐주기도 하였다. 기숙사 생활을 통해 학생들은 마치 가족과 같은 공동체의 일원으로 정서적 유대감을 갖게 된다. 즉 교사/학생의 위계화된 구분이 아니라, 부모 형제와 같은 가족의 울타리 안에서 안정과 친밀감을 형성해나가고 있었던 것이다. 학교는 교육의 공간만이 아니라 먼 집을 떠나 학교 기숙사에서 생활하고 있는 학생들에게 집과 같은 공간으로 기능하고 있었다. 조선학교가 집과 같은 공간적 성격을 가지고 있는 것은 그곳이 재일조선인들의 연대와 친밀감 형성의 공간으로 기능하고 있기 때문이다.

그런데 학생 수가 점점 감소하여 학교가 존폐 위기에 처할 수 있다는 불안의식이 거기에 내재되어 있기도 하다. 그것은 재일조선인 사회의

중심에 조선학교가 놓여 있는데, 학생 수가 감소함에 따라 학교가 폐쇄
되면 재일조선인 사회의 구심력의 상실로 이어진다는 위기의식의 반영
이기도 한 것이다. 그래서 교사들은 여름방학을 이용해 기숙사생들의
가정을 방문하여 일본 학교에 다니는 재일조선인 자녀들을 대상으로
'인입 사업'을 진행하기도 한다. 하지만 학생 수는 계속해서 감소 추세
에 있다. 특히, 조선학교가 일본교육법 제1조에 해당하는 학교 즉 '1조
교'가 아니라 예비 학교, 자동차 학교, 부기 학교 등 학교 교육에 비견
되는 교육을 행하는 학교, 즉 '각종학교'로 분류되어 있어 공식적으로
졸업 자격을 얻지 못할 뿐만 아니라 일본 대학에 진학하기 위해서는 별
도의 수험 자격을 얻어야 한다는 점에서 재일조선인 자녀들을 학생으
로 모집하는 것에 한계가 있다.

  그럼에도 불구하고 위에서 언급했다시피, 조선학교는 재일조선인들
의 연대와 친밀감의 공간으로 기능하면서, 세대 간 연속성을 강화한다.
그리고 이를 위해서 학교에서 이루어지는 대부분의 비교과 활동은 재
일조선인 사회 구성원들과 함께 진행한다. 이와 관련해서 주목되는 것
은 6월 대운동회인데, 학생들은 이 대운동회를 진행하는 데 있어 "동포
사회의 중심에 학교가 놓여 있다."는 인식을 명확히 하고 있고, 실제 각
지의 재일조선인들이 참여하여 축제를 만끽하기도 한다. 그런가 하면,
조선학교 학생들의 체육 활동 또한 단순히 학생 개인의 역량을 발휘하
는 데 그치는 것이 아니라 "동포 사회하고 동포들에게 감동과 용기를
준다는 것도 역시 사명"이라는 인식에 기초한다. 학생 수가 적어 항상
선수 부족에 시달리고, 경기에 나가서도 부상을 당하지 않기 위해 조심
해야 하며, 조선학교가 정식 학교로 인정받지 못해 전국대회 출전도 많
은 제약을 받지만 학생들은 "동포가 있어서, 학부모가 열심히 하고 있

어서, 학교가 있어서" 운동을 할 수 있다고 생각한다. 따라서 김명준 감독이 그러한 학생들의 모습을 보면서 다음과 같이 말하는 것은 자연스럽다. "이국땅에서 고단한 삶을 살아오신 1세분들과 조선 사람이 조선학교에 다녀야 한다는 그 평범한 사실을 어렵게 실천에 옮겨주신 부모님들과 항상 웃는 얼굴로 자기를 맞아주는 선생님들 그리고, 단 하나밖에 없는 자기의 이름을 정답게 불러주는 동무들 그 모든 사람들에게 이 땅에서 고개를 들고 당당히 살아갈 용기를 줄 수 있는 건 바로 자기들이라는 것을 아이들은 누구보다도 잘 알고 있었다." 학생들의 모든 행위는 개인적 층위를 넘어 학교라는 공동체, 그리고 재일조선인 사회 속에서 의미 부여되고 있는 것이다.

물론 이러한 의미화 과정은 대체로 민족적 정체성 구축과 재인조선인 사회의 입사 과정으로 귀결된다. 이런 점에서 고급부 3학년들의 졸업여행이 그 정점에 놓여 있다고 할 수 있다. 21기 고급부 3학년 학생 19명은 졸업여행으로 북한을 '조국 방문'한다. 그런데 그들의 여정은 녹록치 않다. 홋카이도에서 비행기를 타고 니가타에 도착한 뒤 하루를 묵고 항구에 정박한 만경봉호를 타고 배 안에서 하루 반을 보낸 뒤 원산항에 입항하여 북한 땅을 밟는 여정 자체가 힘들어서가 아니다. 일본 경찰의 검색과 니가타 항구의 경색된 분위기가 드러내는 것처럼, 일본 우익 세력들의 북한과 재일조선인에 대한 혐오에 직면해야 하기 때문이다. 때때로 생명에의 위협까지 감수해야 하는 상황 속에서 학생들은 북한으로 향한다. 원산항에 도착하여 버스로 평양으로 이동한 뒤 호텔에 여장을 풀고 다음날부터 평양 시내 관광을 비롯해 각지를 여행하는 한편, 판문점 군사분계선을 방문해 분단의 현실을 확인하기도 한다. 15일 간의 모든 일정을 마치고 일본으로 돌아가는 만경봉호 갑판 위에 모인 학생들은 북한에서 배운 노래를 함께 부르고, 자신들과 함께 했던 사람들의 이름을 부르며 감사를 표한 뒤 "우리를 잊지 말아주세요."라고 말한다. 그리고 다시 이틀간 항해 후 니가타 항에 도착했을 때, 만경봉호 입항 저지를 위한 일본 우익 세력의 시위에 봉착하게 된다. 학생들의 졸업여행을 취재했던 감독은 니가타 항의 만경봉호에 오를 수 없었고, 처음으로 분단이라는 상황을 실감했다고 말한다. 그리고 15일 동안의 북한 방문을 마치고 돌아온 학생들이 북한에서 만난 사람들에 대해 이야기하고, 북한에서 배운 노래를 부르는 등 "아직도 조국에서 빠져나오지 못하고 있었다."는 교사의 말에, 자신의 눈에도 학생들이 다르게 보인다고 말한다. 그렇다면, 학생들은 이 조국 방문의 체험을 어떻게 느끼고 있었던 것일까?

먼저 학생들은 고국인 북한을 일본과 비교해 다른 곳으로 인식한다. 김수재 학생은 "아침 햇빛이 정말 우리 조선은 고왔습니다. 일본하고는 색이 다르다. 정말 달랐습니다. 빨갛다, 그쪽은."이라고 말하면서 자신이 살아왔던 일본과 고국 북한을 명확히 구분하고 있다. 이러한 삶의 공간으로서의 일본과 고국 북한의 차이는 특히 북한 주민들에 대한 인식과 시선에서 명확히 확인할 수 있다. "눈이 다릅니다, 눈이. 빛나고 있습니다."라거나, "모두 친절하고 나쁜 사람이 없는 감… 마음속으로부터"라고 말할 뿐만 아니라, "정말 사람다운 사람 고운 사람이 거기에는 있었습니다. 자기가 일본에서 살면서 나쁜 영향도 받는데 정말 자기 마음이 무엇인가… 빨래? 자기 마음을 빨래 해주는 그럼 감을 느껴서"라며 마음의 정화를 해주는 존재로서 북한 주민들을 바라보고 있었다.

하지만 이 고국 방문에서 북한과 북한 주민에 대한 조선학교 학생들
의 호의적인 인식과 시선이 가능했던 것은 무엇보다 일본사회에서 차
별받았던 존재로서의 자기로부터 벗어나는 체험을 했기 때문이다. 아니
더 이상 차별받는 존재로서의 자기를 인식할 필요가 없는 상태 속에서
학생들은 말 그대로 자유로움을 만끽할 수 있었던 것이다. 그래서 오려
실 학생은 "이제 여기에서는 나도 같은 민족이지요. 일본에 있으면 차
별도 받고 여러 가지 어려울 수 있지만 여기에서는 모두 같은 민족"이
라고 말했던 것이다. 또 다른 여학생은 "이제까지 일본에서 살아오면서
나는 조선 사람이다 하고 있었지요. 조국에 가서 정말로 나는 조선 사
람이다라고 생각했습니다. …(중략)… 자랑스럽게 느끼고 있습니다."라
고 말한다. 즉, 일본에서 스스로를 조선 사람이라고 의식적으로 말하면
서 가지고 있었던 불안감이 북한에서는 해소되는, 다시 말해 굳이 조선
사람이라고 말할 필요가 없는, 존재 그 자체로 조선 사람이 되는 체험
을 했던 것이다. 일본사회에서 조선인임을 숨기고 살아왔던 학생들이
조국에서 당당하게 치마저고리를 입고, 우리말을 사용하고, 우리 노래
를 마음껏 부를 수 있었던 것이 가장 좋았다고 말하는 것은 민족적 차

별의 상태로부터 벗어났다는 해방감뿐만 아니라 처음으로 자유를 만끽했기 때문이라고 보아야 할 것이다.

그런 점에서 학생들에게 민족적 차별의 상태로부터 벗어나는 체험을 제공하고, 자유를 만끽할 수 있게 한 조국 북한으로의 졸업 여행은 순례와 같은 공간적 실천 행위가 된다. '성스러운 여행'으로 불리는 이 행위는 비범하거나 성스러운 것을 접함으로써 자아를 변화시킨다. 또한 함께 여행하는 집단과의 유대관계를 맺음으로써 자기 자신 뿐만 아니라 타인에 대해 배운다는 점에서 고전적인 '통과의례'의 의미를 갖는다.[18] 조선학교 고급부 3학년들의 졸업여행은 그런 점에서 민족적 주체로서의 자기 인식과 성장이라는 제의적 성격을 갖는다고 할 수 있다. 사실 이것은 이미 여행 전에 예비된 것이기도 하다. 달력에 졸업 여행의 출발 일과 도착 일에 각각 '北朝鮮 歸國'과 '日本 歸國'이라고 씌어 있는 것을 보면서, 한 학생이 전자는 맞고 후자는 틀리다고 말한다. 그러면서 '일본 귀국'이 아니라 '일본은 온다'가 맞는 표현이라고 말한다. 여기에 재일조선인의 민족의식, 국가에 대한 관념이 상징적으로 드러난다. 그들에게 일본은 자신들의 국가가 아니기 때문에 귀국이 아닌, 그냥 돌아오는 것이 되는 것이다.

---

18) 데이비드 앳킨슨·피터 잭슨·데이비드 시블리·닐 워시본 편저, 이영민·진종헌·박경환·이무용·박배균 역, 『현대 문화지리학 : 주요 개념의 비판적 이해』, 2011, 84~95쪽

이처럼 조선학교는 학생과 교사를 비롯해 학부모, 나아가 지역 사회와의 강인한 유대감을 형성하고 있다. 물론 그것은 일본사회에서 차별의 대상인 재일조선인이라는 민족적 정체성을 연결고리로 하는 것이다. 하지만 재일조선인 사회의 네트워크의 중심에 조선학교가 놓여 있는 것은 단순히 민족적 정체성에 기초한 것만은 아니다. 일본사회로부터의 재일조선인 사회에 가해지는 차별과 억압에 대한 저항과 연대의 가능성이 재일조선인이 아니라, 소수이기는 하지만 일본인들에게도 열려 있다는 점이 이를 확인하게 한다. 따라서 여기에서 보다 주목되는 것은 세대, 지역, 계층, 젠더 등에 의해 사회의 구심력이 약화되어가고 있는 일본사회와 달리 재일조선인 사회의 커뮤니티가 친밀감이나 유대감에 기초해 나름의 구심력을 유지하고 있다는 점이다. 그리고 재일조선인 사회가 고립된 위치로부터 벗어나 일본사회 속에서 나름의 조화로운 공동체를 지향하고 있다는 점에서, 그것은 '대안 사회'의 가능성을 보여주는 것이기도 하다. 기존 사회의 가치와 질서를 재생산하는 것이 아닌, 다채롭고 이질적인 사회 구성원들로 하여금 새로운 사회적 상상을 가능하게 하는 곳이 바로 조선학교인 것이다.

물론 이 정도로 조선학교가 어떻게 전후 일본사회에서 '대안 사회'로서의 가능성을 보여주고 있는가에 대해 답이 되지는 않을 것이다. 다만 이 글에서 그 가능성의 단초를 드러내고자 한 것인데, 이와 관련하여 오구마 에이지의 논의를 가져와 우회적으로 답하는 것으로 대신하고자 한다. 오구마 에이지에 의하면, 전후 일본사회는 1960년대부터 1980년대에 이르기까지 구축된 '일본형 공업화 사회'가 기능부전에 빠져 많은 폐해가 드러나고 있다. 고용과 가족의 불안정화, 격차의 확대, 정치의 기능부전, 의회제 민주주의의 한계 봉착, 공동체의 붕괴, 노조의 약체화,

우울증이나 식이장애의 만연, 편협한 민족주의와 포퓰리즘의 증대, 이민자 배척운동이나 원리주의 대두 등 어느 사회에나 발견할 수 있지만, 특히 2000년대 일본사회의 구조적 문제점들은 말할 것도 없이 '반사회적'이다. 따라서 조화로운 공동체를 지향한다고 하면, 바로 이 반사회적 사회에 대한 변혁 운동에 나서야 하고, 그렇게 하기 위해서 개인들은 자신들의 사회가 무엇인지 물어야만 한다.[19] 그리고 이때 재일조선인 사회는 전후 일본사회의 타자로서 위치하는 것이 아니라, 바로 그 스스로를 되비추는 거울로서 기능할 수 있다. 예를 들어 영화 <우리학교>에서 일본인 교사와 재일조선인 교사의 교환수업 후 후지시로라는 일본인 교사가 어린 일본인 학생이 재일조선인에 대해 극도의 혐오감을 가지고 있는 것이 부모의 영향 때문일 것이라며, 그것이 일본과 일본인에게 좋은 일이 아니라고 말하는 장면을 들 수 있다. 물론 이 장면만을 가지고 논의하는 것은 매우 제한적이다. 하지만 일본인 스스로 재일조선인에 대해 가지고 있는 혐오감이 근거 없을 뿐만 아니라 반사회적일 수 있다는 그의 말을 통해 전후 일본사회에서 배제되고 소외된 재일조선인 사회가 반사회적 일본사회의 모순의 지점을 올곧게 바라볼 수 있는 어떤 가능성을 마련하고 있는 것은 아닌지, 조심스럽게 짐작할 따름이다.

---

19) 이에 대해서는 오구마 에이지(小熊英二), 전형배 역, 『사회를 바꾸려면』, 동아시아, 2014 참고.

패전 이후 전후 체제가 지속되어오면서 국민국가로서 자신의 위상을 정립해왔던 일본과 천황의 자손으로 살아왔던 대다수의 일본인들, 그들은 자신들의 사회를 유지·존속하기 위해 과거 제국의 침략적 행위를 은폐하거나 기만하거나 망각하는 전략 속에서 전후 체제의 그늘 아래 재일조선인이라는 인간 존재를 타자화의 대상으로 삼았다. 전후 성장과 발전의 패러다임 속에서 일본사회 곳곳의 재일조선인들은 보이지 않거나 말할 수 없었던 것이다. 물론 그것은 일본이라는 국민국가의 경계 안에서만 발생한 사건이 아니다. 해방 이후 민족국가 건설의 이념 속에서 재일조선인들은 남한사회에서 의도적으로 망각되었고, 남북한 분단 체제와 탈식민-냉전 체제로 재편된 동아시아 지역 질서의 변동 과정 속에서 그들은 대체로 좌우익 이데올로기 앞에서 호명될 뿐이었다. 그런 점에서 재일조선인 사회는 내셔널리즘과 리저널리즘에 기초한 정치체가 어떻게 인간을 포섭하거나 배제하는지를 상기할 뿐만 아니라, 바로 그 국민국가와 지역 질서에 웅크리고 있는 권력의 어떤 폭력성을 되돌아보게도 한다. 나와 우리를 비추는 거울로서 재일조선인과 재일조선인 사회에 대해 지속적으로 주목해야 할 필요성이 바로 여기에 있다. 영화 <조선학교>에서의 재일조선인 학생들의 목소리에 귀를 기울이는 것이 그 단초가 될 것이다.

제 2 부

재일조선인의 공간 재편과
지리적 상상

제1장

재일조선인의 '전장(戰場)'과 '전후(戰後)'

박 광 현

1. 들어가며-재일조선인의 '전장' 이야기의 시작

일본의 '전후'가 드디어 '역사'로서 이야기되기 시작했다.[1] 일본 '전후'의 역사화에 관해 말할 때 떠오르는 영화 한 편이 있다. 2001년 개봉된 <호타루(ホタル)>(高倉健, 田中裕子 주연)이다. 이 영화는 제2차 세계대전 때 특공대(가미카제, 神風)에서 살아 돌아온 야마오카(山岡) 부부의 전쟁 이야기(기억)를 그린 영화이다. 그들 부부는 전쟁에 관해 침묵하며 일본의 '전후'를 살아간다. 그러다 쇼와(昭和) 덴노(天皇)의 죽음을 알리는 보도를 듣는다. 덴노의 사망 소식과 함께 옛 특공대 동료 후지에(藤枝)의 부음을

---

[1] 아직 일본에서의 '전후' 논의는 패전이나 점령의 시대가 중심이지만 점차 그 이후의 시기도 역사화되어가고 있다. 일본의 '전후'는 전쟁 체험과의 관계 속에서 출발한다. 그러나 실제 그 전쟁을 경험한 사람들이 점차 소수가 되어가고 있다. 그들 전쟁 경험자들의 인식에는 '전후'의 '형성'-'전개'-'정착'이라는 흐름과 감각이 존재한다. 그 '정착'된 '전후'가 변동과 위기에 직면했다고 생각할지 아니면 질곡이라서 거기로부터 벗어나야만 한다고 느낄지는 '지금-여기'를 어떻게 파악하고 있는지에 따라 차이를 보일 수밖에 없다(成田龍一, 『戰後史入門』, 河出文庫, 2015, 214쪽/219쪽 참조).

듣는다. 덴노의 죽음과 후지에의 죽음 사이의 연관성에 대해서 영화는
특별히 말하고 있지 않지만, 전쟁의 트라우마에 시달리던 후지에의 '전
후' 삶을 상상할 때 무관해 보이지 않는다. 자신의 과거를 누구에게도
말하지 못하며 살아온 고통이 그를 죽음으로 내몬 것으로 설정된 배경
은 쉽게 상상할 수 있다. 후지에의 손녀는 할아버지가 남긴 메모 공책
을 들고 야마오카를 찾는다. 그리곤 후지에와 야마오카의 과거 전쟁 이
야기가 후지에의 손녀(세대)에게 전달되는 방식으로 회고된다.

   침묵의 봉인을 해제함으로써 마치 '전후'의 종언을 의미화하고 있는
텍스트처럼 읽힌다. 그리고 회고 과정에서 조선인 특공대원 가네야마(金
山, 김성재) 소위가 등장한다. 이 영화에서 가네야마 소위는 극단의 전쟁
부역을 하지만 출정에 앞서 아리랑을 부르거나 '민족을 위하여'를 절규
하는 역설로서 직조된 인물로 그려진다. 그는 야마오카의 부인 토모의
옛 약혼녀이기도 했다. 야마오카 부부는 끝내 돌아오지 못한 조선인 가
네야마 소위의 고향 집2)을 찾아가 그의 유품을 건네며 애도의 뜻을 표
한다. 이 장면을 통해 역사의 화해를 이 영화는 보여주려 한다. 하지만
여기서 간과하지 말아야 할 것이 애도의 대상이 된 조선인은 이미 '말
없는 존재'라는 사실이다. 그런 가네야마 소위는 야마오카와 달리 1945
년 이후 '전후' 사회로 귀환하지 못한 '말 없는 존재'가 되어 버린 채,
오직 일본인의 언어로만 기억되고 서사화될 수밖에 없는 존재였던 것
이다. 따라서 역사의 화해도 일방적일 수밖에 없다. 그를 통한 '전후'의
종언도 일방적인 것일 수밖에 없는 것이다.3) 이 영화는 평화, 화해를

---

2) 영화 <호타루>에서는 부산의 가까운 지역으로 나와 있으나, 촬영된 곳은 안동 하회마을이
   었다. 이 하회마을은 식민지 시대의 저항의 기억을 상징하는 '전통' 한국의 표상이었다고
   생각한다. 다시 말해 그들 사이의 화해는 '전통'의 승인과 그 '전통'의 굴복을 의미하는 것
   으로도 읽힌다.

말하는 선의(善意)에도 불구하고, 오히려 식민지와 전쟁 역사를 봉인하는 기획의 역할을 하고 만 것이다.

　이런 '전장＝이상(異常 - 인용자)'이라는 인식은, 군이 말한다면 평화운동까지 포함한 전후의 전쟁이야기들 가운데 일반적으로 나타나는 공통성이다. 이런 인식은 전쟁의 비참함을 주장하는 것이기는 하지만 전장의 기억을 봉인하는 작용도 한다. 바꿔 말해서 '전후' 사회란 이 기억의 봉인 속에서 발견된 사회가 아니었을까?[4]

　사실 일본어로조차 전쟁의 기억은 봉인되어왔다. 이 영화 속에서 야마오카가 자신의 전쟁 체험을 함구해온 것으로 설정한 이유도 그 때문이다. 그가 전쟁 체험의 봉인을 푸는 것이 곧바로 조선인 특공대 가네야마 소위의 희생을 애도하고, 또 그의 가족에 대한 일방적인 화해로 이어지고 있다. 하지만 만약 가네야마 소위의 목소리, 그것도 조선어로 생생하게 들려줄 수 있었다면, 이 영화에서처럼 일방적인 화해가 가능했을까.

　전쟁 기억이 봉인되어온 '전후' 사회에서 최근 일본 출판계나 언론이 도쿄(東京)대공습에 대해 새롭게 주목하고 있다.[5]

---

3) 영화의 마지막 장면에서 야마오카가 '전쟁'의 기억을 잊어가며 끌던 고기잡이 어선 '토모마루호'를 태우는 제의(祭儀)를 통해 21세기를 시작하는 새해를 맞이하는 장면도 심상치 않아 보인다(토모마루호는 그의 부인 '토모'의 이름을 딴 것이다).

4) 도미야마 이치로, 『전장의 기억』, 임성모 옮김, 이산, 2002, 124쪽.

5) 그 동안 전쟁 피해와 관련한 저서라면 나가사키(長崎)와 히로시마(廣島)의 원폭 피해에 대해 다룬 것이 주를 이뤄왔다. 하지만 최근 도쿄대공습 피해와 관련한 저서의 수가 늘기 시작했다. 이는 1970년대 이후 국가 피해보상 운동의 전개 과정에 따른 사회적 담론의 형성과 체험담의 축적, 그리고 미군 촬영의 사진 등을 비롯한 새로운 자료의 발굴에 따른 결과라고 할 수 있다. 한편, 평범한 일본인은 전쟁의 '피해자'이지 '가해자'가 아니라는 집단심리의 표면화도 그 한 이유일 수 있다. 예를 들면 다음과 같은 저서가 대중서로 출간되었다. 『15歳の東京大空襲』(半藤一利, ちくまプリマー新書, 2010), 『ドキュメント東京大空襲』(NHKスペシャル取材班, 新潮社, 2012), 『地圖で讀む東京大空襲』(菊地正浩, 草思社, 2014), 『浮浪兒

1945년 3월 10일 미명, 미군의 B29 약 300여대가 소이탄을 도쿄에 투하했다. 그로 인해 도쿄는 현재의 고토(江東), 스미다(墨田), 다이토(台東) 등의 지역을 중심으로 거의 모든 지역이 화염에 휩싸였다. 약 10만 명의 목숨을 빼앗은 괴멸적인 피해였다. 71주년을 맞이하는 올해(2016년)도 3월 10일에 스미다구(區)의 진재기념당/도쿄도위령당(慰靈堂)6)에서 유족 약 600여명이 참가하여 희생자들을 추모하는 '춘계 위령대법요'가 거행되었다. 위령당에는 전화(戰禍)로 목숨을 잃은 약 10만 5천명의 유골이 안치되어 있다. 신원 확인이 불충분했기에 희생자의 명단과 숫자 등 피해의 전모도 확실하지 않다. 기억의 불충분과 피해의 불확실 속에서 매년 3월 10일 추도회가 거행되고 있는 것이다.

「"살아남아 미안해(生き殘ってごめん)" 화염의 기억(炎の記憶)」이라는 한 신문의 기사 제목처럼, 유족들의 고통과 그에 동반한 트라우마는 계속되고 있다. 위령당을 관리하는 도쿄도(東京都)위령협회에 따르면, 현재도 연(年) 20건 정도의 문의가 있으며, 올해도 유골 두 구가 그 유족에게 인수되었다고 한다.7)

하지만 이 도쿄대공습의 전재(戰災) 피해가 공적인 장(場)에서 이야기되기 시작한 것은 그리 오래된 일이 아니다. 1977년에 사단법인 일본전재유족회가 설립·허가를 받으면서 총리부의 위탁을 받아 활동을 시작하였다. 그때까지 대공습은 '숨겨오고' '방치되어온' 이야기였다.8) 이 유

1945-戰爭が生んだ子供たち』(石井光太, 新潮社, 2014), 『戰爭孤兒を知っていますか』(本庄豊, 日本機關紙出版センター, 2015).

6) 이하에서는 위령당으로 표기한다. 위령당은 도쿄대공습에 대한 공식 기억의 장소이자 패전에 따른 추모시설이다. 하지만 그것이 자연재해에 의한 피해자와 동일시하는 측면이 있다. 더구나 조선인 희생자의 경우 일본인의 지위라는 미명하에 죽음으로 내몰렸지만, 그 '유래기'에는 조선반도 출신자의 희생과 관련해서는 어떤 기록도 남아 있지 않다.

7) 朝日新聞(http://www.asahi.com/articles/DA3S12251317.html)2016.3.12. 검색.

족회의 주요 사업은 전재 희생자의 위령과 전재 관계 자료의 수집과 간행에 있었다. 그 이듬해 도쿄도전재유족회가 결성되어 '원호(援護) 조치'와 관련한 본격적으로 법제화를 추진하였다. 하지만 정부 주도로는 원호법 제정이 어렵게 되자 사단법인 일본전재유족회에서 1981년 탈퇴하였다. 전상병자전몰자유족등원호법(戰傷病者戰沒者遺族等援護法, 1952년 제정 − 이하 '원호법')의 제1조에 "이 법률은 군인 군속 등의 공무상의 부상 및 질병 또는 사망에 관해서 국가 보상의 정신에 기초하여 군인군속 등이었던 자 또는 이들의 유족을 원호하는 것을 목적으로 한다."라고 했듯이, 현재 일본의 전쟁피해자에 대한 원호제도는 '국가를 위하여' 공무상으로 목숨을 잃거나 부상당한 사람들만을 대상으로 삼고 있다. '국가를 위하여'라는 관점에는 우선 외국인을 배제하고 또 일본국민이더라도 '신민(臣民)'의 피해는 감수해야 할 피해라는 원칙이 깔려 있다. 이는 유럽 각국에서처럼 전쟁 피해와 관련한 배상에서 인권이나 피해의 평등 부담이라는 관점에서 처리하는 점이 결여되어 있는 것이다. 그렇게 때문에 은급법(恩給法, 1953년 개정 부활)에 기초해서 '군인'과 '군속(軍屬) 및 준군속'을 대상으로 하고 있으며, 그 외에 '원폭피해자', '시베리아억류자', '중국잔류고아'에 대해서만 보상하지만, '본토' 공습피해는 배제되었다.

이렇게 국가 보상에서 배제되는 연혁 속에서 1)도쿄공습 희생자 이름의 기록, 2)집단 제소 원고단에 대한 지원, 3)지역별유족교류회, 4)『적어도 이름만이라도(せめて名前だけでも)』 회보 발행, 5)그 외 일상 활동 등을 목적으로 하는, 국가기관으로부터 독립한 도쿄공습희생자유족회가 1999

8) 金田茉莉의 『東京大空襲と戰爭孤兒』(影書房, 2002)와 도쿄공습희생자유족회의 홈페이지인 http://www.geocities.jp/jisedainitakusu/index.html 참조.

년에 정식 성립했다.[9] 그리고 올해 '춘계 위령대법요'까지 희생자 명단 작성과 국가를 상대로 한 법적 대응을 중심으로 활동을 전개해왔다.

이 중에서 간과된 두 가지의 관심에 주목할 필요가 있다. 하나는 지금까지 '신민'으로서 감수해야 할 희생은 국민 배상의 대상에서 배제하고 있지만, 배상과 관련한 논의 자체가 거꾸로 국민으로 회수하는 방식으로 작동하고 있다는 것이다. 여기서는 '원호법'이 원천적으로 함의하고 있는 외국인을 배제하는 방식이 우선하기 때문이다. 다른 하나는 사단법인 일본전재 유족회가 설립되는 1977년까지 10만 이상의 희생자를 낸 피해 서사가 국민의 서사에 의해 봉인되어왔다는 것이다. 그 피해 서사의 봉인은 '패전'이 아닌 '종전(終戰)'[10]이라는 국가적 기억에 의해 강요된 것이며 결국 국가가 침묵을 강요한 폭력이기도 하다. 국가 원호의 대상이 인류의 유래 없는 비극인 원폭 피해자 이외에는 자국 영토 바깥의 존재들에만 국한되어 있다는 사실처럼 자국 영토 내 피해 서사를 부정하는 것이라고 하겠다. 그것은 '전장(戰場)'으로서의 영토를 부정하며, 이후 점령과 미일동맹으로 이어지는 국가적 정체성에 피해자들이 자유롭지 못했던 현실인 것이다. 다시 말해, 공습 주체로서의 미군의 존재를 국가적 기억 속에서 소거하는 문법이 작동했다고 하겠다.

그렇다면 식민본국으로 이주하고 동원된 재일조선인에게 도쿄대공습이라는 '(패전의) 전장'은 어떤 것이었을까. 2016년 3월 10일, 한국의 한 보도는 "우리 동포들의 유골은 이쪽에 있습니다"[11]라며 '춘계위령대법요' 행사의 보도를 시작했다. 지금 위령당에 조선인들의 유골을 찾아 총련과 도쿄 조선인강제연행진상조사단에 의해 분리해내기 시작했다.

---

9) http://www.geocities.jp/jisedainitakusu/index.html//2016.3.12.
10) 국가적 기억 서사에서는 1945년 8월 15일은 '종전 기념일'이다.
11) '조선인 추정 희생자 유골 따로 추려 분향', 『한겨레신문』, 2016.3.14.

'춘계 위령대법요'도 재일조선인과 일본인 160여 명은 조선인 희생자 추도회를 따로 진행시켰다. 2008년 이후 한국의 '대일항쟁기 강제동원 피해 조사 및 국외강제동원희생자 등 지원위원회'가 추도사를 보내는 등[12] 국가 내지 민족의 틀 내에서 행사를 치르려 했다.[13]

하지만 같은 날 일본 언론에서는 조선인 추도회라는 보도는 찾아볼 수 없었다. 이렇듯 일본에서 도쿄대공습으로 인한 조선인의 피해는 아직 흔히 언급되는 사안이 아니다. 이 글에서는 우선 재일조선인의 회고와 목소리에 의해 재구된, 거의 유일한 도쿄대공습의 구술채록에 대해서 살펴보겠다. 『도쿄대공습 조선인 이재의 기록(東京大空襲 朝鮮人罹災の記錄)』(이하-『기록』, PART Ⅰ·Ⅱ합본/PARTⅢ)라는 텍스트는 사제출판물에 가까운 형태를 띤 것인데, 주5)에서 제시한 일련의 출판물들에 의해 영향을 받기는 했지만, 재일조선인이라는 공동체 내에서 주로 유통되는 기록물이다. 여기서는 그 안에 담긴 기억 서사가 갖는 의미와 함께 문법과 담론에 대해서 논하고자 한다.[14]

---

12) 하지만 2016년에는 2015년도 위원회가 해체되면서 한국 정부의 메시지 없는 행사가 되었다. 한편, 북한에서는 '조선 일본군 성노예 및 강제연행 피해자문제 대책위원회'가 추도사를 전달해와 현장에서 낭독되었다.

13) 재일조선인 피해서사의 정점에는 '강제연행'이 있다. 그것도 1960년대 중반에 들어 박경식에 의해 일본사회에 알려진 것이다. 박경식의 『朝鮮人强制連行の記錄』(未來社, 1965)이 일본사회에 조선인 전시노동동원사의 전체상을 널리 알린 효시라고 할 만하다. 사실 박경식의 연구는 1960년의 미일안보보장조약 개정반대운동을 전후로 중국에 대한 전쟁 책임 의식에서 중국인 전시노동동원 연구가 비약적으로 발전한 결과에 자극을 받아 시작되었던 것이다.(山田昭二 외, 『朝鮮人戰時勞動動員』, 岩波書店, 2005, 17쪽) 하지만 강제연행이 민족 피해서사의 중심에 있으면서 도쿄대공습 피해서사는 개인사로 봉인된 채 존재했다고 하겠다.

14) 이 『기록』은 2010년에 PART Ⅰ·Ⅱ합본과 PARTⅢ로 편집되어 출간되었다. 원래 『기록 Ⅰ』은 2006에 '섹션 Ⅰ, Ⅱ, Ⅲ'으로, 『기록Ⅱ』는 2007에 섹션 구분 없이 가책자로 출판한 것이다. 그리고 『기록Ⅲ』은 책자 제작을 목적으로 한 구술채록을 묶어 『기록Ⅰ·Ⅱ합본』의 재출간과 함께 2010년에 출간한 것이다. 여기서 전체를 인용할 때는 『기록』으로 표기하고, 각각을 인용할 때는 『기록Ⅰ』, 『기록Ⅱ』, 『기록Ⅲ』으로 표기하기로 한다.

『기록』의 증언자는 "공습이야기는 자식들에게 그다지 하지 않았다. 잊을 수 없다. 이렇게 이야기하는 것은 처음"15)이라고 말하듯이, 그들의 이야기는 개인의 은사(隱事)였으며 비록 그 일이 세상에 나왔더라도 일본의 '전후'라는 장(場)으로부터 자유롭지 못한 것이 사실이다. 그것은 "일본인의 도쿄대공습의 이야기에는 조선인은 나오지 않고 우리들의 체험담 채록에도 일본인에 관해서는 전혀 없다"16)는 『기록』의 활동을 주도한 김일우(金日宇)의 언급처럼, 동일한 경험=피해를 두고 두 민족이 서로 배타적 기억을 만들어내는 이유 때문일 것이다. 그래서 김일우는 『기록』사업이 "서로에 관해 기록해 두지 않으면 사실을 입체적으로"17) 볼 수 없게 한다고 말한다.

일본의 패전은 그때까지 '국민' 혹은 '일본인'의 통합에 균열과 분열을 낳기 시작했다. 전시에는 강제적으로 '국민'의 틀에 갇혀 있었지만 그 틀이 깨짐으로써 제국/식민지의 관계, 성별, 계층, 체험의 차이, 지역, 세대, 심정 · 사상 등 전중(戰中)과 전후의 상황 차이가 모든 관계에서 '국민'에 균열과 분열을 만들어냈던 것이다.18) 그로 인해 전쟁에 대한 기억의 차이도 만들어졌다. 하지만 본토의 '전장' 피해에 대한 기억에는 그것이 오래도록 '숨겨오고' '방치되어온' 이야기였던 만큼 또한 오래도록 제국/식민지의 관계 안에서 나타날 동일과 차이마저 봉인해왔던 것이었다. 그 기억의 봉인이 열리기 시작한 것은 대략 1970년대에 들어서이다.

---

15) 『기록Ⅲ』, 44쪽~45쪽. 『기록Ⅲ』는 대개 2007년 채록해 2010년에 발행한 것이다.
16) 『기록Ⅱ』, 150쪽.
17) 위의 책, 같은 쪽.
18) 이런 차이들이 분명해졌다. 가령 구종주국/구식민지의 차이로부터 남성/여성, 이재민/비이재민, 본토 거주자/복원(復員)자, 전사자의 집/비전사자의 집, 구식민지인/일본인, 성인/아동 등과 같은 것들이다.(小森陽一외, 『岩波講座近代日本の文化史8感情 · 記憶 · 戰爭』, 岩波講座, 2002. 36쪽 참조.)

이 글에서는 재일조선인의 '전장'『기록』이 갖는 존재 의미를 중심으로 분석하고자 한다. 그러면서 『기록』보다 앞서 대공습을 문학적으로 재현한 정승박의 『벌거벗은 포로』와 같은 작품들도 분석의 대상으로 삼아 재일조선인이 가지고 있는 (대공습) '전장'의 기억과 그 구술의 문법을 중심으로 담론 차원에서 살펴보겠다.

2. '전후'에 대한 역사화의 제동

1) '재'기억화와 상기할 수 없는 『기록』

오십년·세월의 줄(鑢)이 / 대공습의 흔적을 깎아내고 / 번영의 성토(盛土)로 마을을 뒤덮어도 / 땅을 파들어 가면 / 죽은 자의 눈물에 적셔진 소토(燒土)가 나타난다 / 모든 것을 빼앗기고 / 살아남은 약자들은 / 오로지 살기 위해 계속 살아남아 / 말할 시간도 없이 / 전할 수도 없이 단지 늙어갈 뿐[19]

'말 못하는' 기억을 품은 대공습 피해 유족의 언어이다. 침묵은 사회적 심리적 트라우마로부터 생겨난 것이었다. 사람들은 전쟁에 직면함으로써 자신들의 무서운 체험을 이야기할 수 없거나 원래 이야기조차 할 수 없게 되었던 것이다.

사실 20세기는 기억 그 자체에 대해 집착한 시대였다. 사회가, 국가가, 그리고 개인이 어떻게 제각각 이야기하고, 정체성을 구축했는지, 그렇지 않다면 어떻게 과거를 이용하고 미래를 향한 주장을 전개했는지

---

19) 村岡信明, 「진혼곡(Requiem) 도쿄대공습」. 이 시는 金田茉莉의 『東京大空襲と戰爭孤兒』(影書房, 2002)의 권두시화에 실린 4편의 시화 중 마지막 시이다.

에 대해서 강렬한 관심이 일어났던 시대였다. 위의 시처럼 '말 못하는' 개인적인 회한은 무수하고 다양하다. 하지만 그 무수하고 다양한 기억이 '패전' 혹은 '종전'이라는 국가니 사회니 하는 틀을 기반으로 형성된 집합적인 기억에 상반할 때 새로운 기억의 풍경이 만들어지는 것이다. 특히 1990년대 이후 이 기억의 풍경이 두드러지고 논쟁하는 장으로 드러나기 시작했다. 제2차 세계대전을 일으키고 전쟁을 일으킨 것은 국민국가였다. 그것은 총력전이며 총동원을 요구하고 더 나아가 누구도 피할 수 없는 일종의 '총체 기억(total memory)'을 낳았다. 그런 세계대전은 단순히 기념되는 것만이 아니라 '총체 기억' 혹은 공적 기억의 형태를 둘러싼 싸움 속에서 흔히 중요한 정치적 · 문화적 이해를 동반하여 '재' 기억화되었던 것이다.[20]

미국의 일본사학자 캐롤 글럭(Carol Gluck)은 1995년 일본처럼 '전후(戰後)'가 오래 지속된 곳은 없다고 했다. 미국이나 영국 등의 전승국은 물론 독일이나 이탈리아 등 패전국 등 제2차 세계대전 관련 국가들은 '전후'라는 의식을 1950년대 초반 즈음에는 종식시켰다. 일본만이 지금까지도 '전후'를 말하고 있는 것이다. 캐롤 글럭은 '전후'라는 상황에 일본 사람들은 모두 만족하고 있는 것이 아닐까 하고 말한다.[21] 2015년, 일본

---

20) キャロル・グラック, 「記憶の作用」, 『岩波講座近代日本の文化史8感情・記憶・戰爭』, 岩波講座, 2002. 193쪽.

21) 成田龍一, 『戰後史入門』, 河出文庫, 2015, 210쪽. 한편 그 '전후'에는 과거 '제국'의 역사를 영위한 가해자로서의 담길 수밖에 없기에 저어하는 인식과 감정도 내포되어 있다. 1956년에 이미 中野好夫는 '이미 전후가 아니다'라고 주장한 바 있다. 그는 '전후'라는 말을 '편리한 것' 혹은 '만능열쇠'라고 비유하고 부정적으로 파악했다. 그리고 그것을 극복하기 위한 '포스트 전후'의 사상을 제안했다(中野好夫, 「もはや'戰後'ではない」, 『文藝春秋』, 1956. 2月號). 이른바 '55년 체제'라는 보수파의 장기집권 체제가 구축된 이듬해부터 '전후'를 다의적으로 해석하는 움직임이 있어 왔다. 한편 영화 『二等兵物語』(1956)의 성공과 함께 일었던 이등병 붐과 더불어 '전쟁 기억의 상품화'(中村秀之, 「<二等兵>を表象する―高度成長期初期のポピュラー文化における戰爭と戰後」, 『冷戰體制と資本の文化』, 岩

은 '전후' 70년을 맞이했고, '전후'라는 의식은 계속 이어지고 있다.

캐롤 글럭은 기억의 영역을 크게 네 가지로 구분하여 제시하였다. 그것은 1)공식적인 기념의 영역, 2)버내큘러(vernacular)한 기억의 영역, 3)각 개인의 과거라는 영역, 4)메타적인 기억의 담론이라는 영역이다.[22] 이네 가지 기억의 영역은 결코 분리할 수 있는 것이 아니라 항상 상호 관련되어 있다. 그 때문에 메타적인 기억의 담론은 공식의 기억, 버내큘러한 기억, 그리고 사적인 기억과 함께 작동하고, 보다 커다란, 계속 변화하는 공적인 전쟁 기억의 장을 만들었던 것이다.

한편, 1932년 시모노세키(下關)시 히코시마(彦島)에서 태어난 고사명은 "나는 실로 탄생의 순간부터 분열되어 있었다"며 이렇게 말한다.

> 나는 태어날 때 일본의 조선지배에 의해 만들어진 '일본인'이었다. 그리고 이 '일본인'은 일본인으로서 자아가 형성되어가는 그 때 이번에는 일본의 패전에 의해서 일본으로부터 추방되어 '조선인'이 되었다.[23]

波書店, 2002)가 진행되었던 것도 바로 그 시기였다. 이렇듯 '전후'는 망각=거부의 심상은 물론 (탈)노스텔지아를 자아내기도 했다.

22) キャロル・グラック, 앞의 글, 200~207쪽.

23) 高史明은 『生きることの意味・青春編』(ちくま文庫, 1997), 211~212쪽. 1951년 9월 샌프란시스코에서 대일강화조약이 조인되고 이듬해 4월에 발효되었다. 이 조약의 "일본국은 조선의 독립을 승인"한다는 조항에 의해서 재일조선인은 '조선인 국적'을 회복한다. 이는 곧 일본 국적의 상실을 의미한다. 대일강화조약의 발표에 따른 일본의 주권회복과 재일조선인의 일본 국적의 상실은 재일사회에 새로운 문제를 야기했다. 체류권, 민족교육, 생활권, 더 나아가 한국과의 국교수립교섭에 따른 문제 등등이 현재화했다. 재일조선인에 대해서 일본정부는 그때까지는 일본국적 보유자로서 법령상 형식적으로 일본국민과 동일한 취급을 하지 않으면 안 되었지만 외국인으로 취급하게 되면 당연히 다르게 취급할 수 있기 때문이다. 그 뒤 한국전쟁의 휴전과 함께 분단의 고착은 그들에게 두 개의 조국을 만들었고, 이는 그 두 개의 조국과의 관계 속에서 심한 분열을 초래했다. 그로부터는 '해방'국민의 자의식보다는 주권국가의 일본에서의 삶으로부터 조국과의 관계를 상상하며 그를 토대로 정치적 실천을 함으로써 자신의 정체성을 구성하는 중요한 기제가 되었다고 할 수 있다.

1944년 11월부터 1945년 패전까지 130여 차례에 걸친 미군의 '본토' 대공습이 있었다. 일본은 그것을 '본토결전'이라고 불렀다. 고사명은 10살 남짓해 '일본 국민'으로서 그 '본토결전'을 경험했다. 그의 말에 따르면 대공습에 대항한 '결전'은 '일본인'=국민으로서 체험이자 기억이었다. 하지만, 어느 순간 그처럼 재일조선인은 '일본 국민'으로부터 추방되어 '조선인'으로 살아갈 수밖에 없었기에 그 '결전'이 전쟁 피해와 민족해방이라는 아이러니한 맥락에서 다시금 기억되어야 했다. 조국으로 귀환하지 못하고, 과거 식민본국에서 이뤄지는 '조선인'으로서의 '재'기억화는 적어도 공식적 기억 영역에서 벗어난 채 이뤄진 것이었다. 그리고 각 개인의 과거라는 영역에 존재한다. 이 수없이 많은 집단의 기억이 공적 기억의 필드 중에 항상 잠재해 있는 것이다.

"일본인의 경우 그때의 사상자 등 전재상황은 관청 통계나 전재사(戰災史), 거기에 각 시민단체의 조사에 의해서 점차 밝혀지고 있던"[24] 것에 반해, 도쿄에는 당시 9만 7천여 명에 이르는 재일조선인이 거주하고 있었음에도 그들 희생자에 숫자뿐 아니라 이재의 실태가 "아직 어둠 속에 묻힌 채"[25] 존재했다. 『기록』의 발간사에서 밝힌 내용에만 근거하다면, 이것이 피해자 구술채록 사업의 목적이다. 그런데 여기서 주목할 대목이 있다.

대공습에 의한 희생자의 유골이 안장되어 있는 위령당의 '유래기'에 보면, 당시 "약 7만 7천여 명"의 '순난자'는 공원 등에 130여 곳이 가매장되었는데, "쇼와 23(1948)년부터" 이곳으로 옮겨와 봉안했다고 기록되어 있다. 그리고 "쇼와 23년"에는 당시 경제안정본부가 조사한 것과 미

---

24) 「發刊に際して」, 『기록 I 』, 7쪽.
25) 위의 책, 같은 쪽.

군측의 발표 등의 자료들을 종합하여 전국적으로 "공습에 의한 이재민 약 천만 명 중 전재사망자 약 51만 명, 전재사상자 약 40만 3천명"[26]의 희생자를 냈다고 기록하였다. 1952년 5월 2일에 처음으로 전국전몰자에 대한 추도식을 거행하고 그들을 순국자로서 현창했지만 국가로부터 전몰자와 유족에 대한 사죄는 없었다. 하지만 여기서 전몰자라 함은 군인과 군속에 해당하는 자를 의미하는 것이기에 도쿄대공습 외의 공습 민간인 피해자는 배제된 것이었다. 그런 배경이 지속되어오다가, 대공습이 정부나 도쿄도(都) 차원에서 전쟁 피해의 문제로 다뤄지기 시작했다. 그 결과가 앞서 '들어가며'에서 언급했던 1977년에 사단법인 일본전재유족회의 설립·허가이다. 하지만 그조차 '원호 조치'와 관련한 법제화의 문제로 정부와 부딪히면서 1981년 사단법인에서 탈퇴한 '도쿄공습희생자유족회'를 따로 발족했던 것이다. 그후 유족회는 '전쟁피해의 구술전승(戰爭被害語り繼ぐ)' 활동과 국가를 상대로 사죄와 배상을 청구하는 소송운동을 전개해왔다. 이는 국가를 상대로 한 시민운동으로 점차 확대되어갔다.

사실 재일조선인의 대공습 피해 구술은 일본인이 그것보다 뒤늦게 이야기되기 시작했다. 다시 『기록』을 보자. 구술이 시작된 것은 1983년부터이다(『기록Ⅰ』). 그리고 『기록Ⅱ』와 『기록Ⅲ』의 경우는 2007년부터 다시금 시작한 채록(하나의 구술만 2010년의 것이다). 『기록Ⅰ』의 구술은 1983년과 1985년에 채록해 각각 그 증언을 같은 해 『조국통일신보』에 연재한 후 1998년에 『통일평론』에 재록한 것이다.[27] 그리고 『기록Ⅰ』은

---

26) http://www.geocities.jp/jisedainitakusu/index.html
27) 『祖國統一新報』는 일본을 비롯해 재외에 거주하는 동포들을 독자로 1973년에 발간하여 1987년에 휴간한 일본어판 순간(旬刊)지이다. 『統一評論』 또한 재일조선인이 발간한 일본어 월간지이다.

2005년에 간이소책자로 「도쿄대공습과 조선인이재-체험자가 말하는 그 실태」로 간행되었다가 이듬해 「도쿄대공습・조선인이재의 기록」이라는 제목의 보증판이 간행되었다. 그리고 『기록Ⅱ』가 2007년에 '왜 그곳에 조선인이 있었는가'라는 소제목의 책자로 간행되었다. 『기록Ⅱ』의 간행과 함께 새롭게 시작된 구술채록이 『기록Ⅲ』에 수록된 내용이다. 그 채록은 직접 책자 출간을 염두에 두고 시작한 것이었다. 그 연혁을 통해 『기록Ⅰ・Ⅱ』와 『기록Ⅲ』으로 나눠 2010년에 새롭게 출간되었을 때는 '도쿄대공습 조선인이재를 기록하는 모임(東京大空襲朝鮮人罹災を記錄する會)'이 편저자로 되어 있다. 특히 『기록Ⅲ』의 특징이라고 한다면, 책 구성에서 일본인의 도움이 덧붙여진다는 사실이다. 주오(中央)대학 법학부 겸임강사 사와다 다케시(澤田猛)의 글 이외의 일본인 글 4편이 실려 있다. 사와다는 "2010년은 대공습으로부터 65주년. 알지 못했던 조선인 희생자에 관심이 조금씩 모이고, 그 실태의 일단이 어렵사리 빛을 보기 시작했다"[28]라고 했다. 『기록Ⅱ』에서 향후 계획을 "일본인이 말하는 조선인 이재민의 실태, 남북조선으로 귀국한 체험자에 의한 이재담 등을 내외 광범위한 협력을 얻어 수록할 수 있기를"[29] 바란다고 했던 의도가 『기록Ⅲ』에는 일부 반영된 성과를 보였다고 할 수 있다.

그렇다면 재일조선인이 일본의 '패전'을 상기한다는 것은 어떤 것일까. 작가 이회성의 「증인 없는 광경(証人のいない光景)」[30]에서는 주인공 김문호(金山文浩)라는 파시스트소년=동화(同化)소년 시절의 이야기를 상세하

---

28) 『기록Ⅲ』, 4쪽.

29) 『기록Ⅲ』, 3쪽.

30) 이회성 「証人のいない光景」(『文學界』 1970年 5月号)/『現代の文學<36>古井由吉,李恢成,丸山健二,高井有一』(講談社, 1972). 이 글에서는 후자의 텍스트로 삼고 본문에서의 인용은 쪽수만 표기한다.

게 그리고 있다. 이 소설은 '전후' 20여년이 지난 어느 날 우연한 계기로 만난 초등학교 급우 사이인 김문호와 야타 오사무(矢田修)가 하나의 사건을 둘러싼 기억=망각의 문제로 갈등을 빚는 이야기가 중심 서사를 이룬다. 그 사건이란 패전 직후인 9월 사할린의 진구(神宮)산에서 부패한 '대일본제국' 군인의 사체를 둘이서 목격한 것이다. 하지만 야타에게는 자신의 과거 가장 아픈 상처로 남은 사건이며 너무나 뚜렷한 기억이지만, 문호는 뜻밖에도 전혀 기억하지 못하는 사건이다.

이런 기억의 차이를 둘러싸고 과거와 현재에 관한 자신의 의미나 의식을 교환하게 된다. 작가가 의도한 것은 일본인과 조선인에게 있어서 '천황제 파시즘' 체험의 의미를 묻고 있는 것이다.[31] 망각하기 위해 몸부림치지만 기억할 수밖에 없는 야타와 도저히 상기할 수 없는 김문호 사이의 차이는 무엇일까. 그것은 동일한 일본국민으로서의 체험에 대한 분화된 기억=망각의 차이일 것이다. 파시스트소년으로서 '대일본제국' 군인의 죽음=패전을 목격한 충격, 하지만 '전후'에 살아가면서 그것이 김에게는 "민족의 자각"(167쪽)에서, 또한 야타에게는 "일생의 속박"(170쪽)에서 기억=망각된 사건이었던 것이다. 그렇다고 "자네(金-인용자)도 심각한 동화소년이었다. 그것이 지금은 조선인이 되었으니 축복하고 싶다."(157쪽)는 김문호를 향한 야타의 말처럼 쉽게 환원 가능한 것은 아니다. 그 또한 상기할 수 없는, 그 기억이 일깨워질 수 있을지도 모른다는 두려움과 고통을 동반하는 것임에 틀림없다.

파농을 기억하는 것은 강렬한 발견의 과정이자 방향을 잃어버리는 과정이기도 하다. 기억(remembering:인용자)이란 결코 성찰과 회고의 고요

---

31) 竹田靑嗣, 『<在日>という根據』, 國文社, 1983, 19~22쪽.

한 행위가 아니다. 그것은 고통스러운 재구성이며, 현재의 (정신적:인용자) 외상에 의미를 부여하기 위해 해체된 과거를 한데 모으는 것(remembering: 인용자)이다.[32]

2) '전장'의 민족 정체성-배회하는 포로

1945년 해방 이후 2년간에 걸쳐 140만명에 가까운 재일조선인(한국인)이 조선으로 귀환하였다.[33] 이렇듯 재일조선인 사회는 기본적으로 그때 귀환하지 않고 과거 식민본국에 남은 사람들과 그 후예로 형성된 사회라고 할 수 있다. 이 글에서 다루고자 하는 바는 바로 그들의 '전장' 체험이다. 영화『호타루』의 조선인 특공대처럼 전장으로 끌려가지 않았더라도 '본토결전'에 관한 기억을 무수하게 품고 있을 것이다.『기록』에서는 하나의 문법처럼, 체험의 구술에 응해 놓고는 너무 비참해 '기억하고도 싶지 않다'고 마무리하는 아이러니를 반복한다. 이는 '기억하고 싶지 않다'라는 말은 거꾸로 망각할 수 없는 공포에 시달리고 있음을 의미하는 것일 터이다. 또한 앞서 이회성처럼 상기조차 할 수 없는 잔혹한 체험이기도 한 것이다.

재일조선인의 '전장' 체험에 관한 이회성의 작품에서처럼 기억하기=재현하기는 1970년대부터 시작되었다. 이른 바 재일조선인 2세작가라고 불리며 문단에서 주목받아온 고사명(1932), 이회성(1935), 양석일(1936), 김학영(1938) 등은 대개 10세 전후의 유년기에 전쟁을 체험했다. 따라서 자신들의 체험을 바탕으로 작품으로 재현하기는 좀 어려운 측면이 있긴 하다. 하지만 1980년대 중반부터 구술채록을 시작된『기록』에서 그 책

---

32) 호미 바바,『문화의 위치』, 소명출판, 2002, 152쪽. 인용문의 주는 도미야마(앞의 책, 131쪽)가 동일 부분을 인용하여 분석하면서 강조한 부분이다.
33) 이제까지의 조사통계에 따르면, 1944년 1,936,843명의 재일조선인이 1947년에는 598,507명으로 감소한다.(http://mindan.org/toukei.php)

임자 김일우가 2세로서의 책임을 언급했던 것처럼, 어찌 보면 그것들은 2세대 재일조선인의 정체성을 말하기 위한 작업일지 모른다. 사실 그 가능성을 기대할 수 있었던 것은 20대에 전쟁을 체험한 이은직(1917), 허남기(1918), 김달수(1919) 등과 같은 1세대 작가들이었다. 그러나 1세대 작가들은 전쟁의 기억을 그다지 재현하지 않았다.

그런 점에서 보면, 정승박(1923)은 대표적인 1세대와 2세대 작가들 사이에 낀 세대로서『벌거벗은 포로(裸の捕虜)』[34]라는 아주 이례적인 작품을 남긴 작가라고 할 수 있다. 하지만 정승박도 이회성과 같은 2세대 작가들과 비슷한 시기에 문단에 등장한 작가라는 점에서 세대적인 측면보다 1970년대라는 맥락 속에서 전쟁을 소재로 작품화하고 있는 작가라고 보는 것이 옳다.

정승박의『벌거벗은 포로』(文藝春秋, 1973)는 그 표제작이 된 중편「벌거벗은 포로」(『農民文學』1971.11)를 비롯해 「지점」(『文學界』1972.8), 「전등이 켜 있다」(『文學界』1973.1) 등의 연작이 수록된 소설집이다.[35]

이 세 작품은 모두 '정승덕'이라는 작가 자신의 분신과 같은 주인공의 일본 본토에서의 전쟁 체험담이다. 그리고 선조(線條)적인 시간의 흐름에 따라 동급의 사건들을 나열하며 서사를 진전시켜가고 있다. 따라서 하나의 동일 서사로 읽고 살펴보겠다.

우선「벌거벗은 포로」는 오사카 이쿠노(生野)구에서 이야기가 시작된다. 본토공습에 대비해 요격용 전투기 '월광'의 엔진 볼트를 만드는 공장으로 징용된 정승덕은 공장 동료들의 식량 조달을 위해 공장 밖으로

---

34) 정승박,『벌거벗은 포로』, 박정은 옮김, 宇石, 1994. 이하 인용은 번역본에 나타난 지명 등의 오류를 수정하여 쪽수만 적는다. 鄭承博,『鄭承博著作集第一卷 裸の捕虜』, 新幹社, 1993, 참조
35)「벌거벗은 포로」가 농민문학상을 수상한 후 제67회 아쿠다가와(芥川)상 후보작으로 선정되고 정승박은 그 후속작들을『문학계』에 발표하였다.

나간다. 사재기에 나섰다가 암거래 상습범으로 경찰에 검거된다. 석방
후 자신을 배신한 회사에 돌아가지 않다가 이번에는 탈주범으로 또다
시 검거된다. 두 번째 검거 후, 그는 니가타(新潟)의 도카마치(十日町)의
군 관리 하 댐건설 공사의 강제노동현장으로 끌려가 팔로군 전쟁 포로
들과 함께 가혹한 노동에 시달린다.

생지옥과 같은 포로생활에서 도망 나온 정승박은 「지점」에서는 '조선
인 탈주자 정승덕'이라는 레테르의 공포 속에서 살아간다. 하지만 이미
일본의 도시 전체가 "기아로 가득 찬 잿빛도시"(86쪽)들로 변해 있었다. 나
고야를 거쳐 오사카로 돌아온 승덕이 과거 공장 동료 하세가와 시게루(長
谷川茂)의 이름으로 신분을 가장해 신문가게에 취직해 살아간다. 하세가와
는 간질병 때문에 병역이나 징용에 일체 관련이 없었기 때문이었다. 연일
미군의 공습이 계속되는 가운데 신문가게 주인을 비롯해 주변의 일본인
들은 소개를 시작했다. 하지만 그는 "일본의 온 땅이 폐허가 되더라도 자
신만은 끝까지 살아남"(84쪽)아야 한다는 일념으로 살아간다.

오사카→니가타→나고야→오사카로 순환 이동하는 동안 '전장'은 더
욱 심각해진다. B29의 공습에 쫓기는 동시에 헌병대에도 쫓기는 신세가
된 승덕은 오사카의 세토나이해(瀨戶內海) 건너에 있는 아와지(淡路)섬으
로 숨어들어간다. 마지막 작품 「전등이 켜 있다」의 장소적 배경이 바로
그곳이다. 아와지섬도 밤낮없이 사이렌이 울리기는 마찬가지였다. 하지
만 승덕은 "모든 사람들이 전화에 쫓기"면 쫓길수록 "동지가 늘어가는
느낌"(167쪽)이 들었다. 그 와중에 승덕은 탈주와 탈법을 거듭하며 포로
이자 도망자의 삶을 살아간다. 다시금 조선인이라는 이유로 절도범이라
는 누명을 쓰고 아와지섬을 빠져 나올 수밖에 없었다. 그는 다나베에
사는 숙부의 도움으로 요새공사현장으로 들어가서 선박으로 물자를 조

달하는 일을 하다가 패전을 맞이한다. "전쟁 끝났어. 너도 네가 가고 싶은 곳에 맘대로 가도 돼"라는 선장의 말을 듣고, "휭, 하고 전신에 피가 달리"(207쪽)는 느낌으로 살아 있음을 느끼면서 소설은 막을 내린다.

여기에서는 이 연작소설 속 '전장'과 정체성의 문제를 몇 가지의 점에서 살펴보고자 한다.

먼저 이동의 문제이다. 승덕은 「벌거벗은 포로」에서는 B29의 공습 직전의 오사카에서 니가타 도카마치의 댐공사 현장으로 이동하고, 「지점」은 니가타에서 도망 나와 전화의 나고야를 거쳐 다시금 익숙한 오사카로 돌아온다. 공습 속에 소개되지 못한 채 홀로 남다시피 하다가, 「전등이 켜 있다」에서는 오사카에서 아와지섬으로 떠났다가, 기슈 요새공장 현장으로 이동한 후 줄곧 배를 타고 이동한다. 승덕은 도망자의 위치에서 끊임없이 이동하며 거처 없는 삶을 살아간다. 그 순간순간이 혼자임을 자각케 하는 시간들이다. 첫 번째 검거 당시 "물건 사재기를 내보낸 시점부터 이미 회사에 소속되지 않고 그저 식량을 운반한 유령에 불과"(39쪽)했음을 깨닫는다. 하지만 그 유령에 불과했던 순간들이 오히려 그에게는 이동의 자유를 주었다. 본토 공습에 대비해 제작하는 요격용 전투기 '월광'의 엔진 볼트를 만드는 작업에서 배제된 조선인, 그는 전쟁을 수행하는 징용의 시간으로부터 자유를 얻는다. 그리고 전장 속에서 유령 같은 삶은 오사카부(府)의 이쿠노-덴노지-나라(奈良)현의 기즈-와카야마(和歌山)현의 다나베시(市)를 비롯한 기슈(紀州) 등 3개 부현에 걸친 간사이(關西)지역의 일대를 자유롭게(?) '도망'다니는, 전장의 법과 질서로부터의 일탈 그 자체였다. 하지만 그때 이동 상황을 가만히 지도상에 그려보면 오사카로 돌아온 이후에는 간사이지방 일대를 쳇바퀴 돌 듯 빙빙 돌고 있던 것을 알 수 있다. 도망자의 신세에도 결국 낯익고 익숙한 곳을 떠나지 못한다. 마치 『기록Ⅱ』에서 도쿄대공습 당시 7살이었던 박기석이 공습을 피해 목숨 건 도망을 다녔지만 겨우 집의 반경 500미터의 범위를 벗어나지 못한 듯하고 회고한 것이 떠오른다.[36]

다음으로는 승덕 자신이 조선인이라고 자각할 때의 문제이다. 그는 등골이 오싹해질 정도의 '조선인 탈주범 정승덕'이라는 레테르를 짊어지고 살았다. 그는 범법 행위가 드러나는 순간에 비로소 조선인이 되는 존재였다. 「벌거벗은 포로」에서 암거래 상습범으로 검거될 때, 그리고 중국 팔로군 포로들과 댐공사 현장에서 탈주범이라는 명찰을 달았을 때, 그는 조선인으로 자의식을 획득한다. 「전등이 켜 있다」에서도 암거래상 동업자 사쿠(サク) 일당이 배신해 조선인인 자신에게 모든 죄를 떠넘겨 '분명한' 도망자의 신세에 처했을 때 조선인임을 자각한다. 니가타의 도카마치 댐공사장과 기슈의 요새공사장에서 제 이름을 빼앗기고 각각 제46호와 205호로 불리며 인격을 상실한 채 살아야 했을 때가 오히려 불안하지 않을 정도였다. 이는 범법자의 공포일 수 있다. 하지만 점차 시간이 지나면서 "모호한 취급을 당하는 것보다"(60쪽) 오히려 그 편이 마음의 안정을 준다고 생각하기 시작한다. 이렇듯 국가로부터의 배제를 자각하는 순간이 오히려 정체성의 안정을 얻는 순간인 것이다. 전쟁이란 아군과 적군의 가장 극단적인 이항대립일터인데, 이 전쟁에서는 그에게 아군도 적군도 없다.

> 하지만 이제 전쟁의 공포를 맛보는 사람은 승덕 혼자가 아니었다. (탈주범-인용자) 승덕이 헌병을 겁내고 있는 것처럼 일본은 적기를 겁내고 있었다. 이제 서로 비기게 된 것이다.(82쪽)

---

36) 『기록Ⅱ』, 92쪽.

'조선인 탈주범 정승덕'이라는 레테르의 공포, 그것은 일본인에게 B29의 공포에 비견할만하다. 아와지섬에 들어가서 처음 느낀 것이 "죄인 취급을 당하는 나라에서 갑작스럽게 바깥세계로 뛰쳐나온 느낌"(132쪽)이었다. 아군과 적군이 없는 바깥세계, 전장(戰場)의 바깥세계, 그리고 일본(국민)사회로부터의 바깥세계, 그것은 '조선인 탈주범 정승덕'이라는 레테르가 경험케 한 세계인 것이다.

다음 세 번째의 문제는 승덕에게 '미국=미군'이란 무엇인가 하는 것이다. 앞서 인용문처럼 승덕에게 적기=미군은 공습의 공포를 통해 일본인과 동일하게 여기게 하는 존재이다. 그는 도카마치를 도망쳐 니가타를 벗어난 순간 "이제 전쟁에 전율하는 사람은 결코 승덕 혼자가 아님"(79쪽)을 직감한다. 그에게 미국의 표상은 B29이다. 또 B29에서 쏟아지는 소이탄이었다. 「지점」 이후 공습의 공포는 소설의 전체를 지배한다. 하지만 '조선인 탈주범 정승덕'이라는 레테르에 대한 공포는 "요령 있게 도망치는"(131쪽) 것이 가장 현명하다는 생존의 욕망을 더욱 강하게 품도록 하며 전장의 일본(인)과 경쟁하게 만든다.

당시 징용대상은 다이쇼(大正)13년생부터였다. 다이쇼 12년생이었던 승덕은 징용대상이 아니었다. 하지만 징용대상에서 제외 판정을 받은 것도 그가 '국민'임을 인정받았기에 가능한 것이다. 그런데 「벌거벗은 포로」에서 전시체제가 강화되면 될수록 그는 점점 '비국민'의 위치로 내몰린다. 그 시발점이 그의 의지와 무관하게 일본인 사회로부터 배제되어 유령화하면서부터라는 사실에 주목할 필요가 있다. 그래서 전시체제로부터 벗어나 도망을 지속한다. 그로 인해 그는 포화의 전장에 있으면서도 오히려 그 전쟁으로부터 자유로워지고 있다. 다시 말해 승덕의 미군 공습에 대한 공포는 일본인들이 느끼는 그것과는 전혀 다른 것이었다.

얼굴에도 윤기가 흘렀다. 동작도 당당했다. 그 중에는 웃음을 참으면
서 옆의 동료에게 귓속말을 하고 있는 사람도 있었다. 포로 집단 같지가
않았다. 우호국에서 파견된 모범병사 같은 느낌이었다.(중략)
　미군 포로를 본 것은 처음이었다. 완전히 감각이 마비되는 것 같았다.
같이 있었던 중국 포로들은 처참한 대우를 받았다. 하지만 미군 포로들
은 고급스러운 대우를 받고 있다. 승덕은 그 두 집단에 무슨 차이가 있
는지 알 수가 없었다.(102쪽)

　미군에 의한 대공습의 피해에도 불구하고, 그 기억에서는 미군=미국
의 구체적 모습이 묘사된 예는 거의 없다. 그것은 일본인이나 재일조선
인 모두에게서 그렇다. 원자폭탄, B29, 소이탄 등 공포스러운 존재로만
보였다. 비록 포로가 된 미군들을 통해서이긴 하지만, 니가타 도카마치
의 강제노역현장에서 이미 중국 팔로군 출신의 포로를 만난 바 있는 승
덕은 도저히 이해할 수 없는 장면이었다. 어쩌면 이 장면을 통해 승덕
은 이미 일본의 '패전' 후를 상상했는지도 모르겠다.
　이 대목에서 시라이 사토시(白井聰)의 『영속패전론(永續敗戰論)』이 떠오
른다. 그는 전쟁책임론과 관련해 '덴노'를 면죄한 것은 미국의 사정에
따른 것이라고 지적한다. 그리고 '패전'에 대한 해석과 역사상(像)을 그
려내면서 일본에서는 '패전'이라는 역사의식이 없었다고 비판한다. '영속
패전'론은 결국 일본의 '대미(對美)종속구조'가 결정됨과 동시에 패전 그
자체를 부인하는 역사인식이 형성되었고 그것이 '패전'의 근본 체제가
되었다는 것이다.37) '대미(對美)종속구조'와 '패전'의 부인 속에서 '전후'
일본사회의 역사상을 비판적으로 진단한 시라이의 논의에 비춰보자면,
'전후' 일본의 국가 정체성은 그들에게 '미국이란 무엇인가'를 묻는 것은

---

37) 白井聰, 『永續敗戰論』, 太田出版, 2003.

필연적이다. 그 위에 과거 전쟁의 체험과 기억을 어떻게 이야기할 것인
가가 중요해진다. 하지만 일본인들은 전쟁 기억 속에서 '미군=미국'의
모습을 등장시키지 않는다. 하지만 정승박은 앞의 인용문에서처럼 '(패)
전후' 일본사회에서 '미군=미국'이 무엇인가를 묻고 있는 것이다.

3) 기억(구술)의 문법, 중층적 피해자

앞서도 언급했지만 도쿄대공습의 일본인 피해도 애초 '숨겨오고' '방
치되어온' 이야기였다. 그런 가운데 조금씩 그 피해서사가 인화지에 드
러나는 영상처럼 드러나면서 재일조선인의 피해도 그 영상의 한 편 깊
숙한 곳에서 이야기로 드러나기 시작했다. 그것이 『기록』에 들어 있는
증언들이라 할 수 있다. 여기에는 1945년 3월 10일 미명의 도쿄대공습
의 직접 체험한 증언 『기록 I 』의 섹션 I 에는 모두 6편의 증언은 제목
뿐 아니라 내용에서 '죽음', '목숨', '운명' 등의 키워드를 사용하고 있다.
말을 글로 전환한 이 증언은 짧게 정리된 것이다. 그래서 일정한 틀을
갖춘 증언으로 되어 있다.

〈표 1〉『기록 I 』섹션 I 의 구술 도식

번호	당시 나이	장소	공습과 잔혹풍경	가족	귀향=조국 발언
①	34	深川	"남녀 구분할 수 없는 사체의 산" "살아남은 것은 자신만이 아닐까 착각"	처와 여동생 희생	"통일하면 귀국"
②	25	龜戶/ 平井	"공원에 모인 사체나 荒川에 떠오른 사체" "많은 동포가 미신원의 상태로 일본인과 함께 매몰"	조카 2명 희생	"고향에서 육친의 기다림"
③	27	淺草	"질식사하거나 익사하거나" "전쟁은 인간을 인간이 아니게 만듦"	처자 소개	
④	20	新三河島	"방 안에 판 좁은 방공호" "불바다에서 소이탄이 작열"	일가와 茨城로 소개	

번호	당시 나이	장소	공습과 잔혹풍경	가족	귀향=조국 발언
⑤	31	大島	"불바다" "머리카락이 쪼글쪼글 타고 두 귀가 화상으로 부어오른" 본인 "검게 타버린 사체"	가족 소개	전쟁은 조국이든 뭐든 없앨 것
⑥	35	板橋	"집 옆에 자신이 만든 작은 방공호" "공원 등 광장에는 사체가 산적"	본인 포함 가족 소개	

위와 같이 '나이-장소-잔혹 풍경-가족-귀향' 순의 도식을 만들 수 있을 만큼 일정한 틀을 유지하고 있다. 구술자는 모두 막노동과 같은 일에 종사하며 대개 조선인촌에 거주하거나 공습을 피해 그곳으로 향해 도피했다. 게다가 목숨을 지키기 위해 자기 혹은 자기 가족만의 방공호를 파는 등 일본사회(='국민'공동체)를 불신하고, 일본사회로부터 고립된 모습을 보인다. 심지어 공습을 피해 도망가는 일렬의 방향과 거꾸로 도망하기도 했다고 기억한다. 그 중 ②에서는 스사키(洲崎)에 있는 이시카와지마(石川島)징용공 기숙사에서 300여명 동포들이 매몰 사건을 구술한다. 기숙사 출입구 바깥에서 자물쇠를 잠가 공습을 피하지 못하고 모두가 사망한 사건이다. 이 사건의 희생자들은 고향에 생사조차 알리지 않았다고 진술하는데, 직접 목격한 사건은 아니다.[38] 이는 다름 아닌 사오토메 가쓰모토(早乙女勝元)의 작업에 의해 이미 잘 알려진 사건이다. 이처럼 기존 일본인들의 피해담이 덧붙여지거나 참조되는 예도 보인다. 아직 방치되고는 있지만, 대공습 당시 조선인도 피해자였다는 사실을 알리는데 주력하는 느낌이다.

『기록Ⅰ』의 섹션Ⅱ는 도쿄대공습의 직접 체험한 육친의 안부 등을 확인하기 위해 공습 직후, 그 현장을 방문한 목격담으로 구성되어 있다.

38) 『기록Ⅱ』, 156쪽.

그것도 섹션Ⅰ의 도식과 그다지 다르지 않다. 섹션Ⅱ에 수록된 ⑦~⑯까지의 구술 중 ⑨는 경방단(警防團)에 동원된 당시 27세인 "조선인은 암시장만 하고 전쟁 협력을 하려 하지 않는다", "등화관제도 지키지 않는다"[39] 등의 악담을 일본인이 의식적으로 늘어놓는 말을 들어야 했다고 증언한다. 유독 분량도 많은 이 증언에서 조선인이 눈앞의 적으로 내몰리는 이중의 피해서사가 담겨 있다. 섹션Ⅰ과 변별되는 이런 이중의 피해서사가 점차 늘어간다. 또한 이는 "3년 전(1980)의 광주사태 때 고향의 형수나 조카의 안부가 맘에 걸려 한 숨도 편히 잘 수 없었다"[40]며 통일과 귀향의 꿈을 마지막 말로 남기듯이 식민본국과 조국 사이의 이중적 구속의 서사로 이어진다.

> 공습으로 멀리 이국으로 강제 연행되어왔던 혹은 어쩔 수 없이 고향을 버리고 유랑해왔던 많은 동포도 죽어 있었습니다. <중략> 내리붓는 소이탄 비, 분노한 듯 타오르는 화염 속을 지리 감각도 없는 그들이 어디로 도망하면 좋을지 발견하지 못한 채 우왕좌왕하며 죽어갔음을 상상하는 것은 어렵지 않다.[41]

⑨와 ⑩ 이후 이산의 서러움을 말하며 귀국과 귀향의 갈망으로 구술의 마지막을 차지하는 새로운 증언 틀을 갖춘 구술이 눈에 띠는데, 이는 '지리 감각도 없는' 조선인들, 즉 직접 체험보다는 강제연행, 이국, 망향 등의 민족사의 맥락에서 확대되어간다. 위의 인용문은 <표 1>의 증언자들과 달리 당시 메이지(明治)대학 야간부를 다니던 인물로서 '기록자'라는 위치에서 공적 기억에 충실한 일면을 보여주고 있다. 그리고

---

39) 『기록Ⅰ·Ⅱ』, 44쪽.
40) 『기록Ⅰ·Ⅱ』, 51쪽.
41) 『기록Ⅰ·Ⅱ』, 85쪽.

보면,『기록Ⅰ』섹션Ⅰ의 ②에서 언급된 스사키(洲崎)에 있는 이시카와 지마징용공 기숙사에서 매몰 희생된 300여명 동포들처럼 징용된 지 얼마 안 되는 사람들, 즉 1940년에 도일한 이들의 구술이 없다.『벌거벗은 포로』의 정승덕이나 위의 인용문의 구술자(한명수-당시 20세)처럼 어느 정도 거소에 대한 지리감각이 있는 이들만의『기록』인 것이다.

공습과 소개(疏開)의 체험에 관한 증언을 주로 실은 섹션Ⅲ도 기본적으로 그 틀은 변하지 않는다. 단지 인터뷰 형식을 그대로 싣거나 하는 새로운 형식이 보이며 기고문도 실린다. 그만큼 개개의 분량도 늘어나고 좀더 상세한 증언 기록으로 구성되어 있다.

한편,『기록Ⅱ』부터는 2005년 이후의 구술채록을 담은 것이다. "자료의 수집부터 인터뷰, 집필, 편집, 교정 그리고 출판에 이르기까지" "개인의 재정 부담으로"[42] 작업된『기록Ⅰ』과 달리 앞서도 지적했듯이 '도쿄대공습 조선인이재를 기록하는 모임'을 통해 작업된 결과물이다. 이 모음에서 "향후도 동포이재자의 발굴과 기록의 수집, 거기에 더해 보다 많은 일본인의 연구성과를 널리 소개해"[43] 가기 위한 결과물이라 밝히듯이, 따라서 그 분량도『기록Ⅰ』보다는 많으며 이미 오랜 시간 기록되어온 일본인 피해자의 구술 문법과 형식을 어느 정도 참조하고 있다고 하겠다.

그런 가운데 특이한 것은 일본인 구술의 그것과 차이화, 차별화를 꾀하고 있는 부분이다. 그것은 아래와 같이 도일(渡日)의 이유를 밝히고 그 이유 또한 민족사를 배경으로 한 구술에 가깝다.

---

42)『기록Ⅰ・Ⅱ』, 145쪽.
43)『기록Ⅲ』, 4쪽.

당시(도일 당시-인용자) 조선에서는 장손만은 학교에 보냈습니다. 그
러나 아버지는 차남이었기 때문에 나는 학교에 갈 수 없었습니다. 서당
이라는 것이 있어서 거기에서 읽고 쓰기를 배운 것도 7개월 정도입니다.
일본인이 '서당은 안 된다'라고 해서 판자로 입구를 봉쇄해 버렸기 때문
입니다.[44]

이처럼 민족 피해사의 맥락 안에 자신의 삶=기억을 위치 지으면서도
공습의 피해라는 기억의 공통성에 기반을 둔 도식화를 따르고 있다. 그
중 전자가 일본인의 구술과의 차이화, 차별화를 꾀하는 방식의 하나이
지만, 그 보다는 현재에 근거해 과거를 어떻게 상기할 것인지의 문제가
더욱 두드러진다. 가령, 그것은 "식민지시대에는 그다지 조선인이 바보
취급을 당했기 때문에……. 입 밖에 내지는 않았지만 일본에 대한 적대
감정은 있었습니다. 억누르고 살아왔습니다"[45]라는 식의 차별의 현재성
이다. 이는 조국에 대한 상념, 이산의 슬픔과 귀환의 욕망 등의 차이화
된 구술로 이어지기도 한다.

일반적으로 "전장이란 군율이 지향되는 장인 동시에 주체의 결정적
이탈을 낳는 장이기도 하다."[46] 하지만 이 대공습의 '전장'은 국민들, 즉
조선인과 일본인 사이의 균열을 군율로도 통제 불가능했다. 적어도 '전
장'의 기억 속에서는 그러하다. 군율의 지배 속에서도 숱한 주체의 결정
적 이탈을 낳는 장으로 빠져든 피공습자로서 공통의 비참함을 공유해야
했을 조선인들은, 군율을 어기고 집 안에 홀로 자가 방공호를 파거나, 소
개지에서 '조센진(朝鮮人)'으로서의 차별을 겪어야 했던 것이다. 그 차별
은 『기록Ⅲ』에 수록된 김영치의 구술에서처럼 1923년 관동대지진 때 조

---

44) 『기록Ⅲ』, 16쪽.
45) 『기록Ⅲ』, 22쪽.
46) 도미야마 이치로, 앞의 책, 80쪽.

선인대학살의 기억을 소환하는 방식으로 극대화되기도 한다.[47]

조금의 예외와 불규칙은 존재할지언정, 대공습의 피해 담론의 차원에서 아래와 같은 조선인만의 피해서사의 규칙을 만들어내고 있다.

[대공습의 피해 담론]

구술(기억)의 시작	(민족사를 배경으로 한) 도일 이유 망국민	조선인으로 '기억'하기 =차이화

↓

구술(기억)의 과정	비참함의 공유	피해자로서의 동일성 =공동 피해
	민족적 차이	공습 속 차별

↓

현재의 삶	차별의 현재성 이산, 고향상실	이중적=중층적 피해

차이화로부터 시작한 망국의 피해서사가 이국에서 겪은 공습 피해라는 동일의 경험으로, 그리고 결국 차별의 현재성(더 나아가 차별이 소급되는 역사성까지)까지 포함하는, 일본인의 공습 피해서사와는 다른, 이중적=중층적 피해서사가 현재의 삶까지도 지배하는 방식으로 기억되고 있는 것이다. 그것은 다름 아닌 조선인으로서의 자각을 어떻게 기억할 것인가와 무관하지 않은 일이다. 앞서 이회성의 「증인 없는 광경」을 상기해주면 좋겠다. 조선인으로서의 자각이 패전의 기억을 상기할 수 없게 만들었던 점을 말이다.

구술자, 즉 기억의 생산자들은 캐롤 글럭이 말하는 버내큘러한 기억의 영역에서 이미지를 가져와 자신의 사적 과거에 편입시킨다. 그 변경된 서사는 본래의 기억보다 훨씬 직감적인 현실로서 느껴지게 된다. 전

---

47) 『기록III』, 33~36쪽 참조

쟁 체험 세대가 연령을 더하고 사회적 문맥이 변하는 가운데 '표현가능요인(effability factor)'에 변화가 생기고 사람 앞에서 자신의 이야기를 하는 것이 가능하게 됨과 동시에 이야기할 수 있는 가운데 어떻게든 이야기해 두고 싶다고 생각하게 되었던 것이다. 이런 집합적 기억은 시간이 흐름에 따라 그 보고(寶庫)를 통해서 반사되고 굴절되는 것이다.[48]

그때 시간이란 일본 '전후'의 시간일 뿐 아니라 또 일본의 버내큘러한 기억, 즉 '기억의 활동가'나 다양한 매체를 통해 추출되고 발신된 것이라는 점이 일단 문제다. 최근 출판과 언론을 통해 대공습 피해의 처절함과 잔혹함이 자주 등장하는 가운데, 그것이 국경과 문화적 경계에 철저하게 기반을 둔 국민적인 기억으로 구축되기 쉽다. 그것은 어쩌면 애초 태생적으로 제국의 트랜스내셔널한 존재임을 잊게 하는 기억의 메커니즘이 작동한 결과이었는지 모른다. 하지만 재일조선인의 '재'기억화를 통해 다시금 사회적, 법적, 도덕적 귀결을 동반한 인도적인 문제로 전화되며 그것이 오히려 트랜스내셔널하게 만들어지기 시작한 것이라 하겠다.

3. 결론을 대신하여

일본의 '전후'는 전쟁 체험과의 깊은 관계 속에서 출발할 수밖에 없다. 이 글에서는 그런 '전후' 일본의 맥락에서 재일조선인의 '전장' 체험이 어떻게 기억으로 재구성되었는지를 살펴보았다. 그것이 문학에서는 1970년대 이후에 나타나기 시작했고, 구술 등의 자기서사에서는 1980년

---

48) キャロル・グラック, 앞의 글, 206~207쪽.

대 중반 이후 시작되었다. 그런 전쟁 체험 서사 속에서 전쟁 이후의 그
'기억'이 재현되는 방식에 어떤 문법이 작동하고 있는지도 분석했다.

재일조선인 논픽션 작가 김찬정이 쓴 『재일, 격동의 백년(在日, 激動の
百年)』은 1890년대 '현해탄'을 건너는 노동자와 유학생들을 기원으로 하
는 재일 백년사를 기술하고 있다. 그 저서를 보면, 전쟁 시기를 다룬 항
목에서 '강제연행', '전시체제', '반일의식과 저항'이라는 세 항목을 통해
동원, 순응, 저항의 역사를 구성하고 있다. 아마도 이런 동원, 순응, 저
항으로 1940년대 역사를 기술하는 방식은 재일조선인의 전쟁 체험을 기
억하는 일반적인 방식일 것이다.[49] 하지만 이런 방식이 이후 민족 전체
의 역사로 수렴되고 그로 인해 개인의 체험으로 기억되지 못한 측면을
만들어냈다.

패전 직후 일본의 특별고등과가 작성한 「내지 재주조선인 전재자」
(1945.9.12.)에 따르면, 대공습 당시 도쿄에는 97,632명의 조선반도 출신자
가 있었으며, 전재자는 41,300명이 넘는다고 기록되어 있다고 한다.[50]
하지만 패전 후 진주군에 대해서 불신 혹은 원한을 소집하는 것과 같은
사항을 게재하면 안 된다는 보도 지침도 있어 일본사회에서도 그 상처
와 기억은 '숨겨오고' '방치되어온' 이야기가 되었다. 그런 상황에서 조
선인의 피해 서사는 귀국과 함께 사라져갔다.[51] 『기록』의 토대가 되었

---

49) 1940년대 재일조선인 사회의 구성은 새로워진다. 1939년 7월 일본정부가 「조선인노동자
내지이행에 관한 건」을 발령 후 조선으로부터 '내지'의 탄광, 광산, 토목 등의 기업으로
동원되어 건너오기 시작했다. 그들은 기업의 기숙사에 강제 수용되었기 때문에 '조선부
락'을 중심으로 그동안 '내지'에서 살아오던 재일조선인과 일상적인 접촉의 기회가 없었
다.(金贊汀, 『在日, 激動の百年』, 朝日新聞社, 2004, 77쪽.) 따라서 당시 전쟁 체험에 관해서
일반론적인 차원으로 회수할 수 없는 지점이 있다는 사실을 간과해서는 안 될 것이다.
50) 森川壽美子·早乙女勝元, 「解說」, 『東京大空襲六十年, 母の記録』, 岩波ブックレット, 2005.
『기록Ⅲ』, 152~153쪽 재인용.
51) 8·15 직후 140만 명 가까이가 고국으로 귀환했고, 또 1959년 이후는 10만 명 가까이가 북

던 1980년대 중반 이후 구술채록을 통해 비로소 재일조선인 사회의 표면에 그것이 드러났다. 하지만 이미 귀환한 사람들의 이야기가 되어버렸고, '기록'을 남길 만한 교육을 받지 못한 자들이 다수를 차지했던 이유로 채록의 어려움이 적지 않았다.[52]

그리고 1980년대 이후 자전 혹은 자기서사의 출판이 늘어나는 가운데도 그 기억은 대개 개개인의 기억보다는 민족사의 맥락=문법 속에 수렴되어 재생되는 양상으로 나타났다. 특히 도쿄대공습, 즉 본토 '전장'의 피해서사는 어쩌면 '(패)전후' 지속되고 있는 '전후' 체제=맥락=문법 속에서 이뤄져온 일본사회의 기억 방식과도 닮아 있는 것이었다. 그러면서도 자신들만의 민족(피해)사에 근거한 이중적 내지 중층적 피해서사를 구성하면서 일본인의 기억과의 차이화, 차별화를 꾀하였다. 『기록』이 바로 그 결과물이다. 또한 이는 일본사회가 '전후'를 역사화하려는 움직임에 대한 하나의 제동이며, 공식 기억에 대한 대항적 위치에 선 텍스트라고 할 수 있다.

조선으로의 귀국하면서 대공습의 피해서사는 묻혔다. 더구나 피해서사의 중심에는 '강제동원' 피해가 자리하고 있었다.

52) "일본인의 공습 체험을 구술채록하는 운동이나 체험집의 편집 등은 활발하게 일어나고 있는데, 그때 바로 옆에 있던 조선인이나 중국인의 기록만이 쏙 빠져버리는 것은 실로 불가사의한 일이다."(『기록Ⅲ』, 166쪽.)

제2장

보이지 않는 장소로서의 이카이노와 재일조선인 문화지리의 트랜스내셔널
―'이카이노'를 둘러싼 소설들에 대하여―

허 병 식

1. 보이지 않는 장소-점유와 전유

재일코리안들이 모여 살았던 오사카 동부의 이쿠노구(生野區)는 1973년까지는 '돼지(猪)를 기르는 사람들이 사는 토지'라는 뜻을 지닌 이카이노(猪飼野)로 불렸다. 이카이노에 재일조선인들이 모여 살게 된 기원에 대해서는 이미 많은 연구들이 지적하고 있다. 이카이노 출신의 재일조선인 영화감독 양영희는 그 사정을 이렇게 전달하고 있다. "이쿠노를 가로질러 흐르는 히라노강(平野川) 대확장 공사를 위해 많은 노동력이 필요하게 되었다. 싼 임금으로도 노동을 강제할 수 있는 조선인 노동자들이 이 공사에 동원되면서 이 지역에 조선인들이 살게 되었다. 1923년부터 제주도와 오사카 사이를 연결하는 기미가요마루(君が代丸)라는 정기 여객선이 운항되면서 많은 제주도 출신 조선인들이 오사카의 '이카이노'로 흘러들면서 커다란 밀집 지역을 형성하게 되었다."[1]

그러나 1973년 나카가와(中川), 타지마(田島), 히가시나리(東成) 등의 이름으로 편입되면서 이카이노라는 지명은 사라졌다. 이카이노라는 지명이 다른 이름으로 대체된 이유로는 남북 2400미터, 동서 800미터로 펼쳐지는 이카이노 지역이 메이지시대부터 쇼와시대에 걸쳐 신히라노가와(新平野川), 킨테츠(近鐵)와 각 도로로 가로, 세로로 구역지어져, 그와 함께 하천, 철도, 도로를 경계로 하는 새로운 주소표시가 필요했다는 설과 지역민들이 이카이노라고 하면 재일코리안을 연상하게 되어 지가(地價)가 떨어진다는 인식이 있어 지명을 바꾸자 하는 의견이 있었다는 설, 두 가지 이유가 언급되고 있으나 정확한 이유는 밝혀지고 있지 않다.[2]

재일조선인 1세대 시인인 김시종(金時鐘)은 1978년 발표된 「보이지 않는 동네」에서 이 지명이 사라진 동네 이카이노를 이렇게 노래했다.

> 없어도 있는 동네. / 그대로 고스란히 / 사라져 버린 동네. / 전차는 애써 먼발치서 달리고 / 화장터만 잽싸게 / 눌러앉은 동네. / 누구나 다 알지만 / 지도엔 없고 / 지도에 없으니까 / 일본이 아니고 / 일본이 아니고 / 일본이 아니니까 / 사라져도 상관없고 / 아무래도 좋으니 / 마음 편하다네. //
> 「…중략…」
> 어때, 와 보지 않을텐가? / 물론 표지판같은 건 있을 리 없고 / 더듬어 찾아오는 게 조건. / 이름 따위 / 언제였던가 / 와르르 달려들어 지워 버렸지. / 그래서 '이카이노'는 마음 속. / 쫓겨나 자리잡은 원망도 아니고

1) 양영희, 「이쿠노 마을 이야기」, 김남일 외, 『분단의 경계를 허무는 두 자이니치의 망향가』, 현실문화연구, 2007, 245쪽.
2) 문재원, 박수경, 「'이카이노'(猪飼野)의 재현을 통해 본 재일 디아스포라의 공간의 로칼리티」, 『로컬리티인문학』 5집, 2011, 130쪽.

/ 지워져 고집하는 호칭도 아니라네. / 바꿔 부르건 덧칠하건 / 猪飼野는
/ 이카이노 / 예민한 코라야 찾아오기 수월해. // 오사카의 어디냐고? /
그럼 이쿠노라면 알아듣겠나?

- 김시종, 「보이지 않는 동네」 부분3)

김시종은 '지도엔 없고', '표지판같은' 것도 없는 사라진 동네 이카이
노를 재일조선인에게만 보이는 특별한 장소로 의미화한다. 그 곳은 '일
본이 아니니까' 사라진다고 해도 아무도 신경 쓰지 않는 곳이고, 그 곳
바깥에 거주하는 존재에게는 현재의 행정구역명인 '이쿠노구'(生野區)라
고 말해 주어야 겨우 그 곳이 어디인지 이해하는 장소이다. 이카이노
바깥의 사람들이 그곳의 지명을 '와르르 달려들어' 지워버렸다는 발화
는 이 장소에 대한 권력과 외부부터의 차별과 배제의 시선을 선명하게
제시하고 있다. 김시종의 시에 나타나는 이러한 인식은 재일조선인 2세
작가인 원수일에게서도 발견된다. 원수일은 자신의 작품집에 실린 「작
가의 말」에서 "무엇보다 이카이노라는 지명은 1973년도에 지도상에서
사라지고 말았지만, 그러나 이 사실은 그다지 중요하지 않다. 실제 제주
도 사람들은 지도상에서 사라진 이카이노 땅에서 여전히 꿋꿋하게 살
아가고 있기에."4)라고 말하며, 지명이 사라지고 난 이후에도 이어지는
이카이노에 기반한 재일조선인의 장소성에 대한 신념을 드러낸다.

김시종의 시와 원수일의 소설에 나타나는 이카이노의 장소성에 대한
믿음은 이카이노라는 지명을 재일조선인의 역사와 삶에 밀착시킴으로
써 그 장소의 점유를 특권화한다. 식민지 이후 재일조선인의 역사와 최
대의 재일조선인 집주지인 오사카 이카이노의 형성사를 고려한다면 이

---

3) 김시종, 『경계의 시』, 유숙자 역, 소화, 2008.
4) 원수일, 「저자의 말」, 『이카이노이야기』, 김정혜 박정이 역, 새미, 2006, 245~246쪽.

러한 재일조선인 작가들의 발화와 믿음은 충분히 이해 가능한 것이다. 그러나 또한 그러한 이카이노에 대한 장소정체성의 확보 과정에서 일본과 한국의 문화적 차이 구성되는 다양한 방식이 작동하였고, 장소에 대한 귀속감을 둘러싼 사회적 경합이 발생하고 있었음을 기억하는 것은 중요하다. 재일조선인의 자기구성을 이해한다는 것은 그들의 역사와 장소를 둘러싼 문화적, 사회적 이해들이 구성되고, 경합하고, 협상되어 가는 방식에 주목하는 것으로부터 시작할 필요가 있다. 그들의 문화와 장소에 대한 믿음과 이해들을 자명한 것으로 받아들이는 것이 아니라 그것이 융합되고 분열되는 다양한 방식을 탐구해야 한다는 것이다. 이카이노에 관해서 이야기 할 때도 그것은 마찬가지이다. 재일조선인이라는 하나의 집단이 오사카의 이카이노라는 역사적이면서 또한 일상적인 공간에서 정체성, 소속감, 차이 등을 수행하여 그 공간을 특별한 것으로 만들어가는 방식과 그 실천들5)은 그 장소를 둘러싼 다른 시선들, 입장들과 더불어서 탐구될 필요가 있는 것이다.

　이런 맥락에서 오사카 이카이노를 기억하고자 하는 일본인 거주자들의 활동에 대해서 주목해 보자. 오사카 이쿠노구에서 활동하고 있는 이카이노보존회는 1999년 「우리 향토 '이카이노'를 말한다(わが鄕土『猪飼野』を語る)」라는 좌담회를 개최한다.6) 이 좌담회의 참석자들은 다들 '이카이노보존회회원'이나 '이카이노보존회 사회복지간사', '이카이노보존회 사회복지상임상담역' 등의 직책을 지니고 있으며, '이쿠노구 구장(生野區長)'이나, 이쿠노구에 위차한 '미유키모리진구 궁사(御幸森天神宮宮司)', '안센지 주지(安泉寺住職)' 등의 직책을 병기하고 있어 대체로 이쿠노 구의

---

5) 데이비드 앳킨슨 외, 『현대문화지리학』, 이영민 외 역, 논형, 2011. 참조
6) 『わが鄕土『猪飼野』を語る』, 生野區役所, 1999.

거주민들임을 짐작할 수 있다. 사회를 맡은 足代健二郎(아지로서점 대표)는
자신들이 츠루노하시의 사적공원이 완성된 것을 기념하여 이카이노향
토지(猪飼野鄕土誌)를 발간한 경위를 설명하면서, 이카이노의 오늘과 옛날
의 이야기를 하기 위해 모였다는 모임의 의미에 대해서 말한다. 그리고
먼저 소화 18년에 사라진 이카이노라는 지명의 유래에 대해서 이야기
하자고 말하며 荒木라는 인물을 지목하였고, 이에 대해 荒木傳(사단법인
PLP회관 상무이사)은 이렇게 말하고 있다.

> 사회자로부터 지명을 받았기에, 간단하게 이카이노의 지명의 유래에
> 대해서 먼저 말해보고 싶습니다. 이것은 누구라도 지적한 것이지만, 『일
> 본서기』라는 역사서 중에 닌토쿠(仁德) 14년의 한 대목에 「이카이노츠
> (猪甘津)에 다리를 세운다. 이에 소교라 부른다.」라고 하는 유명한 한 구
> 절이 있습니다. 여기에서 이카이노의 지명이 발상했다고 생각하면 거의
> 틀리지 않을 것이라고 생각합니다.[7]

荒木의 설명에 이어 사회자는 모두가 이카이노라는 지명에 대한 애
착과 회고의 정서가 한층 깊어졌으리라 생각한다고 언급하며 이카이노
라는 이름의 소멸에 대한 안타까움을 드러내고 있다. 大東敏男이라는
참석자는 이카이노라고 하는 것이 단순한 지명에 그치는 것이 아니라
고 말하면서, "나같은 사람은 이카이노에 푹 빠져 있는 인간으로, 인간
의 성장 과정 중에 육체의 고갱이(芯)까지 이카이노가 물들어 있는 것은
아닌가 하는, 이러한 느낌입니다만, 지명 그 자체에 구애되는 것보다는,
내 몸 속에 무언가 이카이노스러운 냄새가 배어 있는 것은 아닌가 하
는, 이러한 느낌입니다."라고 말하며 이카이노라는 지명과 장소에 대한
애착을 이야기하고 있다.

---

7) 위의 책, 3쪽.

이카이노의 선주민이라고 할 수 있는 이들 이카이노 보존회 회원들의 논의 속에서 언급되는 이카이노의 지명, 유적, 제의를 둘러싼 기억들속에 재일조선인의 자리는 거의 보이지 않는다. 참석자 중에서 좌담회의 사회를 맡은 尼代가 '이카이노의 장래전망'을 말하는 대담의 마무리에서 "이카이노라는 지명에는 구촌(旧村)의 이카이노 마을이라고 하는의미가 있는 동시에, 일본 이카이노라는 이름에서 알 수 있는 자이니치와의 관련, 이러한 면도 있습니다."[8]라고 말하며 이카이노라는 지명에새겨진 재일조선인의 존재에 대해 처음으로 언급한다. 그는 "그렇게 야키니쿠 문화, 지금 텔레비전 등에서 이카이노가 소개되면 야키니쿠집과혹은 코리안타운, 김치, 그러한 것으로, 구촌의 부분으로는 가끔 텐진(天神さん)이나, 츠루노하시나, 이렇게 언급되는 것도 있습니다만, 요컨대이러한 두 가지 면이 동거하고 있는 것이 현상입니다."라고 말하며 이카이노의 장래를 전망하는 자리에서 재일조선인의 집주지로 기억되는현재의 모습에 대해 주목하고 있다. 이에 대해 좌담회의 참석자들은 이카이노에 살고 있는 많은 외국인들과의 다문화주의와 공생의 필요성에대해 이야기하고 있으나, 전체적인 내용에서 알 수 있는 것은 오사카이카이노의 일본인들에게 이카이노란 우선적으로 그들 자신의 기억의장소라는, 어찌보면 너무도 당연한 사실이다. "이카이노가 이카이노가아닌 것의 이카이노의 시작"이라는 재일조선인의 선언은 이러한 선주민으로서의 일본인들의 기억과 장소감에 대한 경합과 점유의 의미를지니고 있다고 보아야 할 것이다. 그들이 이카이노를 '일본이 아닌' 동네로 기억하는 것은 선주민의 기억에 대한 집단적인 전유와 점유를 동반한 것이다. '보이지 않는 동네'라는 이카이노에 대한 명명은 그러므로

---

8) 위의 책, 24~25쪽.

이중적이다. 그것은 일본인과 조국의 국민들에게 보이지 않는 장소라는 의미를 지니고 있기도 하지만, 이카이노에서 살고 있는 일본인들의 장소성에 대한 재일조선인의 맹목을 의미하기도 할 것이다.

또한 그 이카이노를 둘러싼 장소정체성의 내역에는 유동하는 수많은 기억들이 혼재되어 있다는 점은 쉽게 예상 가능한 일이다. 이를테면, 塚崎昌之는 오사카 츠루하시의 제주출신 고무공장 노동자들의 조합 결성과 파업에 대한 조사보고서에서, "전시에서 전후까지의 시기는 공산주의자, 노동운동가, 민족주의자, '친일파'로 선명하게 나누는 것이 아니라 지연적 결합, 직업적 이해 등의 요소도 얽히면서 많은 조선인은 시대 상황에 따라서, 그 사이로 유동하고 있었던 것이다."라고 말하고 있다.[9] 이러한 대립은 해방 후 조국이 분단을 맞으면서, 남과 북이라는 이데올로기와 국가의 대립으로 나타나기도 했다. 양영희는 자신이 나고 자란 이쿠노 마을에 대한 에세이에서 "남을 지지하는 사람들과 북을 지지하는 사람들이 이쿠노에 함께 살고 있다. 하지만 본국에서의 대립처럼 이쿠노에서도 남북의 대립은 생활 곳곳에 영향을 미치고 있었다."[10]라고 말한 바 있다.

보이지 않는 장소로서 오사카 이카이노에 대한 문화지리적 접근이 이러한 장소성에 대한 전유의 결과와 그 안에서 분기하던 다양한 재일의 정체성을 염두에 두고 고찰될 필요가 있는 것이다. 이 글에서는 이카이노를 무대로 삼은 작품들을 살펴보며, 이카이노라는 장소성이 지니고 있는 의미에 대해서 살피고, 그것이 지니고 있는 세계문학의 가능성을 검토하고자 한다.

---

9) 塚崎昌之, 「前期の鶴橋署と朝鮮人ーゴム工勞働者の7回のゼネスト計畵をめぐる鬪爭を中心にしてー」, 『靑丘文庫研究會月報』, 2011年 9月 1日.
10) 양영희, 앞의 글, 248쪽.

2. 민족적 비참과 세계문학의 공간

재일조선인인 문학을 그것이 무대로 삼고 있는 장소에 대한 문학지리적 접근을 통해 살펴볼 때 중요한 것은, 고향을 떠나 식민 본토에 자리잡은 그들의 이동이 가져온 장소 체험에 주목하는 것이다. 오사카의 이카이노는 앞서 살핀 것처럼 재일조선인의 이동과 정착에 따라 전후 일본사회에서 형성된 '조선인촌'을 대표하는 장소이다. 이카이노 이외에도 도쿄의 아라카와구, 교토의 히가시구조구, 나고야의 나카무라구, 고베의 나가마치, 가와사키의 사쿠라모토 등의 장소는 대표적인 조선인 집주촌이라 할 수 있다. 이 조선인촌의 장소성은 일본사회 속에서 이질적이고 독창적인 공동체 집단의 삶의 기억을 담고 있는 곳이었다. 이들 조선인촌의 커뮤니티는 그들 자신들을 긴밀하게 결속시키는 민족의식, 에스닉 아이덴티티, 그리고 하층민의 하위주체 의식 등을 구심점으로 한 유대감 속에서 그들 나름의 독특한 문화를 형성하였다. 그러나 해방 후 일본사회의 재편과 더불어 새로운 조선인 세대들이 취업이나 결혼 등의 이유로 마을을 떠나 대도시로 상경하면서 기존의 커뮤니티는 그 구심력을 상실해갔다.

재일조선인의 집단촌을 무대로 하는 서사에는 이처럼 조선인촌의 형성과 해체 과정 속에서 세대 간 민족의식, 에스닉 아이덴티티, 하위주체 의식의 변형과 굴절 양상이 잘 기록되어 있다. 오사카의 이카이노나 도쿄의 아라카와 같은 새로운 장소를 점유한 주체의 경험과 현존이 이주의 거점이 된 장소에 대한 새로운 장소정체성을 생성하였다면, 이러한 과정에서 자신들이 정주한 일본과 떠나온 모국, 타향과 고향이라는 이분법이 발생하고, 그 장소의 기억은 종종 민족의 기억으로 회수된다. 그러나 장소의 해체와 더불어 그러한 장소에 대한 감각과 장소성이 상실

한 이후의 재일조선인 집단촌의 문학에 대해서는 새로운 접근의 방식
이 필요할 것이다. 민족의 서사나 민족적 정체성으로 수렴되지 않는 다
양하고 이질적인 재일조선인들의 자기 정립의 과정을 이해할 필요가
있다는 것이다. 이러한 논의는 재일조선인 문학을 세계문학의 견지에서
살필 필요와 만난다.

『다국적 자본주의와 제3세계 문학』(1987)이라는 글에서 제3세계 작가
들의 문학이란 그것이 무엇을 이야기하건 간에 민족적 알레고리로 읽
힐 수밖에 없다고 말한 바 있던 프레드릭 제임슨은 「세계문학은 외무
부를 두고 있는가」(2008)에서 다시금 그 민족적 알레고리에 대한 이야기
를 반복하고 있다.

> 민족적인 것은 그보다 민족적 상처, 민족적 비참, 민족적 열등의식의
> 가장 강렬한 형태, 즉 원한과 수치의 장소입니다. 영토가 작고, 경제적,
> 지구적으로 주변부에 속하는 나라일수록, 그 나라 시민들의 입에서는
> 민족적인 것의 독특한 향취가 더욱 강렬히 풍기고, 그들의 집단적 정체
> 감이 가지는 한계는 더욱 음습해집니다. 민족적 알레고리의 표면적 필
> 요성을 설명해주는 이유가 되는 것이지요. 개인적인 이야기나 경험에
> 담긴 존재론적 내용이 무엇이든 간에, 그것은 언제나 민족적 하위성
> (subalternity)에 대한 함축이 되고, 언제나 민족적 비참에 대한 알레고리
> 가 됩니다. 그러나 핵심부 국가와 강대국의 경우, 시민들이 국가의 맹목
> 성을 알아채기가 더욱 쉽습니다. 그래서 시민들은 자신들을 규정하는
> 국내적, 국제적 관계들을 잊기 위해 독특하게 사적인 말을 사용해 자신
> 을 표현합니다. 이렇게 해서 얻어지는 위안은 세계의 다른 곳들에서는
> 가능하지 않은 것이지만 말입니다. 이런 점에서, 명백해 보이든 그렇지
> 않든 간에, 우리의 실존적 경험은 상당한 만큼의 민족적 차원을 포함합
> 니다. 그러나 지금까지 제가 말한 문제들을 민족적 정체성 혹은 민족문
> 화라는 이데올로기적 용어를 통해 이론화하려는 시도는 언제나 엄청난
> 착오일 수밖에 없다는 것이 제 의견입니다.11)

개인의 이야기나 경험의 토로가 어떠한 것이든 간에, 그것이 민족의 비참에 대한 알레고리로 작동한다는 주장은 선명하다. 주변부에 속하는 나라일수록 그러한 민족적 정체감이 중요해진다는 제임슨의 주장을 재일조선인의 문학에 적용한다면, 식민지였던 나라의 주변부에 거주하는 재일조선인 집주지를 무대로 한 문학은 더욱더 민족의 비참이라는 주제를 벗어나기 어려울 것이라는 점을 확인할 수 있다. 그러한 주제는 자신들의 이야기를 민족은 대리하고 표상하는 서사로 제시하는 글쓰기로 이어지게 된다. 그러나 이 글에서 제임슨은 그러한 민족적 알레고리의 문제를 민족적 정체성이나 민족문화라는 차원으로 이론화하려는 시도가 착오에 불과하다는 점을 강조한다. 그에 따르면 민족적인 것(the national)은 무엇보다도 상반되는 요소들이 변증법적으로 결합되어 있는 장소이자, 상반되는 요소들이 서로 묶여 있는 공간이다. 따라서 이 민족적인 상황이라는 개념을 '세계문학'이라는 것의 의미를 더욱 쓸모있게 해주는 데 기여할 수 있는 것으로 전환시키는 것이 필요하다는 것이고, 이런 맥락에서의 세계문학이라고 불리는 영역이란 투쟁과 경쟁, 적대의 공간과 현장으로 이해할 필요가 있다는 것이 그의 주장이다.

파스칼 카사노바는 「세계로서의 문학」에서 문학이 정치적, 언어적 경계들로부터 비교적 독립적인 공간에 속해 있다는 주장을 펼치면서, 그 자신만의 법칙, 그 자신만의 역사, 그것만의 특수한 반란과 혁명들을 가지는 것이고, 비시장적 가치들의 거래되는 시장이며 비경제적 경제의 세계라고 말한 바 있다. 이러한 문학의 세계는 비가시적으로 작동하는데, 그러나 거대한 중심부로부터 가장 멀리 있거나 재원을 모두 빼앗긴

---

11) 프레드릭 제임슨, 「세계문학은 외무부를 두고 있는가」, 문강형준 역, 자음과모음, 2009 가을호

사람들, 즉 그것 내에서 작동하는 폭력과 지배의 형식들을 다른 사람들보다 더욱 분명하게 볼 수 있는 사람들은 그 세계를 더욱 분명하게 볼 수 있다고 말한 바 있다. 이 문학과 사회 사이의 매개적 공간을 카사노바는 세계문학의 공간이라고 부른 바 있다.12)

카사노바는 세계문학이란 가설을 통해 민족적 범주 및 구분이라는 설정을 벗어나는 것이 이러한 장치들로 인해서 은폐되었던 문학적 지배와 불평등의 실제적 효과들을 볼 수 있게 만들어줄 것이라고 기대하고 있다. 그녀는 민족이라는 차단막이 더 거대한 세계 속에서의 작가의 위치를 보지 못하도록 가로막는다고 주장하면서, 민족이라는 여과기가 "초민족적인 정치적·문학적 권력 관계들의 폭력을 고려하지 못하게 차단하는 일종의 '자연적' 국경으로 작동한다."고 주장한다. 그리고 종속된 지역의 작가들, 가장 적은 자원을 가진 작가들이 전체 공간의 공통적 가치로서의 문학 그 자체를 재전유할 경우 일종의 자유, 인정, 실존을 획득할 수 있도록 해주는 도구가 될 수 있다는 점을 강조하고 있다.

이러한 맥락에서, 오사카 이카이노의 경험을 포함한 일본의 식민주의와 그 후의 지배의 유산에 저항하는 재일조선인의 작품에 대해서 세계문학의 시야를 도입할 필요가 있을 것이다. 『아시아』에 실린 「세계문학으로서의 아시아문학-<아시아>에 거는 큰 기대」라는 글에서 다카하시 도시오는 무라카미 하루키와 양석일의 소설을 세계문학이라는 관점에서 논하고 있다. 그에 따르면 무라카미 하루키가 추구하는 보편성은 고도자본주의가 양산해낸 보편성에 지나지 않는 반면, 양석일의 소설은 "사회적 편견과 차별, 힘든 삶과 빈곤, 그리고 분쟁과 전쟁을 주시하며 현재 존재하는 세계질서를 대체할 수 있는 새로운 공생적 질서를 염원

---

12) 파스칼 카사노바, 「세계로서의 문학」, 김경연 외 편, 『세계문학의 가장자리』, 현암사, 2014.

하는" 세계문학의 정상에 육박하는 걸작이라고 평가한 바 있다. 양석일
의 소설들은 경쾌한 도시문화 한복판에 유지되고 있는 편견과 차별, 빈
곤과 힘든 삶, 분쟁과 전쟁을 다루며 일본에서 아시아로, 세계로 시야를
넓혔다는 것이다.[13] 차별과 분단과 분쟁을 현대세계의 '보편성'으로 파
악하고, 그것을 넘어갈 수 있는 새로운 주체의 발견이야말로 진정한 세
계문학의 가능성이라고 말하는 이러한 주장은 재일조선인의 문학을 세
계문학의 층위에서 다시금 볼 것을 주장하는 이 글의 맥락과도 상통하
는 것으로 보인다. 다음 장에서는 그러한 세계문학의 시야에서 이카이
노의 문화지리가 어떤 방식으로 구성되는가를 살펴볼 것이다.

3. 유동하는 장소의 문화지리

　오사카의 이카이노는 재일조선인 최대 집주지로 알려진 장소인 만큼,
많은 오사카 출신 재일조선인 작가들에게 민족의 역사와 정체성을 상
징하는 공간으로 인식되어왔다는 것은 1장에서 살펴본 바와 같다. 이러
한 인식은 재일조선인의 작품연구의 맥락에서도 지속되는 경향이었다.
이한창은 재일조선인 문학의 역사를 정리하면서 앞선 세대와는 구분되
는 3세대 문인들의 작품세계를 분석한 바 있다. 그는 3세대 작가 중 재
일이라는 정체성의 문제를 제기한 이양지, 이기승의 경우와는 달리 여
전히 국가와 민족성의 문제를 추구하는 작가로 김창생, 박중호, 김찬정,
정윤희 등의 이름을 거론하면서, 그들의 작품명에 이카이노라는 지명이

---

13) 다카하시 도시오, 「세계문학으로서의 아시아문학-<아시아>에 거는 큰 기대」, 『계간 아시
　　아』 6호, 2007.

많이 등장하고 있는 점에서도 그들이 민족의 문제에 집착하고 있다는 것을 알 수 있다고 말한 바 있다.14) 재일조선인 3세대들은 앞선 세대처럼 고향이나 기원지에 대한 상상과 기억보다는 지금, 일본사회에서의 삶을 모색하는 새로운 재일론을 추구하면서 여기의 현재적 거주공간과의 관계성을 더욱 주목한다. 그러나 여기는 영원한 안식이 약속된 장소가 아니라, 추방이 전제된 '불안한 머무름'의 공간이라는 점은 여전히 유효하게 작동한다.15) 이런 맥락에서 가장 의미 있게 살펴야 할 작가는 현월이다.

재일조선인 2세대 작가 현월(玄月)은 자신의 작품이 이전의 재일조선인 작가와는 근본적으로 다른 측면이 있다는 질문에 대해서 이렇게 답한 바 있다. "이회성씨나 김학영씨는 정치라든가 이데올로기로부터 벗어나지 못할 겁니다. 모든 발상이 민족이란 무엇인가를 자문하며 자신의 아이덴티티를 확립하고자 하는 고민과 갈등에서 비롯되었으니까요. 하지만 나의 경우, 그런 의식은 아주 희박합니다. 특별히 그런 구분에 구애받지 않아요."16) 이러한 선언은 현월의 소설을 재일조선인 문학이 아니라 세계문학의 공간에서 이해하려는 시도가 올바른 방향이라는 것을 알려준다. 카사노바는 "문학의 자율성은 문학의 비정치화를 의미하는 것인데, 이는 대중적이거나 민족적인 주제들이 거의 사라지고, 특정한 민족적 정체성을 나타내려는 의무로부터 자유로운 순수한 글쓰기의 형식으로 드러난다."17)고 말하며 세계문학의 공간의 상대적 자율성을 상정한 바 있다. 현월이 말한 민족적 아이덴티티에 대한 고민으로부터

14) 이한창, 「재일한국인 문학의 역사와 그 현황」, 『일본연구』 5집, 1990, 151~152쪽.

15) 문재원, 「재일코리안 디아스포라 문학사의 경계과 해체」, 『동북아문화연구』 26집, 2011, 10쪽.

16) 현월, 『그늘의 집』, 신은주·홍순애 역, 문학동네, 2000, 227쪽.

17) Pascal casanova, *The World Republic of Letters*, Harvard, 2004, pp.199~200.

의 자유로움이란, 이러한 문학의 비정치화와 관련되는 것이기 때문이
다. 물론 카사노바가 세계문학의 공간에서 상정하는 이 자율성이란 개
념은 충분히 검토될 필요가 있다.

　에드워드 사이드는 카사노바의『문학의 세계공화국』에 대해 말하면서,
그녀가 국제적인 공간이라는 형식 속에서 문학을 이해하면서, 문학이
고유의 해석 법칙, 개개의 작품과 조화에 고유한 변증법, 민족/국가주의
나 민족어와 관련된 고유의 문제틀을 가진다고 논의하는 점에 대해 의
문을 제기한다. 사이드는 아도르노의 논의를 빌어 근대성의 특징 중의
하나는 매우 깊은 수준에서 미적인 것과 사회적인 것이 화해할 수 없는
긴장의 상태에 있을 필요가 있다는 것, 종종 의식적으로 그런 긴장 상
태에 있게 되는 것이라고 말한다. 이런 맥락에서 그는 카사노바가 변화
된 정치적 배치가 가져오는 거대한 탈냉전의 문화적 논쟁 속에 문학 혹
은 작가가 여전히 연루되기도 하고, 종종 이 논쟁 속에서 유용하게 동
원되기도 하는 방식을 충분히 논의하지 않았다고 비판하고 있다.[18] 이
미적인 것과 사회적인 것의 긴장 상태에 대한 인식이 재일조선인 작가
의 작품 속에서 어떤 방식으로 드러나는가를 검토하는 것은 분명히 중
요한 관점일 것이다.

　현월의『그늘의 집』은 오사카 동부의 변두리에 존재하는 집단촌을
무대로 설정한다.

　　서방은 뒤돌아보았다. 지금 막 빠져 나온 민가 사이의 골목길이 함석
　　지붕 차양 밑으로 끝이 막힌 좁은 동굴처럼 보이는 것이 신선하게 느껴
　　졌다. 여기서 보면, 그 깊은 동굴 속에 이천오백 평의 대지가 펼쳐지고,
　　튼튼하게 세운 기둥에 판자를 붙여 만든 바라크가 이백여채나 된다는

18) 에드워드 사이드,『저항의 인문학』, 김정하 역, 마티, 2012, 170~171쪽.

것, 그리고 그 사이로 골목길이 혈관처럼 이어져 있다는 것은 상상조차
할 수 없다. 서방의 아버지 세대 사람들이 습지대였던 이곳에 처음 오두
막집을 지은 것은 약 칠십 년 전, 거의 지금의 규모가 되고도 오십 년,
그후부터는 그 모습 그대로, 민가가 빽빽이 들어선 오사카 시 동부 지역
의 한 자락에 폭 감싸 안기듯 조용히 존재하고 있다.[19]

『그늘의 집』에 등장하는 서방의 정체성은 그의 삶이 뿌리박고 있는
집단촌과 긴밀히 연결되어 있다. 그가 경험과 이력에 대한 기억들은 대
체로 집단촌이라는 특정한 장소에서 벌어진 사건이나 이야기들과의 관
계 속에 자리 잡고 있다. 이 집단촌은 종종 이카이노라는 장소의 유비
로 이해되지만, "오사카 시 한복판에 그런 장소가 존재할 수가 없지요."
라는 작가의 부연을 떠올리지 않더라도, 그것이 어디까지나 실재하지
않는 상징적인 공간이라는 점을 기억하는 것은 중요하다. 현월의 『나쁜
소문』은 "동네 한가운데를 흐르는 개천 주위에는 전쟁이 나기 전부터
한국 사람들이 많이 살고 있었고, 독특한 분위기 속에서 자란 한국 아
이들 중에는 어른이 되고 나서도 못된 짓을 일삼은 놈들이 꽤나 있었
다."[20]라고 이야기의 무대를 소개하고 있지만, 이 또한 실제의 이카이노
를 경유하는 상징적이고 보편적인 공간으로 이해될 필요가 있을 것이
다. 이러한 관점은 현월에 대한 선행 연구에서도 중요하게 거론된 바
있다.

원수일의 『이카이노 이야기-제주에서 온 여자들』에서 보는 것처럼, 이
국땅에서 지난의 역사를 살아온 이카이노 주민들(제주출신의 재일 1세 여
성들)의 억척스러운 삶의 현장, 삶의 애환이 묻어나는 현실적 생활공간으

---

19) 현월, 『그늘의 집』, 13쪽.
20) 현월, 『나쁜 소문』, 신은주·홍순애 역, 문학동네, 2002, 10쪽.

로 그려지고 있는 것이 대부분이다. 이에 반해 현월은 현실의 생활공간과
는 거리가 먼, 상징성이 강한 공간을 구축하고 있다. 『말 많은 개』에서는
이카이노를 연상케 하는 가공의 습지대를 새로운 삶의 터전으로 개척한
재일제주인집단의 기원과 역사에 신성함에 부여되어 있으며, 토지가 지
닌 지력이 강하게 작용하는 신화적 공간으로 형상화되어 있다.[21]

소명선은 역시 이카이노 출신의 재일 2세대 작가인 원수일의 작품
속에 등장하는 이카이노가 조국과 고향 제주도의 정체성이 그대로 묻
어나는 장소로서 기능하고 있다면, 현월의 작품 속에 등장하는 장소는
고향의 기원과 역사에 신성함이 부여된 신화적 공간으로 형상화되어
있다고 말한다. 그러나 현월의 작품 속에 등장하는 이카이노에 고향인
제주의 기원과 역사가 어떤 방식으로 드러나고 있는 가에 대해서는 좀
더 자세한 설명이 필요할 것이다. 앞으로 자세하게 살피겠지만, 그의 작
품 속에 드러나는 장소에 대한 인식은 오사카 한인 집단의 정체성을 넘
어서는 서사로 이해하는 것이 더 올바른 접근인 것으로 보인다. "현월
은 「나쁜 소문」, 「그늘의 집」에서 반복되는 모방적 폭력의 제의를 서사
화함으로 '재일'의 특수한 자리, 즉 외부의 외부, 타자의 타자, 내부 식
민지의 중첩된 욕망들을 제시한다. 또한 오사카 한인 집단촌이라는 구
체적 지역의 특수성을 보편적 원리로 확장하고 있다는 점을 확인할 수
있다."[22]는 지적이 주장하는 것처럼, 현월 작품의 상징적 장소가 드러내
고 있는 중첩된 욕망들이 어떠한 방식으로 재일조선인의 정체성 정치
를 초과해 나가는가를 살피는 것이 중요하다고 판단된다. 이러한 지리
적 상상 속에서 발견되는 것은 재일조선인의 삶과 역사만이 아니라, 그

들과 혼재하고 있던 타자들의 존재들이다.

> 주민의 반이 한국 사람인데도 동네의 지배층은 일본 사람들이었고, 이와타는 그 중에서도 영향력 있는 사람이었다.
> 이와타의 집안은 동네의 일부가 습지였을 때부터 내려온 대지주였고, 지금의 땅 주인이 되고 나서는 전쟁 후에 불탄 들판뿐만 아니라 공습을 면한 집단주택들을 헐어서 집세 수입 효율이 높은 문화주택이나 다세대 주택을 잇따라 지었다.23)

> 아직 쓸 만한 바라크가 오십 채쯤 있는데 하나에 한 사람에서 네 사람 정도가 적당히 살고 있어요. 한국 사람하고 중국 사람이 반 반 정도고, 그 중에 얼굴색이 다른 사람들도 조금 섞여 있고요. 사장님은 성실하게 일할 사람만 골라 채용을 하지만, 일본에 와서 나쁜 짓 하는 걸 배우는 사람이 있어서 이것저것 골치를 썩는 모양이에요.24)

『나쁜 소문』에 등장하는 동네의 지배자는 이와타라는 일본인이다. 그는 조선인들이 집단거주지에 들어오기 전부터 그곳에 살고 있던 대지주의 후예이며, 전후 그곳에 개발될 때 재빠르게 개발지를 선점하여 부를 축적한 인물이다. 뼈다귀와 쌍둥이 형제 등의 재일조선인 등장인물들은 이 이와타와의 투쟁을 통해서 자신들의 삶을 그 장소 속에 새겨나간다. 그러나 이 작품에서 이와타와 다른 인물들의 투쟁에서 중요한 지점은 그들 자신인 놓인 정체성의 근거로서의 민족성이 아니다. 뼈다귀의 여동생을 쌍둥이 형제가 매춘에 끌어들이고 이와타가 그 주요 고객이 되는 이야기의 위성 서사에서 중요한 것은 이들 각각의 욕망과 삶의 욕동이 분출하는 자리를 지켜보는 일이기 때문이다.

---

23) 위의 책, 78쪽.
24) 현월, 『그늘의 집』, 31~32쪽.

『그늘의 집』에서 집단촌의 토지를 소유하고 있는 재일조선인 나가야마는 『나쁜 소문』의 일본인 이와타와 마찬가지로 변화하는 세태에 빠르게 적응하여 부를 축적한 인물이다. 그는 집단촌의 원주민들만이 아니라 돈을 벌기 위해서 일본으로 들어온 타국 사람들을 적극적으로 받아들여서 집단촌에 살게 한다. 저임금 현상으로 인하여 집단촌에 들어오는 사람들 중 중국인이 차지하는 비율이 높아져서 집단촌의 구성원 중 절반은 중국인으로 채워졌다. 이 중국인들, 그리고 얼굴색이 다른 사람들과의 혼거는 소설에서 중요한 의미를 발생시키는 대목이다. 중국인들은 집단촌을 세운 재일조선인들의 지배 아래서 힘든 노동을 이어가고 있는 존재들이다. 그리고 그들의 존재는 서방의 기억 속에서 재일조선인의 과거를 소환한다.

> 여기저기 때가 묻은 거무칙칙한 얼굴들, 꾀죄죄한 러닝셔츠에서 밖으로 내민, 힘줄이 툭툭 불거진 앙상한 팔, 손가락은 울퉁불퉁 마디가 굵고 엄지손가락 끝만 유난히 거칠다. 여자들은 모두 한결같이 수건으로 얼굴을 가리고 목에 땀을 흘리며 허리춤에 손을 갖다대고 배를 쑥 내밀고 있다. 사십 년 전, 나가야마의 공장에서 일을 시작했던 집단촌 사람들이 거기에 있었다.[25]

위의 대목은 집단촌의 규약을 어긴 중국인들에게 린치를 가하는 재일조선인들의 모습을 화자인 서방이 지켜보는 장면이다. 그는 자신을 보호할 어떤 수단도 지니지 못한 존재들의 모습에서, "사십 년 전 나가야마의 공장에서 일을 시작했던" 자신들의 모습을 발견한다. 이는 집단촌의 시간과 공간, 주체와 타자가 혼류하는 장면 속으로 화자가 개입하

---

25) 위의 책, 71쪽.

는 장면이다.

> '피'라는 유전자의 작용으로 인해 의식되는 '고향'이 제주도라면, 자
> 연히 몸에 배인 '고향'은 다름 아닌 이카이노다. 그 이카이노는 거절이
> 라고도 포용이라고도 할 수 없는 애매한 표정을 밝히고 있는 타향과 이
> 어져 있다 생각해 보면 이카이노를 종단하는 운하의 물이 타향의 마을
> 에서 흘러 들어오고 있다
> 이카이노에서 자랐다고는 하나 텔레비전·라디오·영화·만화 등은
> 몽땅 타향의 정보이고, 조선시장으로 상징되는 제주도적인 풍물로 윤색
> 된 심상풍경에 '토끼를 쫓았던 그 산, 작은 붕어를 낚았던 그 강'이란 일
> 본 노래가 혼재되어 있다.[26]

이카이노의 재일조선인의 역사를 충실하게 재현하고 있는 것으로 평
가받고 있는 원수일의 소설 속에서도 이 중층결정되는 정체성의 양상
은 의미 있는 것이다. 그에게 고향인 제주도로부터 이어진 '피'의 흐름
은 타향의 정보들로 이어져 있고, 제주도의 심상으로 기억되는 풍경 속
에는 이카이노가 자리 잡고 있는 일본의 문화적 산물들이 혼재되어 있
다. 그러므로 중요한 것은 그들이 기반하고 있는 특정한 장소성을 언제
나 그곳의 사람들이 기원한 장소와의 관련성으로 소환하는 시선이 아
니라, 그들이 직면하고 있는 트랜스내셔널한 역사적 상황에 기반한 장
소성의 의미를 파악하려는 시도이다. 이 새로운 장소정체성 속에서 재
일조선인의 서사는 그 민족의식과 에스닉 아이덴티티를 넘어 국가의
경계 바깥에 위치한 하위주체의 맨 얼굴과 만나고 있다.

---

26) 원수일, 「이군의 우울」, 앞의 책, 134쪽.

4. 국가의 법역 바깥의 주체들

전후 일본사회에서 재일조선인들이 민족적, 인종적, 문화적, 언어적으로 이질적인 존재로서 국민국가의 법역(法域)으로부터 배제되는 존재들이었다면, 이 재일조선인의 커뮤니티 내부에도 그들만의 커뮤니티로부터도 소외된 자들이 존재한다. 이들은 일본사회와 재일조선인 사회 그 어느 곳에도 정착하지 못한 존재들이었다. 현월의 소설이 주목하는 것은 재일조선인의 집단촌을 자신의 삶의 무대로 살아가지만, 조선인촌이나 재일조선인 커뮤니티로부터 소외되고 배제되어 살아가는 장애인이나 불량청년 등의 척박한 삶의 기록이 각인되어 있다. 그것은 국가 권력으로부터 배제되고 소외된 재일조선인들의 삶의 기록이인 동시에 어디에도 정주할 수 없는 한 개인의 자기 드라마이기도 하다.

『그늘의 집』의 서방은 오사카의 집단촌에 대해서 "자신의 인생과 거의 맞물려온 이 집단촌이 그 규모로 보면 상상이 안 갈 정도로 남들 눈에 띄지 않는 것을 오히려 다행으로 여기며"[27] 살아간다. 그는 동네의 노인들을 위한 진료소를 방문해서도 동년배들의 대화에 참여하지 못하고, "들으면 들을수록 여기서 자신은 마음을 터놓고 할 수 있는 말이 하나도 없는 이방인이라는 걸 절실히 깨달을 뿐이었다."(47쪽)라고 느끼는 인물이다. 서방은 전쟁 때 부상으로 오른팔을 잃고 장애를 얻었는데, 전쟁 때 일본군이었던 조선인들에 대한 전상자 배상연금을 요구하는 재판이 진행되고 있고 그에 대한 보상이 가시화되고 있다는 신문의 기사에 무심한 듯 관심을 기울인다. 서방은 전쟁 중 물자를 횡령하는 상관의 작업을 돕다가 적기의 공습에 팔을 잃게 된 기억을 부끄러워하며 과

---

27) 현월, 앞의 책, 13쪽

거를 잊고 싶어하는 삶을 살았지만, 죽은 아들의 친구였던 다카모토로 부터 전상자 배상금에 대한 이야기를 듣고는 다시금 국가의 존재를 인 식하게 된다.

국가로부터의 배상이라는 소식을 기다리는 일 이외에 서방의 생활에 활기를 주는 유일한 인물은 사에키라는 일본인 여성이다. 고베의 봉사 활동 조직이 집단촌에 파견을 하여 혼자사는 노인을 돌보는 일을 시작 하고 나서, 서방에게 사에키라는 여인이 정기적으로 방문하게 된다. 서 방은 그녀에게 관심을 기울이게 되는데, 그것은 집단촌에 정착한 이후 무위도식하며 아무런 즐거움이 없이 지내왔던 그에게는 유례없는 활력 을 불어넣는 힘이 된다. 그러나 집단촌에서 발생한 도난 사고와 그와 관련된 폭력 사태의 혼란스런 상황에서 사에키가 집단촌의 지배자인 나가야마에게 끌려가는 것을 아무런 힘도 없이 지켜봐야만 했던 그는 자신이 국가로부터 보상을 좀 더 일찍 받을 수 있었다면 그러한 일들이 생기지 않았을 것이라는 엉뚱한 생각을 하게 된다. 그것은 "태어나서 지금까지 육십팔 년 동안 전쟁에 참가한 몇 달을 제외하곤 단 하루도 벗어난 적이 없는 이 집단촌에서 일어나는 모든 일에 자신은 어떤 식으 로든 책임을 지지 않으면 안 되기 때문"(78쪽)이라는 그의 뒤늦은 자각 과 맞닿아 있다. 그는 국가라는 규율권력의 외부에 위치했던 자신의 존 재를 어떻게든 그것과 관련시킴으로써 국가의 정당성에 의문을 제기하 게 되며, 이를 통해 자신의 정체성을 집단촌이라는 공동체 속에 기입하 게 된다. 작품의 결말에서 서방이 불법노동자와 이주민을 단속하는 경 찰에 결사적으로 저항하는 드문 모습을 보여주는 장면은 권력의 외부 에 위치한 공동체의 일원으로서 스스로를 인식한 서방이 그 공동체의 존재를 배제한 권력에 저항함으로써 자신의 무기력한 삶을 변화시키겠

다는 의지의 발현으로 이해된다. 그것은 집단촌이라는 공동체를 민족의
이름으로 귀속시킴으로써가 아니라, 중국과 피부색이 다른 나라의 소외
된 사람들의 운명에 합류함으로써 자신의 존엄을 이어가겠다는 자기결
정의 장면이다.

『나쁜 소문』에 등장하는 화자 료이치와 가나코도 이러한 맥락에서
중요하게 거론되어야 할 인물이다. 가나코는 동네에서 악행을 일삼는
사람들에 관해서 이렇게 말한다. "그 불량스런 사람들이 이 동네에 존
재하고 있다는 게 마치 내 죄처럼 느껴지거든."28) 그녀는 자신의 쌍둥
이 오빠들이 그들을 린치한 것에 대해서도 "내 탓은 아니었지만 나는
책임을 느꼈어."29)라고 말함으로써 집단촌의 공동체에 대한 반성과 책
임을 지니는 모습을 보여준다. 가나코에게 연정을 느끼고 있던 료이치
는 가나코의 이러한 고백을 듣고 나서 자기 자신도 무엇인가를 하지 않
으면 안 된다는 책임을 느끼게 된다. 그는 동네의 불량배들이 모여 있
는 문화주택을 방화하고, 스스로 일본의 학교에 가지 않는 존재, '일본
의 의무교육과 관계 없는' 존재가 되기를 택한다. 그는 뼈다귀와 양씨
형제들이 식칼을 들고 싸움을 벌이는 현장에서 환호하며 "열 몇 개의
노골적인 '악의'가 한 덩어리가 되어 다리를 건너는 광경"30)을 기억하
는 유일한 존재가 된다. 그것은 이 조선인들이 집단으로 거주하는 동네
의 '나쁜 소문'들 속에서 자신의 삼촌인 뼈다귀나 가나코의 쌍둥이 오
빠들과는 근본적으로 다른 삶의 방식을 택하게 된다는 점을 암시한다.

현월의 또다른 작품 「무대배우의 고독」에도 이카이노를 연상시키는
한 동네의 존재가 묘사되고 있다.

---

28) 현월, 『나쁜 소문』, 앞의 책, 66쪽.
29) 위의 책, 67쪽.
30) 위의 책, 155쪽.

　그러나 온 동네 구석구석에 배치된 방향제 옆을 지나갈 때, 다시 말해 금계나무 향기가 고무풀이나 기계기름, 화장터 연기에 말라버린 똥, 마늘과 고추와 개골창의 구정물 등, 동네 전체에 배어있는 냄새를 잠시나마 완화시켜주는 계절이 되면, 다른 고장을 모르는 그는 평소에는 알 수 없는 동네 전체의 풍경을 살짝 엿보는 듯한 느낌이 들었다. 이곳은 형편없는 곳이다. 형편없는 인간들만 모아놓은 곳이다. 그러나 이토록 저주를 받은 곳인데도 아무도 그것에 신경을 쓰지 않는다. 그것은 그들 자신부터가 저주를 받고 있기 때문이다. 나는 한평생을 이곳에서 살겠다. 그는 자신이 어떤 곳에 서 있는지 이해하는 것은 아주 바람직한 일이라는 걸 실감했다.[31]

　「무대배우의 고독」에 등장하는 노조무는 자신이 나고 자란 동네에 대해서, "토지의 지력이 내포하고 있는 어수선함, 수상쩍음, 끈적한 기름기" 등의 불길한 분위기와 "익숙할 정도로 들어왔지만 들어도 무슨 말인지 모르는 비명, 규환, 교성, 속삭임, 부조리한 폭력"으로 가득한 장소로 인식하고 있다. 그러나 그는 그 저주받은 곳이 자신이 살아가야 할 장소라는 점을 인식하고, 그것을 통해 어떤 '바람직한' 실감을 체험한다. 노조무가 자신이 사는 동네를 자아의 삶의 무대로 인식하게 되는 장면은 중요하게 살필 만한 장면이다. 그의 아버지는 일본인이고, 그의 어머니는 생활의 어려움을 극복하기 위해 제주도에서 일본으로 일종의 결혼 이민을 온 뉴커머이다. 그가 불량한 소년으로 성장하는 것은 아버지가 죽고 어머니는 고향인 제주도로 돌아가고 난 후 삼촌의 양자로 입적되어 살아가면서부터인데, 이러한 성장은 그가 불길한 기운이 맴돌고 있다고 느낀 자신의 동네의 분위기와 조응하는 것으로 이해될 수 있다.
　불량소년이었던 그는 스스로가 나이 들어 갱생했다고 느끼지만, 동네

---

31) 현월, 「무대배우의 고독」, 앞의 책, 144~145쪽.

에서 날치기를 시도하여 어린 아이를 사망하도록 만든 후배들의 아지트에 찾아가서 그들을 바라보면서 "그가 여전히 '그들 편'에 있는 것은, 그가 아무리 반론한다 해도 누구의 눈에도 의심의 여지가 없으리라."[32]고 생각한다. 후배들을 붙잡아 경찰서에 인도한 후에도 자신에 대한 경찰의 태도를 대하면서, "경찰 면에서 보면, 아무리 갱생했다고 떠들어대도 자신은 '그들쪽' 인간일 수밖에 없다는 것을 몰랐던 것일까?"[33]라고 반문한다.

그러나 노조무의 이러한 이분법은 서사의 진행을 따라 날치기 사건에 대한 이야기가 그의 상상이었음이 밝혀지면서 새로운 국면으로 진입한다. 그는 어릴 적 자신이 죽은 동생과 함께 놀던 한국 성당 인근의 놀이터를 찾아가서 "혼자서 이 세계와 대치하고 있는 듯한 느낌"(160쪽)을 갖고 기분이 고조되는 것을 느끼지만, 이내 "그러나 그와 적대하고 대치하고 있는 세력이 실제로 존재하는가?"라는 의문을 품게 된다. 더 이상 대결할 상대가 자신에게 존재하지 않는다는 자각은 그로 하여금 '인생의 무의미함'을 절실하게 느끼도록 만든다.

「무대배우의 고독」에서 희미한 배경으로만 등장하는 마을에 대한 애착을 드러내는 존재는 노조무 외에도 있다. 그는 캐나다 출신으로 일본에 온 신부이자, 임시로 한국성당을 맡고 있는 카라반이라는 인물이다. 그는 신부를 그만두고 유동적으로 동네에 머물며 아이들에게 가끔 영어를 가르치는 자신의 생활에 대해 지적하는 노조무의 삼촌에게 "당신은 신참자라 이 지역에 대해 아무것도 모른다. 난 이 동네를 끝까지 지켜봐야 한다."(172쪽)라고 답한다. 그런 카라반의 존재에 대해 노조무는

---

32) 위의 책, 148쪽.
33) 위의 책, 154쪽.

"이 동네에, 형체가 없어질 정도로 동화되어 눈에 띄지 않게 된" 많은 외국인 중 하나라고 생각한다. 「무대배우의 고독」에서 장소에 대한 애착이 등장하는 장면은 돌발적이다. 그것은 세상으로부터 버려진 느낌을 갖는 노조무나, 동네에 아무런 연고도 갖지 못한 존재인 외부의 인물, 카라반과 마유코 등의 인물로부터 발신되는 정서이다.

> 가령 카라반이라면 이 질문에 대해 어떻게 대답할까? 그 여자는 타락한 게 아니다. 그 여자한테는 만유인력이 작용하지 않아서 무중력 공간에 단지 둥실둥실 떠 있을 뿐이다, 라고 말할지 모르겠다. 노조무는 언젠가 카라반에게 직접 물어보고 싶었다. 그밖에도, 이 고장에 대해서라든지 묻고 싶은 것이 많다.
> 「……」
> "이 저주받은 땅이 낳은 저주받은 원숭이야. 네 몸에 흐르는 피의 반이, 너를 다시 데려올 거다. 왜냐하면 너는, 이 저주받은 땅에 붙들여 매여 있기 때문이다. 너는 혼자서 이땅의 모든 것을 체현하고 있다. 왜냐하면 너는 이 저주받은 땅이 낳은 저주받은 원숭이이기 때문이다.?"[34]

노조무는 조립식 창고에 거주하며 몸을 파는 마유코에게 강한 애착을 느끼고 있다. 그는 그녀의 삶을 타락으로부터 구해낼 방법을 고민하는데, 그가 상상적으로 떠올리는 카라반의 목소리는 그녀가 만유인력이 작용하지 않는 무중력 공간을 떠도는 존재라는 대답이다. 그것은 사에키가 국가의 권력과 인간의 윤리 속으로 귀속되지 않는 삶을 살고 있다는 자신의 믿음을 외부로부터 온 인물이며 신에게 가까운 존재인 카라반으로부터 추인 받고 싶어 하는 노조무의 의지의 표명이다. 그러나 이내 그의 공상 속으로 또 다른 카라반의 목소리가 들려온다. 그러나 그

---

34) 위의 책, 191~192쪽.

목소리는 그녀와 이 고장의 문제에 노조무 자신의 책임이 깃들어 있다
는 선언이며, 공동체의 운명에 합류하여 그 책임에 응답함으로써 자신
의 자아를 확립할 수 있다는 목소리이다.

5. 재일조선인 문화지리의 트랜스내셔널

이카이노의 재일조선인 문학과 그 결과를 통해 재일조선인의 문화적
정체성을 확인하려는 시각 속에 놓인 것은 그 삶의 기억들 속에 아로새
겨진 가난과 억압을 폭로하면서 민족문화의 또다른 기원을 찾으려는
시도와 종종 만난다. 백낙청은 1990년대 이후 변화한 지형 속에서 민족
문학의 의미를 되묻는 맥락에서 "한반도의 남과 북 뿐 아니라 전세계
한인 디아스포라도 참여하는 '민족문학'의 의미"가 이전보다 커졌다는
주장을 펼친 바 있다.[35] 이러한 주장은 그 자신이 소개하고 있는 카사
노바의 주장처럼 "한 작가의 작업을 이해하려면 그가 속한 일국문학의
맥락에 머물러서는 안 되고, 세계문학 속에서 그가 태어난 국민/민족적
공간이 차지하고 있는 위치와 이 공간 속에 그 자신이 차지하는 위치라
는 두 가지를 동시에 감안하여 자리매김해야 한다"라는 말과도 모순되
는 것이다. 또한 백낙청은 카사노바의 중심부 편향을 지적하면서 동아
시아 내부에서 활발한 지역문학 건설이 진행되고 있는 현실에 주목하
고 동아시아 나름의 국제적 문학시장과 공인기관을 형성함으로써 그러
한 편향에서 벗어나자는 주장을 펼치고 있는데, 이런 주장과 디아스포
라 문학의 민족문학 편입론은 어울리지 않는 것이다. 재일조선인이 제

---

35) 백낙청, 「세계화와 문학」, 『안과 밖』 29호, 2010, 21쪽.

국주의 지배와 식민지의 일상적 차별, 그리고 출신지 국가로부터의 소외라는 중첩되는 억압 속에 자리 잡고 있는 존재라면, 그들의 디아스포라적 존재 방식은 그러한 경계들을 넘나드는 층위에서 다시 구성될 수밖에 없는 것이다. 이는 민족문학의 입장에서 이들의 소외를 포섭하는 것이 아니라, 전지구적 자본주의 질서 속에서 그들이 차지하고 있는 위치에 대한 새로운 접근과 그들이 (탈)구축하고자 하는 정체성의 맥락에서 이해될 필요가 있는 것이다.

호미 바바는 전쟁과 갈등으로 인한 문화적 혼란이 괴테의 세계문학에 대한 구상을 낳게 된 상황에 대해 설명하면서, 세계문학이란 문화적 차이와 타자성의 형식에 관련된 새로운 예시적인(prefigurative) 범주였다고 말한다. 그에 따르면 세계문학에 대한 연구는 문화들이 타자성의 투사를 통해 자기 자신을 인식하는 방식에 대한 연구라고 이해할 수 있다. 한때 민족적 전통들을 전파하는 것이 세계문학의 주된 주제였다면, 이제는 이주, 피식민, 정치적 난민들의 초민족적 역사들의 경계와 접경적 조건들이 세계문학의 영역이 되었다는 것이다. 이러한 연구들은 민족문화의 '지배'나 인간문화의 '보편주의'가 아니라 탈식민사회의 문화적 삶의 내부에서 기원한 기형적인 전위(freak displacement)에 초점을 두어야 한다.36) 이러한 논의는 재일조선인 문학의 문화지리에 대해서도 중요한 참조의 대상이다. 이는 재일조선인 문학의 장소와 경험을 민족의 서사로 회수하려는 시도가 아니라, 그 탈식민적인 장소의 문화지리가 발산하는 트랜스내셔널한 지향 속에서 새롭게 이해될 필요가 있다.

이카이노를 무대로 삼고 있는 현월의 소설에 나타난 핵심적인 양상은 과거 피식민 경험과 기억을 유지하면서도 그것을 넘어선 자리를 발

---

36) Homi Bhabha, *The Location of culture*(london:Routledge) 1994, p.12.

견하려는 움직임이다. 현월의 소설에 등장하는 서방과 노조무, 가나코와 료이치 같은 인물들은 자신들의 직접적인 기억과 핏줄 속에 스며 있는 피식민의 경험과 기억을 전유하면서 자신들의 정체성을 구축하거나 그를 통해 가능한 최소한의 구체적 실천으로 나아가고자 하는 인물이다. 그것은 좁게는 일본이라는 국민국가의 경계 내부에서, 그리고 더 나아가서는 신자유주의적 경제가 강제한 장소성의 빠른 변화 속에서 배제되고 소외된 존재로서의 하위주체가 그들을 억누르고 있는 식민성을 넘어서려는 기획이다. 현월의 소설은 이카이노라고 하는, 재일조선인의 삶과 역사를 떠올리는 것이 당연한 것으로 이해되던 공간을 새로운 문화적, 지정학적 위치로 이동시키고, 그곳으로부터 새로운 정체를 가진 주민들을 발굴해낸다. 이는 국민=민족적 동일성'으로 환원되지 않는 소수자들(minority)의 자기서사의 시작으로 이해되어야 할 것이다. 이 새로운 정체성의 구축은 재일조선인 문학의 흐름 속에서 중요한 의미를 갖는다.

제3장

재일조선인과 '이카이노(猪飼野)'라는 장소
―재일조선인발행 잡지를 중심으로―

양 명 심

1. '이카이노'라는 장소

오사카(大阪)의 이쿠노쿠(生野區)는 다른 지역에 비해 가장 규모가 크고 오래된 대표적인 재일조선인[1] 집주지역으로 알려져 있다. 특히 오사카시 이쿠노쿠 이카이노초(猪飼野町)의 옛 지명인 '이카이노'는 고대 아스카 시대부터 있었던 유서 깊은 지명이었으나 1973년 행정구획 변경으로 쓰루하시(鶴橋), 모모다니(桃谷), 나카가와(中川), 다시마(田島)로 분할되면서 그 명칭은 사라졌다.[2] 그 역사는 일제강점기로 거슬러 올라간다. 1922년 10월 제주도와 오사카 사이에 정기연락선 기미가요마루(君が代丸)가 운항을 시작하면서 많은 제주도 출신 노동자들이 오사카 이쿠노쿠에 최대 규모의 밀집 지역을 형성하게 되었다. 1924년 조사에 의하면 오사카 거주 조

---

1) 여기서는 현재 일본에서 일반적으로 사용되고 있는 '재일조선인'이라는 용어를 쓰며, 남·북한의 정치적 의미를 배제한 양쪽의 '민족'이라는 의미에서 '조선인'이라고 표기하도록 한다.
2) 국제고려학회 일본지부, 『재일코리안사전』, 선인, 2012, 304쪽.

선인 중 제주도 출신의 비율이 60%였다고 전해진다.[3] 1920년대 형성된
오사카 조선인 집주지역에 조선인이 밀집하게 된 배경과 관련한 여러
가지 의견이 있지만, 그 대부분은 히라노가와(平野川) 개수 공사에 다수의
조선인 노동자들이 참여했던 것과 관련이 있다.[4]

〈표 1〉 시기별 · 지역별 재일조선인의 인구구성[5] (단위: 명)

	1925		1928		1930		1933	
1	大阪	34,311	大阪	55,290	大阪	96,343	大阪	140,277
2	福岡	14,245	東京	28,320	東京	38,355	東京	39,314
3	東京	9,989	福岡	21,042	愛知	35,301	愛知	34,819
4	愛知	8,528	愛知	17,928	福岡	34,639	京都	32,594
5	兵庫	8,032	京都	16,701	京都	27,785	福岡	31,510
6	京都	6,823	兵庫	14,322	兵庫	26,121	兵庫	30,440
7	神奈川	6,212	神奈川	10,207	山口	15,968	山口	17,796
8	山口	5,967	山口	8,839	北海道	15,560	廣島	14,856
9	北海道	4,450	北海道	6,446	神奈川	13,181	神奈川	12,976
10	廣島	3,398	廣島	5,827	廣島	11,136	岐阜	9,669
총인구	136,709		238,102		298,091		450,217	

　시기별·지역별 조선인 인구 구성 비율을 보면 1923년을 기점으로
형성된 오사카 조선인 집주지역의 조선인 수는 1930년대 이후에도 계속
해서 증가하는 추세를 보이고 있다. 물론 오사카가 일본 내 조선인 집
주지역의 대표로 일컬어지는 것은 상대적으로 높은 조선인 인구 비율
때문만은 아니다. 그것은 여기서 재일조선인을 대상으로 하는 각종 상
업, 서비스업이 전개되고 이곳이 조선인을 고용하는 공장 등이 집중된

---

3) チョジヒョン, 金石範, 辛淑玉 外, 『曺智鉉寫眞集 猪飼野』, 新幹社, 2003, 4쪽.
4) 국사편찬위원회, 『재외동포사총서10: 일본 한인의 역사(상)』, 국사편찬위원회, 2009, 81쪽.
5) 위의 책, 81쪽.

에스닉 커뮤니티로서의 성격이 짙은 공간이 되었다는 것을 의미한다.[6]

실존적 존재로서의 인간의 거처이자 사회적 존재로서의 인간의 삶이 영위되는 곳이며 다양한 관계 맺기의 장인 '장소'는 인간 행위와 경험, 기억과 상상의 의미 공간[7]이라고 정의할 수 있다. 인간의 삶이 전개되는 공간인 로컬은 배제와 대립의 공간일 수도 있지만, 단순한 지역적 특성을 넘어 인간 삶의 근본적 의미와 다양한 가치를 포괄하는 의미로 해석될 수도 있다.[8] 특히, 오사카 '이카이노'를 삶의 배경으로 한 재일조선인에게 있어 이곳의 경험과 기억은 일본인들과 구별되는 역사적·문화적 정체성을 형성하게 된 원체험의 장소로 각인되어 있다. 다른 재일외국인과 달리 특수한 역사적 배경을 가지고 조국을 떠나 일본사회에 정착한 재일조선인들은 일본사회에 뿌리내리는 과정에서 극심한 편견과 차별을 경험하면서도 이곳 이카이노에서 그들 나름대로의 정체성을 형성해왔다. 일제강점기에 형성된 재일조선인 집주지역 오사카 이쿠노쿠는 확연히 구별되는 아래의 외국인 등록인 수에서도 알 수 있듯이 변화와 변용의 과정을 거치면서도 지금까지 재일조선인의 상징적 집주지역으로서 역사를 이어오고 있다.

〈표 2〉 외국인 등록인 수(2001년 3월 말)[9] (단위: 명)

	總數	韓國·朝鮮	中國	その他
生野區	36,225	34,950	824	451
大阪市	118,926	95,988	13,995	8,943

6) 도노무라 마사루, 신유원·김인덕 옮김, 『재일조선인 사회의 역사학적 연구』, 논형, 2010, 198쪽.
7) 부산대학교 한국민족문화연구소, 『장소경험과 로컬 정체성』, 소명출판, 2013, 3쪽.
8) 이상봉, 「인문학의 새로운 지평으로서 '로컬리티 인문학' 연구의 전망」, 『로컬리티인문학』 1, 부산대학교한국민족문화연구소, 2009, 43쪽.
9) チョジヒョン,金石範, 辛淑玉 外, 앞의 책, 140쪽.

오사카 '이카이노' 지역을 연구 대상으로 한 선행연구를 살펴보면 제주도민의 오사카 이주를 배경으로 한 연구, 재일조선인의 역사를 '오사카'라는 지역을 통해 조명한 연구, 오사카 집주지역의 형성과 실태에 관한 연구, 일본 내 재일조선인 사회와 집주지역에 대한 비교 연구 등 사회학적인 측면에서 접근한 논문10)들은 비교적 많이 축적되어 있다. 반면에 이카이노 출신의 작가나 이카이노를 소재로 한 재일조선인 문학에 대한 연구는 비교적 최근에 이카이노를 대표하는 몇몇 소수 작가에 대한 구술사나 시, 소설을 분석한 연구11)가 진행되고 있는 정도이다.

10) 고정자 · 손미정, 「한국문화 발신지로서의 오사카 이쿠노쿠 코리아타운」, 『글로벌문화콘텐츠』 5, 한국글로벌문화콘텐츠학회, 2010; 김리나, 『1920~30년대 제주도출신 재일조선인의 오사카 정착』, 연세대학교대학원 석사, 2009; 손미경, 『'문화플랫폼'으로서 도쿄 오사카 코리아타운 연구』, 韓國外國語大學校 大學院 博士, 2013; 안미정, 「오사카 재일제주인 여성의 이주와 귀향」, 『탐라문화』 32, 제주대학교 탐라문화연구소, 2008; 이광규, 「재일한국인의 조사연구: 大阪生野區를 중심으로(1)」, 『韓國文化人類學』 13, 한국문화인류학회, 1981; 이상봉, 「오사카 조선시장의 공간정치 - 글로벌화와 장소성의 변용」, 『한국민족문화』 41, 부산대학교한국민족문화연구소, 2011; 李俊植, 「일제강점기 제주도민의 오사카 이주」, 『한일민족문제연구』 3, 한일민족문제학회, 2002; 임승연, 『재일 한인타운의 사회-공간적 재구성과 정체성의 정치』, 이화여자대학교대학원 석사, 2010; 임승연 · 이영민, 「오사카 한인타운의 장소성과 재일한인 정체성의 관계적 특성 연구」, 『로컬리티인문학』 5, 부산대학교한국민족문화연구소, 2011; 임영언 · 허성태, 「일본 속의 재일코리안 사회 : 도쿄와 오사카 코리아타운 공동체 공간의 특성 비교 연구」, 『재외한인연구』 37, 재외한인학회 2015; 장윤수, 「재일한인 집거지역 사회적 실태조사: 신주쿠와 이쿠노를 중심으로」, 『한국동북아논총』 9(2), 한국동북아학회, 2004; 한종완 · 임영언, 「오사카지역 코리안 커뮤니티의 형성과 문화적 변용 연구」, 『일어일문학』 64, 대한일어일문학회, 2014; 外村大, 「在日朝鮮人の歷史を地域から見る」, 전남대학교 세계한상문화연구단 국제학술회의, 2011.

11) 김훈아, 「종추월(宗秋月)의 시와 '재일조선인어'」, 『일본근대문학 연구와 비평』 4, 한국프랑스학회, 2005; 남승원, 「김시종 시 연구- 탈식민적 전략으로서의 공간 탐구」, 『이화어문논집』 37, 이화어문학회, 2015; 박정이, 「재일문학 공간 '이카이노'의 상징성」, 『일본어문학』 43, 일본어문학회, 2008; 변화영, 「재일조선인 여성들과 이카이노의 생활공간」, 『한국문학이론과 비평』 51, 한국문학이론과 비평학회, 2011, 「자이니치의 경험과 기억의 서사: 원수일의 『이카이노 이야기』를 중심으로」, 『현대문학이론연구』 45, 현대문학이론학회 2011; 심아정, 「김시종의 시세계와 감성의 정치」, 『일본학연구』 47, 2016; 오세종, 「김시종의 시와 '자서전'」, 『한국학연구』 39, 단국대학교 일본연구소, 2015; 유숙자, 「오사카 이카이노의 在日한국인 문학」, 『한국학연구』 12, 고려대학교 한국학연구소, 2000, 「오사카(大阪) 이

이 글에서는 이러한 기존 선행연구를 참조하면서 재일조선인 내부의
세대교체가 일어났던 1980년대 후반 신세대 재일조선인들에게 오사카
'이카이노'라는 장소가 특별한 곳으로 기억되고, 의미가 부여되면서 '만들
어지는' 과정을 재일조선인이 발행한 주요 잡지를 통해 고찰해보고자 한
다. 1980년대 후반에 신세대 재일조선인들이 적극적으로 발언하기 시작하
면서 '재일'의 실질적인 문제를 소재로 한 문학작품과 함께 지역사회의
역사와 문화를 소개하는 장으로서 잡지는 중요한 역할을 하였다. 따라서
재일조선인 발행 잡지에 수록된 '이카이노' 관련 문학작품과 좌담회, 평
론, 에세이 등을 통해 재일조선인이 형성한 오사카 이쿠노쿠의 지역문화
가 어떻게 재현되고 있는지 살펴보고, 이를 통해 '이카이노'를 중심에 두
고 있는 재일조선인의 문화정체성을 재조명하는 계기로 삼고자 한다.

2. 재일조선인의 '이카이노'에 대한 기록들

1945년 해방 이후부터 본격적으로 모습을 드러내기 시작한 재일조선
인발행 잡지는 현재 종합지에서부터 문예지, 서클지, 뉴스, 생활 정보지,
팜플렛, 사진잡지에 이르기까지 다양한 성격의 잡지가 간행되었다.12)

카이노의 여류시인 종추월」,『韓國文學論叢』34, 한국문학회, 2003; 장안순, 「『이카이노이
야기』의 제주여성」,『日語日文學硏究』67(2), 한국일어일문학회, 2008; 하상일, 「재일 디아
스포라 시인 김시종 연구」,『한국언어문학』71, 한국언어문학회, 2009; 홍정은,『총련계
재일조선인 여성의 민족정치학과 '어머니 정체성' : 일본 오사카부 이주 여성들의 구술사
를 중심으로』, 이화여자대학교 대학원 석사, 2009.
12) 해방이후부터 현재까지 재일조선인이 중심이 되어 발행한 주요 잡지를 열거하면 다음과
같다.
『高麗文藝』,『民主朝鮮』,『文化評論』,『自由朝鮮』,『朝鮮評論』,『新しい朝鮮』,『平和와 教
育』,『ヂンダレ』,『コリア評論』,『鷄林』,『新しい世代』,『統一評論』,『漢陽』,『文學藝術』,『韓

재일조선인 발행 잡지는 해방 직후 김달수가 중심이 된 『민주조선』
을 시작으로 1970년대와 80년대에는 조국의 민주화 운동, 남북한의 통
일문제, 일본사회와 재일과의 관계, 재일조선인의 정치, 사회 상황을 총
체적으로 다룬 『삼천리』(1975~87)와 『청구』(1989~96)가 간행되어 주목받
았다. 그 후, 1980년대 후반부터 재일조선인 발행 잡지의 형식이나 주제,
성격이 보다 다양화되면서 『민도』(1987~90), 『우리생활』(1987~99), 『월간
미래』(1988~97), 『호르몬문화』(1990~2000), 『사이』(1991~2010) 등이 뒤를 이
어 발행되었다.

『삼천리』와 『청구』는 조국과 일본, 재일조선인 관련 거대담론 중심
으로 기획되었던 만큼 잡지의 규모에 비해 재일조선인의 실생활과 밀
착된 지역과 생활문화를 소재로 한 기사는 상대적으로 많지 않다.

특히 『삼천리』에 수록된 이카이노 관련 기사로는 「이카이노·불황과
주택(猪飼野·不況と住宅, 辛基秀, 14호)」, 「르포 나의 이카이노(ルポわたしの猪
飼野, 金斗錫, 16호)」, 「특집: 일본·이카이노에서 재일조선인 청년의 생각
(特集: 日本·猪飼野から在日朝鮮人の青年の考え, 長井康平, 18호)」, 「불황에 허덕이
는 이카이노(不況にあえぐ猪飼野, 辛基秀, 18호)」, 「보고: 이카이노 조선 도서
자료실(報告猪飼野朝鮮図書資料室, 野崎充彦, 28호)」, 「재일의 풍경 오사카·이

國時事』, 『季刊マダン』, 『季刊三千里』, 『季刊 ちゃんそり』, 『木苺』, 『季刊 コリア研究』, 『季
刊在日文芸民濤』, 『ウリ生活』, 『行人思家』, 『季刊 青丘』, 『セヌリ』, 『ほるもん文化』, 『季
刊サイ』, 『MILEミレ』, 『在日朝鮮人史研究』, 『ヒューマンレポート』, 『コリア就職情報』,
『RAIK通信』, 『セフルム』, 『民族教育』, 『コリア・フォーカス』, 『コリア研究』, 『シアレ
ヒム』, 『青鶴』, 『クリオCRIO』, 『芸郷』, 『在日全南道民會會報』, 『済州島』, 『アリラン通信』, 『架
け橋』, 『韓國朝鮮文化研究』, 『韓(から)の風』, 『生活と人權』, 『在日コリアン人權協會ニュース
liber』, 『財団法人日韓文化交流基金NEWS』, 『イオ』, 『セセデ』, 『ウインドウ(WINDOW)』, 『ア
リラン時報』, 『アプロ21』, 『KIECE民族文化教育研究』, 『留學生』, 『K-magazine』, 『丹青』, 『(仮)
在日コリアン歴史資料館調査委員會ニュース』, 『季刊前夜』, 『アイ』, 『民族教育をすすめる連絡
會通信』, 『月刊韓半島』, 『在日世總News』, 『Suッkara』, 『地に舟をこげ』, 『抗路』, 『風』 등.

카이노(在日の風景大阪・猪飼野, 元秀一, 46호)」, 「일본국 이카이노(日本國猪飼野, 杉谷依子, 50호)」, 작품으로는 시인 김시종의 연재 「이카이노 시집(猪飼野詩集)」 (1~10호), 원수일의 단편소설 「귀향(歸鄕)」(33호), 「사위와 가시어멈(娘婿とカシオモン)」(35호) 등이 있다. 여기에서는 오사카 이카이노 거리의 역사와 배경, 당시 플라스틱과 고무 등 가공업을 중심으로 어렵게 생계를 이어 갔던 조선시장의 풍경, 밀항자들의 생활과 관련한 재일 젊은이들의 생각, 오사카 이카이노에 급격하게 늘어가는 실업자와 폐업 공장들, 오사카 영세공장 거리의 실상, 가족의 구조가 핵가족화되면서 불거지는 재일조선인의 주거 문제 등을 다루고 있다.

뒤를 이어 간행된 『청구』에서는 포토, 다큐멘터리 형식의 『여성들의 이카이노(女たちの猪飼野)』(太田順一, 1호)에 대한 서평과 오사카를 대표하는 작가 양석일의 『광조곡(狂躁曲)』(19호)에 대한 분석, 그 밖에 에세이 「오사카 사건 탐색(大阪事件探索, 西野辰吉, 20호)」, 단편 원수일의 「제주의 여름(チェジュの夏, 24호)」을 소개하고 있는 정도이다.

재일을 대표하는 두 잡지 『삼천리』와 『청구』의 내용 구성에서도 확인할 수 있듯이 지역생활 정보지 이외에 재일 종합잡지, 문예지 중에서 오사카 '이카이노' 관련 주제를 적극적으로 기사화한 잡지는 많지 않음을 알 수 있다. 뿐만 아니라 이카이노를 포함한 관서지방 자체가 재일조선인 밀집 지역으로서 상징성을 갖지만, 재일조선인잡지 발행은 관동지방이 중심이 되어 이루어졌다. 관서지방에서 발행된 대표적인 잡지로는 『진달래(チンダレ)』(1953), 『행인사가(行人思家)』(1987), 『미래(MILEミレ)』(1991), 『사이(サイ)』(1991), 『K-매거진(K-magazine)』(2000) 등을 꼽을 수 있으며, 그 밖에 『코리아평론(コリア評論)』(1957), 『계림(鷄林)』(1958), 『새로운 세대(新しい世代)』(1960), 『새누리(セヌリ)』(1989), 『한국인생활정보(韓國人生活情報)』(1989), 『월

간아리랑(月刊アリラン)』(1992), 『신동경(新東京)』(1993), 『그루터기(クルトギ)』(1993) 등 대다수의 잡지가 관동지방에서 발행되었다.13) 관서지방의 재일조선인들이 수적으로 압도적인 우위를 차지하며 재일의 중심적 위치를 굳히고 있었지만, 살아가기에 바빴던 그들에게 재일의 문화 활동을 주도할 만한 여유가 부족했을 것이고 재정적, 인적 자원과 같은 외부적 요인도 자체적으로 극복하는 데 한계가 있었을 것으로 짐작해 볼 수 있다.

1980년대 후반 당시는 동서 냉전시대의 붕괴, 일본 사회의 고도성장이라는 국내외적으로 격동의 지점에 있었다. 이때 발행된 재일조선인 잡지는 일본사회에서 비주류의 삶을 살아야 했던 재일조선인의 삶의 굴곡을 현재적으로 읽어낼 수 있다는 점에서 더 큰 의미를 갖는다. 그 중에서도 여기서 주목하고자 하는 오사카 이카이노 출신 작가들의 문학 활동의 주요 장으로 활용되었던 『민도』나 '호르몬'을 통해 재일조선인의 본고장과도 같은 오사카 문화를 사실적으로 보여주는 『호르몬문화』는 그 대표적인 잡지라고 할 수 있다.

기존의 재일조선인 잡지들과 다르게 문학예술과 문예 작품을 통해 재일의 존재 근거를 찾고자 했던 만큼 『민도』에는 박중호, 정윤희, 김재남, 최석의, 조남두 등 지금까지 재일조선인 문학사에서 호명되지 않았던 2, 3세 작가들이 적극적으로 작품을 발표하였다. 특히 주목해야 할 것은 원수일, 김창생, 종추월 등 이카이노 출신 작가들이 『민도』를 통해 활발히 존재를 드러내고 있다는 점이다. 종추월의 『이카이노 태평안경(猪飼野のんき眼鏡)』(1호)과 『불꽃(華火)』(10호), 김창생의 『붉은 열매(赤い實)』(3호)와 『세 자매(三姉妹)』(10호), 원수일의 『발병(發病)』(6호) 등이 그 대

---

13) 仲尾宏, 『在日韓國・朝鮮人問題の基礎知識』, 明石書店, 1997, 221~228쪽, 『靑丘』 4号, 靑丘文化社, 1990.5, 154~161쪽 참조.

표적인 예이다.

잡지『호르몬문화』의 '호르몬'은 '해방 전 1930년대 일본인들이 버린 내장류 등을 모아 재일조선인을 상대로 호르몬 구이 노점상을 시작하면서 형성된 조선시장'[14]의 역사와 관련한 상징적 의미를 내포하고 있다.『호르몬문화』의 이카이노 특집 기사들은 같은 재일조선인 사이에서 빚어지는 갈등과 분열 문제, '오사카' 재일조선인과 현지 일본인과의 관계를 '이카이노' 중심으로 조명함으로써 정주화 과정에서 형성된 오사카 이카이노의 지역문화를 생생하게 재현해주고 있다.

이카이노는 재일조선인을 대표하는 지역이었던 만큼 이 지역의 문화적 특성이 재일조선인을 특징짓는 영향력을 지니고 있었음은 부정할 수 없는 사실이다. 그러한 의미에서 잡지『민도』와『호르몬문화』는 재일조선인의 상징적 장소 '이카이노'를 조명하는 데 있어 잡지사적인 중요한 역할을 한다고 볼 수 있다.

3. 재일조선인 문학 속 '이카이노' 체험

『민도』[15]가 발행된 1980년 대 후반은 재일의 중심세대라 할 수 있는 2세 작가들의 활동이 주목 받던 때이다. 소수의 재일조선인 작가들이 주축이 되어 출발한『민도』는 '민족과 민주주의, 국제주의, 제3세계 민중과의 연대"[16]를 창간취지로 하며 창간호에서부터 자유로운 '문예'의

---

14) 한종완・임영언, 「오사카지역 코리안 커뮤니티의 형성과 문화적 변용 연구」,『일어일문학』64집, 대한일어일문학회, 2014, 481쪽.
15) 1987년 11월 창간호를 시작으로 1990년 3월까지 전 10호에 걸쳐 발행된 문예종합지.
16) 「卷頭言」,『民濤』 1号, 民濤社, 1987.11, 1쪽.

장으로서 지식인들 뿐 아니라 재일 대중들의 목소리를 전하는 잡지로 기획되었다. 특히 여기에는 재일조선인 작가의 작품뿐만 아니라 남북한 작가, 재중국, 재소련, 러시아의 조선인 작가의 작품도 소개되고 있으며, 님웨일즈의 인터뷰, 백낙청, 고은 등을 초청한 대담, 좌담회 특집이 특징적인 것으로 주목받았다.[17]

이러한 마이너리티적인 잡지의 성격은 일본과 재일조선인 사회의 이중적 차별을 겪어온 이카이노 출신 여성 작가 종추월, 김창생을 포함하여 재일문학사의 주류에 포함되지 못한 2, 3세 작가들이 『민도』에 적극적으로 작품을 발표했다는 것에서도 확인할 수 있다.

> 이카이노에서 출발한 작가들은 여기를 고향으로 생각하며 집착한다. 재일하는 조선의 민족적 사상적 근거지로 이카이노가 창조된 것이다. 양석일을 그 1세대라고 하면 더 젊은 세대의 작가들 역시 이카이노를 그려왔다. 종추월의 『이카이노 타령』, 김창생의 『나의 이카이노』, 원수일의 『이카이노 이야기』 등이 있다. 이들은 이카이노를 통해 조선, 대부분은 제주도를 생각한다.[18]

위 인용문에서도 알 수 있듯이 이카이노 출신 작가들의 문학적 출발에는 '이카이노'라는 장소가 각인되어 있으며 이들은 끊임없이 그 장소를 기억하고 그 곳으로 돌아간다. 작가가 '이카이노'라는 장소에 집착할 수밖에 없는 것은 "내가 자아에 눈 뜬 유년기의 의식에는 조선시장, 운하, 제사, 정치, 싸움, 이별, 통곡, 웃음이라는 이카이노의 풍경이 복잡하게 얽혀 침전되어 있다."[19]는 원수일의 고백처럼 이곳이 기억 속에 있는 원체험의

17) 국제고려학회 일본지부, 앞의 책, 29쪽.
18) 林浩治, 「錆びた洗面器から文學は生まれた」, 『ほるもん文化』 7号, 1997.2, 128쪽.
19) 원수일, 김정혜·박정이 번역, 「저자의 말」, 『이카이노 이야기』, 새미, 2006, 243쪽.

장소이자 이제는 돌아갈 수 없는 고향을 추체험할 수 있는 유일한 장소이기 때문이다. 실제로 재일조선인 문학에서 옛 지명 '이카이노'를 제목의 일부로 하거나 그 지역을 배경으로 한 작품의 수는 적지 않다.[20]

이카이노 출신 작가들의 작품에 나타나는 특징은 크게 세 가지로 정리해 볼 수 있다. 첫째는 거침없는 사투리를 통해 드러나는 언어의 특수성이고, 둘째는 그 언어를 주도적으로 구사하는 주체가 여성, 어머니로 부각되고 있다는 점이며, 셋째는 '이카이노'에 대한 이중적 장소 의식이다.

유숙자는 이러한 이카이노 출신 작가들의 작품에 드러나는 언어적 현상을 '오사카 사투리와 제주도 사투리가 편의에 의해 사용되면서 형성된 이카이노어'로 정의 내린다.[21] 이카이노 출신 작가들은 어린 시절 듣고 자란 일본어도 조선어도 아닌 제주도 어머니의 거칠고 투박한 언어를 '이카이노어'라고 하는 새로운 형태로 작품 속에서 재구성하고 있는 것이다.

이소가이 지로는 이들 작가의 문체가 갖는 특징을 '일본스러운 정서를 표출하는 일본어를 해체시키면서 재일의 삶을 꿋꿋하게 살아낸 육체언어', '삶의 현장 속에서 생겨나, 부(負)의 정념을 삶의 정신으로 반격하는 언어'라고 설명하며 '일본어이면서 일본어가 아닌 또 하나의 언어 표현이 새로운 문학세대에게서 생겨났다'고 평가하고 있다.[22]

---

20) 예를 들면 종추월『이카이노・여자・사랑・노래=종추월시집(猪飼野・女・愛・うた=宗秋月詩集)』(1984),『이카이노 타령(猪飼野タリョン)』(1986), 김창생『나의 이카이노(わたしの猪飼野)』(1999),『이카이노발 코리언 가루타(イカイノ發コリアン歌留多)』(1999), 양석일『족보의 끝(族譜の果て)』(1989),『밤을 걸고서(夜を賭けて)』(1993),『피와 뼈(血と骨)』(1998), 현월『그늘의 집(蔭の棲みか)』(1999) 등이 있다. (박정이,「재일문학 공간 '이카이노'의 상징성: 원수일『이카이노 이야기』를 중심으로」,『일본어문학』43, 2008, 430쪽 참고)

21) 유숙자,「오사카(大阪) 이카이노(猪飼野)의 在日한국인 문화」,『한국학연구』12, 한국문학회, 2000, 123~146쪽.

종추월(1944~)의 「이카이노 태평 안경」(1호)은 제주도 출신 여성들이 조선인 집주지역에서 남편의 폭력과 가난 속에서도 가정을 주체적으로 이끌어가는 억척스러운 모습을 주인공 순자(順子)의 삶을 통해 그리고 있다. 순자는 나사업을 하는 집안에서 여섯 중 막내로 태어나 불행한 가정으로부터 도망치다시피 결혼을 했다. 그러나 가정을 돌보지 않는 남편의 무능함과 나태함으로 가장의 역할은 어머니 순자의 몫이다. 남편은 이런 순자에게 열등감마저 느끼며 술주정과 폭력을 휘두른다. 종추월의 또 다른 작품 「불꽃」(10호)의 주인공 경자(景子) 역시 마찬가지이다. 남편의 무차별한 폭력과 횡포에 시달려왔던 경자는 그동안 억눌려왔던 자유를 찾아 가출해 혼자 살고 있는 고향 친구 영심(永心)의 집에 머문다. 살기 위해 선택한 유일한 수단이었다. 원수일의 작품 「발병」(6호)은 재일 1세 어머니 복순(福順)과 아들 효일(孝一) 사이에 벌어지는 조선 문화를 둘러싼 갈등을 그리고 있다. 일본인과 결혼하여 '조선인은 싫다'며 일본인으로 귀화해 버린 아들의 반대 때문에 제주도식으로 남편의 제사도 마음대로 지내지 못하는 복순은 고칠 수 없는 마음의 병을 앓는다. 김창생의 작품 「세자매」(10호)는 결혼에 실패하고 이카이노로 돌아와 새로운 삶을 시작하는 자전적 이야기를 바탕으로 하고 있다. 화선(和善)은 이혼 후 딸 주향(朱香)과 함께 부모님의 고향인 오사카로 돌아온다. 큰 언니 화덕(和德)과 둘째 언니 화순(和順)과 함께 세 자매는 부모님을 모신 절에 참배를 하러 간다. 여기서 세 자매는 아버지의 폭력을 자식들을 위해 인내하며 수동적인 삶을 살다 간 어머니를 회상한다. 이러한 어머니의 삶은 화선이 이혼을 결심하고 독립적인 삶을 살아갈 수 있도록 하는 계기가 된다.[23]

---

22) 磯貝治良, 『<在日>文學論』, 新幹社, 2004, 37쪽.

'이카이노'를 배경으로 하고 있는 김창생, 종추월, 원수일의 작품에서
는 제주도 지방 특유의 강한 여성상이 형상화면서 가족의 구도가 '아버
지' 중심이 아닌 독립적이고 주체적인 여성, 즉 '어머니'를 중심으로 변
화된 구조를 보이고 있다. 이러한 가족 내 '성(性)'의 이동에 의한 가족
의 재구성, '모성' 중심의 가족 구도는 '제주도'라는 지역적 특성이 배경
에 있는 이카이노 출신 작가들의 문학을 특징 지어주는 중요한 장치가
된다. 지금까지 재일조선인 문학에서 불우한 가정의 중심에는 가부장적
이고 난폭한 '아버지'가 존재했다. 2세 작가 이회성의 대표작『다듬이질
하는 여인(砧をうつ女)』(1971)에는 아버지의 일방적인 폭력을 참고 견디며
인내하는 조선을 대표하는 여성상으로 '어머니'가 제시되었다. 그러나
제주도 출신 이카이노의 어머니는 무능하고 폭력적인 남편을 인내하는
것에서 나아가 수용하고 포섭하는 새로운 '어머니상'으로 형상화되고
있는 것이다.

작품의 배경으로 등장하는 '이카이노'라는 장소인식에 있어서도 주인
공들은 이중성을 드러낸다. 김창생의 작품 「세 자매」의 서두에 나오는
"가방을 들고 오사카에 도착한 화선은 역에 있던 사람들의 오사카 말씨
에 '휴우'하고 한숨을 내쉬었다. 막 스쳐 지나가는 사람들의 제주 사투
리에 마음속까지 치유되는 것 같았다. 제주도는 부모님이 태어난 고향
이었다. 뒤얽힌 동네의 골목길을 걸으면서 이곳이라면 우리 둘이서 어
떻게든 살아갈 수 있을 거라고 화선은 생각했다."24)에서도 알 수 있듯
이 이혼하고 돌아온 화선은 오사카에서 '자신이 원래 있어야 할 곳'으
로 돌아온 것 같은 회귀본능을 느낀다. '오사카 말씨', '제주 사투리',

---

23) 유숙자, 『재일한국인 문학연구』, 월인, 2000, 212~227쪽 참조.
24) 양석일 외 5인, 이한창 옮김, 『在日동포작가 단편선』, 소화, 1996, 178쪽.

'고향'은 여기서 화선의 불안한 심리를 떨쳐내게 하는 장치가 되고 있다. 그러나 '까마귀라는 것에 대한 기쁨을 조금도 느낄 수 없었다. 까마귀로 태어났기 때문에 어쩔 수 없이 까마귀로 살아야 한다는 체념만이 섞여있었다'고 하는 화선의 말은 주인공에게 오사카 이카이노가 '내가 유래한 곳', '나의 원천'이기도 하지만 생활 속에서의 '이카이노'는 내가 이 사회에서 배제된 '소수자'임을 확인시켜주는 장소이기도 한 것이다.

『민도』 창간호에서는 이쿠노쿠에 거주하는 재일 2세 김창생과 조박, 정윤희 씨가 참석한 특별 좌담회를 소개하고 있다. 여기서 김창생은 '이카이노가 반드시 오사카의 이쿠노쿠에 있는 이카이노가 아니어도 상관없다. 일본에 있는 다른 조선인 부락이라도 우리말을 쓰는 일상공간이 있고, 주변에 웃어주는 이웃이 있는 곳이라면 그곳이 바로 이카이노인 것이다'25)라고 하며 '이카이노'라는 장소의 정체성은 '공동체 의식'에 있음을 강조한다. 김창생의 말에서도 알 수 있듯이 실제 이카이노 출신 작가들의 의식 속에는 지도상에 존재하는 하나의 '장소'로서의 이카이노와, 반대로 실체화된 지리적 개념이 아닌 문화적 공간이자 상상의 공간으로서의 이카이노가 함께 존재하고 있는 것이다. 이제 이카이노는 실존하지 않는 장소이면서 한편으로는 어디에서든 그 존재 가치를 확인할 수 있는 장소인 것이다.

앞에서 살펴본 바와 같이 이카이노 출신 작가들의 작품에는 공격적이고 자기 방어적이며 직설적인 어머니상과 소란스럽고 청결하지 않은 되도록 피하고 싶은 이카이노 거리의 실체가 긍정적으로 미화되고 있다. 이것은 '조국의 상징'이라는 의미를 '이카이노'에 부여하고, 이곳을

---

25) 金蒼生, 趙博, 鄭閏熙 外, 「在日朝鮮人文學の今日と明日-座談會二·三世が語る 在日文學はこれでいいのか」, 『民濤』 1号, 1987.11, 78쪽.

조국의 역사와 문화의 근원지로서 자리매김하면서 작품을 통해 재구성
해내는 과정으로 볼 수 있다. 현재 오사카를 대표하는 조선인 집주지역
이쿠노쿠는 민족 구성이나 경제적 적응 상황, 세대 변화, 민족 간의 갈
등과 문화적 변용의 특성에 따라 생성과 소멸, 정착과 갈등 양상이 반
복되고 있다.26) 옛 지명 '이카이노'는 이제 현실에서는 독립적으로 존재
하는 공간이 아닌 생계를 위한 장소이자 살아가는 현장으로 재구축 되
었다. "이카이노라는 지명은 1973년에 지도상에서 사라지고 말았지만,
그러나 이 사실은 그다지 중요하지 않다. 실제 제주도 사람들은 사라진
이카이노 땅에서 여전히 꿋꿋하게 살아가고 있기에"27)라는 작가 원수
일의 말이 상징하듯이 분단 조국의 역사가 고스란히 담긴 '이카이노'는
이제 지도상에서는 찾아볼 수 없는 허구의 공간이지만, 작품 속에서는
여전히 부모님의 고향 조선, 제주도, 회귀 장소로 표상되며 이상화된
'특별한 장소'로 재현되고 있는 것이다. 이러한 이카이노상의 간극은 이
카이노 문학을 구분 지어주는 중요한 요소가 된다.

4. 『호르몬문화』와 재일조선인의 삶

앞에서도 언급했듯이 『호르몬문화』의 '호르몬'은 관서지방에서 사용
하는 '버린다(ほる)'에서 온 '쓰레기'를 어원으로 갖는다.28) 일본 제국주
의로부터 잉여적인 존재로서 가난 속에서 배제되고 차별받으며 살아온

---

26) 한종완·임영언, 「오사카지역 코리안 커뮤니티의 형성과 문화적 변용 연구」, 『일어일문
    학』 64집, 대한일어일문학회, 2014, 487쪽.
27) 원수일, 김정혜·박정이 번역, 앞의 책, 245쪽.
28) 鄭雅英, 『ほるもん文化』 1号, 新幹社, 1990.9, 152쪽.

재일조선인의 삶을 구유하기에 적절하다고도 볼 수 있다.

일본사회에서 '호르몬'이라는 단어의 어원은 여러 가지로 해석하고 있으나, 시인 김시종이 "호르몬 요리, 이것은 결코 영어가 아니라 오사카 사투리 '호르몬'이 정착한 조선인의 말"[29]이라고 한 것에서 호르몬의 어원이 간사이설에서 시작되었다는 것이 일반적인 견해로 받아들여지고 있다. 『재일코리안 사전』의 '호르몬 논쟁'편을 보면 '호르몬'이라는 말은 이미 1941년부터 있었으며, 오사카 난바(難波)의 양식점 홋쿄쿠세이(北極星)의 경영자 기타하시 시게오(北橋茂雄)가 '호르몬니'라는 상표를 등록한 것으로 전해진다.[30]

조선인들이 오사카 이카이노에 이주하여 정착하는 과정에서 다양한 조선 문화가 전해졌는데 그 중에서도 호르몬, 호르몬 구이는 제주도와 오사카 사투리가 뒤섞인 이키이노의 언어와 함께 이카이노를 새로운 문화의 혼성지대로 만들었다.[31]

관동지방의 재일한국인 2세로 구성된 편집위원들은 나쁜 의미로 말하면 너무 스마트해서 관서 출신인 나에게는 도무지 그들에게 재일조선인 특유의 촌스러움이 느껴지지 않는다. 나는 언제부턴가 때물을 벗은 관동지방의 재일조선인에게 뭔가 석연치 않음을 느꼈다. 그렇다. 애초에 재일코리언 세계의 중심은 관서지방이었고, 그 기축이 된 것은 거대한 조선시장에서 동포의 배를 채우고 있는 '이카이노'였던 것이다. (중략) 이카이노 사람의 입장에서 보면 관동지방의 재일코리언은 어쩐지 미심쩍은 부분이 있고, 아무래도 조선인스러운 면이 부족하다. 그런 생각이 지면에 반영되기를 바라며 6년이란 세월이 흘렀다.[32]

---

29) 국제고려학회 일본지부, 앞의 책, 485쪽.
30) 위의 책, 484쪽.
31) 변화영, 「재일조선인 여성들과 이카이노의 생활공간」, 『한국문학이론과 비평』 51집, 2011, 214쪽.

위의 편집 후기에서도 짐작할 수 있듯이 잡지 『호르몬문화』33)는 오
사카 재일조선인의 민족성과 정체성이 녹아 있는 '호르몬' 인식에서 출
발하였다. '지금까지 재일조선인이 만든 잡지 이름을 보면 『삼천리』,
『계림』, 『민주조선』 등 조선반도를 가리키는 아호가 대부분이었다. 이
와 달리 '재일'의 독창성을 드러낼 수 있는 다른 무언가가 없을까 고민
했다'34)고 하는 발행인 고이삼 씨의 인터뷰에서도 알 수 있듯이 '호르
몬'을 잡지 이름으로 삼은 의식도 '호르몬'이 피와 땀이 범벅된 재일조
선인의 생활 속에서 생겨난 서민적 토착성35)에 유래한다.

특히, 제7호는 「재일코리언 간사이 파워」 이카이노 특집호로 기획되
었다. 1980년대 후반에는 급격한 재일의 세대교체가 일어나면서 젊은
세대들이 성인이 되어 자신들의 의견과 주장을 적극적으로 개진하기
시작하였다. 보다 활발해진 권익 운동, 제도개혁 운동, 인권회복 운동
등을 배경으로 재일의 역사와 생활, 문화를 새롭게 발굴하고 되찾고자
하는 삶의 욕구가 높아졌고 그런 개인과 집단이 목소리를 주체적으로
발신하기 시작하였다.36) 『호르몬문화』의 이카이노 특집호는 1990년대
오사카 이쿠노쿠를 매개로 이러한 변화된 재일 사회의 의식을 그대로
보여주고 있다. 먼저 좌담회 「간사이 코리언 파워는 어디에서」는 2세들
에게 보다 나은 삶을 물려주기 위해 희생적인 삶을 살아 온 1세들 덕분
에 2세들은 '학력'도 '재력'도 갖출 수 있었지만 진로, 취업, 결혼과 같
은 현실 앞에서 언제나 소수자일 수밖에 없는 폐쇄적인 일본사회에 대

32) 朴一, 「在日コリアン關西パワー」, 『ほるもん文化』 7号, 1997.2, 275쪽.
33) 『호르몬문화』는 1990년 9월 창간호를 시작으로 2000년 9월 전 9호에 걸쳐 간행됨.
34) 米田綱路, 「在日二世 「ほるもん文化」をつくる高二三インタビュー」, 『抵抗者たち―証言・
戦後史の現場から』, 講談社, 2004, 234쪽.
35) 鄭雅英, 『ほるもん文化』 1号, 1990.9, 152쪽.
36) 磯貝治良, 「雜誌に見る'在日'の現在」, 『靑丘』 4号, 1990.5, 154쪽.

해 다루고 있다. 또한 무조건적인 일본 혐오에 대해 비판적인 태도를 보이며 국적에 집착하지 않으면서도, 일본 국적만은 거부하고 싶은 2세들의 모순된 정체성 문제를 기사화하고 있다.[37]

그대로 답습된 '재일' 차별에 대한 문제의식은 이쿠노쿠의 어린이를 대상으로 한 문화인류학적인 조사 분석 「이쿠노의 어린이들」에서도 확인할 수 있다. 여기서는 이쿠노쿠 소재 학교에서 조사한 재일조선인과 일본인 어린이의 관계, 일본인에게 재일조선인은 어떠한 상징성을 갖는가에 대한 실태조사를 주제로 하고 있다.[38] 조사 결과에서는 "'일본인'이라는 누구에게나 자연스럽게 공유되는 의식이 '비(非)일본인'이 다수 거주하는 이쿠노쿠에서는 그것이 문제시 되고 표면화되고 있음"[39]을 지적한다. 이러한 결과는 결국 조선인과 일본인 어린이들 사이에도 보이지 않는 힘의 논리가 작용하고 있으며, 동시에 이쿠노의 조선인들 스스로가 이쿠노쿠를 '특별한' 장소로 인식하고 있음을 시사한다.

재일사회에 대한 고발 의식은 '재일'로서의 자기 드러내기를 거부했던 1세들과 다르게 미디어를 통해 적극적으로 '재일'의 존재를 표현하기 시작한 2세들을 통해서도 확인할 수 있다. 오사카 재일조선인의 자기표현의 장으로 활용된 인권정보지 『사이』[40]와 1992년 오사카 일본성공회 이쿠노 센터에서 방송된 '라디오 FM사랑'은 그 대표적인 예이다. 특히 라디오 방송은 민족적 문화적 입장이 다른 일본인과 재일조선인이 함께한다는 취지로 기획되었으며 한국의 정보, 아시아 음악, 재일이 직면한 문제를 둘러싼 법률상담 코너까지 마련되어 있다. 이러한 매체

---

37) 李英和、趙博、朴一,『ほるもん文化』 7号, 1997.2, 26쪽.
38) 原尻英樹,「生野の子供たち」,『ほるもん文化』 7号, 1997.2, 53~65쪽.
39) 위의 글, 65쪽.
40) 李福美,「女性が元氣な雜誌『サイ』」,『ほるもん文化』 7号, 1997.2, 7쪽.

를 통해 조선인들이 적극적으로 발언하며 자기표현을 시작했다는 것
자체가 재일사회의 변화를 의미하며 그 변화를 주도하고 있는 것이 바
로 '오사카의 재일조선인 파워'라고 하는 상징성을 보여주고 있다.[41)

1990년 이후 오사카 이쿠노쿠의 조선인 집주지역은 외형적으로 한국
인뿐 아니라 일본인 방문객이 급증했고, 점차 한국 음식점을 비롯하여
한류 숍, 한식 재료 등 다양한 상점이 자리 잡았다. 한류 영향으로 급격
하게 변화한 이곳은 과거 조선시장이라는 부정적인 이미지에서 벗어나
다양한 문화를 재생산하고 판매하는 디아스포라적 문화장소의 현장으
로 자리 잡았다.[42) 그러나 이곳 오사카에 정체성을 두고 이곳을 삶의
터전으로 살아온 조선인의 의식 속에는 '제주도' 문화의 역사가 담긴
지금의 오사카 문화가 '조선' 문화를 대표한다는 자부심이 자리하고 있
다. 「동경계 조선인이 본 오사카에는 이런 것이 있습니다」에서는 동경
에 거주하는 조선인이 오사카의 조선인을 상대화하는 기사를 다루고
있다. 동경의 조선인은 오사카의 조선인을 '목소리가 크고, 함부로 말하
며, 남녀 모두 술이 세다. 그리고 일상적인 일에서부터 국제정세까지 모
든 사회현상을 개그의 소재로 만들려는 경향이 있는 이문화 집단'[43)으
로 규정하고 있다. 기사에서는 '오사카를 재일조선인이 조선인으로서
당당하게 살아갈 수 있는 곳으로 여기며, 진정한 재일조선인이 되려면
오사카 사투리를 배워야 한다'고 말하는 오사카 조선인의 의식 속에 오
사카가 재일조선인의 혼바(本場)라는 본가의식, 특권 의식[44)이 잠재되어

---

41) 吳光現, 「誰が集まってもええやないかFMサランを始めて」, 『ほるもん文化』 7号, 1997.2, 78
～82쪽.
42) 한종완·임영언, 「오사카지역 코리안 커뮤니티의 형성과 문화적 변용 연구」, 『일어일문
학』 64집, 대한일어일문학회, 2014, 485쪽.
43) 鄭雅英, 「東京系朝鮮人が見た!こんなんありますイン大阪」, 『ほるもん文化』 7号, 1997.2,
86쪽.

있음을 지적하고 있다.

오사카 이카이노를 중심으로 내부와 외부라는 지역 구분에 의해 드러나는 재일조선인 의식의 분열을 기사에서는 외형적 성격으로 경계 짓고 있지만, 그 문화정체성의 차이가 형성된 배경에는 '이카이노'라는 장소가 만들어낸 역사성이 깊게 지배하고 있는 것이다.

위에서 살펴본『호르몬문화』의 이카이노 특집 기사들은 인간이 태어나서 자라나는 '장소'가 개인 또는 집단의 의식과 사상, 문화정체성 형성에 미치는 영향의 한계와 가능성을 동시에 보여준다. 오사카 '이카이노'라는 장소는 오사카 조선인들에게 내적으로는 '우리'라는 동질성을 부여하면서 동시에 외적으로는 다른 지역의 조선인과 일본인들에게 대립의식을 심어주었다. 사라진 지명과 함께 변모했지만, 아직까지도 해체되지 않은 상상의 장소이자 실체의 장소로 재일조선인의 삶과 함께 존재하는 '이카이노'는 '일본적'인 것과 '조선적'인 것에 후천적으로 발생한 '오사카적'인 것이 더해져 또 다른 재일의 문화정체성을 생산해내고 있는 것이다.

5. 재일조선인의 문화정체성

일제 강점기에서부터 시작된 재일조선인의 역사를 고스란히 담아내고 있는 '이카이노'는 '돼지를 기르는 토지'라는 뜻을 갖는다. 지도상에서 그 이름이 지워진 지는 이미 오래지만 해방 후 70년이 지난 지금도 '재일'의 상징적인 장소로 과거가 아닌 현재로 이야기되고 있다. 지금까

---

44) 위의 글, 88쪽.

지 '이카이노'라는 장소가 문학적 또는 문화적 표상으로 재구성되는 과정을 잡지 『민도』와 『호르몬문화』를 통해 살펴보았다. 두 잡지는 신세대 재일조선인의 자기표현의 공간으로서 재일조선인 문화의 가치를 추구하고 있다는 점에서 전환점이 되는 잡지이다.

『민도』에서 소개하고 있는 이카이노 출신 작가들의 작품에는 '이카이노'가 '혼종적 언어'의 장소, '여성'의 장소, '공동체'의 장소로 재구성되고 있다. 또한 『호르몬문화』의 이카이노 관련 기사들은 신세대 '재일'이 직면한 사회적 윤리적 정치적 문제들을 인식하고, 비판적으로 그 해결책을 모색하는 과정에서 오사카 '이카이노'라는 장소가 생산해낸 지역의 문화정체성을 조명하고 있다.

문학적으로 재생산된 이카이노 언어, 이카이노 사람, 이카이노 공동체 속에는 『호르몬문화』를 통해 확인된 오사카 조선인의 역사와 삶의 과정에서 빚어진 균열된 문화정체성이 그 중심에 자리하고 있음을 알 수 있다.

이 글은 1980년대 후반에서 90년대에 걸친 재일사회의 전환기라는 한정된 시기에 초점을 맞추고 있어 그 이전 재일조선인 담론 형성에 주도적인 역할을 했던 주요 잡지나 관서 지방을 중심으로 간행된 지역 잡지까지 살피지 못했다. 앞으로 미디어의 대상을 확장해가면서 구체적으로 '이카이노'라는 장소가 문학텍스트 속에서 또는 실제 재일조선인의 삶 속에서 어떻게 재현되고 있는지 보다 치밀하게 분석해 나가고자 한다.

이회성의 『다듬이질하는 여인』과 나카가미 겐지의 『미사키』를 통해 보는 '마이너리티'와 장소론

이 헬 렌

1. 들어가는 글

재일교포 작가 이회성은 그의 1971년 작 『다듬이질하는 여인』이 이 듬해 아쿠타가와 상을 수상하면서 널리 이름을 알렸다.[1] 잘 알려져 있 듯 『다듬이질하는 여인』은 그의 자전적인 작품으로, 어린 주인공 조조 를 통해 작가는 자신이 유년 시절을 보낸 '가라후토(樺太, 사할린섬)'라는 공간으로 돌아간다. 어린 조조가 오줌을 싸곤 하던 아득한 과거의 가라 후토에서 전개되는 이야기는 조조의 어머니 장술이가 생을 마감하면서 막을 내린다. 이야기의 초점은 그만큼 '어머니'라는 존재에 맞추어져 있

---

[1] 박광현은 이회성의 아쿠타가와 수상에 관하여 작가가 작품을 통해 보여주려 했던 "재일문 학의 '역사화와 영역화'와 무관하게 재일문학은 '포스트 전후'문학의 안으로 포섭하고 '역 사화'하려 했다고" 비판하였다. 즉, 작품에서 보여주고 있는 현재 진행형인 '재일'의 실황 서사가 일본문학사 내에서 과거로 포섭되고 있음을 지적해 주고 있다. 박광현, 「재일문학 의 2세대론을 넘어서: '역사화와 영역화'에 대한 비판을 중심으로」, 『일어일문학연구』 53권 2호, 한국일어일문학회, 2005, 307~327쪽.

는데, 그런 점에서 이 작품은 일종의 진혼가이자 추모곡이라고 볼 수
있다.

이 논문은 작가 자신의 아련한 추억과 트라우마가 함께 깃들어 있는
'가라후토'라는 공간이 텍스트 속에서 어떤 방식으로 구성되는가, 이때
'가라후토'는 어떻게 균질적 '공간'이 아닌 장술이의 체험이 이루어지는
'장소'로서 자리 매김 되는가, 그리고 그것이 시사하는 바는 무엇인가를
읽어내고자 한다. 특히 이 작품에서 주로 활용되고 있는 문학적 장치가
무엇인지를 분석해냄으로써, 이 논문은 어떤 방식으로 가라후토라는 장
소에 민족성과 지역성의 흔적이 새겨지게 되는가를 집중적으로 해명해
낼 것이다. 이 과정에서 비슷한 시기 아쿠타가와 상을 수상한 나카가미
겐지의 『미사키(岬)』라는 작품을 이회성의 작품과 비교분석하는 작업이
이루어질 것이다. 나카가미 겐지는 일본의 피차별집단인 부라쿠 출신
작가로서, 재일조선인 작가인 이회성의 작품 속 인물들을 일본사회 내
의 소수집단이라는 측면에서 이해하는 데에 유효한 비교대상이 되기
때문이다. 또한 동시대에 그들의 삶의 장소를 어떻게 감각적 문학 장치
로 구성하고 있는지 볼 수 있다.

이 논문에서 가장 중요하게 다루어질 것은 작품의 배경이 된 '가라후
토'이다. '가라후토'는 일본의 패전과 함께 지도상에서 사라지면서 역사
속으로 묻혀버린 공간이다. 그러나 이 사라진 공간에 거주했던 식민 피
지배자 조선인들의 삶은, 복잡한 정치적 관계 구도 속에서 국적, 귀환,
정체성 등의 문제가 중요하게 사유되어야만 하는 이유를 여전히 분명
하게 드러내고 있다. 이회성의 문학 속에서 작가 자신의 심상지리를 통
해 드러나듯, 가라후토, 즉 사할린은 기억과 추모의 방식으로 재생산되
는 가운데 '재일'의 역사와 삶을 증언하고 있는 것이다.

2. 일본 제국의 가라후토

1868년 메이지 유신 이후 근대 일본은 제국주의적 팽창구도 속에서 1869년 홋카이도(北海道)를, 1879년 오키나와(沖繩)를 합병하여 일본의 영토로 확정지었다. 반면, 한때 일본령이었던 가라후토는 패전 이후 다시 소련령으로 반환됨으로써, 근대 일본의 역사에서 잊혀지고 지워지게 되었다. 일본 제국주의 하에 가라후토로 이주한 재일조선인 청년 이회성이 일본의 패전 이후 고향으로 돌아가지 못하고 "유민 생활"을 하게 된 것은 이러한 배경 속에서였다.[2] 그런 의미에서 박광현은 재일조선인의 역사에 있어서 가라후토, 즉 사할린이라는 공간이 그 자체로 "실향과 이산의 현재진행형 서사"이며, "다른 재일조선인과 변별되는 중요한 요소의 하나"로 자리하고 있다고 지적한다.[3] 가라후토에 관하여 말한다는 것 자체가 전후 일본사회 속 재일조선인에 대한 무관심과 차별을 가시화하는 것이며, 그로써 일종의 저항적 힘을 드러내는 것이라고 그는 말한다. 가라후토를 맴도는 이회성의 서사 역시 이러한 저항적 맥락 속에서 독해된다.[4]

조선인의 가라후토 이주 역사는 19세기 말 시작된 것으로 추정된다. 1870~1880년대에 첫 이주가 이루어졌지만, 본격적인 이주가 이루어진 것은 1905년 러일전쟁에서 일본이 승리하면서 사할린 남쪽이 일본령이 되고, 그곳에 가라후토청이 설치되면서부터이다.[5] 이러한 배경 가운데

2) 김환기, 『재일디아스포라 문학』, 새미, 2006, 564쪽.
3) 박광현, 「재일의 심상지리와 사할린」, 『한국문학 연구』 47집, 동국대학교 한국문학연구소, 2014, 233쪽.
4) 위의 글, 239쪽.
5) 전형권·이소영, 「사할린 한인의 디아스포라 경험과 이주루트 연구」, 『Oughtopia』 27권 1

연구자들은 대체로 총동원령이 본격 발효된 1939년을 기준으로 하여 사
할린 한인 디아스포라를 크게 두 시기로 나눈다. 1870년대부터 1939년
까지는 모집과 알선을 통해 생계형 이주가 이루어지는 경우가 많았던
반면, 1939년부터는 강제이주가 이루어졌기 때문이다.[6] 특히 한혜인은
사할린 이주를 전적으로 전쟁이라는 배경을 통하여 독해하려는 경향을
비판하면서, 총동원령 이전까지의 이주는 전쟁이 아닌 식민지 지배 환
경의 척박함이라는 맥락에서 이해되어야 한다고 역설한다.[7] 1939년까
지의 조선인 이주 문제를 식민지배 체제가 만들어내는 구조적이고 폭
력적인 차별, 착취, 불평등의 문제와 연결시킴으로써, 생계를 위하여 고
향을 떠나야 했던 식민 피지배자의 역사에 주목해야 할 필요성을 강조
하는 것이다. 이 논문은 이러한 연구의 맥락 안에서 이회성의 서사 속
'가라후토'라는 공간의 문제를 짚어보고자 한다.

3. 텍스트가 증언하는 가라후토-공간과 장소

이회성의 텍스트가 증언하는 가라후토에 '장소'와 '공간'에 관한 이론
을 통해 접근해보자. 공간과 장소는 철학적 담론에서 인간의 존재를 이
해하는 본질적인 요소로서 조명 받고 있다. 강학순은 하이데거를 연구
한 논문에서 "장소는 어떤 특정한 활동이 이루어지는 장, 또는 그 활동
이 이루어지는 물리적 배경"이라고 설명하면서 '장소'를 '공간'과 차별

호, 경희대학교 인류사회재건연구원, 2012, 135~184쪽.
6) 위의 글.
7) 한혜인, 「사할린 한인 귀환을 둘러싼 배제와 포섭의 정치」, 『사학연구』 102호, 한국사학회,
   2011, 163~164쪽.

화시켜 이해하고 있다.8) "공간은 추상적이고 물리적인 범위와 관련된다면 장소는 체험적이고 구체적인 활동의 기반이면서 맥락적이고 문화적인 이미지와 관련된다"는 것이다.9) 마루타 하지메 역시 그의 저서에서 장소와 공간을 다음과 같이 구분하여 설명하고 있다.

> '장소'는 인간활동을 전제로 하고 (…중략…) 인간과 관계를 맺는 곳, 인간이 있을 수 있는 말하자면 '거처' 나 '있는 곳' 이다. '공간'과 '장소'의 구별도 여기에서 생겨난다. '공간'은 일반적으로 균질한 확장성을 가지고 있지만, 거기에 인간이 관여를 함으로써 공간이 의미를 띠게 되고 방향성이 생겨나면서 서서히 균질성이 무너지게 된다. 이와 같이 인간이 관여하는 것으로 공간이 한정되고 특수한 공간이 발생하게 되는데 그것이 '장소'이다.10)

강학순과 마루타 하지메는 장소를 설명할 때 공통적으로 "인간의 장소에 대한 경험"을 중시하고 있다.11) 이때 '장소에 대한 경험'이란, 공간을 경험하는 가장 기본적인 방식으로서 '거처하다' 또는 '거주하다'를 의미한다. 하이데거에 있어서와 같이 '거주하다'라는 경험의 방식은 "인간만의 고유한 실존 방식으로서 인간이 어떤 장소에 뿌리를 내리고 그곳에 체류하면서 세계와 관계를 맺으며 존재함을 의미"12)하는 것이기 때문이다.

이러한 관점에서 이회성의 텍스트 속 가라후토라는 공간을 사유할

---

8) 강학순, 「하이데거에 있어서 존재의 토폴로지에 관하여」, 『존재론 연구』 23집, 한국하이데거학회, 2010, 1~30쪽.
9) 위의 글.
10) 마루타 하지메, 박화리·윤상현 역, 『장소론: 웹상의 리얼리즘과 지역의 로맨티시즘』, 심산출판사, 2012, 69~70쪽.
11) 위의 책.
12) 강학순, 앞의 글, 8쪽.

때 우리는 가라후토를 경험하는 자로서 장술이에게 주목하게 된다. 가라후토는 장술이가 '거처'하는 곳, 즉 '있는 곳'이자 생을 마감하는 곳이다. 그러나 이 '장소'는 본래 거처하던 곳으로서가 아니라, 최북단으로 흘러와서야 정착하게 된 일종의 '종착점'으로서 작동하고 있다는 점이 중요하다. 장술이에게 가라후토는 방랑 끝에 반의지적으로 거처하게 된 장소로 경험된다는 것이다. 가라후토라는 '공간'과 장술이의 삶이 관계 맺는 방식에는 처음부터 억압과 폭력의 흔적이 짙게 배어 있다. 남편과 다투는 장면에서 장술이의 발화는 가라후토가 장술이에게 그리고 가족들에게 어떤 '장소'로서 경험되고 있는지를 드러내 보여준다.

> "어디까지 흘러가는 거에요. 시모노세끼도 충분해요. 그걸 혼슈우에서 혹가이도오, 다시 가라후또로−. 당신의 사는 길도 거기 따라 흘러가는 거예요. 왜 협화회의 역원 같은 건 맡아요. 당신은 사람이 좋으니까 그렇게 이용만 당하는거에요. 모두가 회원이 되었다고 어디 깃발까지 흔들 건 없지 않아요."[13]

그리고 그녀는 한탄하는 어조로 남편에 대한, 그리고 가라후토라는 '장소'에 대한 원망을 표현한다.

> "그 협화회라는 게, 자기가 자기 목을 조르는 것 아니에요. 싫어하는 어머니한테 몸뻬나 입히고−. 당신은 아주 변했어요."[14]

이 대목에서 '가라후토'는 고향을 떠나 일본의 항구 시모노세끼, 혼슈우, 홋카이도를 거쳐 어쩔 수 없이 흘러서 오게 된 실제 지정학적 위치

---

13) 이회성, 『다듬이질 하는 여인』, 정음사, 1972, 49~50쪽.
14) 위의 책, 50쪽.

를 의미하는 동시에, 남편을 변하게 만든 원인을 제공한 '장소', 곧 원망의 대상으로 구체화된다.15) 가라후토는 장술이에게 "사람 좋은" 남편을 폭군으로 만들어 버리고 제국의 프로파간다에 복종시켜 타의적인 인간으로 퇴색시켜 버린 환경 자체인 것이다. 그리하여 가라후토는 장술이에게 삶의 모든 것을 앗아가는 '장소'로 각인된다. 아이러니하게도 하이데거가 강조한 바 인간의 존재를 정의하는 '거주'의 공간으로서의 '장소'가, 여기에서는 '거주' 그 자체만으로 좌절이 반복될 수밖에 없는 부정적인 물리적 배경이 되어버린 셈이다. 장술이는 다음의 장면에서 자포자기하고 지친 심리상태를 호소하게 된다.

> "흘러 온 거야. 고향을 떠날 때부터 그렇지. 휴우, 그렇지. 희망도 몸
> 도 다 닳아 빠져가면서 말야."16)

가라후토까지 흘러온 긴 여정은 장술이가 다시 고향에 돌아가기까지 그만큼 오랜 시간이 걸렸음을 의미한다. 열여덟 살에 떠난 이후 꼭 10년이라는 세월이 걸려서야 장술이는 고향을 다시 찾는다. 고향에서의 살림은 어떤지 장술이가 묻자 과묵한 아버지는 "안 됐어"라고 간결하게 답한다. 그러나 그 말을 받아서 어머니는 "얄미운 듯이" 다음과 같이 말한다. "왜놈이 동네개울에 다리를 놨지. 쌀가마를 자동차로 운반할 수 있게 말이다."17) 여기에서 어머니는 생활의 어려움을 직접적으로 '왜놈'과 연결시키면서 식민지 착취를 노골적으로 고발하고 있음을 볼 수 있다. 장술이는 부모의 궁핍한 상황을 짐작하게 되고 화태(가라후토)로 함께 떠나

---

15) 김환기, 『재일디아스포라 문학』, 새미, 2006, 564~565쪽.
16) 이회성, 앞의 책, 52쪽.
17) 위의 책, 35쪽.

자고 권유한다. 화태는 부모로서는 상상조차 할 수 없이 먼 북방이지만 그들은 어쩔 수 없이 딸을 따라 화태(가라후토)행을 택하게 된다.

장술이와 그녀의 부모가 체험하게 되는 '장소'로서의 가라후토는 이제, 고향으로부터 멀리 떠나왔다는 지리학적 거리의식만을 의미하지 않는다. 더 이상 갈 곳 없는 종착지로서의 가라후토는 돌아갈 수 없는 고향땅과 더불어 되돌릴 수 없는 고향에서의 삶에 대한 시간적 거리의식을 내재하게 되기 때문이다. 이와 더불어 텍스트에서는 또 하나의 거리인식이 작동하는데, 그것은 가라후토가 주인공 조조에게 아득한 유년시절의 장소이자 이제는 만날 수 없는 어머니가 있던 애틋한 과거의 장소라는 점에 기인한다. 장술이와 조조가 '살던' 가라후토는 기억 속에서만 찾아갈 수 있는 장소인 것이다.

이 다층적 거리의식 속에서 가라후토라는 지정학적 공간은 그 자체로 억압과 폭력을 증언하는 장소로 자리 매김 된다. 장술이의 경험을 통해 가라후토는 타의로 흘러와서 어쩔 수 없이 관계 맺어야만 하는 장소, 그러나 매일의 생활 자체가 '희망도 몸도 닳아빠지게' 만드는 장소가 되기 때문이다. 장술이의 삶의 '장소'로서의 가라후토는 제국이 영유하는 공간, 규범과 배제가 작동하는 공간, 복종을 강요하고 폭력을 부르는 공간의 실태를 그 자체로 명징하게 증언하게 된다.

이회성의 『다듬이질하는 여인』에서 '장소'는 이처럼 물리적 배경을 제공하는 동시에, 억압적인 기제로 작동하여 등장인물의 운명을 결정하는 결정적 힘을 가지고 있다. 여기서 가라후토라는 장소는 나카가미 겐지(中上健次, 1946~1992)의 1976년 작 『미사키』에서 표상되는 장소와 비교하여 볼 때 그 특성이 더욱 명확하게 드러난다. 『미사키』는 이회성이 『다듬이질하는 여인』으로 아쿠타가와 상을 수상한 후 4년 뒤인 1976년 같은 상을 수상한 작품이다. 아쿠타가와 상을 수상했다는 공통점 외에도 두 작품은 모두 일본사회 내 마이너리티의 삶의 문제를 드러내고 있다는 점에서 주목할 만하다. 자이니치가 식민 역사의 잔재로서 차별 받고 희생된 마이너리티라면, 근대 일본이 해결하지 못한 또 하나의 내부 마이너리티 그룹이 바로 부라쿠민이다.

근대 이전 부라쿠민은 천민보다 낮은 존재로서, '인간'으로 취급 받지 못했다. 그들은 제한된 구역 내에서만 거주할 수 있었고, "불순"하다고 여겨지던 가죽공, 도축업 등의 직업만을 가질 수 있었다. 일본인이면서도 "피가 불순하다"는 등의 이유로 차별을 받아 온 사람들, 그들에게는 가장 기본적인 자유와 권리도 주어지지 않았다. 메이지 유신 이후 근대 국가로 재편성되면서 이들을 가리키는 호칭은 '에타'에서 '부라쿠'로 바뀌었지만, 그들의 "뿌리"는 일본사회 속에 여전히 깊숙이 박혀 있다.

『미사키』에 나오는 부라쿠민들이 거처하는 마을은 와카야마현(和歌山縣) 기슈(紀州)를 무대로 그려졌다고 알려져 있다. 기슈는 일본의 혼슈(本州) 남해안의 한 부분으로, 해안선의 한 돌출부에 위치한다. 작품의 제목 '미사키'는 곶이라는 뜻으로, 돌출된 지형을 뜻한다. 하지만 이 소설의 이야기는 구체적인 '곶'이 아니라, 지정학적으로 최남단의 어느 마을에 있는 꼬불거리는 노지(路地)[18]를 중심으로 묘사하고 있다. 첫 장면에서부터 하루 일과를 마친 일꾼들이 둘러앉아 술을 마시며 '노지'를 내다보고, 이어지는 다른 장면에서는 등장인물들이 기찻길 옆 '노지'를 걷고, 다른 장면에서도 '노지'가 거듭 지형적인 지표로서 작동한다.

---

18) 路地(노지)는 꼬불거리는 골목길을 뜻한다. 이 논문에서 '노지'는 중요한 알레고리로 읽히고 있기에 '골목길'로 표기하는 대신 일본어 발음으로 표기하여 어감을 강조하였다.

기차역 왼쪽에 작은 언덕이 있고 그 아래 여동생의 집이 있는 골목으로 이어져있다.[19]

이 '노지,' 즉 '골목길'이 있는 공간에 대하여 주인공 아키유키는 "이 땅은 산과 바다와 강으로 둘러싸여 있고 사람들은 거기서 곤충과 개같이 살고 있다"라고 서술하고 있다.[20] 작가 나카가미 겐지는 등장인물들에게 체험되는 '장소' 그 자체를 고립 당하고 주변화되어 버린 지리적 환경으로 설정함으로써, '노지'라는 알레고리를 이곳을 정의하는 지표로 사용하고 있다. 지형적으로 좁고 꼬불거리는 '노지'가 작품 전반을 지배하는 공간 구조로서 결정된 것이다. 이 마을에 사는 아키유키와 그의 일가가 이 공간과 맺고 있는 관계는 다음과 같이 표현된다.

　　아키유키는 또 겐숙부의 설교가 시작되는군 이라고 생각했다. '왜 이 마을을 편리하게 안 만들어 주냐. 왜 이 마을을 다른 마을처럼 부자마을로 안 만들어 주냐'고 겐숙부가 오른손을 흔들며 말했다. "차라리 불태워 버리는 게 낫지. 저기도 꼬불꼬불, 여기도 꼬불꼬불. 마을전체가 꼬불대는데 불편하잖아."[21]

아키유키와 그의 숙부 겐이 거주하는 부라쿠민 거주지의 지형적인 조건은 그들이 이 공간을 체험하는 방식까지 규정하고 있다. 꼬불대는 '노지'의 공간에서는 일상적 행위마저도 제약당하고, "다른 곳처럼 편리하지 못한" 채 방치되는 차별이 반복되며, 상황이 개선될 희망조차 보이지 않는다. 그들 삶의 암울함은 꼬불대는 '노지' 마냥 굴곡져 있으며, '노지'라는 공간적 속성은 이 암울한 삶이 반복되게 만드는 조건으로

---

19) 中上建次, 『岬』文春文庫, 2012, 187쪽.
20) 위의 책, 188쪽.
21) 위의 책, 260쪽.

작동한다. 그로써 꼬불대는 '노지'는 그 자체로 이 '장소'에 '거주'하는 부라쿠민들의 삶의 알레고리로 기능한다.

1970년대에 아쿠타가와 상 수상으로 주목을 받은 두 작품『다듬이질하는 여인』과『미사키』가 보여주는 '마이너리티'의 이야기는 이처럼 등장인물들이 거처하고 체험하는 '장소'의 지배적인 힘에 의해 결정되고 진행된다.

4. 문학적 장치로서의 소리와 리듬

이 장에서는 이처럼 텍스트 내적 시공간을 감각적으로 경험하도록 유도하는 장치에 주목하여 이회성의『다듬이질하는 여인』을 살펴보고자 한다.『다듬이질하는 여인』은 유난히 청각적인 여운이 많이 남는 작품이다. 소리와 리듬을 만들어내는 것은 주로 장술이와 큰어머니, 할머니 등 여성 인물들인데, 예를 들어 조조를 꾸짖거나 남편과 다투는 장면 등에서 조조의 어머니의 목소리가 부각되고, 큰어머니와 할머니의 발화도 주의를 끈다. 이렇게 인물의 발화를 통해 음성적으로 실천되는 소리 외에도, 이 작품은 다듬이질 소리와 신세타령이라는 특유의 소리와 리듬을 가지고 있다. 다듬이질은 여러 이회성 문학 연구자들이 지적했듯 젠더화된 가사노동을 상징하고, 사할린까지 흘러가서도 끈질기게 전수되는 조선의 풍습을 의미하며, 한 맺힌 여인들이 마음의 고통을 다독이는 인고침(忍苦砧)을 의미한다고 볼 수 있다.22) 그러나 다듬이질의

---

22) 유은숙,『이회성의 다듬이질하는 여인 연구: 재일교포작가로서의 특수성을 중심으로』, 한남대학교, 2003, 46쪽.

청각적 감각에 주목하여 보았을 때, 우리는 그 소리만이 만들어내는 고
유한 리듬을 통하여 '재일조선인'의 삶을 들여다볼 수 있게 된다.23)

다듬이질 소리는 템포가 빠르고 규칙적이다. 다듬이는 넙적한 돌에 세
탁물을 펼쳐놓고 나무로 만든 두 개의 방망이로 두드리는 기구여서, 북과
같은 타악기의 울림이 없고 목탁과 같은 공명도 적다. 다듬이질 소리는
따라서 소리 자체의 느낌보다는 그 소리의 규칙성이 만들어내는 리듬감
의 측면에서 독특한 청각적 경험을 구성한다고 볼 수 있다. 작품 속에서
조조는 어머니 장술이의 다듬이질 소리를 "통통 통통" 하는 리듬으로 기
억하고, 이 소리를 듣고 있는 것이 즐거웠노라고 서술하고 있다.24)

한편 『미사키』에도 청각적인 효과로 독특한 인상을 만들어내는 장치
가 있다. 바로 욕설과 흙 파는 소리이다. 주인공 아키유키는 막일(土方仕
事)을 하여 생계를 유지하는 부라쿠민으로, 그의 매일의 삶은 흙 파는
소리와 밀접하게 연결되어 있다.

> 아키유키는 막노동일(土方仕事)을 좋아했다. 다른 노동이나 장사보다
> 고귀하다고(貴い) 생각했다. 아침에 해가 뜨면서부터 일을 시작해서 해
> 가 질 때까지 일을 했다. 단순하고 진흙범벅이 되는 일이지만 생각하지
> 도 못한 경험도 하게 된다. 돼지우리 옆에 큰 도랑을 파서 돌로 벽을 만
> 드는 공사를 할 때였다. 바닥에 돼지 인뇨가 고여 있었다. 몸이 범벅이
> 되었다. 인뇨로 범벅이 되었다. 인뇨의 악취와 인뇨에 섞여있는 오물이
> 그의 보스와 다른 일꾼들을 당황케 했지만 아키유키는 괜찮았다.25)

---

23) 박광현은 이회성의 "선행작품들에서 '재일'의 당위나 의지를 보여주었다면 『다듬이질하
　　는 여인』을 통해서는 '재일'이 디아스포라적 정체성을 지니면서도 '자연 존재'로서의 민
　　족을 존재케 하는 정신=믿음의 상속을 보여주고 있다"고 주장한다. 박광현, 「재일문학의
　　2세대론을 넘어서: '역사화와 영역화'에 대한 비판을 중심으로」, 『일어일문학연구』 53권
　　2호, 한국일어일문학회, 2005, 321쪽.

24) 유은숙, 앞의 책, 51쪽.

25) 中上建次, 앞의 책, 185~186쪽.

아키유키는 흙을 파는 단순 노동을 고귀하다고 생각하는 것은 물론, 흙에 앉아서 밥을 먹고 온몸이 흙 범벅이 되어도 상관하지 않는다. 무엇보다 그는 흙을 파는 노동을 하는 동안에는 아무 생각도 하지 않는다.

장술이와 아키유키가 반복하여 만들어 내는 단순 노동의 소리를 비교해 보자. 가라후토에서 울려 퍼지는 다듬이질 소리는 일본령 사할린에 사는 조선인 여인이 지치고 좌절된 삶 속에서도 일상을 지속하는 동력을 상징한다. 아키유키에게 흙 파는 소리는 생계를 의미함과 동시에, 한시적으로나마 그를 억압하는 모든 저주와 증오에 대하여 무감각할 수 있는 일종의 안식처로 나타난다. 다듬이질과 흙 파는 소리는 가장 단순한 노동의 결과로 만들어지는 소리이다. 그것은 예술도 아니고 공연도 아닌, 필연적인 일상의 반복리듬인 것이다. 하지만 바로 그것이 그들을 지탱하는 소리이고, 그 소리로 말미암아 그들은 삶을 지속한다. 즉, 장술이에게 다듬이질 소리가 가족을 지키며 잘 살고자 하는 의지를 상징한다면, 아키유키에게 땅을 파는 단순 작업이 만들어내는 소리는 그의 복잡한 가족사와 친부를 향한 증오를 잊고 생을 이어가는 삶의 방식을 의미한다고 볼 수 있다. 이 두 작품은 바로 이러한 소리와 리듬을 통하여 피차별 집단의 삶을 결정짓는 지역성을 동시에 각인시켜주고 있다.

이회성의 『다듬이질하는 여인』에는 또 하나의 청각적 장치가 등장하는데, 그것은 가라후토라는 '장소'에 대항하듯 읊어지는 '신세타령'이다. 신세타령은 구전되어온 일종의 노래 형식으로, 한국의 무속신앙과도 연결되어 있어서 죽은 자의 영혼을 부르는 매개체로도 이해되고 있다.26) 신세타령은 '개가 땅을 파면 집 주인이 죽는다'27)거나 '까마귀떼가 몰려오면

---

26) Melissa Wender, *Lamentation as History: Narratives by Koreans in Japan, 1965-2000*, Stanford University Press, 2005, p.39.

27) *Ibid.*, pp.44~45.

전쟁이 난다'28)와 같은 미신을 믿는 것과 같이 장술이와 그의 모친의 일
상생활 깊숙이 깃들어 있는 일종의 풍속이다. 구전문학을 연구하는 민속
학자들은 신세타령과 같은 발화의 한 형태를 이해하는 데 있어서 무엇이
그들에게 신세타령을 하게 하는가, 청중은 누구인가 등의 문제에 주목한
다. 장술이의 모친은 비록 친모가 아니지만, 신세타령을 통해 타향에서
딸을 잃은 슬픔을 누구보다 절절하게 표현한다. 어머니를 잃은 어린 조조
가 조부모의 집에서 할머니의 신세타령을 보게 되는 모습을 살펴보자.

> "그로부터는 힘없이 눈물 섞인 소리가 되는 것이었다. 할머니는 곡을
> 하는 여자처럼 딸의 추억에 잠긴다. 누구를 설득이라도 하듯이 자기 딸
> 의 자란 내력을 이야기하기 시작한다. 귀여운 자기 딸의 일생을, 울음과
> 눈물로 몸을 떨고 무릎을 쳐가면서…… 그것이 세속적으로 말하는 신
> 세타령이라는 것은 후에야 알았다. 나는 이제라도 그 운을 입에 담을 수
> 가 있다. 어딘지 구슬픈 진혼가다.29)

신세타령은 악보도 없는 가락이지만 할머니가 읊던 그 가락은 조조
의 기억 속에 각인되어 재생산된다. 장술이의 삶은 그녀의 혼을 달래고
그녀의 죽음을 안타까워하는 모친의 신세타령을 통해 그녀의 아들 조
조에게 일종의 구술적 유산으로 전수되게 되는 것이다. 조조는 다음과
같이 서술하고 있다.

> "할머니는 그 미칠 것 같은 신세타령으로 어느새 나를 어머니를 에워
> 싼 전설의 계승자로 키워 나간 것 같다. 벌써 사자(死者)에 속하는 할머
> 니는 구술로 나직이 나에게 어머니의 이야기를 전하고 찬가를 부르라고
> 명령하고 있는 것 같았다."30)

---

28) *Ibid.*, p.50.
29) 이회성, 앞의 책, 27쪽.

아직 젊은 딸을 잃은 모친의 분노와 원망은 텍스트 곳곳에서 한탄과 울부짖음의 방식으로도 표현된다. 죽은 딸의 몸을 싣고 화장터로 향하던 도중 눈보라가 일자 모친은 외친다. "아유 집의 술이가 싫다고 우는 거야. 저건 집의 딸 고함소리야."31) 또, 장술이의 장례를 치룬 후에 조조를 보며 모친은 독백한다. "하느님이 틀렸어. 이런 애새끼한테서 우리 술이를 뺏어가다니."32)

왜, 무엇이 술이의 모친을 주절거리게 하는가?33) 단지 이제는 사자(死者)가 되어버린 딸을 상기하려는 것일까? 혹은, 우리는 이런 원망 섞인 혼잣말을 일본의 지배에 대항하는 저항적 행위로 읽을 수도 있을까? 헌병의 규제에도 불구하고 "때묻은 치마, 저고리를 몸에서 떼지 않았"34)던 모친은 그토록 싫어하던 몸뻬를 어쩔 수 없이 입게 된다. 이는 일제의 탄압이 심해지고 규제가 강화된 상황을 보여준다. 그러나 그녀가 읊는 진혼곡과 같은 신세타령이나 원망과 분노가 섞인 한탄, 그리고 '아이고'와 같은 감탄사는 규제의 틀을 벗어나 있다. 모친의 구술 행위로 만들어지는 소리는 극히 사적인 공간에서, 일시적으로, 모친 자신의 발화 의지 자체가 표상되는 방식으로 실천되기 때문에, 복장과 다르게 구체적인 규제 '대상'으로 호명되지 않기 때문이다. 이 작품에서 발화의 비중이 큰 인물이 장술이와 그 모친인데, 특히 장술이의 모친은 조선의

---

30) 위의 책, 8쪽.
31) 위의 책, 20쪽.
32) 위의 책, 27쪽.
33) 구술연구에서는 주절거리는 행위, 즉, 스토리텔링을 구술자가 살아온 인생과 고유문화를 계승하는 중요한 행위로 본다. 이 주제와 관련된 참고문헌으로 다음과 같다. Patrick B. Mullen, *Listening to Old Voices: Folklore, Life Stories, and the Elderly*, University of Illinois Press, 1991.
34) 이회성, 앞의 책, 46쪽.

풍습이 허락되지 않는 일본의 영토 가라후토에서 끊임없이 가장 '조선
적인' 신세타령을 읊어댄다. 모친의 발화를 통해 텍스트의 공간은 '조선
의 소리'로 채워진다.

가라후토라는 억압의 공간에서도 보존되는 '조선적인' 풍습은 청각적
장치들과 더불어 후각적인 장치를 통하여서도 효과적으로 연출되고 있
다. 이 작품 속에서 후각적 감각은 주로 조조의 조부모의 집이라는 공
간과 연결되어 있다. 예를 들어 조조는 할머니, 할아버지의 집을 마치
'동굴과 같다'고 묘사하면서, 그 곳에 있는 김치독에서 나는 독한 냄새
가 어머니의 냄새 같다고 회상한다. 어린 조조에게도 후각적 자극은 중
요하게 나타나는데, 할머니에게서 메주 냄새가 난다고 "똥할매"라고 외
치며 도망가는 장면을 주의 깊게 살펴볼 수 있다. 이처럼 신세타령이라
는 청각적인 장치와 더불어 후각적인 장치도 조선의 고유한 풍습을 강
렬하게 부각시키고 있으며, 동시에 이러한 감각적 장치들은 결국 성장
한 조조가 기억 속 어머니를 회상하고 추모하는 것을 가능하게 하는 중
요한 매개체로서 작동하고 있는 것이다.

5. 나가는 글

이 글은 이회성의 『다듬이질하는 여인』이 증언하는 전후 재일조선인
의 마이너리티 역사를 작품 속 가라후토라는 공간과 그 공간을 구성하
는 감각적 문학 장치를 통해 분석하였다. 사할린, 즉 일본지명 가라후토
는 장술이와 그녀의 가족이 '고향-시모노세끼-혼슈-홋카이도'로 이어
지는 루트를 거쳐 이주해 온 최종 거주지이다. 이곳을 떠나서는 더 이

상 갈 곳이 없는 상황 속에서 가라후토는 이들에게 처음부터 억압의 방식으로만 '장소'로서 관계 맺어진다. 화자인 조조는, 어머니 장술이가 절망과 원망이 뿌리 깊게 자리 잡은 가라후토에서 생을 거두며 말하고자 했던 것은 결국 "흘러가지 말아요"였을 것이라고 서술하고 있다. 이렇게 위압적으로 묘사되는 가라후토라는 장소는 감각적인 문학 장치, 특히 조선 특유의 소리와 리듬으로 가득 채워져 있다. 제국적 폭력의 공간인 가라후토가 매일의 삶을 위협하는 장소로 경험되는 가운데, 극히 조선적인 신세타령과 다듬이질 소리는 그 폭력과 대치되며 인물들의 삶을 지속시키고 있다. 이러한 '대치'는 의지적으로 기획된 저항이라기보다는, 자연스러운 일상의 모습을 지켜나가고자 하는 고집이자 타향에서의 생존을 위한 몸부림의 모습일 것이다. 이러한 삶의 태도는 나카가미 겐지의 주인공 아키유키가 흙을 파는 노동을 통해 자신을 이 땅에 태어나게 한 아버지에 대한 증오를 잠시나마 잊는 것과 비교될 수 있다. 이회성과 나카가미 겐지는 각각 『다듬이질하는 여인』와 『미사키』에서 지정학적 공간이자 삶의 배경이 되는 장소 그 자체가 마이너리티의 삶의 실태를 증언하도록 하는 동시에, 그 장소 내부에서 장소 자체의 억압과 폭력과는 대치되는 소리와 리듬을 작동시켜 그들의 삶을 향한 몸짓을 부각시켰다고 볼 수 있다.

제5장

'전후―밖―존재'의 장소는 어디인가?
―양석일의 〈밤을 걸고〉를 중심으로―

서 동 주

1. 들어가며

1990년대 이후 '전후가 끝났다'는 목소리가 여기저기서 터져 나왔다. 무엇보다 '버블경기'가 붕괴되고, 걸프전을 계기로 자위대의 해외파병이 가능해지자 '풍요'와 '평화'에 의존하는 일본인들의 '전후'의식은 급격히 동요하기 시작했다. 뒤이어 일어난 '자민당 정권의 종언'(1993), '한신―아와지대지진'(1995), '옴 진리교의 지하철사린테러사건'(1995) 등은 '보수와 혁신의 공존', '평화 위의 안정과 번영'을 의미했던 '전후'가 끝났다는 것에 부인할 수 없는 현실감을 부여했다.

일반적으로 '전후'는 1945년 8월 15일, 즉 패전 이후부터 지속되는 시간을 가리킨다. 그런데 '전후'일본이 이때부터 '번영'과 '평화'를 누린 것은 아니다. 패전의 영향으로 1950년대 초반까지 대부분의 일본인의 삶은 곤궁했다.[1] 게다가 1950년에 발발한 한국전쟁은 일본 안에 '재군

비'의 논의를 촉발시켰고 그에 따라 일본이 다시 전쟁에 휘말릴지 모른 다는 위기감을 대중적으로 확산시켰다. 그 유명한 1956년 『경제백서』 속의 '더 이상 전후가 아니다'는 말이 보여주는 것처럼 일본이 '빈곤'과 '전쟁위협'에서 벗어나 본격적으로 '평화 속의 성장(번영)'의 시기에 접 어든 것은 1955년 이후의 일이다.[2] 이런 사정을 감안해 오구마 에이지 는 1955년 이후를 '제2차 전후'로 구분했는데,[3] 그의 구분법에 따른다면 1990년대 종언을 맞이한 '전후'는 '제1차 전후'가 아니라 '제2차 전후'라 고 할 수 있다.

'전후'에 관한 이러한 서술(기억)은 결국 '1955년대 중반'부터 '1990년 대 초반'까지를 '번영'과 '평화'가 지속된 하나의 연속된 시간으로 표상 한다. 그런데 이렇게 표상되는 '전후'의 종언이 '냉전'의 해체와 동시적 으로 발생했다는 사실에 주의할 필요가 있다. 1990년대에 나타난 현상 (냉전과 전후의 동시적 종언)은 일본인들이 말하는 '전후'의 시간이 '냉전'의 시간과 중첩되고 있었음을 보여주며, '전후'를 둘러싼 어떤 아이러니를 드러낸다. 왜냐하면 '전후'가 '전쟁 이후'를 의미한다면, '냉전'은 어쨌든 새로운 형태의 '전쟁'을 의미하기 때문이다.

따라서 '냉전'의 시간을 '전후'라는 시간 감각으로 살았다는 것은 일 본인들의 '냉전'에 대한 무감각을 보여준다고 할 수 있는데, 문제는 현

---

1) 패전 후 일본에서 사회전체의 빈곤은 큰 문제였다. 국제연합이 발간한 19148년도판 아시아 극동경제조사에 따르면 당시 일본국민의 1인당추정소득은 100달러로 미국의 1269달러에 비하면 10분의 1에도 미치지 못했으며, 스리랑카(91달러), 필리핀(88달러)과 유사한 수준이 었다. 그래서 당시 다수의 일본지식인들은 일본을 '아시아의 후진국'에 위치한다고 생각했 다. 小熊英二, 『民主と愛國』, 新曜社, 2003, 257쪽 참조.

2) 1955년에 1인당 국민총생산이 전전(1934~1936년의 평균)의 수준을 회복했다. 그리고 이것 이 전전의 2배를 넘게 된 것은 도쿄올림픽이 열린 1964년의 일이다. 橋本壽朗, 『戰後の日本 經濟』, 岩波書店, 2007, 125쪽 참조.

3) 小熊英二, 『民主と愛國』, 新曜社, 2003, 11~13쪽.

실적으로 일본의 '전후'는 결코 '냉전'과 무관하지 않았다는 데 있다.4) 일본은 '미일동맹'을 매개로 냉전의 한 쪽 편에 가담하고 있었고, 미국의 '군사적 보호' 속에서 미국이 관여한 두 번의 '열전'(한국전쟁과 베트남전쟁)을 통해 성장과 번영을 가능케 한 자본축적의 기회를 누렸다. 즉 '전후'일본은 '전후'에 관한 시간 감각이 보여주는 냉전에 대한 '거리감=무관심'과는 달리 '냉전'에서 벗어나 있기는커녕 '전후'를 지탱하는 '평화 위의 번영과 안정'은 냉전구조에 의존하고 있었다. 그런 점에서 '전후가 끝났다'고 말해버리면, '전후'와 '전쟁(냉전)'과의 연루관계만이 아니라 '전후'의 단일한 공식기억에 의해 가려졌던 다른 기억들의 존재도 되묻기가 곤란해진다. '전후'의 종언 나아가 '전후'로부터의 탈각이 점점 현실성을 띠어가는 지금, 거꾸로 일본인들이 살아왔던 '전후'란 도대체 어떤 역사적 시간이었나를 질문하는 것이 중요한 이유가 여기에 있다.

　이 글에서는 양석일의 소설 『밤을 걸고』(1994)를 통해 '전후'를 둘러싼 기억의 문제를 생각해 보고자 한다.5) 이 소설에 주목하는 이유는 무엇보다 이 소설이 '전후' 종언의 주장이 본격적으로 제기된 1990년대에 격동의 1950년대를 그것도 '재일'의 시점에서 그려내고 있기 때문이다. 이 소설은 일반적인 '전후'의 시간과 이질적인 '재일'의 시간을 통해 '전후'와 '전쟁'의 연루성만이 아니라 '전후'에 관한 공식적 기억이 내포한

---

4) 이 문제와 관해서는 아래의 문헌을 참고할 것. 마루카와 데쓰시, 장세진 역, 『냉전문화론』, 너머북스, 2010; 남기정, 「한국전쟁과 일본: '기지국가'의 전쟁과 평화」, 『평화연구』 9, 2000; 남상욱, 「전후 일본문학 속의 '한국전쟁'」, 『비교국제학』, 2015 참조.

5) 「밤을 걸고」에 관한 연구로는 박정이(2009), 윤정화(2012), 조성면(2013), 김계자(2015) 등의 논문을 들 수 있다. 이들 연구는 재일코리언문학 속에서 양석일의 이 소설이 갖는 고유한 성격의 해명에 주력하고 있으며, 그런 까닭에 재일코리언문학의 중요한 특징 '마이너리티' 문학으로 간주하는 전제를 공유하고 있다. 이에 대해 이 논문은 일본인들이 패전 이후 냉전 시기를 '전후'라는 감각으로 살았다는 문제와 관련하여 이 소설이 묘사하는 '재일조선인'의 역사적 위상에 초점을 두고 있다는 점에서 상기의 선행연구와 차별성을 갖는다.

어떤 '기만'을 드러내고 있다. 작자 양석일은 왜 1990년대에 들어와 1950년대 후반 '오사카의 병기제조창과 재일조선인 부락', 그리고 '오무라 수용소'를 배경으로 재일조선인의 삶을 다시 끄집어내야만 했던 것일까? 여기에서는 앞서 제기한 문제를 이들 장소에 관한 표상에 주목하면서 전후고도성장의 출발기로 기억되는 '쇼와 30년대(1955~1964)'를 둘러싼 '기억의 항쟁'이라는 관점에서 생각해 보고자 한다.

2. '폭력'의 외부화

여기에서는 본격적인 논의에 앞서 홋타 요시에(堀田善衛)의 소설 「광장의 고독(廣場の孤獨)」(1951)을 보조선으로 삼아 1950년대 냉전의 위협 속에서 '전후'의 표상이 어떻게 가능했는가를 생각해 보고자 한다.6) 적대적 폭력이 행사되는 '냉전'의 세계로부터 일본을 분리시키는 상상력을 생각할 때, 1951년 아쿠타가와상을 수상한 홋타 요시에의 소설 「광장의 고독」은 주목할 가치가 있다. 왜냐하면 이 소설은 '좌/우'로 양분되어 대립하는 세계에서 일본이 취해야 할 '입장'은 어떠해야 하는가를 다루고 있기 때문이다. 결론을 앞서 말하자면, 제목 속의 '고독'이 암시하는 것처럼, 이 소설이 제시하는 일본이 있어야 할 곳이란 냉전(=광장) 밖의 '고독'한 공간, 주인공 기가키(木垣)의 말을 빌리자면 "누구의 편도 아닌" 장소이다.

---

6) 이하의 「광장의 고독」과 한국전쟁 시기 재일조선인에 관한 미디어담론에 관한 분석은 다음 논문을 참조한 것임. 서동주, 「전후와 폭력 – 한국전쟁, 기지, 원자력」, 『일본연구』 24집, 2015.

소설은 전쟁의 여파로 일손부족에 시달리는 신문사에 임시직으로 취직한 기가키가 영어전문 속의 '북한군'을 '적'으로 번역하는 상사 하라구치(原口)에게 의문을 제기하는 다음과 같은 장면으로 시작한다.

> 전문(電文)은 2분 간격으로 길고 짧은 것이 뒤섞여 착착 흘러들어왔다.
> "음, <전차 5대를 포함한 공산군 테스크 포스(タスク・フォース)는>라, 도이군, 테스크 포스는 뭐라 번역하지?"
> "앞선 전쟁 중에는 미국 해군용어로, 분명 기동부대로 번역했는데요…."
> "그런가, 그럼 전차 5대를 포함한 테스크…아니 적 기동부대는, 인가?"
> 부부장인 하라구치(原口)와 도이(土井)가 그런 대화를 나누고 있었다. 기가키(木垣)는 '적'이라는 말을 듣고 깜짝 놀랐다. 적? 적이란 무엇인가, 북한군(北韓軍)은 일본의 적인가?
> "잠깐, 잠깐만요. 북한공산군을 적이라고 번역하는 겁니까? 그렇지 않으면 원문에 애니미라고 되어 있는 겁니까?"[7]

북한군을 원문에도 없는 '적'으로 번역하는 행위 자체에 사실상 전쟁에 대한 '입장'이 표명되어 있다. 그런 의미에서 북한군을 '적'으로 간주하는 하라구치는 전쟁에 '가담'하고 있다는 의식이 있다고 할 수 있다. 반면 기가키에게 '북한국=적'이라는 연결은 자명한 것이 아니다. 그렇다고 기가키는 하라구치와 이념적으로 반대편에 있는 '좌익'처럼 전쟁을 '미제국주의로부터의 해방전쟁'으로 보는 것에도 동의하지 않는다. 소설 속의 그의 입장은 "일본은 누구의 편도 아니라"라는 것으로 일관되고 있다.

이렇게 기가키는 대립하는 두 개의 진영 어디에도 가담하지 않겠다는 태도를 고수하지만, 그렇다고 일본이 전쟁에 '연루'되어 버린 현실까

---

7) 「廣場の孤獨」, 『戰爭×文學 冷戰の時代』, 集英社, 2012, 535쪽.

지 부정하지는 않는다. 예를 들어 그는 과거 전쟁의 상흔이 가시지 않은 가와사키 중공업지대를 지나가며 "전쟁으로 인해 폐허의 속에 놓여있던 공장이 다시 전쟁으로 인해, 그리고 전쟁을 위해 가동되고 있다는 것"8) 에 깊은 절망감을 나타낸다. 이러한 기가키의 태도에서 보는 것처럼 이 소설에 빈번히 등장하는 '커밋(commit)'이라는 말은 전쟁과 관련하여 양 의적으로 사용되고 있다. 그런데 달리 전쟁에 '연루'되어 있음을 인정하 면서 대립하는 진영 어디에도 '가담'하지 않는 선택은 논리적으로 있을 수 없다. '연루'되어 있다는 것 자체가 이미 어느 쪽에 '가담'하고 있음을 의미하기 때문이다. 그렇다면 소설 속에서 기가키의 입장=선택에 내재 하는 이 모순을 어떻게 '봉합'되고 있는지 살펴보지 않으면 안 된다.

소설 속에서 이 문제는 냉전과 일본의 관계를 재해석하는 방식으로 수습되고 있다. 이때 기가키가 한국전쟁에 대한 일본의 '이중성'을 떠올 린 아래와 같은 대목은 중요하다. 소설 속에서 기가키에 의해 재발견되 는 일본의 모습은 전쟁에 '연루'되어 있는 일본만이 아니다. 그는 동시 에 전장에서는 결코 상상할 수 없는 '평온함'이 존재하는 일본의 '이중 성'을 '기묘함(不思議)'의 감정과 함께 확인한다.

> 그런데 놀랍게도 몸을 눕히고 눈을 감자마자, 텔레타이프는 알아서 탁탁 소리는 내며 전문을 뱉어내고 있지만, 바로 그때 세계의 정세도 인 간의 개념도 닦아낸 것처럼 사라지고, 기가키의 검붉은 망막에는 아사 가야(阿佐ヶ谷)에, 아니 응접실 바닥에 다다미를 깐 셋방에 있는 아내 교코와 곧 2살 생일을 맞이하는 갓난아이의 잠든 모습이 떠올랐다. 그것 은 특별히 놀랄 일도 이상한 것도 아니었지만, 바다 건너 반대편의 조선 에서는 수십만의 난민이 갈 곳을 잃고 먹을 것도 없이 밤중을 방황하다 죽어가는 있는 그 순간, 또 하루에 수십 편이나 되는 세계의 불안정을

---

8) 「廣場の孤獨」, 584쪽.

전해주는 전보를 처리하면서도 평온히 잠든 처자의 얼굴을 떠올릴 수 있다는 것은 역시 기묘한 노릇이다.9)

위의 인용은 일반적으로 전쟁에 관한 기가키의 '고뇌'를 드러낸 대목으로 간주된다.10) 예컨대 홋타 요시에와 친분이 깊었던 재일조선인 작가 고사명(高史明)은 이 대목을 거론하며 "나는 이 말을 듣고 혼자 울었다. 그리고 그 눈물과 함께 나는 지금 이 작품이 찾아낸 인간의 고독과 그 성(性)의 어둠을 다시금 온 몸으로 느끼고 있다"11)고 술회한 바 있다. 하지만 인용 속의 '기묘함'을 고뇌로 해석하는 것에는 신중함이 필요하다. 왜냐하면 바로 뒤이어 '처자'의 모습이 사라지고 귀환자를 가득 실은 배가 너무 많은 사람들 때문에 좌우로 심하게 흔들리는 꿈을 꾸던 기가키가 책상 다리에 머리를 부딪치며 잠에서 깨는 장면이 이어지고 있기 때문이다. 그렇다면 앞의 인용은 '고뇌'의 표명이라기보다는 '평온함'이 오래가지 않을 것 같다는 위기감의 비유로 읽어야 하지 않을까?

그런 점에서 위 대목에서 읽어내야 할 것은 전쟁에 대한 일본사회가 보여준 '부조리'의 고발이가리보다 한국전쟁이라는 사건과 일본이 맺고 있었던 '이중성'이라고 할 수 있다. 기가키 자신도 인식하고 있는 것처럼, 전쟁에 관한 이런 이중성이 가능한 이유는 일본이 '열전(熱戰)'의 전장으로부터 바깥에 자리했던 사정에 있다. 그리고 전쟁에 휘말려 있지만 바다를 사이에 두고 민족의 운명이 갈라지고 있다는 기가키의 생각에 주목할 필요가 있다. 왜냐하면 이를 통해 같이 냉전 속에 있음에도 불구하고 일본의 위치는 전쟁이 벌어지고 있는 한반도와 명백하게 이

9) 「廣場の孤獨」, 605쪽.
10) 나카네 다카유키, 「홋타 요시에 『광장의 고독』의 시선-한국전쟁과 동시대의 일본문학」, 『한국어와 문화』 제7집, 2010, 197~199쪽 참조.
11) 高史明, 『堀田善衛全集 1 月報 1』, 1993.

질적인 의미를 획득하기 때문이다. 달리 말하면 일본의 외부(한반도)가 전쟁=열전의 현장이라면, 일본은 이념의 분열을 겪고 있지만 전쟁 상태로 비화되지 않은, 말 그대로 '냉전(冷戰)'의 공간이 되다. 기가키가 발견한 것은 두 개의 진영으로 분열되어 있지만 철저한 적대성이 작동하지 않는 공간으로서의 일본이라고 할 수 있다.12)

앞서도 말했지만 일본은 분명 '전쟁'의 외부에 위치하고 있었다. 하지만 이들이 생각한 것처럼 냉전의 폭력에서 벗어나 있지는 못했다. 한국전쟁 기간 동안 일본 안에서는 '폭력혁명'을 내건 좌익 세력과 공권력이 충돌하는 '유혈사태'가 빈번히 일어났다. 잘 알려진 것처럼 1950년 1월 코민포름의 일본공산당 비판을 계기로 공산당의 혁명전략은 '점령하 평화혁명'에서 '폭력혁명'으로 전환되었다.13) 이런 새로운 혁명노선 위에서 공산당은 한국전쟁 기간 동안 일본 내의 군수공장과 경찰서 등에 대한 '실력투쟁'에 나섰다. 일례로 1952년 5월 1일 신주쿠에서 발생한 좌익 데모대와 경찰이 충돌해 1명의 사망자를 비롯해 수백 명의 부상자를 낳은 일명 '피의 메이데이 사건'은 한국전쟁 시기 일본이 결코 냉전적 폭력으로부터 자유롭지 않았음을 여실히 보여준다.

---

12) 서동주, 「'전후'의 기원과 내부화하는 '냉전': 홋타 요시에의 「광장의 고독」을 중심으로」, 『일본사상』 제28호, 2015, 67쪽.

13) 당시 공산당은 무장활동에 관한 부대로서 '중핵자위대'를 활용했다. 이 조직은 '공장과 농촌에서 국민이 무기를 들고 스스로 지키고, 적을 공격하는 일체의 준비와 행동을 조직'하고 '무기의 제조, 획득, 비축, 분배의 책임을 지고 군사기술을 연구하고 그것을 현재의 상황에 적응해 인민에게 배포'하며, '공장에서는 경찰 등의 억압적 조직에 대해 '영웅적 행동을 조직'해 생산을 혼란시키고 무기를 수송하는 것'으로 되어 있었다. 농촌지역에서 그들의 사명은 부분적으로는 그들을 위해 지주로부터 숲과 산을 해방시켜 군사기지를 위한 토지의 징용을 막는 것이었다. 궁극적으로는 이 투쟁을 확대, 심화시켜 '국민을 무장하는 조건을 만들어 내는 것을 목표로 삼았다. 같은 시기 노동자와 학생으로 구성된 '산촌공작대'는 농촌으로 보내져 지주와의 투쟁을 지도하고 최종적으로 인민투쟁의 거점이 될 수 있는 해방지역을 만들려 했다. 道場親信, 『占領と平和―＜戰後＞という經驗』, 靑土社, 2005, 292~293쪽.

특히 이러한 공산당의 무장투쟁에 재일조선인은 '조국방위'를 내걸고 동참했다. 즉 그들은 전쟁의 '당사자'로서 '후방'인 일본에서 '조국방위'를 위한 투쟁을 전개했다. 한국전쟁 2주년에 맞춰 1952년 6월 24일부터 25일에 걸쳐 오사카 지여에서 '재일조선통일민주전선(민전)'과 '조국방위대'에 가담한 재일조선인 청년들, 그리고 전학련과 일본공산당 소속 청년들이 주체가 되어 일어난 무기제조시설과 미군 및 경찰차량에 대한 '무장공격' 사건(스이타-히라카타(吹田, 牧方)사건)은 실로 '오사카에서 벌어진 한국전쟁'에 다름 아니었다.[14]

공산당과 재일조선인의 '무장투쟁'에 대한 반응은 그들의 '폭력성'을 과도하게 부각시켜 일본의 평화와 안전을 위협하는 세력으로 간주하는 쪽으로 형성되었다. 1950년 정부와 GHQ는 '적색 추방(레드퍼지)' 조치를 강행하면서 공산당과 그에 동조하는 세력을 '폭력'을 전제로 한 '독재주의'라는 레테르를 붙여 배제하였다.[15] 또한 저널리즘은 재일조선인에 의한 '폭력사건'을 보도하면서 그 배후에 '폭력혁명'을 선동하는 공산당이 있음을 강조하며, 마치 폭력을 좌익의 '본질'인 것처럼 간주하는 수사를 반복해 사용했다. 좌익이 폭력을 본질로 하는 집단으로 간주된다는 것은 폭력의 배제 위에 성립하는 '평화=전후'의 공간의 '타자'일 수밖에 없다는 점을 의미한다.[16]

특히 재일조선인에 대한 비판은 '좌익=폭력'이라는 표상에 극단적인

---

14) 西村秀樹, 『大阪で鬪った朝鮮戰爭: 吹田枚方事件の靑春群像』, 岩波書店, 2004.

15) 고모리 요이치, 송태욱 역, 『포스트콜로니얼: 식민지적 무의식과 식민주의적 의식』, 2002, 삼인, 123쪽.

16) 이러한 이데올로기의 효과는 확실한 것이었는데, 1949년 제24회 중의원총선거에서 35석을 획득하며 약진했던 공산당은 1952년 10월에 실시된 제25회 총선거에서는 단 한 석의 의석도 얻지 못했다. 대중의 눈에도 '폭력'과 유착된 공산당은 '전후'와 어울리지 않는다는 것이 분명해 보였다고 할 수 있다.

배제의 논리가 더해지는 양상이었다. 재일조선인의 '폭력사건'을 다루는 신문 보도는 대체로 그들을 '본국으로 송환해야' 한다는 식의 결론을 반복했다. "국내 치안확보라는 차원에서 불령조선인의 본국 송환 입법조치는 시급히 강구되어야 한다"[17]라든가 "(조선인 집단거주지가) 범죄자들의 소굴이 되어 선량한 사람들을 위협하고 또 공산당 지하조직으로 이용되어 폭력혁명의 시한 폭탄적 역할을 하게 된다면 일본 국내에 적극을 품는 것과 같다. … 실행만 된다면 불령조선인을 남기지 않고 송환하고 싶다"[18]와 같은 논조에서 보는 것처럼, 재일조선인은 일본의 평화와 안전을 위협하는 요소이며 따라서 '송환'이라는 방법을 통해 일본으로부터 분절되어야 할 존재로 간주되었다.[19] 이것을 이 글의 관점에서 바꿔 말하자면 재일조선인은 일본공산당과 '북조선'을 배후로 하여 냉전의 폭력을 일본 내부로 유입하는 '헌법=전후' 공간의 침입자라는 의미를 부여받았다고 할 수 있다.

재일조선인과 공산당을 냉전과 '전후' 사이에 놓인 경계의 교란자로 보는 해석이 '이데올로기'적이라는 것은 두말할 나위도 없다. 앞에서도 말한 것처럼 일본 안에서 한국전쟁에 '당사자' 의식을 표명했던 것은 이들 '좌익'만이 아니었기 때문이다. 일본정부 또한 미국의 전쟁 수행을 지원하는 방식으로 한국전쟁에 '관여'하고 있었다.[20] 그러나 일본정부의 '연루'가 저널리즘에서 공론화되는 경우는 거의 없었다. 한국전쟁에

---

17) 『讀賣新聞』, 1951.3.23

18) 『時事新報』, 1951.3.24

19) 조정민, 『만들어진 점령서사: 미국에 의한 일본점령을 어떻게 기억할 것인가』, 산지니, 2009, 176쪽.

20) 정병준이 밝혀낸 것처럼 일본정부의 역할을 후방지원에 머물지 않았다. 소수였지만 일본인 중에도 한국전쟁에 '참전'한 사례가 있다. 정병준, 「일본인이 겪은 한국전쟁 – 참전에서 반전까지」, 『역사비평』 제91호, 2010.

대한 저널리즘의 관심은 '전쟁특수' 혹은 '정전회담'에 치우쳐 있었
다.21) 전체적으로 한국전쟁을 둘러싼 담론공간은 이념적으로 편향된 방
식으로 편성되어 있었으며, 특히 냉전의 폭력을 외부화하는 논리는 재
일조선인을 '전후'의 공간에서 배제하려는 강력한 배외주의의 모습으로
나타났다. 이런 일련의 담론실천 속에서 한국전쟁은 일본의 '외부'에서
발생한 '위험하고 불행한 사건'이라는 의미를 띠면서 냉전에 대한 일본
인들의 '거리감'을 지탱하는 요소가 되었다고 할 수 있다.

3. '아파치족'의 '전후'와 '미래'로부터의 소외

홋타의 「광장의 고독」이 냉전의 위협으로부터 '전후'를 지키려 했던
일본 지식인의 '고뇌'를 주제로 하고 있다면, 양석일의 「밤을 걸고(夜を
賭けて)」는 1950년대 '전후-밖-존재'로 간주되었던 재일의 시점에서
그들이 살아냈던 '전후'의 시간을 '아파치부락'과 '오무라 수용소'라는
공간을 무대로 묘사하고 있다. 홋타의 소설이 표상하는 '전후' 일본이
적대적 폭력이 격돌하는 전쟁(열전)의 현장에서 한 발짝 떨어진 '안전한'
장소라면, 「밤을 걸고」 속의 아파치부락과 오무라 수용소는 폭력과 죽
음의 그림자가 떠나지 않는 '전쟁터'에 다름 아니다. 그런 의미에서 「밤
을 걸고」는 (아마도 홋타가 의식적으로 외면했을) '전후' 안에 존재했던 '폭력

---

21) 남기정은 『기지국가의 탄생: 일본이 치른 한국전쟁』 중 한국전쟁 시기 일본 신문의 논조
를 분석한 글에서 "어떤 형태로든 '사건'에 개입하지 말고 거리를 유지할 것을 암묵적으
로 호소하는…피전의 사상"(391쪽)에 지배되고 있었고, 1951년 이후에도 "한국전쟁이 강
화조약과 안보조약, 재군비 문제와 일본 경제 등에 미치는 영향을 언급하는 것 말고, 한
국전쟁과 일본의 관계를 직접 언급한 사설은 찾아볼 수 없다"(403쪽)고 밝히고 있다.

과 전쟁'의 장소를 드러낸다.

'아파치부락'이란, 오사카의 네코마 강을 끼고 병기제조창 맞은편에 자리잡은 조선인 부락을 가리킨다. 이 부락에 사는 재일조선인들은 어느 날부터 네코마 강 건너에 있는 과거 아시아 최대로 불렸던 오사카 병기제조창에 묻힌 고철의 수집에 나선다.22) 그런데 고철 수집 도중 경찰의 단속을 피해 도망가던 부락민(서달사)이 익사하는 사고를 계기로 이 조선인 부락은 '아파치부락'으로 불리게 된다. 한 언론이 이 사건을 <경찰이 아파치 부락을 습격. 아파치족 중 한 명이 익사>라는 제목으로 보도하면서 "야음을 틈타 쇳덩이를 빼돌리는 조선인 부락민들을 당시 외화 팬들을 열광시키던 서부극에 등장하는 제로니모 추장이 이끄는 신출귀몰하고 용감무쌍한 아파치족에 비유하면서 떠들썩하게 써"댔기 때문이다.(1권, 176쪽)23)

---

22) 이러한 설정은 작가 양석일의 실제 체험을 거의 그대로 반영한 것이다. 예컨대 양석일의 자필연보에 따르면 1958년(22세)은 다음과 같이 되어있다. "이 무렵 일본은 건설 러시로 철의 수요가 늘었다. 예전부터 오사카 성 아래에 환상선(環狀線)의 교바시(京橋)역과 모리노미야(森ノ宮)역 사이에 아시아최대의 병기공장이 있었다(현재는 모리노미야 삼림공원이 되었다). 그 병기공장이 1945년 8월 14일 수백 대의 B29의 맹렬한 폭격으로 괴멸하고 광대한 폐허로 변해 전후 12년이 지나도록 방치되어 있었다. 이 '오사카조병창터' 옆을 흐르고 있던 네코마 강(운하)를 따라 작은 판잣집을 짓고 살고 있던 조선인부락이 있었다. 이 조선인부락에 내 누나 가족이 살고 있었다. 조선인부락 사람들은 언제부터인가 밤의 어둠을 틈타 운하를 건너 광대한 폐허에 매장되어 있는 쇳조각을 도굴해 생계를 유지했다. 실업상태였던 나는 김시종(金時鐘)과 그 친구를 데리고 쇳조각 도굴에 참가했다. 후에 '아파치족'이라 불리며 매스컴이 떠들썩하게 다뤘는데, 이를 알고 가이코 다케시(開高健)가 김시종과 나를 취재해『일본삼문오페라(日本三文オペラ)』를 썼다."(「梁石日 年譜」(自筆), 磯貝治良, 黑古一夫編,『<在日>文學選集』7, 勉誠出版, 2006, 356~357쪽.)

23) 소설 본문의 인용은 다음의 문헌에 따른 것임. 양석일, 김성기 옮김,『밤을 걸고』, 태동출판사, 2001.

[사진 1] '아파치 부락'과 구 조병창(造兵廠) 터(『朝日新聞』大版, 1958년 8.2.5刊)
구 조병창 부근 ① 아파치 부락, ② 구 조병창 제26시창고(施用庫), ③ 오
사카시 공원 예정 지, ④ 긴카 재무국 스기야마(彬山) 분실, ⑤ 구 조병창
제2시공장, ⑥ 오사카시 교통국 차 고 부지, ⑦ 조토센(城東線), ⑧ 히라
노가와(平野川), ⑨ 오사카성

이 아파치부락에 사는 아파치족은 어떤 사람들인가? 원래 이 부락은
전쟁 당시 "B29의 폭격으로 황량하게 변해버린 병기제조창 주변에 마
땅히 갈 곳이 없는 조선인들이 판잣집을 짓고 모여 살게 되면서"(1권, 15
~16) 형성된 것으로 알려져 있다. 폐허처럼 변한 병기제조창이 풍기는
"으스스한 느낌"(1권, 16쪽) 때문에 일본인들은 접근하기를 꺼려한 것도
중요한 이유다. 폐허로 변해버린 병기제조창과 "흐름을 멈췄기 때문에
시커먼 강바닥에서 메탄가스가 솟아오르는 죽음의 강이"(1권, 14쪽) 되어
버린 네코마 강을 맞대고 살아가는 재일조선인들은 가난한 자들이다.
그들은 하루하루 생존을 이어가기 위해 경찰의 감시와 단속을 무릅쓰
고 폐허(병기제조창)에 들어가 고철을 수집하는 것이다. 달리 말하면 그
들은 '전후' 일본의 "밑바닥"을 살아가는 존재이자, "밥만 먹을 수 있으

면 그걸로 충분한 사람들"(1권, 121쪽)이다. 고철 수집이 돈이 된다는 소문이 퍼지자 전국 각지에서 "인생의 낙오자들"이 아파치부락으로 찾아든다. 이제 이 부락은 "최후의 밥벌이와 발붙일 곳"을 찾아 헤매는 사람들이 모여든 곳. "세상의 버림받은 사람들이 인생의 마지막을 건 전쟁터"(2권, 8쪽)에 다름 아니다.

1950년대 후반의 시간을 아파치부락을 통해 재현하고 있는 이 소설이 이 시기에 관한 '일반적' 기억에 대한 '균열'을 의도하고 있음은 분명하다고 할 수 있다. 주지하는 것처럼 1950년대 후반은 빈곤과 폐허의 '전후'가 끝났다는 선언과 함께 번영과 풍요의 '전후'로 진입하는 과도기로 기억된다. 그러나 소설 속 재일조선인의 삶은 결코 녹록치 않으며, 폐허에 묻힌 고철의 수집을 통해 생존을 이어가는 (어떤 의미에서 수렵-채집의 시대로 회귀한 듯이 보이는) 가난한 사람들이다. 그런데 폐허에서 고철을 수집하는 일이란 신체의 구속, 나아가 목숨을 걸어야 하는 위험한 일이다. 가난과 죽음이 떠나지 않는 곳, 즉 '전후' 일본의 "지옥 1번지"이다.

일찍이 어린 다카시가 적절하게 표현했듯이 이곳은 지옥 1번지였다. 이른바 마지막으로 인생을 건 전쟁터인 셈이다. 세상에서 버림받은 자들이 이 전쟁터로 속속 몰려들었다. 사회적 안정기에 접어들었다는 일본정부의 호언장담에도 불구하고 세상은 아직도 혼란스러웠고, 그 혼란의 중심지가 아파치 부락이었다. 대지에는 균열이 따라다니는 것처럼 깊은 강바닥에서 기어오르는 아파치족의 등 뒤에는 끊임없이 죽음의 그림자가 드리워져 있다. 산다는 것 자체가 곧 죽음이다. 이 사실을 알고 있는 자만이 아파치 부락에 남았다.(2권, 8쪽)

이렇게 소설 속에서 아파치부락은 번영과 평화로 상징되는 '전후'의 시간에서 소외된 자들이 모여 사는 지옥 같은 전쟁터로 그려지고 있다. 그런데 소설 속의 아파치부락은 '빈곤-위험-지옥'의 의미망에 한정되고 있지 않다는 점에 주목할 필요가 있다. 이 부락의 비참함과 비극성은 무엇보다 이 빈곤과 위험이 언제 끝날지 알 수 없다는 것에 있다. 소설은 중심인물 김의부를 통해 '아파치족'이라는 이름과 사뭇 상반되는 재일조선인의 생활에 짙게 깔린 '허무'를 언급하고 있기도 하다.

> 사실 이 일(고철을 캐내는 일)만큼 허무한 작업도 없다. 김의부가 말하는 유물론이 아니더라도, 따지고 보면 이 일은 있느냐 없느냐가 문제였다. 존재가 의식을 결정한다지만 그들의 의식은 이 어두운 폐허를 배회하는 망령과 같은 게 아닐까. 빵을 구하기 위해 쇳덩이를 캐고, 쇳덩이를 캐서 빵을 먹는다. 이 끊임없는 순환의 끝에는 무엇이 있을까. 사람은 빵만으로 사는 게 아니다. 여기까지 생각이 미친 김의부는 은근히 화가 치밀어 올라…(1권, 183쪽)

즉, 김의부와 같은 '아파치족'에게 지금과 다른 (긍정적인) 미래를 상상하는 것은 처음부터 불가능한 것이다. 그들의 시간은 고철을 캐 빵을 먹고, 빵을 먹기 위해 고철을 캐는 생존을 위한 행위로 채워져 있다. 1950년대 후반의 일본인이 '노력하면 잘 살 수 있다는 희망'을 가질 수 있었다면, 그들에게 미래를 희망과 연결시키는 것은 불가능하다. 그들은 사회적 안정기에 접어들었다는 공식적 언술에도 불구하고 세상에 존재했던 혼란의 중심지였다. 아파치족은 빈곤만이 아니라 미래(삶의 의미)를 '탈취'당했다는 의미에서도 '전후-밖-존재'인 것이다.

참고로 「밤을 걸고」가 제기하는 1950년대 후반의 기억을 둘러싼 문제제기는 2005년 공개되어 그해 최고의 히트를 기록한 영화 <올웨이스 3번가의 석양(ALWAYS三丁目の夕日)>와 비교해 보면 더욱 선명하게 드러

난다. 도쿄의 시타마치를 배경으로 하는 이 영화가 제공하는 1950년대 후반의 이미지는 일종의 '유토피아로서의 쇼와 30년대'이다. 이 작품의 메시지는 간단하고 명쾌하다. 그것은 쇼와 30년대는 '가난해도 마음이 풍요로운 시대였다'는 것이다. 여기서 말하는 이 '마음이 풍요로운 시대'란 사회가 살아가는 의미를 세상이 보증해 주는 시대를 의미이다. 달리 말하면 지금은 가난하지만 노력하면 미래는 좋아진다는 믿음이 통용되었던 시대다. 영화 속 인물들은 현재는 부족(결핍)하지만 미래는 지금보다 좋아질 것이라는 꿈을 긍정적으로 확신한다. 영화 속에서 하루하루 높이는 더해가는 '도쿄타워'의 모습은 이런 인물들의 심리를 대변한다.[24] 이 도쿄타워의 의미는 「밤을 걸고」에서 병기제조창을 정비해 건설되는 '오사카공원'과 뚜렷한 대조를 이룬다. 소설 속에서 '오사카공원'은 도쿄타워와 같은 희망의 상징이기보다 이질적인 시간을 전쟁처럼 살았던 재일의 삶에 대한 '망각'으로 읽히기 때문이다.

다시 소설로 돌아오면, 이 긍정적인 미래를 통해 삶의 의미를 회복하고 싶다는 '아파치족'의 원망은 북한으로의 '귀국사업'이 아파치부락에 가져온 변화를 서술하는 장면에서도 확인할 수 있다. 소설 속에서 북한으로의 귀국은 "오랜 세월을 차별과 굴욕과 빈곤에서 지내온 그들에게 희망의 별"(2권, 52쪽)과 같은 것으로 서술되고 있다. 그런데 좀 더 주의 깊게 들여다보면, 작가가 강조하는 희망의 이유란 단지 빈곤과 차별에서 벗어날 수 있다는 것만이 아니다. '귀국'이 희망인 이유는 무엇보다 인간이 자신이 속한 공동체로부터 유의미한 존재로 인정받을 수 있다는 가능성에 있다.

---

24) 宇野常寬, 『ゼロ年代の想像力』, 早川書房, 2011, 316~317쪽.

"우린 가난하니까 공화국으로 돌아가려는 게 아냐. 우리가 가난한 것
사실이야. 하지만 우리도 조국으로 돌아가 뭔가 보탬이 되고 싶은 거야.
무슨 일이든 자기가 하는 일이 조국이 도움이 된다고 생각하면 왠지 힘
이 솟는 느낌이야. 게다가 아이들 문제도 있어. 이대로 일본 사회에서
차별받고 멸시당하면서 눌려 지내는 절망적인 생활을 계속하느니 하루
라도 빨리 공화국으로 돌아가는 게 좋을 듯 싶어."(2권, 56쪽)

사회학자 오사와 마사치는 1950~60년대를 '이상의 시대'로 규정한다.
그에 따르면 이 시기 일본인들은 '경제적 풍요'와 '평화주의'의 '이상'을
향해 질주했다.25) 반면 이 소설에서 1950년대 후반의 재일조선인은 전
후일본인이 공유했던 '이상'에서 소외된 존재로 그려지고 있다. '전쟁'
같은 하루하루를 반복하는 미래를 탈취당한 '아파치족'의 모습은 전후
의 '이상'에서 소외를 경험한 재일의 삶을 대변한다. 대신 아파치족은
'전후' 일본이 제공하지 않는 '이상'을 열도 밖으로의 '이동'에서 발견한
다. 그러나 작가는 '귀국'이 진정한 '이상'(지옥의 탈출, 의미의 회복)이 되지
못했음을 또한 잊지 않고 기술하고 있다. 그렇다면 작가는 '열도'에서도
'조국'에서도 '이상'에 도달하지 못한 재일의 장소를 어디로 설정하고
있는 것일까?

4. 왜 '밤을 걸고'인가?

소설의 후반부(제2부)는 오무라 수용소에 수감된 김의부를 통해 냉전
과 전후의 첨예한 긴장 속에 놓인 재인조선인의 삶이 그려지고 있다.

---

25) 大澤眞幸, 『不可能性の時代』, 岩波書店, 2008, 10~47쪽 참조.

오무라 수용소(전신은 1950년에 설치된 하리오 입국자 수용소)는 1952년 12월 25일 출입국관리청이 발족되면서 나가사키 현 오무라 시에 설치되어 법적으로 일본의 출입국관리법 위반으로 강제퇴거 명령을 받고 자국으로의 송환을 기다리던 사람들이 수용되었다.[26] 그곳에는 한국으로부터의 '밀항자'와 일본 내에서의 '외국인'이라는 서로 다른 부류의 존재가 함께 수용되어 있었다. 달리 말하면 오무라 수용소는 제2차 세계대전 종결 이후 한국과 일본의 국민국가 형성 과정에서 양쪽 모두로부터 환영받지 못한 자들이 수용되고 송환된 장소였다.[27]

따라서 오무라 수용소에 관한 연구는 주로 냉전 구조 속의 국민국가 형성에 작동하는 배제와 포섭의 정치라는 관점에서 접근하거나 혹은 재일조선에 대한 '극한의 차별' 양상을 '인권'의 관점에서 실증적으로 기술하는 경향을 보이고 있다. 소설 속에서도 이런 상황은 대단히 '사실적'으로 묘사되고 있다. 그것은 김의부와 같은 방에 수감된 김남희의 다음과 같은 말에 단적으로 나타나 있다. "호열이처럼 형기를 마친 사람을 또다시 이리로 보내 몇 년이나 감금한다는 건 말도 안 되는 일이야. 이건 엄연한 인권유린이라고. 여기선 헌법이나 국제법도 통하질 않아. 놈들은 우릴 인간이 아니라 굴러다니는 똥덩어리쯤으로 여기고 있어. 여긴 일본열도의 똥구멍 같은 곳이라, 여기서 우릴 똥처럼 배설해버리려는 거지. 놈들의 얼굴을 보면 알 수 있어. 그들은 이제 인간이 아니라 아무 감정이 없는 로봇이다."(2부, 122쪽) 동시에 여기에서는 오무라 수용소를 냉전적 폭력의 '외부화'라는 맥락에서 다루고 있다는 점을 간과해서는 안 된다. 김의부에게 '밀항'의 혐의를 씌워 오무라 수용소로

---

26) 이정은, 「'난민' 아닌 '난민수용소', 오무라 수용소」, 『사회와 역사』 제103집, 2014, 324쪽.
27) 조경희, 「불안전한 영토, '밀항'하는 일상」, 『사회와 역사』 제106집, 2015, 40쪽.

보낸 구라타 형사에게 김의부가 '위험'한 이유는 그가 공산당 활동 이력을 가진 '좌익'이기 때문이다.

그런데 전후 일본에서 오무라 수용소가 갖는 의미에 대한 작가의 문제의식은 열도 밖 냉전과 결부된 이질적 존재들(전후의 '교란자')을 배출하는 장소라는 의미에만 한정되지 않는다. 작가는 오무라 수용소를 '전후' 일본의 변방에 위치한 '냉전적 장소'로 표상하고 있다. 그것은 수용소 안에서 벌어지는 '남쪽 조직'과 '북쪽 조직'의 적대적 대립으로 그려지고 있다.

> "…북쪽 조직과 남쪽 조직은 요즘도 거의 매일 싸움질이야. 북쪽 조직의 사람이 남쪽 조직의 사람한테 집단으로 폭행을 당해 피투성이가 된 채 병원에 실려 가면, 이번엔 북쪽 조직이 남쪽 조직에게 복수를 하지. 우리민족은 도저히 구제불능이야.…"(2권, 134쪽)

> 난투극 사건은 쌍방 처벌이라는 형태로 처리되어 북쪽과 남쪽 조직 열다섯 명에게 각각 벌금형이 처해졌다. 물론 북쪽 조직은 이에 승복하지 않았다. 그들의 집회장에 느닷없이 각목과 쇠파이프를 들고 난입한 것은 남쪽 조직이었고, 더군다나 경비원들은 제지하기는커녕 도망치는 북쪽 조직 사람들에게 폭행을 가했다며 남쪽 조직을 엄중하게 처벌하라고 요구하며 나섰다.(2권, 156쪽)

그런 의미에서 수용소라는 공간은 또 다른 '전쟁터'에 다름 아니다. 그렇다면 아파치부락에서 오무라 수용소로 이어지는 김의부의 '이동'은 계속되는 '전쟁 체험'이라고 할 수 있다. 이렇게 '민전투쟁'에서 '병기제조창'에서 아파치족 활동을 거쳐 그리고 오무라 수용소로 이어지는 김의부의 인생은 전쟁의 부정태로서의 '전후'로부터 소외된 재일의 존재성을 상징한다.

뿐만 아니라 이 '전쟁터'라는 모티브는 아파치부락과 오무라 수용소를 중심으로 전반부와 후반부로 나뉜 이 소설에 일관성을 부여하는 표상으로 기능하고 있다. <1부>에서는 오사카 병기제조창의 고철을 둘러싸고 아파치족과 경찰의 충돌로 묘사되고 '전쟁상태'가 그려지고 있다면(이삼원이 자살 직전 경찰을 향해 내뱉은 다음과 같은 말이 참고가 된다. "재미난 얘기 하나 해줄까? 경찰관을 죽인 건 바로 나야. 놀랬지? 날 잡고 싶으면 어서 올라와 봐! 이건 전쟁이야! 내가 너희들에게 순순히 잡힐 것 같아? 어림도 없지!"[1부, 214쪽]), 그것은 <2부>에서 피수용자(재일)와 감시자(일본인) 간의 폭력을 동반한 대립으로 이어지고 있다. 특히 <2부>에서는 남쪽 조직과 북쪽 조직의 대립이라는 '냉전'이 더해지면서 '전쟁터'의 의미가 더욱 심화되고 있다.

서로 다른 장소를 무대로 구분되는 이 소설을 하나의 소설로 만드는 요소를 생각할 때 제목인 '밤을 걸고'는 중요한 의미를 가진다. 일견 이 제목은 밤을 틈타 경비원과 경찰의 감시를 피해 오사카 병기제조창의 고철을 수집하는 아파치족의 이야기를 다루고 있는 <1부>에 국한된 것처럼 보인다. 그런 점에서 이 제목이 오무라 수용소의 이야기가 전개되는 <2부>에서는 어떻게 관련되는지 분명해 보이지 않는다. 그러나 만약 이 제목이 다만 <1부>에 한정된 것이라면 이 소설은 구성력과 관련된 비판을 피하기 어렵다.

아파치족이 병기제조창에 진입해 고철을 찾아 헤매는 것은 '생존'을 위함이다. 그런데 그 작업은 공권력에 의한 검거로 인해 때로는 목숨을 걸어야 할 만큼 위험한 작업이다. 그들의 밤은 생존을 위해 목숨을 걸어야 하는 일이다. 위험한 밤이라는 의미는 오무라 수용소에 수감된 김의부에게 여전히 계속되고 있다. 남쪽 조직 사람들이 수감된 16호실로 방을 옮긴 김의부는 패거리들의 '성폭력'으로부터 자신을 지키기 위해 밤에도 잠을 이루지 못한다. 자신의 '몸'을 지키기 위해 그는 밤을 불면 상태로 버티는 것이다. 생존과 육체를 지키기 위해 위험한 밤의 시간을 버텨야 하는 것은 하쓰코도 마찬가지다. 그는 김의부의 석방을 위해 나가사키의 '밤의 세계'에 뛰어든다. 그녀의 밤에도 조선인이라는 사실이 밝혀질지 모르는 불안과 지배인의 성적 위협이 항상 따라다닌다. 생존을 위해 밤을 걸어야 하는 것은 고철을 찾아 폐허를 헤매는 아파치족만이 아니다. 수용소의 벽을 사이에 두고 김의부와 하쓰코도 재회를 고대하며 위험한 밤을 견뎌내고 있는 것이다.

그런데 보다 중요한 것은 이 밤의 시간은 또한 김의부가 자신의 존재에 대한 인식을 심화시키는 시간이기도 하다.

> 독방에 갇힌 지 한 달이 되어간다. 독방에 틀어박힌 채 외부와의 접촉이 금지된 그는 하루 종일 작은 창문 너머로 멍하니 하늘을 바라볼 뿐이다. 밤에는 사자좌의 일부가 고개를 내민다. 철창에 가려 일부밖에 보이지 않는 것이다. 이 세상 어딘선가 감옥에 들어앉은 수천 수 만의 죄수들이 똑같은 별을 바라보고 있을 거라는 생각이 들었다. 도대체 언제까지 가둬둘 셈인가, 이대로 평생 갇힌다고 해도 필수 아무도 모를 것이다. 나중에 남는 건 썩은 고깃덩이뿐이다. 이런 상황에서 인간은 이 얼마나 무기력한 존재인가. 달리 손을 써볼 방법이 없다.(2권, 114쪽)

그의 무기력은 여기서 언제 나갈 수 있을지 전혀 알 수 없는 상황이 초래한 것이다. 김의부는 오무라 수용소의 독방에서 자신이 '미래를 탈취당했다'는 것을 생각하고 있는 것이다. 그리고 탈취된 미래가 안겨주는 무기력은 그의 사고마저 정지시킨다. 그는 "뇌가 조금씩 썩어 들어가는 듯 한 감각에 빠지면서 더 이상 아무 생각도 할 수 없는 상태"가 되어감을 느낀다. 그리고 그런 "썩어 문드러져가는 (자신의) 내부를 들여다보는 쾌락에 젖는" 간수의 눈을 "강간의 눈"(2권, 115)이라 생각한다. 수용소는 차별과 폭력의 공간이자 인간을 포기하게 만드는 곳이며, 그것은 아파치부락이 그랬던 것처럼 또 하나의 '지옥'에 다름 아니다.

여기서 '밤을 걸고'라는 제목을 통해 작자가 말하고 싶었던 것이 분명해진다. 그것은 '전쟁터'와 같은 곳에서 살아남기 위해 위태로운 밤을 견뎌야 했던 재일의 삶(과거)이다. 나아가 그 밤은 언제 벗어날 수 있을지 알 수 없었다는 점에서 미래가 탈취된 절망의 밤이기도 하다. 그런데 그 시간은 일본인들이 기억하는 1950년대 후반의 '전후'의 시간(빈곤에서 성장으로)과는 전혀 이질적이다. 작가는 그런 과거가 '전후 종언'과 '탈냉전'의 새로운 분위기 속에서 그 전쟁터의 소멸과 함께 완전히 잊혀 질지도 모른다는 불안을 드러내고 있다. 그런 의미에서 이 소설은 장소의 소멸이라기보다 그 전쟁터와 같았던 장소에서 미래를 탈취당한 채 위험한 밤을 견뎌냈던 삶의 기억의 소멸을 초점화하고 하고 있다고 말할 수 있다.

5. 나오며

소설의 말미에서 '전쟁'과 같은 삶을 살아온 김의부는 자신의 파란만 장했던 인생이 안겨준 교훈을 다음과 같이 술회한다.

> "사람들은 주변에서 모두 당하는데도 자신만은 무사할 거라고 생각한단 말야. 환상에 빠져 있는 거지. 자신만은 무사해야 한다거나 자신만은 무사할 수 있다고 말야. 말하자면 너무 이기적이야"(2권, 206쪽)

여기가 아닌 다른 곳에 '안전'한 장소가 있을 거란 생각은 '환상'이라는 것이다. 뿐만 아니라 '돌아가야 할 장소'와 같은 것은 '환상'에 불과하다고 말한다. 작가는 다음과 같이 덧붙인다. 즉, "도망칠 수 없는 현실에서 도망치기 위해 사람들은 환상에 빠져드는 것이다. 환상의 국경을 넘어 직면한 현실은 또 다시 살아간다는 대전제를 위한 고투의 연속이다. 사람은 죽는 순간까지 삶을 강요당한다"고 아파치부락 밖에, 혹은 오무라 수용소 밖에, 나아가 열도 밖에 '아파치족'을 위해 마련된 안전한 장소란 처음부터 없다는 것이다. 거꾸로 그렇게 그들의 살아가고 견뎌내는 그 곳이 바로 다름 아닌 그들의 '장소'인 것이다. 귀국사업이 환상에 불과했다는 사실이 밝혀진 후, 김의부와 술을 마신 안우창이 술기운에 뱉어내는 다음과 같은 말은 재일의 장소에 관한 어떤 진실을 드러낸다. "여기서 제대로 살지 못하는 인간은 어딜 가든 똑같다."(2권, 205쪽)

나아가 김의부의 말은 재일조선인만이 아니라 일본인의 '전후' 인식도 '전도'되어야 함을 요청하는 것으로 읽을 수 있다. 세계가 냉전으로 양분되어 대립해도 자신만은 '전후'를 살 수 있을거라 생각하지만, 그것은 환상이다. 자신만이 전쟁과 무관할 수 있다는 생각은 환상이며, 이기적인 것이다. 왜냐하면 작자가 소설의 도입에서 한국전쟁과 수에즈 전쟁이 일본에 미친 영향을 언급하면서 말했듯이, "일본의 경제적 번영은 항상 전쟁과 깊이 관련"되어 있었기 때문이다(1권, 18쪽). 일본은 전쟁을 통해 번영을 누렸고 전후를 살았다. 그러나 전쟁에 연루되어 있다는 것을 인정하려 하지 않았다. 오히려 전쟁과 연루된 내적 타자들을 열도 밖으로 추방하는 방식을 통해 자신이 '전후'를 살고 있다는 감각을 인위적으로 유지하려 했다. 그 내적 타자, 즉 재일은 냉전과 전후가 맞부딪치는 위태로운 곳에서 미래마저 탈취당한 채 위태로운 시간을 견뎌야만 했다. 소설은 '전쟁터'를 전전하는 재일의 삶을 통해 냉전을 부인하는 '전후' 일본의 기만만이 아니라, 전후의 시간 안에 존재했던 이질적 시공간을 통해 그것은 망각의 대상이 아니라, 그 복수의 시간과 함께 다시 기억되어야 함을 말하고 있다.

제6장

재일문학에 나타난 '집'이라는 장소

이 승 진

1. 들어가며

재일조선인 2세대[1]문학에서 '집'[2]이라는 공간은 많은 경우 자신들의 '근거'를 확인하는 장소로 표상되어왔다. 따로 지적할 필요도 없이 근대 아시아가 처해 있던 역사적 환경은 재일이 일본에서 생활해야 하는 경

---

1) 일본에서 조선인과 그들의 후손을 부르는 용어는 매우 다양하다. 재일조선인, 재일교포, 재일동포, 재일조선인·한국인, 재일, 재일코리언, 코리언재패니스 등의 명칭이 관점과 입장의 차이에 따라 다양한 맥락에서 쓰이고 있다. 이 글에서는 정치적인 분단 상황을 반영하지 않고, 한반도에 민족적 뿌리를 두었다는 의미에서 '재일조선인'을 사용하고자 한다. 나아가 이 글은 이소가이 지로의 세대 구분(磯貝治郞,「變容と繼承」-<在日文學の六十年-『社會文學·26』,2007>)에 따라 문학 세대를 구분하고 있음을 밝혀 둔다. 다만 3세대인 이양지와 이기승 등과 구별하는 의미로 유미리나 가네시로 가즈키 등의 작가들을 '신세대'로 이름 붙여 사용한다. 이하 표기의 편의상 '재일조선인'은 재일로, 1세대, 2세대, 3세대는 1세, 2세, 3세로 약칭하여 사용한다. 명칭과 세대 구분에 대한 논의는 여기에서 다루지 않는다.
2) 여기서 '집'은 물리적인 공간만을 의미하지 않는다. 재일이 일본이라는 타지에서 경험하게 되는 다양한 생활의식이 함축된 공간이며, '혈연', '민족', '역사'와 같은 재일 특유의 요소들을 상징하는 의미로서 이 용어를 사용함을 밝혀 둔다.

위와 밀접히 관계한다. 재일조선인은 '외부자'로서의 자기인식이라는 근원적 문제에 끊임없이 직면해야 했고, 그 과정에서 '아버지의 집'은 상징적 회귀 장소에 가장 적합한 장소로 그려져 왔다. 특히 재일 2세를 대표하는 작가들 작품 대부분에서 '집'은 관념으로서의 '민족'과 '조국', 나아가 재일이라는 현실을 표상하는 기호로 반복적으로 묘사되어왔다. 그리고 이러한 경향은 이양지와 이기승으로 대표되는 재일 3세대 문학에도 일정 부분 이어진다.

물론 재일을 둘러싼 다양한 명칭들이 가리키듯 재일의 자기인식 역시 다양하게 분기해왔다. 특히 1980년대에 들어 세대 간 구성 비율에서 3세가 다수를 차지하면서 기존 '재일의 집'이 발신하는 민족적 호소력은 두드러지게 감퇴하기 시작한다. 인권문제를 둘러싼 대외적인 압력을 의식한 일본 정부가 재일조선인정책을 유화정책으로 전환하면서, 재일의 실질적인 국적 이동 역시 활발히 이루어진다. 나아가 90년대를 경유하면서 집단적 층위의 재일의식이 지녔던 호소력이 급속하게 약화되고 재일세대의 개별화와 파편화가 급격하게 진행된다. 가령 2000년대를 전후하여 재일로서의 자기규정을 경계하는 유미리나 가네시로 가즈키와 같은 작가들이 등장하고, 이들이 이전 세대와 차별되는 형태로 재일의 인식 지평을 넓히면서 새로운 방식의 존재 근거를 모색한 것은 재일사회의 이 같은 변화를 방증한다. 그리고 이는 종래의 자명한 공간이었던 '1세의 집'이 기존과 다른 모습으로 표상될 수 있음을 의미하는데, 실제로 유미리와 가네시로 가즈키가 그리는 '집'은 기존 재일문학의 문법과 차별된 변주 양상을 보여준다. '민족'이라는 색채를 완전히 탈색시킨 유미리의 『풀하우스』(1996)와 『가족 시네마』(1997) 등의 작품에 등장하는 '재일의 집'과, 이와는 반대로 '민족'이라는 색채를 농후하게 유지하면서

그 감촉을 '경쾌함'으로 전복시킨 가네시로 가즈키의 『GO』(2001)에 묘사
된 '재일의 집'은 분명하게 기존 재일문학에서 발견되는 '집'과는 차별
되는 모습으로 나타나고 있기 때문이다.

하지만 이처럼 재일의 자기 인식 변화와 더불어 '재일의 집'이 질적
인 변용을 겪게 됨에도 불구하고, 여전히 이 장소가 재일문학에서 핵심
소재로 다뤄지고 있다는 사실은 주의를 요한다. 일본에서 태어나 자란
재일세대가 자신들의 존재 근거를 확인하는 과정에서 '집'이 여전히 중
요하게 기능한다는 사실은, 그 다양한 양태에도 불구하고 이 장소의 근
거리에 재일의 아이덴티티를 둘러싼 다양한 단서들이 소재해 있을 가
능성을 함의하기 때문이다. 이 글은 이러한 문제의식에서 '재일의 집'과
'아버지'에 주목한다. 물론 '재일의 집'을 규명하는 과정에서, 아버지 못
지않게 중요한 요소로 '어머니'가 존재한다. 실제 다양한 문학 작품에서
'어머니'는 흔들리는 '집'의 균형자로서 때로는 '아버지'보다 상징적인
역할을 담당하며, '집'의 다양한 국면에 밀접히 관계하며 등장하는 것
또한 사실이다. 다만 이 글은 '재일의 집'의 변용 양상을 폭넓게 조망한
다는 목적에서, '아버지'와 '집'의 관계 양상에 논의를 한정시키고자 한
다. 그 중에서도 자명한 장소로서 '1세의 집'과 차별된 '재일의 집'의 출
현이 재일 2세 문학에서 시작된 것으로 보고, 주로 '아버지'와 '집'이라
는 주제가 농후하게 드러나 있는 작품들을 중심으로 이후 세대까지의
변용 양상을 살펴볼 것이다.

2. 자명한 장소에서 불투명한 장소로

재일문학, 특히 재일 2세 문학에서 '아버지'라는 주제는 중요한 의미로 나타난다. 그 원인으로 일반적으로 유교적 도덕관이 강한 조선의 집에서 강한 권위를 지닌 아버지에 비해 어머니의 존재가 전경화되기 어려웠다는 측면을 먼저 떠올리기 쉬울 것이다. 그러나 다수 재일 2세 작가들의 작품에서 아버지라는 주제가 빈번하게 등장하는 이유는, 자신들의 아이덴티티를 둘러싼 끝 모를 불안이 '아버지'와 '집'의 배후에서 기인할 것이라는 자식세대들의 자각이 반영된 측면이 보다 본질적인 이유라고 할 수 있다. 때문에 재일 2세 문학에서 자식세대가 아버지와의 관계에서 '두려움'-'갈등'-'화해'로 이행하는 프로세스는, 아들 세대가 일본사회에 발을 들여놓으면서 막연히 느끼게 되는 아이덴티티의 '불안'-'혼돈(위기)'-'안정'이라는 흐름과 호응하는 형태로 나타난다.[3] 또한 이런 흐름을 따르지 않더라도 '재일의 자식'이라면 누구라도 한 번은 아버지의 존재를 자신 안에서 정리해야할 필요성에 직면하게 된다.[4] 일본사회 안에서 자신들의 장소를 모색할 때, 일단 현재 자신을 강제하는 원죄[5]로서 '아버지'와 '집'에 대한 부정적인 이미지를 조정하지 않는 한, 언제까지나 '불우성'이라는 유산을 떠안은 채 살아가야 하기 때문이

---

3) 다케다 세이지는 그의 저서(『'재일'이라는 근거』, 소명출판, 2016)에서 이회성과 김석범, 그리고 김학영을 주로 다루고 있는데, 특히 이회성의 청년기 소설을 다룬 부분에서, 작품 속 주인공들이 자신들의 아이덴티티 조정을 '불안'-'혼돈'-'화해'의 프로세스로 진행시키고 있음을 지적하고 있다.

4) 가령 양석일의 경우, '집'의 문제를 아이덴티티의 문제와 직결하는 형태로 그리지 않는다. 하지만 이런 양석일 역시 『초폭력적인 아버지』에서, "아버지라는 존재를 한 번은 정리할 필요성을 느껴 『피와 뼈』라는 작품을 집필했다"라고 쓰고 있다.

5) "아버지는 본인의 의사와 상관없이 강제된 또 하나의 원죄라고 할 수 있다."(김환기, 「김학영의 얼어붙은 입론」, 『日本語文學研究』 39, 2002, 135쪽.)

다. 요컨대 재일 2세들에게 이 존재는 현재 생활하면서 경험하게 되는 여러 가지 부조리의 근원인 동시에, 그 현실을 해결해 줄 단서로서 이율배반적인 성격을 띤다고 할 수 있다.

주의할 점은 청년기의 아이덴티티 모색에 얽힌 문제이든, 재일 특유의 '집'에 대한 이미지 조정의 문제이든 간에, 이 모든 것이 관념의 층위에서 이루어질 수밖에 없다는 사실이다. 다시 말해 재일을 향한 일본의 차별적 시선에도 굴하지 않는 아이덴티티의 '안정'이 일상생활의 층위에서 재일에게 과연 어느 정도 가능한가 하는 문제, 그리고 '아버지의 집'을 둘러싼 이미지 조정을 통해 자식세대가 자신들의 '불우성'을 실제 삶 속에서 해소 가능한가 하는 문제가 여전히 남게 되는 것이다. 따라서 표현 행위를 통해, 이념과 논리의 세계에 자신들의 존재 근거를 구축할 것인가, 혹은 감수성과 일상적 욕망의 세계에 주의를 기울일 것인가에 따라 '재일의 집'을 조명하는 방식 역시 조금씩 차이를 드러낼 수밖에 없다. 그런데 여기서 중요한 점은 어떤 방식으로 자신들의 문제를 인식하더라도 재일 2세가 '집'과 '아버지'의 문제를 눈앞에 놓인 현실 문제와 강하게 연동시킬 때, 이미 '1세의 집'과 차별된 '재일의 집'이 출현했음을 가리킨다는 사실이다. 그리고 바로 이 주제를 선취하면서 작품 활동을 시작한 이들이 재일 2세를 대표하는 작가 김학영과 이회성이었다. 두 작가는 농도의 차이는 있으나,[6] '집'이라는 문제를 집요하게 파고들면서 이른바 2세가 바라본 '집'을 작품 속에서 전경화시킨다.[7] 재일 2세들이 불

---

[6] 김학영의 경우 대부분의 작품이 '집'이라는 주제와 밀접하게 관련된 반면, 이회성의 경우 비교적 초기 작품 군에 이 주제가 집중되어 있는 것을 알 수 있다. 이에 대해 河合修는 『[인터뷰] 시대 속의 '재일'문학』(河合修, 『社會文學』 26호, 2007, 2쪽.)에서 이회성의 작품 활동을 4단계로 나누고, 데뷔작 『또 다시의 길』(1969)에서 『기적의 날』(1974)까지의 작품을 이른바 사소설적, 자전적 성격으로 규정짓고, 이 시기를 이회성 문학의 첫 단계로 설명하고 있다.

투명한 장소로서 '재일의 집'과 관계해가야 한다는 자각 내지는 초조함
이 두 작가가 창작한 일련의 사소설적 작품들 속에 농후하게 깔려 있는
데, 그 대부분은 '아버지'라는 문제와 밀접히 관계하며 묘사된다.

> 소년이었을 때, 아버지만큼 두려운 사람은 없었다.
> 악마 같은 인간이라고 생각했다. 고등학교 시절 기록을 찾아보면 나
> 는 생각에 잠길 때가 있었다. 날려 쓴 글씨에서 다음과 같은 불만을 발
> 견하기 때문이다. 악마, 악마다, 아버지는 그야말로 악마인 것이다. 죽어
> 버렸으면. 죽이고 싶어 버릴 정도다.[8]

> 최근이 되어서야 나는 아버지를 떠올리는 일이 많아졌다. 소년 시절
> 에는 그렇게나 두렵던 아버지의 느낌이 지금은 세월이 현명하게 도태시
> 켜 주고 있다. 오랫동안, 나는 아버지의 배후에 있는 섬뜩한 갱도가 무
> 엇인지 잘 이해할 수 없었다. 그 어둠은 아버지의 난폭함을 키우는 짐승
> 의 길로 통하는 것처럼 비쳤다. (…중략…)
> 요즈음 들어 그 갱도에 빛이 어렴풋이 비쳐지기 시작한 것 같다. 어
> 쩌면 자신이 조선인으로서 아버지의 말을 이해하려고 한 탓인가 하고
> 생각해 본다. 만약에 그렇다면, 난 멍청하게도 아버지를 너무 얕봐 왔던
> 거다.[9]

> 그것은 지옥의 광경이었다. 아버지가 있는 집 안은 내게 어렸을 때부
> 터 언제나 지옥이었다. (…중략…) 다른 집의 불빛이 언제나 부러웠다.
> 다른 집의 불빛이 모두 따뜻하고, 행복한 것이 평화롭게 보였다.[10]

---

7) 다케다 세이지는 "이회성이 "전후 20년 이상 지나"서 필연적으로 '집'이라는 문제가 나타
났다고 언급했을 때 비로소 우리들은 2세대가 갖는 '재일'의 의미를, 그리고 1세들의 민중
내셔널리즘의 '내실'을 재검토할 계기를 얻었다고 할 수 있다. 왜냐하면 이때 비로소 2세
대가 '재일'의 '집'에서 태어나, 일본사회에서 삶의 범형을 걷기 시작하고, 그곳에서 1세들
의 생활기저인 '집'과 어떠한 관계를 맺어야만 했는가라는 내실이 문학으로 표현되기 시작
했기 때문이다"라고 서술하고 있다.(『'재일'이라는 근거』 소명출판, 2016, 41쪽.)
8) 李恢成, 『人面の大岩』(『李恢成集』新鋭作家叢書), 河出書房新社, 1972, 177쪽.
9) 위의 책, 199쪽.

그 무거움은 아버지의 팔을 움켜쥐고 있는 나의 힘없는 비판 따위 전혀 받아들이지 않을 것처럼 보였다. 나는 아버지를 무지몽매하다고 비난했지만, 그러나 내게 아버지를 비난할 자격이 있는 것일까. 만약 그것이 아버지가 살아온 시대에 의해, 어느 정도 강제되었던 것이라면? 게다가 일종의 무신경한 강인함이 없었다면 제대로 살아남을 수 없는 생을 아버지가 거쳐 온 것이라면?[11]

이회성의 초기 작품을 살펴보면, 작가가 자신의 소년기에서 청년기에 걸쳐 '집'이라는 문제를 매우 정치하게 조명하고 있음을 알 수 있다. 『다듬이질 하는 여인』(1971)과 『인면의 대암』(1972)은 부모에 얽힌 문제를 소년기에서 청년기로 옮겨가는 시선 변화와 함께 다루고 있고, 『가야코를 위하여』(1970)와 『청구의 집』(1971)은 청년기 재일의 불안에 초점을 맞추면서, 그 배후에 집−역사−재일을 연결하는 자의식의 흐름에 주목한다. 거기에 데뷔작인 『또 다시의 길』(1969)이 이른바 아버지의 자리를 대신하게 된 장년 아들의 심정, 그리고 거기에서 재조명되는 아버지와 '집의 역사'를 중심축으로 전개한다는 점까지 감안하면, 작가가 필사적이라고 할 수 있을 만큼 빈틈없이 이 주제를 해명하려 했음을 확인할 수 있다. "일본어 창작에 고민하고 있을 무렵 '아버지'의 죽음이 계기가 되어 창작을 시작하게 되었다"[12]라는 작가의 언급에서도 엿볼 수 있듯이, 적어도 초기 창작과정에서 무엇보다 이회성을 압도했던 문제는 '집'과 '아버지'에 얽혀 있는 '해명 불가능성'이었음은 의심할 여지가 없어 보인다. 하지만 『인면의 대암』 집필을 전후하면서, 작가는 작품 속에서 아버지와 '화해'하는 형태로 타협점을 찾아간다. 위의 장면이 상징하고

---

10) 金鶴泳, 『錯迷』(『金鶴泳作品集』 II クレイン), 2006, 313쪽.
11) 위의 책, 330쪽.
12) 李恢成, 『可能性としての「在日」』, 講談社, 2002, 135쪽.

있는 것처럼, 어린 시절에는 전혀 이해할 수 없는 대상이었던 아버지는 청년기의 어느 순간부터 갑자기 자식에게 이해받을 수 있는 존재로 변모하며, 마치 극적인 이 화해의 순간을 기다리기라도 한 듯 작가는 이 주제에서 조금 떨어진 장소로 작가적 관심을 빠르게 선회시키기 때문이다.

그에 비해 김학영은 '아버지'라는 주제를 생애 전반에 걸쳐 반복해서 그리고 있다. 일반적으로 『얼어붙은 입』(1966)과 『시선의 벽』(1969)에서 그려진 '말더듬' 묘사가 그 강렬한 인상으로 인해 김학영 문학을 상징하는 중심 요소로 읽히는 것이 사실이다.13) 하지만 무엇보다 김학영이 자신의 작품 대부분에서 주목한 주제는 '아버지(집)'이며, 특히 『얼어붙은 입』에서 이미 제시되었던 '부부간의 불화'와 그 원인에 해당하는 '흉폭한 남편', 그리고 『착미』(1971)에서 그려진 '부자충돌'이라는 에피소드가 '아버지(집)'에 대한 아들의 시선을 중심으로 거의 전 작품에서 반복적으로 다뤄지고 있음에 주목할 필요가 있다. 이회성의 경우 초기 작품군에서 조금은 성급한 형태로 이 주제를 완결 짓고 있는 것에 반해, 김학영은 이 주제를 언제까지고 반복하면서 '아버지의 역사—재일하는 현재'로 이어지는 이음새를 보다 정치하게 메꿔간다는 점에서 뚜렷한 차이를 드러내고 있기 때문이다. 물론 앞서 인용한 『착미』는 이회성의 『인면의 대암』의 주인공이 불가해한 아버지에 대한 이해로 심경변화를 일으키는 방식을 거의 유사하게 따르는 작품으로 볼 여지 또한 충분하다.

---

13) 실제로 다케다 세이지는 김학영 문학의 불우성의 근거를 '말더듬'에서 오는 감촉에서 포착한다. 이른바 '말더듬'이라는 증상이 작품 속 주인공들로 하여금 세계와 관계하는 방식에 결정적인 장애를 가져왔고, 그로 인해 생겨난 '관계 불가능성'이 김학영의 다른 주제들, 즉 '아버지(집)'와 '민족' 같은 주제에 회복할 수 없는 차이를 가져왔다는 것이 그의 주장이다.

그러나 김학영의 전 작품을 부감할 때, 작가에게 '아버지(뿌리)'에 대한
이해란 결코 일시에, 그것도 선명한 형태로 찾아 올 수 있는 성질의 것
이 아니었음을 알 수 있다. 이에 대해 박유하는 "김학영의 소설은 단적
으로 말해 단 하나-부모의 불화-외에 써야 할 주제를 발견하지 못한
것처럼 보이기까지 한다"14)라고 지적하는데, 그녀의 표현을 빌리자면
김학영에게 '집'은 일생의 주제로, 이것을 쓰는 것 외에 자신의 문제를
해결할 수단을 그가 찾지 못했던 것처럼 간주해도 문제가 없는 것으로
보인다. 그리고 작가 스스로 이 사실을 처음부터 인식하고 있었음을 밝
히고 있다.15) 실제로 김학영은 『끝』(1978)이라는 작품에서 『착미』의 부
자간 '화해의 극'을 동어반복하고 있으며, 유작인 『땅의 비애』(1984)에서
조차 '조모'가 떠안았던 부조리한 죽음을 손자의 눈에서 이해 가능한
운명으로 묘사함으로써 '집의 역사'라는 주제를 집요하게 반복한다.

　이는 작가가 '아버지' 내지는 그가 속한 '집의 역사'와의 화해가 가져
올 결과가 아니라, 오히려 그런 '화해'가 현실의 자신에게 어떤 의미를
주는가'라는 물음을 지속적으로 발신하고 있음을 말해주는데, 아마도
이 지점이 이회성과 김학영의 작가적 태도가 결정적으로 분기하는 장
소라고 할 수 있다. 이에 대해 다케다 세이지는 집-역사-재일의 현실
로 이동하는 재일 2세의 의식 흐름을, 김학영의 경우 '말더듬'이라는 증
상이 막았기 때문으로 그 원인을 진단한다. 하지만 그의 작품 전체를
살펴보면, 오히려 김학영은 집-역사-재일의 현실을 잇는 관계성에 처

---

14) 朴裕河, 「悲しみのフーガ」, 『金鶴泳作品集』 クレイン, 2004, 18~19쪽.

15) "이 집은 어둡다. 이것은 모두 아버지에서 기인하는 어둠이다. 이 어둠이 이전의 어
　두운 기억(이에 대해 『얼어붙은 입』에서 다루었다)을 불러내어, 나를 강박 관념적 공포심
　에 빠트리고, 나의 신경을 위협한다. '아버지라는 문제'-이것은 평생 나를 따라다닐지도
　모른다. 아버지는 왜 이리도 어리석은 것일까."(「金鶴泳日記抄 1967.3.27.」, 『金鶴泳作品集』
　クレイン, 2003, 477쪽.)

절하다고 할 수 있을 만큼 매달리면서 '재일의 삶'을 해명하려 했다고
보는 편이 낫다. 다시 말해 결코 복원되지 않는 삶과 현실 세계의 감촉
이야말로 김학영 작품의 본질을 설명하기에 가장 적합한 표현이며, 역
설적으로 집－역사－재일의 현실이라는 틀에 집착함으로써 작가가 그
감각을 유지할 수 있었다고 할 수 있다.

그런 의미에서 우리들은 평생 집(아버지)으로부터 현재의 삶에 대한
해답을 구했지만 결국 그로부터 결정적인 단서를 찾을 수 없었던 김학
영의 모습에서 재일 2세들이 직면해야 했던 '질식할 것 같은 세계'에
대한 단상을 엿볼 수 있을지도 모른다. 그것은 이회성의 작품처럼 재일
의 청년세대에게 닥친 정체성의 위기 상황을 역사적 당위성을 획득하
거나 '아버지의 집'과 화해함으로써 극복하는 형태로 완결 짓는 것과는
근본적으로 차별된다. 요컨대 재일에게 '불우의식'이라는 상황이 언설
상의 통로를 통해 해방 가능한 것인가?, '조국' 내지는 '민족'과 같은 진
리가 더 이상 기능하지 않거나, 혹은 집(아버지)이 '조국'과 '민족'이라는
자명한 현실을 대변하기 어렵게 되었을 때, 그 상황에 직면한 재일의
위기는 무엇으로 극복 가능한가? 애초에 '조국'과 '민족'이라는 문제가
현실의 삶을 지탱하고 있는 수많은 원리와 사고들보다 중요하다는 판
단은 어디에서 기인하는가? 와 같은 물음들을 우리는 김학영 작품을 통
해 상기할 수 있는 것이다. 그리고 이들 질문에 대한 대답이 결코 간단
치 않음을 깨달았을 때, 이회성 작품과 유사한 과정을 거쳤으면서도 자
신을 가로막고 있는 불투명한 '재일의 집' 앞에서 결국 해답을 구하지
못한 채 서성여야 했던 김학영 작품 속 주인공의 모습은 보다 실감 있
는 재일의 현실로서 떠오를지도 모른다.

중요한 것은, 이들 작가가 보폭과 질감의 차이는 있으나 일본사회와

의 대치 국면에서 자명한 공간으로서 '아버지의 집'을 재조명하는 단계
를 거쳤다는 사실, 그리고 이때 실은 다양한 생활의식 상의 위기를 표
상하는 불투명한 '재일의 집'이 출현하기 시작했다는 사실이다.

3. 경계 위의 '재일의 집'

> "아버지, 왜 귀화 따위 한 거요"
> 혀가 꼬인 채, 나는 목소리를 높였다.
> "애자, 여자 애 말투가 그게 뭐냐"
> "농담해요. 여자 말투가 도대체 뭐라고. 말 돌리지 말고, 아버지 왜 일
> 본 따위에 귀화한 거요"
> "너희의 행복을 위해서였다"
> "뭐라고요, 행복? 뭐가 행복인데, 도대체 누가 행복해 졌는데"[16]

이양지의 등장은 전형적인 재일 2세 문학에서 벗어난 작품의 출발이
었을 뿐 아니라, '쓰는 존재'로서 여성작가의 출현이었다는 점에서, 기
존 문학과 차별된 재일문학의 시작을 알린 사건이었다. 실제로 민감한
자의식과 언어감각으로 무장한 그녀의 작품들은, '민족' 내지는 '조국'
과 같은 사회이념상의 원리에서 개인의 자의식의 공간으로 재일문학의
무게 추를 옮겨 놓은 것으로 평가된다. 그러나 그녀의 대표작들이 이른
바 '모국체험'을 바탕으로 하고 있고, 그 경험을 추동한 요인에 '집(아버
지)'의 역할 부재가 존재한다는 점은 유의해 둘 필요가 있다. 이양지 작
품 주인공의 청년기적 방황이 '집의 역사'라는 배경과 밀접히 관계하는

---

16) 李良枝, 『ナビ・タリョン』(『在日文學全集』 第8卷), 勉誠出版, 2006, 28쪽.

형태로 조명된다는 사실은, 그녀의 작품 또한 2세적인 '자의식 찾기'의 연장선에서 자식 세대들의 위기 상황과 깊이 관여하는 형태로 '집'이 기능하고 있음을 시사하기 때문이다.

가령 이회성 작품의 주인공들이 유년기에 '집'이라는 공간을 통해 '조선적인 것'을 지속적으로 주입받아야 한다는 사실에 번민했던 것에 비해, 이양지 작품의 주인공은 반대로 '집'이라는 공간이 자신의 '뿌리'를 확인시켜주지 못한다는 사실에 더욱 초조해한다. 결과적으로 마주치게 될 '집'이 김학영 작품의 주인공이 그러했듯이 불안과 위기 상황을 오히려 조장하는 해명 불가능한 장소라고 하더라도, 그것을 확인조차 할 수 없다는 막연함이 작품 속 주인공의 불안함을 배가시키는 것이다. 이 점은 이양지와 같은 3세 작가들에게 커다란 문제였다고 할 수 있다. '아버지(집)'이 일본에서 살아가야 할 아이들을 위한다는 구실로, 또는 현실상의 여러 가지 이유로 '민족'과 '조국'을 대변하는 역할을 게을리 한 행동이, 역으로 자식 세대의 '귀환 장소'를 빼앗아 버리는 결과를 가져오기 때문이다. 즉 2세들이 일본에서 살아가고 있는 자신들에게, '아버지의 집'은 왜 '조선인'임을 강요하는가 하는 물음에서 자기 모색이 시작되는 것과 정반대의 방향에서, 이양지 작품의 주인공들은 왜 '집'이 '조선인'으로서의 자기 존재를 확증해 주지 않는가라는 물음을 제기하고 있는 것이다.

그런 의미에서 『나비타령』(1982)의 주인공을 둘러싼 불안이, 부모의 이혼 - 가족의 해체라는 구체적인 사안에서 기인한 것임이 분명함에도, "왜 귀화 따위 한 거요"와 같은 물음으로 표출된 위의 장면은 상징적이라고 할 수 있다. 귀화해서 일본인처럼 살고, 나아가 실제 일본인과 거의 동일한 사고를 하게 되었다 해도, 자신들의 루트에 대한 추구는 자식 세대가 한 번은 거쳐야 하는 '통과의례'로서 여전히 기능하고 있고, 그 경우 다른 모든 문제를 압도하는 성격으로 자식들에게 부상할 수도 있음을 보여주기 때문이다. 다시 말해 이양지와 같은 3세 작가에게 '민족'이라는 문제가 갖는 본질은, 그것을 받아들이던 혹은 부정하던 간에 아이덴티티의 위기 상에서 이 문제와 깊이 관여할 수밖에 없다는 모순, 즉 '집(아버지)'가 어떠한 성격으로 이 문제에 관여해 오던 간에 만족할 수 없으며, 언제까지나 고민을 지속해야 한다는 데 소재한다고 할 수 있다.

그리고 이기승의 작품 또한 이 문제는 유사한 감촉으로 그려진다.

> 건설 일로 검붉게 탄 아버지 얼굴이 떠올랐다. 죽이고 싶을 만큼 증오스런 아버지였다. 그는 살아 있는 것 보다, 태어났다는 사실 자체를 저주하고 있었는지도 모른다.[17]

> 이 나라가 없었다면, 이 땅이 없었다면, '조선'따위 없었다면 정대는 죽지 않았을 것이다. 경자 역시 죽지 않았을 것이다. 그리고 나 또한 죽음을 희망하면서, 살아가진 않았을 것이다. 태어난 것을 저주할 일도 없었을 것이다. 원수다. 이 땅은 원수다.[18]

『제로한』은 1985년 발표된 작품인데, 일견하기에 이 작품에서 그려지는 '아버지(집)'은 2세적인 이미지를 연상시킨다. 폭주족인 주인공이 교통사고로 친구를 잃게 된 후, 한국여행을 하면서 아버지를 향한 반감, 그리고 자신이 직면해 온 끝 모를 불안과 분노의 기원을 찾아가는 과정이 이 작품의 주된 이야기를 구성하고 있다. 문제는 주인공에게 아버지

---

17) 李起昇, 『ゼロハン』(『在日文學全集』 第12卷), 勉誠出版, 2006, 15쪽.
18) 위의 책, 16쪽.

(집)-조선(재일)이라는 관계가 의심할 여지없는 현실로 인식되어 있음에
도, '집'이라는 장소가 주인공의 위기상황을 끊임없이 조장하는 모습으
로만 그려진다는 사실이다. 2세적인 집이 주인공에게 불안과 안정을 아
울러 제공하는 양의적인 공간으로 기능한 것에 비해, 이양지 작품과는
다른 의미에서 『제로한』의 주인공은 '집'의 역할 부재에 직면한다. 이
작품의 주인공에게 '집'이라는 장소는 '역사성'을 확증해 주는 공간으로
서 전혀 역할을 하지 않는다. '아버지의 집'에 자신을 둘러싼 핵심적인
무언가가 소재함을 아들이 감지하고 있음에도, '아버지(집)'이 발신하는
이야기는 어딘가 '믿을 수 없는', 그렇기 때문에 의지할 수 없으며 이
존재를 통해 아들의 현실 삶이 극적으로 전복될 여지가 애초부터 소거
된 것처럼 설정되어 있는 것이다. 흥미로운 점은 이양지의 주인공이 그
러했듯이 이기승의 주인공 역시 실체로서의 조국을 체험함으로써, '재
일의 집'에서는 획득하기 힘들었던 '역사'적 원리와 조우하는 방향으로
움직이게 된다는 사실이다. 이양지 작품의 주인공이 한국 유학에서 겪
게 되는 체험을 전회축으로 삼아 현재를 되돌아보려 욕망하는 것처럼,
이기승 작품의 주인공 역시 한국 여행을 통해 부정적인 '아버지상'을
유화시키는 쪽으로 나아가는데, '아버지의 집'이 이미 선명한 '역사'의
경계 외곽으로 밀려나기 시작한 지금 이들에게 남아 있는 선택은 결국
'조국'이라는 실체를 직접 경험하는 것뿐이었다.

　　문제는 두 작가의 주인공들이 조우하는 조국은 낯설음과 이질감으로
가득 찬 세계라는 사실이다.

　　　나도 일본에 있으면 죽음을 당할 것이라 생각 되어서 도망쳐 왔지만.
　　그렇다고 한국에서 살아갈 수 있을 것 같지도 않아. 미아가 된 기분이
　　야……나의 집을 아무리 찾아봐도 찾을 수 없어. 그런데 잘 생각해 보

니, 태어났을 때부터 집 같은 거 없었던 거였어. 그러니까 찾아봐도 있
을 리 없지.19)

우리나라
(母國)
(……)
사랑할수 없습니다
(愛することができません)20)

　부재하는 '재일의 집' 그리고 그 배후에 있는 '역사'와 '민족', '혈통'과
'숙명'과 같은 물음들을 확인시켜 줄 것으로 기대했던 조국은, 주인공들
에게 결코 명쾌한 해답을 제시해 주지 않는다. 실제로 대면한 '조국'은
현실상의 '불우의식'을 조정 내지는 전복시킬 수 있는 근거로 기능하지
않을 뿐 아니라, 오히려 일본과 조국 어느 쪽에도 속하지 못하는 주인공
들의 위기를 현전시키는 모습으로 그려진다. 그 결과 위 작품의 주인공
들에게 세계란 어딘가에 기대어 극복할 수 있는 대상이 아니라, 마지막
까지 대답을 찾아야 하며, 게다가 개인의 층위에서 해결할 수밖에 없는
존재로 인식될 뿐이다. "믿을 것은 아무 것도 없다"는 이기승 작품의 주
인공의 절규에 작품 속 해체된 가족과 집, 나아가 조국이라는 존재 모두
가 결코 명쾌한 답을 주지 않는 것이 이를 방증한다. 요컨대 '1세의 집'
으로부터 더욱 더 유리된 장소에 '재일의 집'이 출현하게 되었음에도 불
구하고, '집(아버지)'를 여전히 포기할 수 없다는 데에 두 작가의 주인공
들이 떠안아야 했던 모순이 소재했는지도 모른다. 2세들이 경험해 온

---

19) 위의 책, 43쪽.
20) 李良枝, 『由熙』(『在日文學全集』 第8卷), 勉誠出版, 2006, 314쪽.

'집'이 내포한 불투명함과 불가해함이 보다 가속화하는 형태로 주인공들의 '자의식'을 위협한다는 점에서, 3세들의 '집'은 오히려 어떤 방식으로든 해명하고자 하는 욕망을 불러올 수밖에 없기 때문이다.

그리고 이때 '재일의 집'은 저 자명한 '1세의 집'으로부터 돌이킬 수 없을 만큼 멀리 떨어지기 시작했다고 봐도 좋다. 재일의 '자의식'을 위협하는 '집'을 어떠한 방식으로든 처리해야 한다는 태도 역시, '역사'나 '민족'과 같은 관점이 어느 정도 기능할 때 간신히 유지될 뿐이며, 실제 이들 관점이 유효기간을 상실하게 되었을 때 2, 3세들이 인식해 온 장소와는 본질적으로 다른 질감의 '집'이 등장하게 되기 때문이다. 그런 의미에서 이양지와 이기승은 결과적으로 김학영 작품의 주인공들이 그러했듯이 불가해한 '집' 앞에서 마지막까지 서성였던 작가들이었으며, 이들이 응시한 것은 재일이라는 '협소함', 재일한다는 '지난함'에 다름 아니었다.

4. 해체 혹은 전복의 욕망 앞에 선 '재일의 집'

1990년대 이루어진 유미리의 등장은 대중적인 지지를 받는 재일문학의 시작이라는 점에서 의미 있는 사건이었다. 재일문학을 일본문단에 인지시킨 지점에 재일 2세 작가인 김학영과 이회성이 위치한다면, 파퓰러 문학으로서 재일문학의 가능성은 유미리에 의해 열어졌다고 봐도 좋다. 물론 유미리 이전에 이회성과 이양지가 각각 아쿠타가와상을 수상하면서 일본 문단의 주류로부터 인증 받은 경험이 존재하지만, 이들 작품이 대중들의 폭넓은 지지를 동반하면서 소비되었다고 평가하기는 어렵다. 그리고 일찍이 작품 활동을 시작한 양석일 또한 2000년대를 전후하여 일본 대중들의 시야에 들어왔다는 점에서, 재일문학에 대한 일본의 대중적 소비의 폭을 넓힌 시작점에 유미리가 위치한다는 사실은 의심할 여지가 없다.

유미리 작품의 대중적 호소력은 무엇보다 기존 재일문학의 문법에서 벗어난 작품 내용에서 기인한다. 거칠게 말하자면 재일문학 고유의 '소외'와 '불안'과 같은 주제에 의도적으로 '민족'이라는 요소를 탈색시킨데 유미리 작품의 특징이 소재한다. 그야말로 철저하게 개인의 '자의식'의 문제로 초점을 좁혀가는 것이 그녀의 작품 색깔인데, 바로 이 점이 버블경제 붕괴 이후 동일한 문제에 경도되어 있었던 일본 대중들의 공감을 이끌어내면서, 재일이면서 여성, 다시 말해 마이너리티의 최극단에 서 있는 작가가 발신하는 무언가에 열광케 했다고 할 수 있다. '원조교제'와 '리스트 컷(wrist cut)' 현상의 대유행에서 확인할 수 있듯이 '자의식'에 대한 물음은 90년대 일본 대중의 가장 첨예한 관심사였고, 더불어 재일작가 스스로가 '민족', '재일'과 같은 불편한 요소들을 적극적으로 소거 내지 은폐시켰다는 사실은 일본 대중의 관심을 끌기에 충분했기 때문이다.

유미리의 작가적 출발과 성숙 과정에서 집필된 작품들을 살펴보면『돌에서 헤엄치는 물고기』(1994),『풀하우스』(1996),『가족 시네마』(1997),『골드러쉬』(1998),『여학생의 친구』(1999) 등 대다수가 '집(가족)'을 중심소재로 다루고 있고, 이 장소의 지근거리에서 작품의 이야기 대부분이 전개되고 있음을 알 수 있다. 특히 데뷔작인『돌에서 헤엄치는 물고기』에서 제시된 부모의 불화와 역할 부재, 나아가 흩어진 가족 구성원의 갈등과 대립에서 부상하는 '소외'와 '고녀'와 같은 문제들이 위의 작품들을 관

통하는 기본적인 주제라고 할 수 있는데, 이에 대해 윤송아는 다음과
같이 지적한다.

> 유미리의 작품에 드러난 '가족'의 형상은 그 구성원 개개인이 모두
> 이러한 불화와 단절의 상황에 노출된다는 점에서 작가 개인의 특수한
> 경험을 넘어 현대 자본주의 사회의 병리적 현상과 인간소외의 문제를
> 환기하는 단계로 나아간다.[21)

윤송아가 언급한 '개인의 특수한 경험'이라는 표현을 '재일의 특수한
경험'으로 환치할 때, 우리는 기존 재일문학의 문법에서 벗어난 유미리
작품의 특징을 포착할 수 있을지도 모른다. '재일이라는 특수성'에 얽매
이지 않아도 재일의 자식 세대가 겪게 되는 자의식 상의 위기를 충분히
표현할 수 있다는 사실, 나아가 그런 표현을 통해 역설적으로 '현대 자
본주의'가 안고 있는 보편적 문제들에 재일문학을 접목시킬 가능성을
발견했다는 점에서 유미리는 분명 기존 재일문학과 다른 영역을 개척
했다. 자신을 둘러싼 '불가해함'의 본질을 추적하는 과정에서 '민족'이
라는 요소가 오히려 그 '해명 불가능성'을 가속화시키는 형태로 존재할
수 있다는 직감이야말로 유미리 작품의 출발점이기 때문이다. 따라서
이양지와 같은 작가가, 붕괴한 가족 모델 앞에서 자신의 '뿌리'에 대한
막연하지만 애틋한 동경을 마지막까지 유지한 것에 비해, 유미리 작품
의 주인공들은 반대로 자신을 둘러싼 부조리함의 기원인 '집'의 문제에
서 의도적으로 '뿌리'라는 요소를 배제시킨다. 자의식의 위기에 관여하
는 문제들을 최대한 단순화시켜 직시하고자 하는 것인데, 가령 유미리
에게 아쿠타가와상을 안겨준 『가족 시네마』가 시종일관 카메라 렌즈에

---

21) 윤송아, 『재일조선인 문학의 주세 서사 연구』, 인문사, 2012, 384쪽.

비친 주인공 가족 개개의 모습을 등거리에서 조명하는 과정은, 관념의
층위가 아니라 실재하는 일상에서 관찰 가능한 대상만을 문제시하려는
작가의 현실감각이 작용한 결과로 해석할 수 있다.

　따라서 유미리 작품의 '가족'을 둘러싼 문제는 등장인물들에게 영향
을 미쳐 온 불합리함의 실체적 모순에 초점이 맞춰질 수밖에 없다. 폭
력적인 아버지의 심리상태가 재일로서 일본사회에서 겪어왔을, 혹은 겪
고 있을 차별과는 거의 상관없는 형태로 묘사되는 것이 이 때문이다.
마찬가지로 새로운 '집'에 대한 아버지의 집착 역시 '민족'이니 '조국'이
니 하는 문제와는 전혀 관계없는 감촉으로 그려질 뿐이다.

> "아버지가 그린 설계도인데, 나중에 한 번 보거라."
> 나는 아버지를 바라보았다. 흙빛의 주름투성이 얼굴, 흰 머리칼이 더
> 늘어난 머리. 만나지 않은 일 년 사이에 아버지는 놀랄 만큼 폭 늙어버
> 렸다. 아버지의 반쯤 열린 입에서 나오는 한숨에는 시큼한 노인의 냄새
> 가 섞여 있었다.22)

　윤송아는 "이처럼 부유하는 재일조선인으로서 일본사회에 온전히 정
착하지 못하고 자신의 상황을 그대로 '가족' 안에 주조한 아버지는 '새
집짓기'라는 새로운 욕망을 촉발함으로써 자신의 왜곡된 과거를 만회하
려고 한다"23)라고 유미리 작품 속 '집(가족)'을 향한 아버지의 이상(異常)
욕망을 평가한다. 그러나 작가에게, 그리고 작중 인물들에게 '부유하는
재일조선인으로서'라는 문제를 무리하게 개인의 '소외'나 '불안'과 같은
문제들에 관련지어 이야기하는 것은 더 이상 의미가 없어 보인다. 복원
을 욕망하는 아버지의 '집'이 마지막까지 재일이라는 요소를 고려하지

22) 유미리, 한성례 역, 『돌에서 헤엄치는 물고기』, 문학동네, 2006, 164쪽.
23) 윤송아, 앞의 책, 390쪽.

않은 채 묘사되고 있는 것이 이를 방증하는데, 이미 해체된 것과 마찬가지인 '집'이 '재일의 집'이어야 한다는 심리는 부모와 자식 양쪽에서 완전히 소거되어 있기 때문이다.

그리고 그런 의미에서 넉넉한 수입에도 가정을 보살피지 않지만, 때로는 맥락 없는 낭비를 일삼는 아버지의 모습은, 현대 자본주의 사회에서 역할 붕괴에 직면한 '아버지'의 극단적 위기 상황을 상징할 뿐이다. 나아가 그러한 아버지를 기점으로 시작되는 가족 구성원 간의 불신과 소통불능 역시 빠르게 변화하는 가족 모델 앞에서 방황하며 서성이는 현대인의 풍경을 직접적으로 가리킨다고 보는 편이 보다 설득력을 지닌다. 같은 맥락에서 어머니 역시 돈과 성에 대한 욕구를 내면화해버린 자식들의 심상 풍경을 강조하는 형태로만 작품 속에서 기능할 뿐이다. 환언하면, 유미리 작품의 주인공이 떠안고 있는 '자의식'상의 위기에서, '아버지의 집'을 '재일의 집'으로 설정함으로써 설명할 수 있거나, 반대로 설명할 수 없는 요소들을 작가는 의도적이건 그렇지 않든 간에 철저하게 제외시킨다. 이에 대한 평가는 결코 간단치 않을 것이나, 결과적으로 작가의 이 같은 시도는 '민족'이라는 코드를 배제한 채, 가족 해체라는 현대사회의 보편적인 문제 접근의 차원에서 '집'이 지닌 불가해함을 풀어냄으로써, 기존 재일작가들과 차별되는 장소를 작품 속에 조형하는 데 성공했다고 할 수 있다.

한편 일본 대중의 호응이라는 측면에서 볼 때, 유미리 이후 가장 주목받은 신세대 작가가 가네시로 가즈키이다. 특히 '집'이라는 문제에서 작가의 작품을 부감하면, 매우 치밀하고 전략적인 접근법을 통해 새로운 '재일의 집'을 주조하고 있음을 발견할 수 있는데, 그 상징적인 작품이 그의 출세작이자 '재일의 집'이라는 주제를 정면에서 다룬 『GO』(2000)

이다. 일찍이 가네시로 가즈키는 "'지정석의 파괴'를 위해 『GO』를 썼다"[24]라고 대담에서 밝힌 바 있는데, 유미리와는 또 다른 의미에서 재일문학의 문법에서 벗어난 지점을 작가가 처음부터 의식하고 있었음을 엿볼 수 있는 대목이다.

작품은 민족학교에 다니는 고등학생 스기하라의 성장담을 기본적인 틀로 삼고 있다. 이미 '알 수 없음'이라는 영역에 넘어온 지 오래인 '조국'을 강요하는 민족학교에서 강한 위화감을 느낀 스기하라는 일본 사립학교로 전학을 하게 된다. 하지만 친구들에게 배신자로 간주되면서까지 옮겨간 일본인 학교 역시 주인공으로 하여금 타자로서의 자신을 확인하게 하는 공간에 지나지 않다. 낯선 장소는 민족학교가 그러했던 것처럼 스기하라에게 이질감으로 가득 찬 공간이며, 이곳에서 그를 받아들이는 것은 싸움을 잘하는 데다가 자신과 같은 마이너리티라는 이유로 친근감을 갖게 된 유명 야쿠자의 아들인 가토와, 마찬가지로 일본인 학생들과 집단 난투극을 벌이는 그의 모습을 보고 사랑에 빠져 버린 일본인 여성 사쿠라이뿐이다. 특히 사쿠라이와의 연애와 민족학교 시절부터 절친 사이였던 정일과의 교류, 그리고 집에서 겪게 되는 여러 에피소드를 중심으로 이야기가 전개되는데, 정일의 갑작스런 죽음, 그리고 연애의 파탄과 함께 주인공의 청년기적 위기가 일거에 찾아오게 된다.

주목할 점은 이렇게 찾아온 주인공의 위기 상황에서 작품이 '재일의 집'을 중심으로 그 해결책을 모색해가는 과정을 밟고 있다는 사실이다. 이승진은 "가네시로 가즈키가 전형적인 재일 2세 문학의 소재와 구조를 거의 그대로 답습해왔다"[25]라고 언급하면서, 일본인과의 연애, 일본사

---

24) 金城一紀・小熊英二, 「對談: それで僕は"指定席"を壊すために『GO』を書いた」, 『中央公論』 116卷11号, 2011.11.

25) 이승진, 「가네시로 가즈키 『GO』론－경계의 해체인가 재구성인가」, 『日本語文學』 56, 2013,

회의 대리 모델로서 학교라는 공간, 집과 아버지의 역할과 같은 요소들을 상징적으로 배치시키면서 이야기를 전개해간다는 점에서, 실은 가네시로 가즈키가 전형적인 재일문학의 서사 요소를 적극적으로 차용하고 있음을 지적한다. 하지만 작가는 여기서 머물지 않고, 타자였던 개인의 주체화26)를 모색하게 되는데 그 중심에 '아버지의 집'이 위치한다.

> 나는 이 망할 영감탱이가 왜 국적을 한국으로 바꿨는지 그 이유를 알고 있다. 하와이에 가기 위해서가 아니다. 나를 위해서였다. 나의 두 발을 옭아매고 있는 족쇄를 하나라도 풀어주려 한 것이다. 이 망할 영감탱이가 왜 현관에 키스를 받으면서 더블 부이자를 그리고 있는 수치스런 사진을 걸어 놓았는지 나는 알고 있었다. 조총련과 민단 양쪽에 모두 등을 돌림으로 하여 거의 모든 친구를 잃고 집을 찾아오는 사람조차 없어지리라는 것을 알고 있었기 때문이다. 아무도 도와주는 이 없이 고독한 싸움을 계속하고 있는 이 망할 영감탱이의 노고를 치하해줄 인간은 그러나 이 나라엔 존재하지 않는다. 그래서 내가 해주기로 했다.27)

가네시로 가즈키 작품에서 그려지는 '재일의 집'은 유미리 작품에 등장한 '민족'이라는 요소를 소거 내지는 은폐시킨 공간과는 거리가 멀다. 오히려 재일이기 때문에 일본사회에서 겪게 되는 다양한 부조리를 상징하는 공간이며, 이를 위해 작가는 의도적으로 재일을 둘러싼 현존하는 문제들을 작품 곳곳에 배치한다. 가령 주인공이 일본인 여자 친구로부터 거절당하거나, 아버지가 운영하던 경품 교환소를 일본인 은퇴 경찰이 원한다는 이유로 하나둘 빼앗기게 되는 모습을 통해 "조선인의 피

197쪽.
26) 이영미, 「가네시로 가즈키의 『GO』에 나타난 '국적'의 역사적 의미」, 『현대소설연구』 37, 2008, 336쪽.
27) 가네시로 가즈키·김난주 역, 『GO』 북폴리오, 2003, 217~218쪽.

는 더럽다"는 일본사회의 차별적인 시선을 가감 없이 드러낸다. 그 외에도 귀국사업, 외국인등록증 문제, 국적 문제 등 재일을 둘러싼 주요 이슈들을 빠짐없이 다루면서 '개인의 문제'와 '재일이라는 문제'가 강하게 연동되어 있음을 끊임없이 시사한다. 게다가 작가는 이처럼 재일 특유의 역사성 내부로 들어가 엄존하는 재일의 현실을 묘사하는 데에서 멈추지 않고, 근본부터 '집(역사)'의 감촉을 전복시키는 데까지 나아가고자 한다. 그리고 이런 시도에 결정적 역할을 담당하는 것이 '집(역사)'의 가장 내부에 위치해 온 아버지라는 존재이다.

아버지는 스스로 '집의 역사'의 단절시킴으로써 자식을 자유롭게 해주려는 존재이다. '나의 두 발을 옭아매고 있는 족쇄'를 풀어주는 존재로서 아버지는 자신의 '집'을 이어받되, 자신과 다른 '집'을 개척하라고 자식을 독려하는 존재로 그려진다. 그런 '아버지의 집' 아래에서, 재일이라는 문제는 얼마든지 극복 가능한 사정거리 안에 있는 감촉으로 자식에게 인식되며, 주인공을 규제해 온 수많은 문제들은 청년기적 '성장통'과 같은 성격으로 수렴되어 버린다.[28] 이에 대해 오쿠마 에이지는 "일본사회의 머조리티의 필요에 맞았다고 할까, 일본사회 안에서 주어진 위치를 점하고 있는 부분"[29]을 『GO』라는 작품에서 발견할 수 있다고 작가와의 대담에서 조심스럽게 지적한다. 그가 그려낸 '재일의 집'이 얼마나 현실성을 띠고 있는가, 나아가 정확히 일본 대중들이 받아들일 수 있는 무게만큼만 재일의 문제를 재단하고 있는 것은 아닌가에 대한 비판이 여기에 담겨 있다. 하지만 이와 같은 견해에도 불구하고, 가네시로 가즈키가 이상적인 '재일의 집' 내지는 '아버지' 묘사를 통해, 재일이

---

28) 이승진은 앞의 글(199쪽)에서 "아버지에서 시작된 이상화된 인물 조형이 작품 곳곳에서 되풀이 된다"고 지적하고 있다.

29) 金城一紀·小熊英二, 앞의 글, 274쪽.

라는 주제를 정면에서 겨냥하면서도 기존의 재일문학과 차별된 공간을
창출해낸 것은 부인하기 어렵다. 그리고 그의 이 같은 시도는 기존 '재
일의 집'을 둘러싸던 엄중함을 벗겨내고, 일상 감각에 충실한 새로운
장소를 예시했다는 점에서 새로운 재일의 '집'의 가능성을 보여줬다고
평가할 여지 또한 충분하다.

이처럼 90년대 이후 등장한 유미리와 가네시로 가즈키는 각각 '민족'
이라는 코드를 배제한 채 가족 해체라는 현대사회의 보편적인 문제 접
근의 차원에서 '집'이라는 장소의 불가해함을 풀어가거나, 재일 특유의
역사성 내부로 들어가 근본부터 '집'의 감촉을 전복시키는 것을 통해,
기존 재일문학과는 다른 감촉의 '집'을 제시하는 데 성공한다. 2, 3세 작
가들이 한결같이 서성였던 저 협소한 '재일의 집'에서 멀리 떨어진 장
소를 모색한 결과로 일본 대중들까지 받아들일 수 있는 '재일의 집'을
지을 수 있었던 것이다. 그러나 그럼에도 불구하고 이들 작가들조차 일
종의 '맹점'을 떠안은 채 살아갈 수밖에 없는 개인의 고뇌를 '집'이라는
장소를 매개로 포착하려 한다는 점은 주의를 요한다. 기존 '재일의 집'
과 차별되는 공간을 지향하면 할수록, 재일의 과거와 현재를 관통하는
역사성의 생생한 현장으로서 지금 현재도 '재일의 집'이 변함없이 기능
할 수 있음을 우리에게 환기시키기 때문이다.

5. 마치며

김석범과 같은 작가를 제외한다면, 재일문학의 주류는 이른바 사소설
적 계보를 이어왔다고 할 수 있다. 물론 이에 대해서는 다양한 이견이

존재할 것이나, 적어도 '집'이라는 주제가 다른 요소들보다 훨씬 더 절실한 문제로 재일문학에서 다루어져왔다는 사실은 부인하기 어렵다. 그 중에서도 재일 2세에게 '집'은 자신들의 자의식을 위협하는 존재이자, 동시에 안정시키는 이율배반적인 성격으로 그려진다. '아버지'와의 관계, '아버지의 집'으로 회귀할 수밖에 없다는 심리상태, 현실에서 대면하는 일본사회의 부조리함과 같은 문제 앞에서 '집'은 더 이상 1세들이 인식했던 자명한 장소가 아니라 훨씬 더 복잡하고 불가해한 성격으로 변모하기 시작한다. 이른바 '재일의 집'의 출현이었는데, 이때 이미 '1세의 집', '조선의 집'과 명징하게 구분되는 재일 특유의 장소가 만들어졌다고 할 수 있다.

이 장소는 본질적으로 불투명하고, 불가해한 공간이며, 때문에 어떤 방식으로든 해명하고자 하는 욕망을 불러올 수밖에 없다. 2세 작가 김학영과 이회성을 시작으로 이기승과 이양지가 조형해 온 집은, 그 현실인식의 차이만큼이나 다양하게 분기함에도 불구하고, 여전히 해명되지 않는 장소라는 점에서 공통된다. 이 장소는 자식 세대가 자신들의 존재 근거를 확보하는데 도움을 주거나, 반대로 존재 근거를 위협하는 형태로 부상하기도 하지만, 어느 쪽이든 간에 자식들의 현실감각을 제어해 버린다는 점에서 재일의 '협소함'을 상징하는 역할을 떠맡아왔다. 그럼에도 불구하고 2, 3세 작가들이 이 불가해한 '집'을 끊임없이 응시해온 것은, 재일이라는 삶이 근본적으로 지난한 것이며 외면할 수 있는 것이 아니라는 사실을 이 장소를 통해 가장 적절하게 투영할 수 있다는 직감 때문이었을 것이다.

유미리와 가네시로 가즈키와 같은 신세대 작가의 등장과 함께 '재일의 집'은 변용한다. '민족'과 '조국'이라는 관념이 '알 수 없음'의 영역으로 넘어온 지 오래인 그들에게 '집'은, 과감히 해체하거나 자신의 일상 감각에서 포착할 수 있는 대상이어야 했다. 하지만 '재일의 집'을 가까스로 저 협소함에서 탈출시킨 듯 보이는 이들 작품 역시, 주로 '집'이라는 공간을 중심으로 등장인물들의 고뇌를 풀어내고 있다는 사실은, '집'이 여전히 재일세대의 '자의식'을 둘러싼 물음들과 밀접히 관계하는 장소임을 의미한다. 바로 여기에 '재일의 집'을 둘러싼 다양한 해석과 전망의 가능성이 소재한다고 할 수 있을 것이다.

초출일람

박광현, 「귀국사업과 '니가타'—재일조선인의 문학지리—」, 『동악어문학』 67, 동악어문학회, 2016.

전성곤, 「'국제공동체' 도시 대오사카와 내적 외부자—'오사카 조선인'의 문화정체성을 넘어서—」(원제 : 국제도시 대오사카의 탄생과 마이너리티), 『인문사회 21』 8-6, (사)아시아문화학술원, 2017.

김계자, 「김시종 시의 공간성 표현과 '재일'의 근거」, 『동악어문학』 67, 동악어문학회, 2016.

김동현, 「'재일제주인'의 소환과 동원의 수사학」, 『동악어문학』 68, 동악어문학회, 2016.

오태영, 「재일조선인의 역설적 정체성과 사회적 상상—김명준 감독, 영화 <우리학교>(2006)를 중심으로—」, 『동악어문학』 67, 동악어문학회, 2016.

박광현, 「재일조선인의 '전장(戰場)'과 '전후(戰後)'」, 『한국학연구』 41, 인하대학교 한국학연구소, 2016.

허병식, 「보이지 않는 장소로서의 이카이노와 재일조선인 문화지리의 트랜스내셔널—'이카이노'를 둘러싼 소설들에 대하여—」, 『동악어문학』 67, 동악어문학회, 2016.

양명심, 「재일조선인과 '이카이노(猪飼野)'라는 장소—재일조선인발행 잡지를 중심으로—」, 『동악어문학』 67, 동악어문학회, 2016.

이헬렌, 「이회성의 『다듬이질하는 여인』과 나카가미 겐지의 『미사키』를 통해 보는 '마이너리티'와 장소론」, 『동악어문학』 71, 동악어문학회, 2017.

서동주, 「'전후-밖-존재'의 장소는 어디인가?—양석일의 <밤을 걸고>를 중심으로—」, 『한국학연구』 43, 인하대학교 한국학연구소, 2016.

이승진, 「재일문학에 나타난 '집'이라는 장소」, 『한국학연구』 43, 인하대학교 한국학연구소, 2016.

집필진약력(원고 수록 순)

박광현 _ 동국대학교 국어국문문예창작학부 교수

동국대학교 국어국문학과를 졸업하였다. 대학원의 석사과정 중 일본으로 유학, 나고야(名古屋)대학 대학원에서 논문 「경성제국대학과 '조선학'」으로 박사학위를 받았다. 현재 동국대학교 국어국문문예창작학부 교수로 재직하고 있다. 주요 논문으로 「'경성좌담회' 다시 읽기」, 「'밀항'의 상상력과 지도 위의 심상 '조국'-1963년 김달수의 소설을 중심으로」, 「김달수의 '방한'과 그의 '국토순례' 기행문」 등이 있고, 저역서로는 『『현해탄』 트라우마』(어문학사, 2013), 『재조일본인 일본어문학사 서설』(공저, 역락, 2017), 『제국대학-근대 일본의 엘리트 육성 장치』(공역, 산처럼, 2017) 등이 있다.

전성곤 _ 중국 북화대학교 동아연구원 교수

일본 오사카(大阪)대학에서 일본학전공 문학박사 학위를 받았다. 오사카대학 객원연구원, 건국대학교 시간강사, 고려대학교 HK연구교수를 거쳐 중국 북화대학교 교수로 재직하고 있다. 주요 저서로는 『일본탈국가론-역사 창출과 제국의 상상력』(공저, 학고방, 2018), 『제국에의 길』(공저, 소명출판, 2015), 『이미지로서의 동아시아 문화공동체』(공저, 인문사, 2013), 『내적 오리엔탈리즘 그 비판적 검토-근대 일본의 '식민' 담론들』(소명출판, 2012), 『일본 인류학과 동아시아』(한국학술정보, 2009) 등이 있다.

김계자 _ 고려대학교 글로벌일본연구원 연구교수

일본 도쿄대학에서 일본어일본문학 전공으로 박사학위를 받았다. 고려대학교 글로벌일본연구원 연구교수로 재직 중이다. 주요 논저에 『근대 일본문단과 식민지 조선』(역락, 2015), 「흔들리는 열도, 그래도 문학」, 「유미리의 평양방문기에 나타난 북한 표상」, 『김석범 장편소설 1945년 여름』(역서, 보고사, 2017) 등이 있다.

김동현 _ 문학평론가 · 제주대학교 국어국문학과 강사

제주대학교 국어국문학과 한신대학교 문예창작대학원, 국민대학교 대학원을 졸업했다. 「로컬리티의 발견과 내부식민지로서의 '제주'」로 박사학위를 받았다. 주요 논문으로는 「변절, 음험한 신체의 탄생과 의심의 정치학-김석범의 『화산도』를 중심으로」, 「김석범 문학과 제주-장소의 탄생과 기억(주체)의 발견」, 「공간 인식의 로컬리티와 서사적 재현 양상-『화산도』와 『지상에 숟가락 하나』를 중심으로」, 「'표준어/국가'의 강요와 지역(어)의 비타협성-제주 4·3문학에 나타난 '언어/국가'문제를 중심으로」 등이 있으며 저서로는 『제주, 우리 안의 식민지』(글누림, 2016), 『제주, 화산도를 말하다』(공저, 보고사, 2017) 등이 있다.

오태영 _ 동국대학교 다르마칼리지 조교수

동국대학교 국어국문학과와 같은 학교 대학원에서 석사 및 박사과정을 마치고「동아시아 지역주의와 조선 로컬리티」로 박사학위를 받았다. 동국대학교 다르마칼리지 강의초빙교수를 거쳐 현재 조교수로 재직하고 있다. 주요 논문으로「식민지 말 전시총동원 체제와 조선문학」,「해방 공간의 재편과 접경/연대의 상상력」,「전후 남성성 회복과 여성 욕망의 금기」,「조작된 간첩, 파레시아의 글쓰기」등이 있고, 저역서에『오이디푸스의 눈: 식민지 조선문학과 동아시아의 지리적 상상』(소명출판, 2016),『팰럼시스트 위의 흔적들: 식민지 조선문학과 해방기 민족문학의 지층들』(소명출판, 2018),『아시아-태평양전쟁과 조선』(공역, 제이앤씨, 2011) 등이 있다.

허병식 _ 동국대학교 국문과 BK사업단 연구교수

동국대학교 국어국문학과와 같은 학교 대학원에서 석사 및 박사과정을 마치고「한국 근대소설과 교양의 형성」으로 박사학위를 받았다. 동국대학교 국문과 BK사업단 연구교수로 재직하고 있다. 주요 논문으로「휴양지의 풍경-근대도시 원산의 장소정체성」,「식민지의 접경, 식민주의의 공백」,「차이와 반복-2000년대 한국 문학장의 표절과 문학권력」등이 있고, 저역서에『교양의 시대-한국 근대소설과 교양의 이념』(역락, 2016),『서울, 문학의 도시를 걷다』(공저, 터치아트, 2009),『박물관의 정치학』(공역, 논형, 2009) 등이 있다.

양명심 _ 전주대학교 인문과학종합연구소 학술연구교수

일본 고베대학 문화학연구과에서 박사학위를 받은 후 전주대학교 인문과학종합연구소에서 박사 후 과정을 연수했다. 디아스포라 문학을 주로 연구하고 있으며 주요 논문으로「재일작가의 이중의 마이너리티 서사 연구」,「재일조선인 문학계보의 재해석」,「이회성의 청춘소설을 통해서 본 일본 전후」등이 있고, 저서에『한국 다문화주의 비판』(공저, 앨피, 2016),『문학·민족·국가: '재일' 문학과 제국 사이』(공저, 지금여기, 2012) 등이 있다.

이헬렌 _ 연세대학교 언더우드국제대학 부교수

Washington University in St. Louis에서 일문학 학사, Cornell University에서 석사, University of California, Irvine에서 일문학으로 박사학위를 받았다. University of Florida에서 조교수를 거쳐 2008년부터 연세대 언더우드국제대학에 재직하고 있다. 주요논문으로 positions: asia critique에 게재된 "Writing Colonial Relations of Everyday Life in Senryū (2009)"와 "Dying as Daughter of the Empire (2013)" 등이 있고, 편저 Reading Colonial Japan: Text, Context, and Critique(Stanford University Press, 2012)가 있다.

서동주 _ 서울대학교 일본연구소 HK교수

고려대학교 일어일문학과를 졸업하고 같은 학교 대학원에서 석사과정을 마쳤다. 일본 쓰쿠바대학 인문사회과학연구과에서 일본의 사회주의 문학의 식민주의적 상상력에 관한 연구로 박사학위를 받았다. 주요 논문으로「전사자 추

모의 '탈전후적' 상상력—에토 준의 야스쿠니 문화론을 중심으로」, 「일본 고도
성장기 '핵=원자력' 표상과 '피폭'의 기억」, 「새로운 전쟁과 일본 전후문학의
사상공간」 등이 있고, 저역서에 『전후 일본의 지식 풍경』(공저, 박문사, 2013),
『근대지식과 저널리즘』(공저), 『근대일본의 '국문학' 사상』(공역, 이화인문과
학원, 2016) 등이 있다.

이승진 _ 동국대학교 일본학연구소 연구원
오사카대학교 대학원의 석사/박사과정을 거치면서 비교문학을 전공하였고,
재일작가 김학영을 중심으로 학위 논문을 집필하였다. 주요 논문으로 「문예
지 『진달래(ヂンダレ)』에 나타난 '재일'의식의 양상」, 「현대 일본 대중문화에
재현된 '재일남성상' 고찰」, 「재일조선인잡지 『호르몬 문화』(ほるもん文化)연
구—재일조선인잡지사에서 차지하는 위상과 의미를 중심으로—」 등이 있고,
저역서에 『재일이라는 근거』(공역, 소명출판, 2016), 『재일디아스포라문학선
집』(공역, 공역, 2017), 『일본문화의 이해』(공저) 등이 있다.

동국대학교 문화학술원 서사문화연구소 서사문화총서 2

재일조선인 자기서사의 문화지리 Ⅱ

초 판 1쇄 인쇄 2018년 8월 25일
초 판 1쇄 발행 2018년 8월 31일
편 저 박광현 · 오태영
펴낸이 이대현
편 집 박윤정
디자인 홍성권
펴낸곳 도서출판 역락 | 등록 제303-2002-000014호(등록일 1999년 4월 19일)
주 소 서울시 서초구 동광로46길 6-6 문창빌딩 2층
전 화 02-3409-2058(영업부), 2060(편집부) | 팩시밀리 02-3409-2059
홈페이지 http://www.youkrackbooks.com
블로그 http://blog.naver.com/youkrack3888
I S B N 979-11-6244-221-0 (세트)
       979-11-6244-223-4 94810

▪ 이 도서의 국립중앙도서관 출판예정도서목록(CIP)은 서지정보유통지원시스템 홈페이지(http://seoji.nl.go.kr)와
국가자료공동목록시스템(http://www.nl.go.kr/kolisnet)에서 이용하실 수 있습니다.(CIP제어번호: CIP2018025595)